Jean de La Fontaine

SÄMTLICHE FABELN

Mit Illustrationen
von Grandville

Aus dem Französischen
von Ernst Dohm und Gustav Fabricius

ALBATROS

Titel der französischen Originalausgabe:
Fables (Paris 1668–1694)

Bibliographische Information der Deutschen Nationalbibliothek
Die Deutsche Nationalbibliothek verzeichnet diese
Publikation in der Deutschen Nationalbibliographie;
detaillierte bibliographische Daten sind im Internet
über http://dnb.d-nb.de abrufbar.

Albatros Verlag, Mannheim

Umschlaggestaltung: butenschoendesign.de
Umschlagmotiv: Illustration von Grandville,
coloriert von Volker Butenschön
Druckerei: GGP Media GmbH,
Karl-Marx-Straße 24, 07381 Pößneck
Printed in Germany
ISBN 978-3-411-14565-2
www.albatros-verlag.de

VORREDE

Die Nachsicht, mit welcher man einige meiner Fabeln aufgenommen, läßt mich hoffen, daß auch diese Sammlung sich derselben Gunst erfreuen werde. Zwar hat einer unserer Meister der Beredsamkeit den Plan, die Fabeln in Verse zu bringen, mißbilligt; er meinte, ihr hauptsächlichster Schmuck sei, keinen zu haben; auch fürchtete er, daß der Zwang der poetischen Form, verbunden mit der strengen Knappheit unserer Sprache, mir mannigfache Verlegenheit bereiten und bei den meisten jener Erzählungen die Kürze beeinträchtigen würde, welche man sehr wohl als ihr eigentliches Wesen bezeichnen darf, da sie ohne dieselbe notwendig etwas Ermüdendes haben müßten. Diese Meinung spricht für ihn als einen Mann von ausgezeichnetem Geschmack; nur möchte ich, daß er die Saiten etwas weniger straff zöge und zugäbe, die lakonischen Grazien und die französischen Musen ständen einander nicht gar so feindlich gegenüber, daß sie nicht auch oft vereint denselben Weg gehen könnten.

Überdies habe ich mich bei diesem Unternehmen nur auf das Beispiel – ich will nicht sagen, der Alten, denn das würde für mich nichts beweisen, sondern auf das der Neueren gestützt. Zu allen Zeiten und bei allen Völkern, bei welchen die Dichtkunst Pflege fand, hat der Parnaß dies als sein Recht in Anspruch genommen. Kaum hatten die Fabeln, welche dem Äsop zugeschrieben werden, das Licht des Tages erblickt, als Sokrates es angemessen fand, sie in das Gewand der Musen zu kleiden. Was Plato darüber berichtet, ist so anmutig, daß ich nicht umhinkann, seine Erzählung als einen Schmuck dieser Vorrede hier mitzuteilen. Er erzahlt, daß, als Sokrates zum Tode verurteilt war, die Vollstreckung dieses Urteils wegen irgendwelcher gerade in diese Zeit fallender Feste vertagt wurde. Am Morgen seines Todes besuchte ihn Kebes. Sokrates sagte ihm, während des Schlummers hätten die Götter ihm wiederholt verkündet, er solle vor seinem Tode sich der Musik befleißigen. Anfangs habe er nicht verstanden, was dieser Traum bedeuten solle; denn da die Musik den Menschen nicht besser mache, wozu sich mit ihr beschäftigen? Es müsse ein Geheimnis dahinter verborgen sein, und dies um so mehr, da die Götter nicht abließen, ihm immer dieselbe Eingebung zu senden. Sie war ihm auch während eines jener festlichen Tage gekommen, und zwar so lebhaft, daß, als er darüber nachsann, was wohl der Himmel von ihm verlangen könne, er auf den Gedanken verfiel, Musik und Dichtkunst seien so nahe verwandt, daß es sich möglicherweise um die letztere handle. Es gibt keine gute Dichtung ohne Harmonie; allein es gibt auch keine ohne Erdichtung, und Sokrates war nicht imstande, etwas anderes als die Wahrheit zu sagen. Endlich hatte er einen Mittelweg gefunden, und zwar den: Fabeln zu wählen, die etwas Wahres enthielten, wie die des Äsop. Diese in Verse zu bringen, war das Werk der letzten Augenblicke seines Lebens.

Sokrates ist nicht der einzige, der die Dichtkunst und unsere Fabeln als Schwestern angesehen hat. Phädrus hat Zeugnis abgelegt, daß er diese Auffassung teile, und die Trefflichkeit seines Werkes gibt uns einen Maßstab für die Beurteilung desjenigen, welches der Fürst aller Weltweisen in Angriff genommen. Nach Phädrus hat Avienus denselben Gegenstand behandelt. Zuletzt sind ihm die Neueren gefolgt, und wir haben die Beispiele hierfür nicht nur bei fremden Nationen, sondern auch bei uns selbst zu suchen. Allerdings ist die Sprache der Zeit, in welcher unsere Landsleute jene Versuche machten, so verschieden von unserer heutigen, daß wir auch sie nur als Fremde betrachten dürfen. Dieser Umstand hat mich nicht irregemacht an meinem Unternehmen; ich habe im Gegenteil mir mit der Hoffnung geschmeichelt, daß, wenn ich diese Bahn nicht mit Erfolg einschlagen sollte, man mir wenigstens den Ruhm zugestehen würde, dieselbe eröffnet zu haben.

Vielleicht erweckt meine Arbeit in anderen die Lust, das Unternehmen weiter fortzuführen. Der Stoff ist so wenig erschöpft, daß vielmehr die Zahl der noch in dichterische Form zu bringenden Fabeln größer ist als die der bereits von mir bearbeiteten. Freilich habe ich mir die besten ausgesucht, d. h. diejenigen, welche mir als die besten erschienen; aber abgesehen davon, daß ich mich in meiner Wahl getäuscht haben kann, wird es nicht allzu schwierig sein, den von mir ausgewählten noch eine fernere Reihe hinzuzufügen; und ist diese Reihe weniger lang, so wird sie zweifellos desto mehr Beifall finden. Wie es auch komme, immerhin wird man sich mir zu einigem Dank verpflichtet fühlen: mag meine Kühnheit von Glück gekrönt und ich nicht allzuweit von dem richtigen Wege abgewichen oder mag mein einziges Verdienst das sein, daß ich andere angeregt habe, es besser zu machen.

Absicht und Plan meines Werkes glaube ich hinreichend gerechtfertigt zu haben; über die Ausführung wird das Publikum

Richter sein. Man wird hier weder die Ebenmäßigkeit noch die außerordentliche Kürze finden, welche an Phädrus am meisten gepriesen werden; das sind Vorzüge, denen meine Kräfte nicht gewachsen sind. Da es mir unmöglich war, ihm hierin nachzueifern, glaubte ich zum Ersatz dafür meinem Werk einen heitreren Anstrich geben zu müssen, als er dem seinen verliehen. Nicht als ob ich ihn tadelte, innerhalb jener Grenzen geblieben zu sein; die lateinische Sprache erforderte es so, und wenn man ihn mit Verständnis und Aufmerksamkeit liest, wird man in diesem Schriftsteller den wahren Charakter und das wahre Genie des Terenz wiederfinden. Die Einfachheit ist prächtig bei diesen großen Männern; ich, dem die vollendete Durchbildung der Sprache nicht wie jenen zu Gebote steht, vermag nicht dieselbe auf gleiche Höhe zu erheben. Es galt also, einen Ersatz dafür zu suchen; und dies habe ich um so kühner getan, da Quintilian sagt, daß man eine Erzählung nie heiter genug halten könne. Es handelt sich hier nicht darum, diese Meinung weiter zu begründen; es genügt, daß Quintilian sie ausspricht. Dennoch lag mir die Erwägung nahe, daß, da diese Fabeln aller Welt bekannt sind, ich nichts erreichte, wenn es mir nicht gelänge, durch einige Zutaten ihnen einen neuen und frischen Reiz zu geben. Das verlangt man heutzutage: was gefallen soll, muß neu und heiter sein. Unter Heiterkeit verstehe ich nicht das, was Lachen erregt, sondern jenen Zauber der Liebenswürdigkeit und Anmut, welchen man allen, selbst den ernstesten Gegenständen verleihen kann.

Doch nicht allein nach der Form, welche ich diesem Werke gegeben, darf man den Wert desselben bemessen, sondern nach seinem Nutzen und seinem Inhalt; denn gibt es auf dem Gebiete geistiger Schöpfung etwas Preisenswertes, das sich nicht in der Gestalt der Fabel vorfände? Es liegt in ihr etwas so Göttliches, daß im Altertum viele den größten Teil dieser Fabeln dem Sokrates zuschrieben; sie erwählten zum Vater derselben denjenigen Sterblichen, der im innigsten Verkehr mit den Göttern stand. Ich weiß nicht, warum sie nicht dieselben Fabeln geradewegs dem Himmel entstammt und ihren Schutz und ihre Leitung einem besondern Gotte zuerteilt sein ließen, wie die Kunst der Dichtung und der Rede. Was ich hier sage, ist nichts weniger als grundlos; denn, wenn ich das Heiligste, das wir besitzen, mit den Verirrungen des Heidentums zusammenstellen darf, so sehen wir, daß die Wahrheit zu den Menschen durch Gleichnisse gesprochen hat. Und was ist das Gleichnis anderes als die Fabel, d. h. ein erdichtetes Beispiel, welches sich um so leichter und wirksamer einprägt, je gemeinverständlicher und den gewöhnlichen Anschauungen verwandter es ist? Wer uns vorschlüge, nur die Meister und Lehrer der Weisheit nachzuahmen, gäbe uns einen Entschuldigungsgrund an die Hand; es gibt keinen, wenn Bienen und Ameisen fähig sind, dasselbe zu tun, was man von uns verlangt.

Aus diesen Gründen hat Plato den Homer aus seiner Republik verbannt und dem Äsop einen bevorzugten Ehrenplatz in derselben angewiesen. Er wünscht, daß die Kinder diese Fabeln mit der Muttermilch einsaugen; er empfiehlt den Ammen, ihnen dieselben beizubringen; denn man könne sich nicht früh genug an Weisheit und Tugend gewöhnen. Um nicht später genötigt zu sein, unsere Sitten und Gewohnheiten zu verbessern, sollen wir daran arbeiten, ihnen eine gute Richtung zu geben zu einer Zeit, in welcher sie noch weder gut noch böse sind. Und wo fände man für diesen Zweck ein besseres und wirksameres Mittel als in jenen Fabeln? Man erzähle einem Kinde, daß Crassus, als er gegen die Parther zog, sich in ihr Land hineinwagte, ohne zu bedenken, wie er wieder herauskommen sollte, und daß dies, trotz aller seiner Anstrengungen, einen Rückzug zu finden, ihm und seinem Heere den Untergang brachte. Man erzähle demselben Kinde, daß der Fuchs und der Ziegenbock in einen Brunnen hinabstiegen, um ihren Durst zu löschen; daß der Fuchs sich der Schultern und der Hörner seines Gefährten als einer Leiter bediente und so wieder herauskam, daß der Bock dagegen darin bleiben mußte, weil er nicht ebenso klug und vorsichtig gewesen; und wie man folglich bei jeder Sache das Ende bedenken müsse. Ich frage, welches dieser beiden Beispiele dem Kinde mehr Eindruck machen wird. Wird es sich nicht an das letztere halten, als an dasjenige, welches dem geringen Umfang seines Verständnisses am meisten entspricht und die mindesten Anforderungen an dasselbe macht? Man wende mir nicht ein, die Gedanken der Kindheit seien schon ohnehin kindisch genug, so daß man sie nicht noch auf neue Kindereien hinzulenken brauche. Diese Kindereien sind nur scheinbar Kindereien; denn im Grunde haben sie einen sehr ernsten Sinn. Und wie wir durch Erklärung des Punktes, der Linie, der Fläche und ähnlicher ganz geläufiger Grundbegriffe schließlich zu Kenntnissen gelangen, die uns in den Stand setzen, Himmel und Erde zu messen: ganz ebenso werden durch die Schlüsse und Folgerungen, die man aus diesen Fabeln zieht, unser Urteilsvermögen und unsere Sitten und wir für das wahrhaft Große empfänglich gemacht und befähigt.

Sie sind nicht nur moralisch, sondern auch auf anderen Gebieten belehrend: es kommen in ihnen die Eigentümlichkeiten und die verschiedenen Charaktere der Tiere zum Ausdruck und infolgedessen auch die unseren, da wir der Inbegriff alles Guten und Bösen sind, das in den nicht vernunftbegabten Geschöpfen sich uns darstellt. Als Prometheus den Menschen bilden wollte, nahm er die vorherrschende Eigenschaft eines jeden Tieres; aus diesen so verschieden gearteten Stücken fügte er unsere Gattung zusammen und schuf er jenes Werk, das wir Mikrokosmos nennen. So sind diese Fabeln ein Gemälde, auf welchem jeder von uns sich abgebildet findet. Was sie uns darstellen, befestigt die älteren Leute in den Kenntnissen, welche das Leben ihnen gewährt hat, und lehrt die Kinder dasjenige, was zu wissen ihnen not tut. Die letzteren, als neue Ankömmlinge in der Welt, kennen die Bewohner derselben nicht; sie kennen sich selber nicht. Diese Unwissenheit soll man ihnen möglichst bald benehmen; man muß sie lehren, was ein Löwe, was ein Fuchs ist usw. und warum man mitunter einen Menschen mit diesem Fuchs oder mit jenem Löwen vergleicht. Das ist das Ziel, auf welches diese Fabeln hinarbeiten; die ersten Anschauungen und Vorstellungen von allen jenen Dingen gehen aus ihnen hervor.

Ich habe das bei Vorreden übliche Maß bereits überschritten, und doch habe ich über die Haltung meines Werkes noch nicht Rechenschaft gegeben.

Die Gleichnisfabel besteht aus zwei Teilen, deren einen man den Körper nennen könnte, während der andere die Seele darstellt. Die eigentliche Fabel ist der Körper, die Seele ist die Moral. Aristoteles will in der Fabel als handelnde Personen nur die Tiere zulassen; Menschen und Pflanzen schließt er von ihr aus. Diese Vorschrift ist weniger von der Notwendigkeit als von einem gewissen Gefühl für das Passende und Schickliche geboten; auch hat weder Äsop noch Phädrus noch irgendein anderer Fabeldichter sich streng an dieselbe gehalten, ganz im Gegensatz zu der »Moral«, welche kein einziger unbeachtet läßt. Habe ich dieselbe hier und da anzuführen unterlassen, so ist dies nur an solchen Stellen geschehen, wo ihre Erwähnung dem Schönheitssinn widerstrebt hätte oder wo es dem Leser leicht ist, sie zu ergänzen. In Frankreich handelt es sich nur darum, daß etwas gefalle; das ist die große, um es geradeheraus zu sagen, die einzige Regel. Ich habe es daher nicht gerade für ein Verbrechen gehalten, mich über das Althergebrachte hinwegzusetzen, wo dasselbe nur dadurch, daß man ihm Gewalt antat, aufrechtzuerhalten gewesen wäre. Zu Äsops Zeiten wurde die Fabel ganz einfach erzählt, und darauf folgte, immer von ihr getrennt, die Moral. Dann kam Phädrus, der sich dieser Regel nicht unterwarf: er verleiht der Erzählung mehr Zierlichkeit und Schmuck und verlegt die Moral bisweilen vom Ende an den Anfang. Sollte es durchaus notwendig sein, ihr einen Platz anzuweisen, so fehle ich gegen diese Vorschrift nur, um eine andere zu befolgen, welche nicht minder wichtig ist und die Horaz uns gibt. Dieser Schriftsteller will nicht, daß ein Dichter sich hartnäckig auf etwas versteife, was der Anlage seines Geistes und der Beschaffenheit seines Stoffes zuwider ist. Niemals – so behauptet er – wird ein Mensch, der nach Erfolg strebt, dergleichen durchsetzen wollen; sieht er von irgendeiner Sache ein, daß es ihm nicht gelingen will, etwas Gutes aus ihr zu machen, so gibt er sie auf.

. . . . Et quae
Desperat tractata nitescere posse relinquit.

Dies habe auch ich mit der Moral in einigen Fällen getan, in denen ich mir von derselben keinen besonders guten Erfolg versprechen konnte.

Jean de la Fontaine

ERSTES BUCH

FABEL I

DIE GRILLE UND DIE AMEISE

Grillchen, das den Sommer lang
Zirpt' und sang,
Litt, da nun der Winter droht',
Harte Zeit und bittre Not:
Nicht das kleinste Würmchen nur,
Und von Fliegen keine Spur!
Und vor Hunger weinend leise
Schlich's zur Nachbarin Ameise;
Fleht' sie an, in ihrer Not
Ihr zu leihn ein Körnlein Brot,
Bis der Sommer wiederkehre.
»Glaub mir« – sprach's – »auf Grillen-Ehre,
Vor dem Erntemond noch zahl
Zins ich dir und Kapital.« –
Ämschen, die, wie manche lieben
Leute, das Verleihen haßt,
Fragt die Borgerin: »Was hast
Du im Sommer denn getrieben?« –
»Tag und Nacht hab ich ergetzt
Durch mein Singen alle Leut.« –
»Durch dein Singen? – Sehr erfreut!
Weißt du was? Dann – tanze jetzt!«

FABEL II

DER RABE UND DER FUCHS

Im Schnabel einen Käse haltend, hockt
Auf einem Baumast Meister Rabe.
Von dieses Käses Duft herbeigelockt,
Spricht Meister Fuchs, der schlaue Knabe:
»Ah! Herr von Rabe, guten Tag!
Wie nett Ihr seid und von wie feinem Schlag!
Entspricht dem glänzenden Gefieder
Nun auch der Wohlklang Eurer Lieder,
Dann seid der Phönix Ihr in diesem Waldrevier.«
Dem Raben hüpft das Herz vor Lust. Der Stimme Zier
Zu künden, tut mit stolzem Sinn
Er weit den Schnabel auf; da – fällt der Käse hin.
Der Fuchs nimmt ihn und spricht: »Mein Freundchen,
Ein jeder Schmeichler mästet sich [denkt an mich!
Vom Fette des, der willig auf ihn hört.
Die Lehr ist zweifellos wohl – einen Käse wert!«
Der Rabe, scham- und reuevoll,
Schwört – etwas spät –, daß niemand ihn mehr fangen soll.

FABEL III

DER FROSCH, DER DEM STIER AN GRÖSSE GLEICHEN WOLLTE

Ein Frosch sah einstmals einen Stier,
Des Wuchs ihm ungemein gefallen.
Kaum größer als ein Ei, war doch voll Neid das Tier;
Er reckt und bläht sich auf mit seinen Kräften allen,
Dem feisten Rind an Größe gleich zu sein.
Drauf spricht er: »Schau, mein Brüderlein,
Ist's nun genug? Bin ich so groß wie du?« – »O nein!« –
»Jetzt aber?« – »Nein!« – »Doch nun?« – »Wie du dich auch ab-
Du wirst mir nimmer gleich!« – Das arme kleine Vieh [mattst,
Bläht sich und bläht sich, bis es – platzt.
Wie viele gibt's, die nur nach eitler Größe dürsten!
Der Bürgersmann tät's gern dem hohen Adel gleich,
Das kleinste Fürstentum spielt Königreich,
Und jedes Gräflein spielt den Fürsten.

FABEL IV

DIE BEIDEN ESEL

Zwei Esel gehn des Wegs; nur Hafer schleppte der,
  Doch jener trug viel Geld zum Amt der Steuern,
Und stolz sich brüstend ob der goldnen Last, der teuern,
Gäb er um keinen Preis die blanke Bürde her.
  Er trabt gewicht'gen Schritts einher,
  Hell läßt er tönen sein Geläute.
  Da plötzlich naht des Feindes Heer,
  Und da nach Gold nur ihr Begehr,
Wirft auf das Steuer-Lasttier sich die ganze Meute
  Und nimmt es mit als gute Beute.
  Freund Langohr leistet Gegenwehr;
Doch schwer verwundet sinkt er hin und seufzt im Sterben:
»Das also ist mein Lohn? O gleisnerische Pracht!
Der schlechten Hafer trug, entrinnt jetzt dem Verderben,
  Und ich, ich sink in Todes Nacht!«
  Da spricht zu ihm sein Freund, der gute:
»Nicht stets sind Würd und Amt ein Glück, das glaube mir!
Freund, wärest du, wie ich, ein armes Müllertier,
  Lägst du nicht hier in deinem Blute.«

FABEL V

DER WOLF UND DER HUND

Ein Wolf, der nichts als Knochen war und Haut –
Dank guter Wacht der Schäferhunde –
Traf eine Dogge einst, die, stark und wohlgebaut,
Glänzenden Fells und feist, just jagte in der Runde.
»Ha!« – dachte Meister Isegrim –
»Die so zum Frühstück, wär nicht schlimm!«
Doch stand bevor ein Kampf, ein heißer,
Und unser Hofhund hatte Beißer,
Gemacht zu harter Gegenwehr.
Drum kommt der Wolf ganz freundlich her
Und spricht ihn an, so ganz von ungefähr,
Bewundernd seines Leibes Fülle.

»Die, lieber Herr, ist's Euer Wille« –
Erwiderte der Hund – »blüht Euch so gut wie mir!
Verlaßt dies wilde Waldrevier;
Seht Eure Vettern, ohne Zweifel
Nur dürft'ge Schlucker, arme Teufel,
Sie lungern hier umher, verhungert, nackt und bloß!
Hier füttert keiner Euch, Ihr lebt nur – mit Verlaub –
Vom schlechtesten Geschäft, dem Raub.
Drum folgt mir, und Euch winkt – glaubt nur – ein besser Los.« –
»Was« – sprach der Wolf – »hab ich dafür zu leisten?« –
»Fast nichts!« – so sagt der Hund. – »Man überläßt die Jagd
Den Menschen, denen sie behagt,
Schmeichelt der Dienerschaft, doch seinem Herrn am meisten.
Dafür erhält die nicht verspeisten
Tischreste man zum Lohn, oft Bissen leckrer Art,
Hühner- und Taubenknöchlein zart,
Manch andrer Wohltat zu geschweigen!« –
Schon träumt der Wolf gerührt vom Glück der Zukunft, und
Ein Tränlein will dem Aug entsteigen;
Da plötzlich sieht er, daß am Halse kahl der Hund.
»Was ist das?« – fragt er. – »Nichts!« – »Wie? Nichts?« – »Hat nichts zu sagen!« –
»Und doch?« – »Es drückte wohl das Halsband hier mich wund,
Woran die Kette hängt, die wir mitunter tragen.« –
»Die Kette?« – fragt der Wolf. – »Also bist du nicht frei?« –
»Nicht immer; doch was ist daran gelegen?« –
»So viel, daß ich dein Glück, all deine Schwelgerei
Verachte! Bötst du meinetwegen
Um den Preis mir 'nen Schatz, sieh, ich verschmäht ihn doch!«
Sprach's, lief zum Wald zurück flugs und – läuft heute noch.

FABEL VI

KALB, ZIEGE, SCHAF IM BUND MIT DEM LÖWEN

Kalb, Zieg und Schaf, im Bund mit einem stolzen Leun,
Als Gründer bildeten in grauer Vorzeit Tagen
Genossenschaftlich sie einen Handelsverein,
Gewinn sowie Verlust zu gleichem Teil zu tragen.
Auf dem Gebiet der Geiß fing einst ein Hirsch sich ein.
Zu den Genossen schickt die biedre Zieg in Eile;
Sie kommen, und der Leu, indem er um sich blickt,
Spricht: »Wir sind vier, drum geht die Beut auch in vier Teile.«
Zerlegend drauf den Hirsch nach Jägerart geschickt,
Nimmt er das erste Stück für sich, und mit Behagen
Spricht er: »Das kommt mir zu, weil ich, euch zum Gewinn,
Als Leu der Tiere König bin;
Dagegen ist wohl nichts zu sagen!
Von Rechtes wegen fällt mir zu das zweite Stück;
Dies Recht, des Stärkern Recht heißt's in der Politik.
Als Tapferstem wird mir das dritte wohl gebühren!
Wagt einer jetzt von euch, das vierte zu berühren,
So würg ich ihn im Augenblick.«

FABEL VII

DER QUERSACK

Einst sprach der Vater Zeus: »An meines Thrones Stufen
Erscheine, was da lebt; und wer sich an Gestalt
Und Wesen zu Beschwer berechtigt und berufen
 Vermeint, der red ohn Hinterhalt!
 Wo's geht, bin ich zu helfen willig.
Du, Affe, sprich zuerst! Schau dir, wie recht und billig,
Die Tiere alle an, vergleich ihr Angesicht
 Und ihre Formen mit den deinen.
Bist du zufrieden?« – »Ich?« – sprach er – »Warum denn nicht?
Ich hab vier Füße doch wie jene, sollt ich meinen!
Und mit Vergnügen stets hab ich mein Bild beschaut.
Allein mein Bruder Bär ist gar zu plump gebaut,
Und keinem Maler sollt er je zu sitzen wagen!« –
Der Bär tritt vor – man glaubt, er wolle sich beklagen;
Doch weit gefehlt! Hört nur, wie seinen Wuchs er rühmt!
Jedoch der Elefant – so schmäht er unverblümt –
Hätt das am Ohr zuviel, was ihm am Schwanze fehlte;
Unförmig, massenhaft, sei er der Schönheit bar!

Der Elefant, der sonst sogar
Ein kluges Tier, erschien doch heut als Tor und schmälte,
Daß für sein Maul, das nicht gering,
Der Walfisch sich zu dick erwiese!
Der Ameis schien die Milb ein gar zu winzig Ding,
Dagegen wär sie selbst ein Riese!
Zeus schickt sie alle heim, die sich so mild und lind
Selbstlobend kritisiert. Wir Menschen aber sind
Der Toren törichtste, da alle wir im Leben,
Für andre luchsäugig, für uns stets maulwurfblind,
Uns selber alles, doch dem Nächsten nichts vergeben.
Nie gleichen Blicks hast dein du wie des andern acht.
Es schuf des höchsten Schöpfers Macht
Als Lumpenvolk uns all, heut wie in frühern Tagen:
Quer auf die Schulter legt' er uns den Bettelsack,
Drin unsrer Sünden Last wir auf dem Rücken tragen,
Doch vorn, uns sichtbar stets, der fremden Fehler Pack.

FABEL VIII

DIE SCHWALBE UND DIE KLEINEN VÖGEL

War einst 'ne Schwalbe, die auf Reisen
Gar viel gelernt. Wer viel und mancherlei gesehn,
Wird auch so manches wohl verstehn.
Sie sah von ferne schon die leichtste Brise kreisen,
Und eh zum Sturmwind die erwuchs,
Verkündet sie's den Schiffern flugs.
Da nun die Jahreszeit kam, wo der Hanf gesät wird,
Sah einen Landmann sie, der ihn in Furchen streut.
»Das mißfällt mir!« – sprach sie. »Ihr Vöglein, seid gescheut!
Ihr dauert mich; denn ich, ich geh, bevor's zu spät wird,
Weit fort und berge mich da, wo ich sicher bin.
Doch ihr – seht ihr die Hand dort hin und her ihn schwingen?
Glaubt mir: 's ist nicht mehr lange hin,
Dann wird, was jetzt sie streut, euch, ach! Verderben bringen.
Da wird zu eurem Fang manch Netz gar meisterlich
Gelegt und mancher Dohnenstrich;
Man stellt euch nach, man legt euch Schlingen.
Dann kommt die Zeit der schweren Not,

Wo euch Gefängnis oder Tod,
Der Käfig oder Bratspieß droht.
Drum rat ich euch, jetzt wegzufressen
Den Samen. Folgt mir und seid klug!« –
Die Vöglein höhnten sie vermessen,
Sie hatten Futters ja genug!
Man sah das Hanffeld grün sich färben.
Da sprach die Schwalbe: »Schnell! Reißt, Halm für Halm, jetzt [ab
Das Gras, das jener Same gab;
Sonst bringt es sicher euch Verderben.« –
»Unglücksprophet!« – schrien sie – »Geschwätz'ger Phrasen- [held!
Ein schöner Rat, um uns zu retten!
Da tausend Mann wir nötig hätten,
Jetzt kahl zu mähn dies ganze Feld!« –
Als nun der Hanf in Samen schoß,
Da rief die Schwalb: »O weh!« – und schüttelte das Haupt.
»Das böse Kraut! Wie schnell es sproß!
Doch ihr, die ihr bisher noch nimmer mir geglaubt,
Merkt jetzt euch dies: Seht ihr die Fluren
Voll Stoppeln, hat der Mensch sein Feld
Fertig für dieses Jahr bestellt
Und folgt als Feind er euren Spuren,
Stellt Fallen er und Netze fein
Den armen kleinen Vögelein,
Dann hütet euch umherzufliegen!
Dann bleibt zu Haus, vielmehr verlaßt dann diesen Ort,
Wie Kranich, Schnepf und Storch auf ihren Wanderzügen.
Ach, leider könnt ihr ja nicht fort,
Nicht über Land und Meer, wie wir, zum Flug euch rüsten
Nach fremden Weltteils fernen Küsten!
Drum, glaubt mir, ist für euch die einz'ge Rettung noch,
Euch still zu bergen in ein sichres Mauerloch.« –
Die Vöglein, statt der weisen Kunde
Zu lauschen, fingen an zu schwatzen, Oh und Ach,
Wie der Trojaner Volk, als mit Prophetenmunde
Kassandra einst zu ihnen sprach.
Wie jenen dort, ging's jetzt den Kleinen:
Manch Vöglein seufzte, das in Sklaverei geriet.
Wir glauben stets nur, was wir meinen,
Und sehn den Schaden erst, wenn er uns selbst geschieht.

FABEL IX

STADTRATTE UND LANDRATTE

Stadträttlein lud einst zum Feste
Und zu Tisch, auf hoch und fein
Fette Ortolanen-Reste,
Landrättlein gar höfisch ein.

Auf dem türk'schen fein gewebten
Teppich stand das Mahl bereit,
Und die beiden Freunde lebten
Lustig und in Herrlichkeit.

Man genoß in vollen Zügen,
Köstlich mundete der Schmaus;
Plötzlich, mitten im Vergnügen,
Wurden sie gestört – o Graus!

Klang es nicht, als ob was krachte? –
Hei, wie Stadträttlein in Hast
Gleich sich aus dem Staube machte!
Schleunigst folgt ihm nach der Gast.

Blinder Lärm nur war's. Es wandern
Beide wieder in den Saal,
Und Stadträttlein spricht zum andern:
»Setzen jetzt wir fort das Mahl!«

»Danke sehr!« – spricht jenes – »Morgen
Komm zu mir aufs Land hinaus.
Kann dir freilich nicht besorgen
Dort so königlichen Schmaus.

Einfach nur, doch unbeneidet,
Voller Sicherheit bewußt,
Speis ich dort. Pfui solcher Lust,
Die durch Furcht mir wird verleidet!«

FABEL X

DER WOLF UND DAS LAMM

Des Stärkern Recht ist stets das beste Recht gewesen –
Ihr sollt's in dieser Fabel lesen.
Ein Lamm löscht' einst an Baches Rand
Den Durst in dessen klarer Welle.
Ein Wolf, ganz nüchtern noch, kommt an dieselbe Stelle,
Des gier'ger Sinn nach guter Beute stand.
»Wie kannst du meinen Trank zu trüben dich erfrechen?« –
Begann der Wüterich zu sprechen –
»Die Unverschämtheit sollst du büßen, und sogleich!« –
»Eu'r Hoheit brauchte« – sagt das Lamm, vor Schrecken bleich –
»Darum sich so nicht aufzuregen!
Wollt doch nur gütigst überlegen,
Daß an dem Platz, den ich erwählt,
Von Euch gezählt,
Ich zwanzig Schritt stromabwärts stehe;
Daß folglich Euren Trank – seht Euch den Ort nur an –
Ich ganz unmöglich trüben kann.« –

»Du trübst ihn dennoch!« – spricht der Wilde. »Wie ich sehe,
Bist du's auch, der auf mich geschimpft im vor'gen Jahr!« –
»Wie? Ich, geschimpft, da ich noch nicht geboren war?
  Noch säugt die Mutter mich; fragt nach im Stalle.«
    »Dein Bruder war's in diesem Falle!« –
»Den hab ich nicht.« – »Dann war's dein Vetter! Und
        Ihr hetzt mich und verfolgt mich alle,
    Ihr, euer Hirt und euer Hund.
Ja, rächen muß ich mich, wie alle sagen!« –
    Er packt's, zum Walde schleppt er's drauf,
    Und ohne nach dem Recht zu fragen,
    Frißt er das arme Lämmlein auf.

FABEL XI

DER MENSCH UND SEIN EBENBILD

FÜR DEN HERZOG DE LA ROCHEFOUCAULD

Es war einmal ein Mann, der, in sich selbst verliebt,
Sich für den Schönsten hielt, den alle Lande trügen;
Den Spiegel scheltend, daß entstellt sein Bild er gibt,
Fand er sein Glück darin, sich selber zu belügen.
Um ihn zu heilen, sorgt ein günstiges Geschick,
　　Daß stets er, wo auch weilt sein Blick,
Der Damen stummen und geheimen Rat muß schauen:
Spiegel in Stub und Saal, Spiegel, ob nah, ob fern,
　　Spiegel in Taschen feiner Herrn,
　　Spiegel im Gürtel schöner Frauen.
Was tut unser Narziß? Er tut sich selbst in Bann
Und birgt am stillsten Ort sich, den er finden kann,
Wohin kein Spiegel wirft sein trügerisch Gebilde.
Doch durch der Einsamkeit verlassenstes Gefilde
　　Rieselt ein klarer Silberbach.
Er schaut sich selbst darin, und zürnend ruft er: »Ach,
Ein eitel Trugbild ist's, das mir den Ort verleidet!«

Er gibt sich alle Müh, ihm aus dem Weg zu gehn;
Allein der Bach ist gar so schön,
Daß er nur ungern von ihm scheidet.
Was die Moral der Fabel sei?
Zu allen red ich; das Sichselbstbetrügen,
Ein Übel ist's, von dem kein Sterblicher ganz frei:
Dein Herz, es ist der Narr, geneigt, sich zu belügen;
Der Spiegel, den als falsch zu schelten wir geneigt,
Des Nächsten Torheit ist's, die wir an uns vermissen.
Der Bach, der unser Bild uns zeigt,
Du kennst ihn wohl, man nennt ihn – das Gewissen.

FABEL XII

DER VIELKÖPFIGE UND DER VIELSCHWÄNZIGE DRACHE

Einst pries vor der Höflinge Schar
Der türk'sche Gesandt', der in Wien beglaubigt war,
Des eignen Landes Macht vor der des Deutschen Reiches.
Ein Deutscher sprach: »Trotz des Vergleiches
Wißt: unsres Kaisers Banner trug
Schon mancher Mann, selbst stark genug,
Tät's not, auf eigne Hand ein Heer zum Kampf zu rüsten.«
Des Sultans Pascha, fein und klug,
Erwidert': »Als ob wir nicht wüßten,
Was jeder Kurfürst an Soldaten stellen kann!
Das mahnt mich unwillkürlich an
Etwas, das ich erlebt, mag's wunderbar auch klingen.
Ich stand an sichrem Ort, da sah durch einen Hag
Die hundert Häupter ich der Hydra plötzlich dringen.
Mein Blut erstarrt – so etwas mag
Zur Furcht den Tapfersten wohl bringen!
Doch blind war meine Furcht; denn ob der Köpfe Zahl
Drang durch die Hecke nicht einmal,
Geschweige bis zu mir, der Leib des Ungeheuers.
Noch dacht ich dieses Abenteuers,

Da seh ein zweites Tier, ein vielgeschweiftes, ich,
Das bohrt sein Drachenhaupt, sein einz'ges, durch die Hecken;
Zum zweiten Male fühlt ich mich
Von Angst erfaßt und starrem Schrecken.
Haupt, Leib und jeder Schweif – eins brach dem andern Bahn,
So ward der Fortschritt leicht dem Tier, dem ungeheuren.
Seht, ganz so scheint's mir angetan
Mit unsrem Reich und mit dem Euren.«

FABEL XIII

DIE DIEBE UND DER ESEL

Zwei Diebe prügelten um einen Esel sich,
Den sie geraubt; der wollt behalten ihn, verkaufen
Wollt ihn der andre. Jämmerlich
Zerbleut das edle Paar sich drum in blut'gem Raufen.
Ein dritter Spitzbub kommt zum Ort,
Der führt den Meister Langohr fort.
Manch armes Land ist wohl dem Esel zu vergleichen,
Und mancher Fürst aus fernen Reichen,
Wie aus der Walachei, Ungarn und der Türkei,
Den Dieben. Statt der zwei sind's manchmal drei –
Zu häufig nur ist diese Sorte heute!
Doch von dem Kleeblatt fällt oft keinem zu die Beute;
Ein vierter Räuber kommt, ganz jener wert, und – schnapp!
Jagt er das Langohr ihnen ab.

FABEL XIV

WIE SIMONIDES VON DEN GÖTTERN BESCHÜTZT WARD

Drei Dinge gibt's, die nie man hoch genug kann preisen:
Gott, die Geliebt' und seinen Herrn.
Malherbe sagt's einmal, und ich bekenn mich gern
Zu diesem Ausspruch unsres Weisen.
Wohl kitzelt feines Lob und nimmt die Herzen ein,
Oft ist der Schönen Gunst der Preis für Schmeichelein.
Hört, welch ein Preis dafür von Göttern zu gewinnen.
Simonides fiel's einstmals ein,
'nes Fechters Lob im Lied zu singen. Beim Beginnen
Fand er zu trocken gleich, zu arm den Gegenstand;
Des Ringers Sippe war fast gänzlich unbekannt,
Ein braver Ehrenmann sein Vater, er ein schlichter
Und dürft'ger Stoff für einen Dichter.
Anfangs sprach der Poet von seinem Helden zwar
Und lobte, was an ihm nur irgend war zu loben;
Bald aber schweift' er ab, und zu dem Zwillingspaar
Kastor und Pollux hat er schwungvoll sich erhoben.
Er preist die beiden als der Ringer Ruhm und Hort,

Zählt ihre Kämpfe auf, bezeichnet jeden Ort,
Wo jemals sie gestrahlt im Glanze hellsten Lichtes.
Der beiden Lob – mit einem Wort,
Zwei Drittel füllt es des Gedichtes.
Bedungen hatten ein Talent als Preis die zwei;
Jetzt kommt der Biedermann herbei,
Zahlt ihm ein Drittel nur und sagt ihm frank und frei,
Es würden ihm den Rest Kastor und Pollux zahlen.
»Halt dich nur an die zwei, die hell am Himmel strahlen!
Allein, daß du nicht meinst, ich sei
Dir gram – besuche mich zu Tisch. Gut sollst du speisen;
Auch die Gesellschaft ist nicht schlecht,
's ist meine Sippe – ist dir's recht,
So wolle mir die Ehr erweisen.«
Simonides sagt zu; vielleicht befürchtet er,
Außer dem Geld auch noch die Ehre dranzugeben.
Er kommt; man speist, man läßt ihn leben,
Und froh und munter geht es her.
Da meldet ihm ein Sklav, es hätten an der Pforte
Zwei Männer augenblicks zu sprechen ihn begehrt;
Er eilt hinaus, doch bleibt am Orte
Die Sippe schmausend ungestört.
Das Götterzwillingspaar, die er im Lied gepriesen,
Sie sind's, sie bringen ihm die Mahnung jetzt als Lohn:
Forteilen mög er schnell aus diesen
Unsel'gen Hallen, die mit nahem Einsturz drohn.
Bald war erfüllt die Schreckenskunde:
Ein Pfeiler wankt, einstürzt das Dach,
Das ungestützte, schlägt zugrunde
All' Eß- und Trinkgerät und mit furchtbarem Krach
Die Schenken selbst im Festgemach.
Noch mehr: als Rache für die Götter, die geschmähten,
Und den betrogenen Poeten
Zerschmettert beide Bein ein Balken dem Athleten.
Teils wund, teils arg verstümmelt gar
Kehrt heim der Gäste ganze Schar.
Fama verbreitete die Mär auf ihren Reisen;
Nun doppelt alle Welt, ihm Achtung zu beweisen,
Den Sold des Dichters, der der Götter Liebling war,
Und jedermann aus höhern Kreisen
Ließ jetzt durch ihn für Honorar

In Versen seine Ahnen preisen.
Was lehrt die Fabel uns? – Zuerst, mein ich, daß man
Das Lob der Himmlischen zu weit nie treiben kann;
Ferner, daß mit dem Schmerz und ähnlich ernsten Sachen
Melpomene versteht manch gut Geschäft zu machen;
Endlich, daß unsre Kunst man schätz ohn Unterlaß.
Die Großen ehren sich, wenn uns sie Gunst erweisen;
Einst hört' als Freund' und Brüder preisen
Man den Olymp und den Parnaß.

FABEL XV

DER TOD UND DER UNGLÜCKLICHE

Stets rief in seiner Not ein armer Mann
Den Tod als Retter an.
»Tod!« – rief er – »wie so schön erscheinst du dem Elenden!
Komm, eilig komm herbei, mein grausam Los zu enden!« –
Der Tod vernimmt's und ist dienstfertig gleich am Ort,
Klopft an die Tür, tritt ein, und, kaum läßt er sich schauen –
»Was seh ich?« – ruft der Mann. »Bringt dieses Scheusal fort!
Wie gräßlich ist er! Angst und Grauen
Macht mir sein Anblick! Höre mich,
Komm näher nicht, o Tod! O Tod, entferne dich!«
Mäcenas war ein Mann von Ehre,
Und dieser sagte einst: »Nähmt meine Mannheit ihr,
Ja, wenn ein Krüppel ich ohn Arm' und Beine wäre,
Nur leben will ich ja! Laßt nur das Leben mir!«
Komm nimmermehr, o Tod! – so fleht man stets zu dir.

Diesen Gegenstand hat Äsop auf andere Weise behandelt, wie die folgende Fabel zeigen wird. Ich habe diese aus einem Grunde geschrieben, der mich zwang, die Sache so allgemein zu halten. Doch jemand ließ mich wissen, daß ich weit besser getan hätte, bei meinem Original zu bleiben, und daß ich mir eine der schönsten Stellen im Äsop hätte entgehen lassen. So war ich gehalten, zu ihm zurückzukehren. Wir können nicht über die Alten hinausgehen: Sie haben uns für unser Teil nur den Ruhm gelassen, ihnen nachzueifern. Gleichwohl stelle ich meine Fabel neben die des Äsop, nicht, weil sie es verdiente, doch weil die Worte des Mäcenas, die ich eingebracht habe, so schön und so treffend sind, daß ich nicht glaubte, sie weglassen zu müssen.

FABEL XVI

DER TOD UND DER HOLZFÄLLER

Ein armer Arbeitsmann, mit Reisig schwer belastet,
Von seines Bündels und der Jahre Last gedrückt,
Geht schwanken Schritts fürbaß, tief seufzend und gebückt;
Sein Hüttlein hätt er gern erreicht, bevor er rastet.
Jetzt kann er nicht mehr fort, und tränenfeuchten Blicks,
Die Bündel ablegend, denkt er seines Mißgeschicks.
Was bot an Freuden ihm bisher sein ganzes Leben?
Kann's einen Ärmern wohl als ihn auf Erden geben?
Oft keinen Bissen Brot und nimmer Ruh noch Rast,
Weib, Kind, der Steuern und der Einquartierung Last,
        Frondienst und Gläub'ger ohn Erbarmen –
Des Jammers vollstes Bild zeigt alles dies dem Armen.
Er ruft den Tod herbei; der ist auch gleich zur Stell
        Und fragt, womit er dienen sollte.
        »Ach, bitte« – spricht er – »hilf mir schnell
Dies Holz aufladen! Das ist alles, was ich wollte!«
            Tod heilt alle Erdennot;
            Aber Leben ist nicht minder
            Schön, und: »Besser Not als Tod« –
            Denken alle Menschenkinder.

FABEL XVII

DER MANN ZWISCHEN ZWEI LEBENSALTERN UND ZWEI LEBENSGEFÄHRTINNEN

Einer in dem unbequemen
Alter, wo vom Lebensherbst,
Dunkles Haupt, du grau dich färbst,
Dachte dran, ein Weib zu nehmen.
Sein Geldsack war sehr schwer,
Und daher
Auch manche Frau bemüht, ihm zu gefallen;
Doch just darum beeilt' sich unser Freund nicht sehr –
Gut wählen ist das Wichtigste von allen.
Zwei Witwen freuten sich am meisten seiner Gunst,
'ne junge und 'ne etwas mehr betagte;

Doch die verbesserte durch Kunst,
Was schon der Zahn der Zeit benagte.
Es schwatzt und lacht das Witwenpaar,
Ist stets bemüht, ihn zu ergetzen;
Sie kämmen manchmal ihn sogar,
Um ihm den Kopf zurechtzusetzen.
Die Ältre raubt dann stets ihm etwas dunkles Haar,
Soviel davon noch übrig war –
Viel gleicher dünkt sie sich dadurch dem alten Schatze.
Die Junge zieht mit Fleiß ihm aus das weiße Haar;
Und beide treiben's so, daß unsres Graukopfs Glatze
Bald gänzlich kahl – da wird ihm erst sein Standpunkt klar.
»Viel Dank, ihr Schönen, euch!« – spricht er. »Wie gut auch [immer
Ich von euch geschoren bin,
Hab ich doch davon Gewinn;
Denn an Heirat denk ich nimmer.
Welche ich nähm, stets ging's, wollt ich nicht ew'gen Zank,
Nach ihrem, nicht nach meinem Kopfe.
'nen Kahlkopf faßt man nicht beim Schopfe!
Für diese Lehre nehmt, ihr Schönen, meinen Dank.«

FABEL XVIII

DER FUCHS UND DER STORCH

Gevatter Fuchs hat einst in Kosten sich gestürzt
Und den Gevatter Storch zum Mittagbrot gebeten.
Nicht allzu üppig war das Mahl und reich gewürzt;
 Denn statt der Austern und Lampreten
Gab's klare Brühe nur – viel ging bei ihm nicht drauf.
In flacher Schüssel ward die Brühe aufgetragen;
Indes Langschnabel Storch kein bißchen in den Magen
Bekam, schleckt' Reineke, der Schelm, das Ganze auf.
 Doch etwas später lädt der Storch, aus Rache
Für diesen Streich, den Fuchs zum Mahl auf seinem Dache.
»Gern!« – spricht Herr Reineke – »da ich nach gutem Brauch
 Mit Freunden nie Umstände mache.«
 Die Stunde kommt; es eilt der list'ge Gauch
 Nach seines Gastfreunds hohem Neste,
 Lobt seine Höflichkeit aufs beste,
 Findet das Mahl auch schon bereit,

Hat Hunger – diesen hat ein Fuchs zu jeder Zeit –
Und schnüffelnd atmet er des Bratens Wohlgerüche,
Des leckern, die so süß ihm duften aus der Küche.
Man trägt ihn auf, doch – welche Pein! –
In Krügen eingepreßt, langhalsigen und engen;
Leicht durch die Mündung geht des Storches Schnabel ein,
Umsonst sucht Reineke die Schnauze durchzuzwängen.
Hungrig geht er nach Haus und mit gesenktem Haupt,
Klemmt ein den Schwanz, als hätt ein Huhn den Fuchs geraubt,
Und läßt vor Scham sich lang nicht sehen.
Ihr Schelme, merkt euch das und glaubt:
Ganz ebenso wird's euch ergehen.

FABEL XIX

DAS KIND UND DER SCHULMEISTER

Die Fabel hier und ihre Spitze zielt
Auf jene Narren, die stets Reden halten.
Ein Knäblein, das am Seine-Ufer spielt',
Fiel in den Fluß. Des Himmels gnädig Walten
Fügt', daß ein alter Weidenbaum, der hart
Am Ufer stand, des Kindes Rettung ward.
Indes das Kind den Weidenzweig mit Bangen
Erfaßt, kommt ein Schulmeisterlein gegangen.
Das Kind schreit: »Hilfe! Hilf! Ich muß vergehn!« –
Auf sein Geschrei bleibt der Magister stehn,
Und mit dem Pathos eines Advokaten
Schilt er den Kleinen: »Seht den Fratzen doch,
Wohin durch seine Dummheit er geraten!

Um solchen Schelm soll man sich kümmern noch!
Die armen Eltern, deren Pflicht im Leben,
Auf solch Gesindel immer achtzugeben!
Sie haben wahrlich einen schweren Stand!« –
Sprach's, setzte drauf den Kleinen an das Land.
Viel gibt's der Art, wenn auch mit andrem Namen:
Der Schwätzer, Splitterrichter, der Pedant,
Die wohl ihr Bild erkannt in diesem Rahmen –
Unzählbar sind sie wie des Meeres Sand,
Gesegnet hat der Schöpfer ihren Samen.
Die Sorte denkt nur stets zuerst daran,
    Der Rede Künste zu entfalten.
Erst rette, Freund, mich aus der Not, und dann,
    Dann magst du deine Rede halten!

FABEL XX

DAS HUHN UND DIE PERLE

Hühnchen fand an einem Ort
Eine Perl und trug sofort
Sie zum Juwelier hinüber:
»Glaube, sie hat hohen Preis,
Doch das kleinste Körnchen Mais
Wäre mir bei weitem lieber.«

Eine Handschrift inhaltreich
Erbt' ein Dummkopf, bringt sogleich
Sie zum Antiquar hinüber:
»Wertvoll, hör ich, soll sie sein,
Doch der kleinste Talerschein
Wäre mir bei weitem lieber.«

FABEL XXI

DIE HORNISSEN UND DIE BIENEN

Am Werk erkennt den Meister man.
Ein Honigzellchen war einst herrenlos; Hornissen
Hatten es an sich gerissen,
Bienen machten Anspruch dran.
Vor eine Wespe kam der Streit, die sollt ihn schlichten;
Allein es ward ihr schwer, nach Fug und Recht zu richten.
Die Zeugen sagten, daß sie um die Zelle her
Geflügeltes Getier, das braun und länglich wär
Und summte, oft bemerkt. Das sprach wohl für die Bienen;
Allein was half's, da die Kennzeichen ungefähr
Auch den Hornissen günstig schienen?
Die Wespe wußte nun erst recht nicht hin und her,
Und sie beschloß, aufs neu die Sache aufzuklären,
'ne Schar Ameisen noch zu hören.
Umsonst! Denn alles blieb, wie's war.
»Auf diese Art wird's nimmer klar!« –
Sprach eine Biene, eine weise –
»Sechs Monde schleppt sich schon der Streit im alten Gleise,
Und wir sind weiter um kein Haar.

Will sich der Richter nicht beeilen –
's ist höchste Zeit! – verdirbt der Honig uns einstweilen;
Am Ende frißt der Bär ihn gar!
Erproben drum wir jetzt, ohn Advokatenpfiffe
Und Krimskrams der Juristenkniffe,
Nur durch die Arbeit unsre Kraft!
Dann wird sich's zeigen, wer von uns den süßen Saft
In schöne Zellen weiß zu legen.« –
Durch der Hornissen Weigrung war
Gar bald ihr Unrecht sonnenklar;
Der Bienen Schar gewann den Streit von Rechtes wegen.
O würde jeder Streit doch nur auf diese Art
Entschieden und, wie man im Morgenlande richtet,
Nach dem Buchstaben nicht, nein, nach Vernunft geschlichtet!
Was würd an Kosten dann gespart,
Statt daß mit endlosen Prozessen
Man jetzt uns zur Verzweiflung treibt!
Wozu? Die Auster wird vom Richter aufgegessen,
Indes für uns die Schale bleibt.

FABEL XXII

DIE EICHE UND DAS SCHILFROHR

Die Eiche sprach zum Schilf: »Du hast,
So scheint mir, guten Grund, mit der Natur zu grollen:
Zaunkögnlein ist dir schon eine schwere Last;
Der Windhauch, der in leisem Schmollen
Des Baches Stirn unmerklich fast
Kräuselt, zwingt dich, den Kopf zu neigen,
Indes mein Scheitel trotzt der heißen Sonne Glut,
Gleich hoher Alpen Firn, und nicht des Sturmes Wut
Vermag mein stolzes Haupt zu beugen.
Was dir schon rauher Nord, scheint linder Zephir mir.
Ja, ständst du wenigstens, gedeckt von meinem Laube,
In meiner Nachbarschaft! Dann, glaube,
Gern meinen Schutz gewährt ich dir,
Du würdest nicht dem Sturm zum Raube.

So aber stehst am feuchten Saum
Des Reichs der Winde du in preisgegebnem Raum.
Sehr ungerecht an dir hat die Natur gehandelt!« –
»Das Mitleid« – sagt das Rohr – »das plötzlich dich anwandelt,
Von gutem Herzen zeugt's; doch sorge nicht um mich!
Glaub, minder drohet mir als dir der Winde Toben;
Ich bieg, ich breche nicht. Bis heut zwar hieltst du dich
Und standst, wie furchtbar sie auch schnoben,
Fest, ungebeugt an deinem Ort.
Doch warten wir es ab!« – Kaum sprach es dieses Wort,
Da, sieh, am Horizont in schwarzer Wolke zeigt sich
Und rast heran ein Sturmesaar,
Der Schrecken schrecklichster, den je der Nord gebar.
Fest steht der Baum, das Schilfrohr neigt sich.
Der Sturm verdoppelt seine Wut
Und tobt, bis er entwurzelt fällte
Den, dessen stolzes Haupt dem Himmel sich gesellte,
Und dessen Fuß ganz nah dem Reich der Toten ruht.

ZWEITES BUCH

FABEL I

GEGEN DIE KRITTLER

Gefiel's Kalliope, mir die Gaben zu verleihen,
Die ihren Freunden sonst sie zur Verfügung stellt,
Den Lügen des Äsop wollt mein Talent ich weihen;
Denn Lüg und Poesie sind freundlich stets gesellt.
Mich wollte der Parnaß mit solcher Gunst nicht schmücken,
Die diesen Dichtungen verliehe höhern Glanz.
Kühn zwar ist das Bemühn, doch nicht unmöglich ganz –
Ich wage den Versuch, mag's Bessern besser glücken.
Ausstattete bisher gar neu und wundersam
Mit Red und Gegenred ich kühnlich Wolf und Lamm;
Noch mehr: es wandelten bei mir, wie ihr gelesen,
Sich Bäum und Pflanzen um in sprachbegabte Wesen.
Wer, frag ich, leugnete hier eines Zaubers Spur?
»Ja« – hör ich unsre Krittler sagen –
»Wes du dich rühmest als Bravour,

Sind ein paar Kindermärchen nur!« –
So wollt Geschichtliches ihr aus der Vorzeit Tagen,
Und zwar in höherm Stil? Hört zu: »Der Troer Heer
Hatt in zehnjähr'gem Kampf um ihrer Festung Türme
Die Griechen mürb gemacht, die trotz der tapfern Wehr,
Trotz aller Schlachten, aller Stürme
Noch immer nicht zerstört die Stadt voll Glanz und Pracht;
Da barg ein hölzern Roß – Minerva hat's erdacht –
Ein seltnes Kunstwerk ohnegleichen,
Den listigen Ulyss' in seinen breiten Weichen,
Den tapfern Diomed, des Ajax stürm'sche Kraft,
Nebst ihrer ganzen Ritterschaft,
Die heimlich der Koloß nach Troja führt, die Blüten
Der Stadt preisgebend samt den Göttern ihrem Wüten –
'ne Kriegslist, unerhört und wirkungsreich genug,
Um der Erfinder Müh zu lohnen« – –
»Halt ein! Halt ein!« – so ruft jetzt ein Herr Superklug –
»Der Satz ist gar zu lang, man muß den Atem schonen!
Und dann, dein hölzern Roß zumeist
Und deine ›Helden lobebären‹
Sind doch noch weit seltsamre Mären,
Als wenn ob seiner Stimm ein Fuchs den Raben preist.
Auch will der hohe Stil dich nicht besonders kleiden.« –
Gut! Stimmen wir den Ton herab: »In Liebesleiden
Denkt Amaryllis an Alkipp, und ihre Pein
Sähn ihre Schäflein, wähnt sie, und ihr Hund allein.
Tircis, die sie erschaut, bleibt hinterm Busche stehen
Und hört die Schäferin zum linden Zephir flehen,
Daß ihre Liebesklagen hold
Er hin zum Liebsten tragen sollt – – –«
»Halt! Diesen Reim laß ich nicht gelten!« –
Ruft plötzlich mein Herr Mäkelbold –
»Verfehlt muß seine Form ich schelten
Und etwas dürftig den Gehalt.
Die beiden Verse nimm zurück, sie umzugießen!« –
Verdammter Krittler! Schweigst du bald?
Soll meine Fabel ich nicht schließen?
Schlimm wär es, wollt so peinlichen
Urteilen sich ein Dichter fügen.
Unselig sind die Kleinlichen:
Sie finden nirgends ein Genügen.

FABEL II

DER RAT DER RATTEN

Ein Kater namens Rodilard
Wütet' so grimmig unterm Volk der Ratten,
Daß keine fast gesehn mehr ward,
So viele sandt hinab er in das Reich der Schatten.
Der kleine Rest wagt sich, von Angst und Schrecken matt,
Nicht aus dem Loch und ißt sich kaum zur Hälfte satt.
Als einstmals nun der Held auf fernem Dache war,
Galantem Liebesdienst zu frönen,
Da, während er sich baß ergötzt mit seiner Schönen,
Versammelt heimlich sich zum Rat der Ratten Schar,
Was in der Not man wohl beginne!
Der Obmann rät sogleich, begabt mit klugem Sinne,
Daß eine Schelle man befest'ge jedenfalls,
Und zwar in größter Eil, an Rodilardus' Hals,
So daß, wollt auf die Jagd er ziehen,
Man schon von fern ihn hört und Zeit hat zu entfliehen.
Daß dies das einz'ge Mittel sei,

Darin trat jedermann des Obmanns Meinung bei;
'nen bessern Weg zum Heil wußt keiner anzufangen.
    Allein wie bindet man die Schell ihm um?
Der spricht: »Ich sollt es tun? Nein, ich bin nicht so dumm!«
Ein andrer: »Ich kann's nicht!« Ohn eine Tat zu wagen,
  Trennt man sich. – Der Versammlungen gar viel
    Sah ich, wie diese, ohne Zweck und Ziel,
Nicht nur von Ratten, nein, von weisen Magistraten,
    Selbst von geschulten Diplomaten.

    Handelt sich's nur um weisen Rat?
    An Ratsherrn wird es nie gebrechen.
    Doch gilt's entschloßner frischer Tat –
    Ja, Freund, dann ist kein Mensch zu sprechen!

FABEL III

DER AFFE ALS RICHTER ZWISCHEN WOLF UND FUCHS

Einst klagt' ein Wolf, man habe ihn beraubt;
Den Nachbar Fuchs, 'nen Herrn von schlechtem Lebenswandel,
Klagt' er des Diebstahls an, an den er selbst nicht glaubt'.
Es führten vor des Affen Haupt
In eigener Person die zwei Partein den Handel.
Seit Affendenken saß noch nicht
In so verzwicktem Fall Frau Themis zu Gericht.
Der arme Schiedsmann schwitzt' auf seinem Richterstuhle;
Doch durch ihr Schreien hin und her
Mit Schwur und Gegenschwur sah er,
Daß alle beid aus guter Schule.
Er sprach: »Ich kenn euch zwei viel besser, als ihr glaubt,
Und straf euch beide unverhohlen;
Du, Wölflein, klagst, obgleich dir niemand was geraubt,

Du aber, Füchslein, hast trotz alledem gestohlen.«
Der Richter dachte sich: Wenn aufs Geratewohl
Man einen Schurken straft, so tut man immer wohl.

Einige Personen von gutem Geschmack hielten dafür, daß die Unmöglichkeit und der Widerspruch im Urteil dieses Affen unterdrückt werden müßten; doch habe ich mich seiner nur nach dem Vorbild des Phädrus bedient; und in ihm gerade, dünkt mich, liegt der ganze Witz.

FABEL IV

DIE BEIDEN STIERE UND DER FROSCH

Zwei Stiere stritten einst um eine junge Kuh
Und auch der Oberherrschaft wegen.
Ein armes Fröschlein seufzt' dazu.
»Was geht's dich an?« – hat der Kollegen
Ihn einer fragend angequakt.
»Siehst du« – sprach jener drauf behende –
»Denn nicht des leid'gen Streites Ende?
Der eine muß hier fort. Vom anderen verjagt,
Beraubt der Herrschaft und des Eigentums an diesen
Ob ihrer fetten Weid ihm werten blühnden Wiesen,
Wird er nach unsrem Schilf sein Reich verlegen und
Jagt dann mit plumpem Tritt uns in des Wassers Grund,
Erst den, dann den! Der Streit, der zwischen jenen beiden
Um die Frau Kuh entbrannt – wir müssen drunter leiden!«

Er hatte recht: der eine Stier
Barg sich in ihres Schilfes Grunde,
Zu ihrem Leid; das plumpe Tier
Zertrat an zwanzig jede Stunde.
Ja, ja! Man sieht es allezeit:
Der Großen Torheit bringt den Kleinen bittres Leid.

FABEL V

DIE FLEDERMAUS UND DIE ZWEI WIESEL

Einst kam 'ne Fledermaus höchst unvorsicht'gerweise
In eines Wiesels Nest; kaum hatt sie Zeit zu ruhn,
Als jenes, das schon längst ergrimmt war auf die Mäuse,
Herbeieilt', um sie abzutun.
»Wie?« – sprach's zu ihr – »Du wagst vor mir hier zu erscheinen,
Du, deren ganz Geschlecht nur Schaden tut dem meinen!
Bist du nicht eine Maus? Wohl hab ich dich erkannt;
Verleugn' es nicht, du bist's! Daß ich kein Wiesel wäre!«
»Verzeiht!« – sprach zitternd die – »Auf Ehre,
Das ist wahrhaftig nicht mein Stand.
Ich, eine Maus? Das kann nur ein Verleumder sagen!

Ein Vogel bin ich unbedingt.
Sieh nur die Flügel, die mich tragen –
Hoch leb, was in die Luft sich schwingt!«
Sie sprach so gut, daß man ihr glaubte
Und daß das Wiesel ihr erlaubte,
Frei fortzuflattern aus dem Nest.
Nicht lang, und Jungfer Leichtsinn klebte
Bei einem andern Wiesel fest,
Das mit den Vögeln just in Fehd und Feindschaft lebte,
So daß zum zweitenmal nun in Gefahr sie schwebte.
Die lange Schnauze streckt der Hausherr lüstern vor,
Der, als 'nen Vogel, sie zu leckrem Fraß erkor;
Doch sie verteidigt sich und spricht gar treu und bieder:
»Ein Vogel, ich? Seht her! Nein, das ist nicht mein Fall!
Was macht den Vogel? Das Gefieder!
Maus bin ich. – Hoch die Ratzen all!
Der Teufel hol die Katzen all!« –
So hat durch schlaues Antwortgeben
Zweimal gerettet sie ihr Leben.

Manch Kluger macht's wie sie: wenn die Gefahr ihm nah,
Schlägt er ein Schnippchen ihr, wechselt die Farb ein wenig,
Und, je nachdem, ruft er: Hurra
Der Republik! Hurra dem König!

FABEL VI

DER VON EINEM PFEIL VERWUNDETE VOGEL

Tödlich getroffen lag, den Federpfeil im Herzen,
Ein Vogel da; er klagt' im Übermaß der Schmerzen
Sein traurig Los: »Ist's nicht ein harter Schicksalsschluß,
Daß man zum eignen Leid die Waffen liefern muß?
   Grausamer Mensch! Du nimmst aus unsren Schwingen
Die Federn, die zum Flug die Mordgeschosse bringen!
Doch spotte nicht, du Volk, herzlos und ungerecht;
Denn für ein ähnlich Los wie wir bist du geschaffen:
Die eine Hälft von Japetos' Geschlecht
      Versorgt die andre stets mit Waffen.«

FABEL VII

DIE HÜNDIN UND IHRE GUTE FREUNDIN

Frau Hündin, nah dem Muttersegen
Und ob der süßen Last in großer Wohnungsnot,
Fleht' eine Freundin an, die schließlich sich erbot,
Die Hütte ihr zu leihn, die Last drin abzulegen.
Die gute Freundin kehrt nach ein'ger Zeit zurück;
Die Hündin bittet sie um nur noch vierzehn Tage –
Die Kleinen machten grad ihr mit dem Laufen Plage –
Und sie erhält's im Augenblick.
Auch diese Frist verstreicht; die Freundin kommt vom Lande,
Zurückzufordern Bett und Haus.
Die Hündin aber zeigt die Zähn ihr und ruft aus:
»Ich ging', wenn du den Mut, mich und die ganze Bande
Gleich an die Luft zu setzen, hättst!« –
Die Kleinen waren Riesen jetzt.

Was du 'nem Schurken gibst, du wirst es stets bedauern.
Leihst du ihm was, kannst lange lauern,
Kaum kriegst du's wieder mit Gewalt;
Er wird sich erst verklagen lassen. –
Gib einen Finger ihm, und bald
Wird deine ganze Hand er fassen.

FABEL VIII

DER ADLER UND DER KÄFER

Der Adler machte Jagd auf Meister Seidenhas,
Der schnell auf eil'ger Flucht in seinen Bau sich rettet.
Als Nachbar neben ihm im Loch ein Käfer saß.
Ob er dort sicher war gebettet?
Weiß nicht! Genug, es duckt Herr Lampe sich hinein.
Doch auf die Freistatt schießt der Adler flugs hernieder;
Der Käfer legte Fürsprach ein:
»O Fürst der Vögel du mit mächtigem Gefieder,
Ich weiß, ein leichtes ist dir Meister Lampes Mord;
Doch tu mir das nicht an! Willst du Gehör mir geben,
Sieh den Unglücklichen, er bettelt um sein Leben –
Schenk's gnädig ihm! Wo nicht, so töt auch mich sofort.
Er ist mir Nachbar, Freund gewesen!« –
Der Vogel Jupiters erwidert ihm kein Wort;
Er stößt ihn mit dem Flügel fort,
Betäubt ihn, und ohn Federlesen
Schleppt Meister Lamp er weg. Der Käfer, wutempört,
Fliegt zu des Adlers Nest; da er ihn nicht getroffen,

Pickt dessen Eier er entzwei, sein liebstes Hoffen –
Kein einziges blieb unzerstört.
Bei seiner Rückkehr schaut der Adler die Zerstörung;
Zum Himmel schreit er laut, wahnsinnig vor Empörung,
Ahnt er doch nicht, an wem er rächen soll die Schmach!
Er stöhnt – die leere Luft hallt seine Klagen nach.
Ganz kinderlos lebt er dies Jahr in Gram und Reue;
Im nächsten baut sein Nest er höher, doch es gab
Der Käfer acht: er kommt und wirft die Brut hinab,
Und Meister Lampes Tod ward so gerächt aufs neue.
Die zweite Trauer war so groß, daß durch den Wald
Sechs Mond' hindurch ihr Echo schallt.
Der einst den Ganymed getragen,
Dem Herrn der Götter naht mit Bitten er und Klagen,
Und in den Schoß des Zeus legt er die Eier jetzt:
Hier sind sie sicher nicht dem Angriff ausgesetzt!
Nun schützt sie Jupiter gewiß schon seinetwegen –
Wer wagt' hier Hand an sie zu legen?
Das kam auch keinem in den Sinn.
Der Feind ersann ein andres Mittel:
Er spritzte etwas Kot auf Jovis neuen Kittel;
Abschütteln will's der Gott und – wirft die Eier hin.
Kaum hat das Unglück er erfahren,
Da droht der Aar dem Zeus, sogleich
Woll in die Wüst er gehn, verlassen Hof und Reich
Und der Abhängigkeit Gefahren –
Und was noch mehr der Reden waren.
Stumm hört der arme Zeus ihn an.
Vor seinem Richterstuhl erschien der Käfer dann
Und gab Bericht mit klugem Sinne.
Sein Unrecht machte man dem Adler schließlich klar;
Doch da der beiden Haß ganz unversöhnlich war,
Beschloß der Götterfürst: Es sei die Frist der Minne
Für Adler künftighin, weil's so am besten frommt,
Verlegt auf andre Zeit, wo all das Volk der Käfer,
Dem Murmeltiere gleich, als feste Winterschläfer
Sich birgt und nie zu Tage kommt.

FABEL IX

DER LÖWE UND DIE MÜCKE

»Elend Insekt, der Erd Auswurf, willst gleich dich scheren!« –
Dies Wort rief einst der Löw in Wut
Der Mücke zu. Die hatte Mut,
Sofort den Krieg ihm zu erklären.
»Meinst du« – sprach sie zu ihm – »daß du der König bist,
Soll mich mit Sorg und Angst erfüllen?
Der Ochs, der noch weit stärker ist,
Ich lenk ihn doch nach meinem Willen!« –
Dem Worte folgt sogleich die Tat:
Zum Angriff gibt sie selbst das Zeichen,
Zugleich Trompeter und Soldat.
Erst sucht sie schlau ihm auszuweichen;
Doch flink um seinen Hals dann schwirrt
Sie, daß der Leu fast rasend wird.
Er schäumt, und Funken sprüht das Aug des wilden Recken;
Er brüllt, und ringsumher erzittert Tal und Berg;

Und dieser allgemeine Schrecken
Ist einer kleinen Mücke Werk.
An hundert Stellen sucht das Mücklein ihn zu necken:
Bald sticht's am Rücken ihn, bald macht's am Maul ihm Pein,
Bald kriecht's ihm in die Nas hinein.
Nun hat des Löwen Wut erreicht den höchsten Gipfel;
Der unsichtbare Feind, wie triumphiert er jetzt,
Da Klaue nicht noch Zahn, kurz, nicht der kleinste Zipfel
Des schmerzgequälten Tiers mehr heil und unverletzt!
Der arme Leu zerfleischt sich selber, an die Weichen
Schlägt er den mächt'gen Schweif, er schlägt in kind'schem Sinn
Selbst die unschuld'ge Luft. Dies Wüten ohnegleichen
Erschöpft ihn, macht ihn matt, und bald ist er ganz hin.
Ruhmreich kehrt das Insekt zurück aus diesem Kriege,
Und wie zum Angriff erst, so bläst es jetzt zum Siege,
Ihn kündend überall. Da findet's einen Ort,
Wo heimlich lauert eine Spinne;
Es findet auch sein Ende dort.

Was uns die Fabel lehrt, fragst du mit klugem Sinne?
Daß von den Feinden – dies merk dir zuerst, mein Kind –
Die kleinsten grade oft die allerschlimmsten sind
Und daß, die mit Erfolg große Gefahr bestehen,
An Kleinem oft zugrunde gehen.

FABEL X

DER MIT SCHWÄMMEN UND DER MIT SALZ BELADENE ESEL

Ein Eseltreiber trieb durchs Land,
Den Führerstab in stolzer Hand,
Ein Rennerpaar mit langen Ohren.
Der eine – Schwämme trug er – lief wie ein Kurier,
Dagegen schlich das andre Tier,
Als wär als Schnecke es geboren;
Beladen war's mit Salz. Das Wanderkleeblatt lief
Durch Berg und Tal, durch Hoch und Tief,
Bis an ein Wasser sie und eine Furt geraten,
Die etwas schwierig zu durchwaten.
Der Treiber, der die Furt oft zu durchreiten pflegt,
Besteigt den, der die Schwämme trägt,
Und läßt voraus den andern wandeln.
Der will nach eignem Kopfe handeln,

Stürzt in ein Loch, doch kommt heraus
Er wieder bald und – reißt dann aus;
Denn kaum war er fünf Schritt geschwommen,
Da war das Salz ganz pitschenaß,
Es schmolz, und Langohr freut sich, daß
Die ganze Last ihm abgenommen.
Kamrad Schwammträger tut's ihm nach im Augenblick,
Wie dem Leithammel folgt die Herde, Stück für Stück:
Ins Wasser taucht, daß ihn die Last nicht weiter hemme,
Er sich, den Reiter und die Schwämme.
Sie tranken alle drei, und um die Wette schier
Trank mit den Schwämmen Mann und Tier.
Bald waren die gefüllten Schwämme
So schwer, daß mitten in dem Fluß,
Erdrückt von ihrer Last, das Tier versinken muß.
Der Treiber gibt in Todesklemme
Dem Esel schon den Abschiedskuß.
Da naht der Retter. – Wer? Das tut hier nichts zur Sache;

Genug, wenn man erkennt: es taugt nichts, daß durchaus
Es einer wie der andre mache.
Eben darauf wollte ich hinaus.

FABEL XI

DER LÖWE UND DIE RATTE

Man soll, soviel man kann, sich alle Welt verpflichten;
Des Kleinern Beistand ist uns oft von großem Wert.
Für diese Wahrheit, durch zwei Fabeln wohl bewährt,
    Fehlt's an Beweisen uns mitnichten.

    Zwischen des Löwen Tatzenpaar
Lief eine Ratte einst – sie war ein Wildfang eben.
Der Tiere König zeigt als das sich, was er war:
In seiner Großmut schenkt der Kleinen er das Leben.
    Die edle Tat bracht ihm Gewinn.
    Wem käm es jemals in den Sinn,
    'ne Ratte könnt 'nem Löwen nützen?
Doch widerfuhr's ihm einst, da aus dem Wald er ging,
    Daß er in einem Netz sich fing –
Kein Brüllen konnt ihn jetzt befreien noch ihn schützen.
Frau Ratte eilt herbei, zernagt mit Emsigkeit
Die Maschen und ruht nicht, bis sie das Netz vernichtet.
    Viel mehr hat stets Geduld und Zeit
    Als roher Eifer ausgerichtet.

FABEL XII

DIE TAUBE UND DIE AMEISE

Ein andres Beispiel spricht von etwas kleinrem Vieh.
An Baches Rande saß 'ne Taube, um zu trinken.
'ne Ämse fiel hinein – schon wollte sie versinken
In diesem Ozean; umsonst, ach, sah man sie
Verzweifelten Versuch zu ihrer Rettung machen.
In unsrer Taube ward sofort das Mitleid wach:
Sie brach ein Blättlein ab und warf es in den Bach,
Und der Ameise ward dies Blatt zum Rettungsnachen.
    Sie schwimmt ans Ufer. Bald nachher
Kommt ein barfüß'ger Kerl so ganz von ungefähr,
Der eine Armbrust trägt, des Wegs. Es scheint dem Tropfe
    Das Täublein leichte Beut, und er
Meint gar, er hätt's daheim gebraten schon im Topfe.
Schon hat die Armbrust er gespannt, hält sie am Kopfe,
    Da sticht die Äms ihn in den Fuß.
    Der Kerl zuckt, wackelt mit dem Schopfe;
Das Täublein merkt's und – weit davon ist gut vorm Schuß –
Der Braten fliegt davon, und er, er muß dran glauben:
    So wohlfeil kriegt man keine Tauben!

FABEL XIII

VOM STERNGUCKER, DER IN EINEN BRUNNEN FIEL

Ein Astrolog fiel in den Brunnen einst.
Da sagten sie zu ihm: »Du armes Wesen,
Siehst nicht, was dir zu Füßen ist, und meinst,
Du könnest droben hoch am Himmel lesen!«

Wohl scheint der Fall, an sich betrachtet, angetan,
Ein lehrreich Beispiel für die meisten abzugeben;
Denn unter denen, die auf dieser Erde leben,
Gibt's wen'ge, die nicht schon den Wahn
Gehegt mit sträflichem Behagen,

Das Buch des Schicksals sei dem Menschen aufgeschlagen.
Dies Buch – Homer schon sang des heil'gen Fatums Ruhm –
Soll man es Zufall, wie das graue Altertum,
Oder, wie wir, Vorsehung nennen?
Nun, Zufall heißt, des Grund wir nicht erkennen;
Denn, kennten wir ihn, nimmermehr
Spräch man von Zufall dann, Glück, blindem Ungefähr
Und mehr so zweifelhaften Dingen.
Doch dessen Willen zu durchdringen,
Der alles schuf und stets mit Weisheit alles tat,
Wer vermag's? Er allein. Wer sitzt in seinem Rat?
Schrieb er mit Flammenschrift am Firmament der Sterne,
Was grauer Zeiten Nacht verhüllt in Nebelferne?
Wozu? Als Übung für den Scharfsinn solcher, die
Geschrieben über Erd- und Sphärenharmonie?
Daß unentrinnbarem Verhängnis wir entrönnen?
Um uns das Wohlgefühl des Glückes zu mißgönnen?
Vielleicht, daß durch vorweggenommenen Genuß
Die Freude selbst sich kehr in eklen Überdruß?
Dies glauben – Irrtum wär's, nein, Frevel sondergleichen!
In ew'ger Ordnung gehn die Sterne ihren Lauf,
Die Sonne geht uns täglich auf,
Allmählich muß ihr Licht den dunklen Schatten weichen;
Doch folgt aus alledem für uns kein andrer Schluß,
Als daß das Licht uns strahlt, weil – es uns strahlen muß.
Der Ernte Reifen, wie der Gang der Jahreszeiten,
Sie all erscheinen uns nur als Notwendigkeiten.
Wie reimt der Zufall, der in ew'gem Wechsel treibt,
Sich mit des Weltalls Lauf, der ewig gleich sich bleibt?
Vermeßne Schwindler, Astrologen,
Die ihr Europas Fürsten oft betrogen,
Hebt euch hinweg samt den Propheten dieser Zeit!
Betrüger sind sie all, wie ihr Betrüger seid.
Doch was ereifr' ich mich? Zu unsrem Sternengucker
Kehr lieber ich zurück, dem armen Wasserschlucker.
Ganz abgesehen von der Torheit seiner Kunst,
Gleicht jenen er, die, wenn sie von Gefahr bedroht sind,
Nachjagen einem blauen Dunst,
Nicht ahnend, daß sie selbst in Not sind.

FABEL XIV

DER HASE UND DIE FRÖSCHE

Ein Häslein ruht in wachem Traum –
Was tut man, wenn man ruht? Man träumt in halbem Schlum-
Vor Langeweile wußt es sich zu retten kaum; [mer –
Es ist ein armes Tier und ew'ge Furcht sein Kummer.
»So 'n furchtsam Wesen« – hub es an –
»Ist wahrlich doch recht übel dran!
Kaum wagt zu essen man mit Lust 'nen guten Bissen!
Kein reines Glück! Fürwahr, das Schicksal, das mich traf,
Ist hart: von ew'ger Angst gehetzt und fortgerissen,
Gönn nur mit offnem Aug ich mir das bißchen Schlaf!
– Sei nicht so dumm! ruft mir ein weises Haupt entgegen.
– Ja, kann man denn die Furcht ablegen?
Die Menschen haben sicherlich,

Ich glaub's, auch Furcht just so wie ich.« –
So sprach der Has und spähte eben
Nach allen Seiten wachsam hin;
Es war so ängstlich ihm zu Sinn:
Ein Lüftchen macht' ihn, ja, ein Schatten ihn erbeben.
Da, während durch sein trübes Haupt
So düstere Gedanken ziehen,
Hört er ein leis Geräusch, und schneller, als man glaubt,
Sieht man dem Lager ihn entfliehen.
An eines Teiches Rand kommt er auf flücht'gem Pfad;
Gleich stürzt der Frösche Schar vor ihm sich in die Wellen,
Sie bergen sich mit Hast vor ihm an sichren Stellen.
»Schau!« – spricht er – »wie man mir sonst tat,
Tu ich jetzt andern! Ha, ich merke,
Man fürchtet sich vor mir! Sie fliehn, weil ich genaht!
Woher nur kommt mir diese Stärke?
Wie? Tiere gibt's, für die mein Nahn ein Schreckensgruß?
Jetzt hoff ich noch ein Held zu werden!
Der größte Hasenfuß – das seh ich nun – auf Erden,
Er findet immer noch 'nen größern Hasenfuß.«

FABEL XV

DER HAHN UND DER FUCHS

Auf einem Aste saß, die Hühner zu bewachen,
Ein alter, sehr gewitzter Hahn.
»Brüderchen« – sprach der Fuchs, mit Sanftmut angetan –
»Laß heut uns endlich Frieden machen,
Kein Streit sei zwischen uns fortan!
Ich bring die Botschaft dir. Komm runter, laß dich küssen,
Doch, bitte, schnell; denn du mußt wissen,
An zwanzig Meldungen hab ich heut noch zu tun.
Ihr Hühnervolk könnt sorglos nun
Nachgehen wieder den Geschäften;
Wollt ihr's, wir helfen euch nach Kräften.
So soll es sein von heute ab;

Du aber komm jetzt schnell herab,
Daß wir den Bruderkuß uns geben.« –
»Freund« – sagte drauf der Hahn – »mit größerem Genuß
Hab eine Botschaft ich noch nie gehört im Leben
Als eben
Den Friedensschluß;
Und daß sie grad aus *deinem* Munde
Mir kommt, freut doppelt mich. Wie eben ich erblickt,
Nahn, *auch* als Boten abgeschickt
Zu gleichem Zwecke, dort zwei Hunde,
Windspiele sind's – wart nur, sie sind gleich hier am Ort,
Ich komm herunter, und wir küssen uns sofort.« –
»So?« – sprach der Fuchs – »Leb wohl! Noch weiten Weg zu machen
Hab ich. Auf Wiedersehn! Und, Freund, von unsern Sachen
Ein andermal!« – Und, hast du nicht gesehn,
Reißt aus der Strolch – er möcht vergehn
Vor Wut, daß seine List mißlungen
Mit unsrem Hahn, dem alten Jungen.
Der aber lachte höchst vergnügt:
's macht doppelt Spaß, wenn den Betrüger man betrügt.

FABEL XVI

VOM RABEN, DER'S DEM ADLER NACHTUN WOLLTE

Der Vogel Jupiters hatt einst ein Lamm geraubt.
    Ein Rabe, der's mitangesehen,
Zwar schwächer als der Aar, doch gleich gefräßig, glaubt:
    »Das kann ich auch! Es wird schon gehen.« –
    Und wie die Herde er umkreist,
Hat unter Hunderten er eins, recht drall und feist,
    Ein Opferlamm, sich auserkoren –
Es war zur Speise für die Götter schon bestimmt.
Der Rabe spricht, indem er fest aufs Korn es nimmt:
    »Zwar weiß ich nicht, wer dich geboren;
Allein dein Körper scheint gar sehr verlockend mir,
    Du sollst ein leckres Mahl mir geben!« –
Und plötzlich schießt herab er auf das blökende Tier.
    Zum Unglück wog das Schaf nun eben
Mehr als ein Käse wiegt; sein Fell war außerdem

Von einer ganz besondern Dichte,
Fast so gekräuselt wie der Bart, den Polyphem
Einst trug im Riesenangesichte.
Der Rabe sitzt darin mit seinen Krallen fest,
Und dem Spitzbuben wird die Flucht dermaßen sauer,
Daß, als der Hirt nun kommt, er leicht sich fangen läßt –
Des Schäfers Kindern dient als Spielzeug er im Bauer.
Merkt: Wer sich überschätzt, kommt leicht in Not und Trauer.
Manch kleiner Dieb wär wohl ein großer Räuber gern,
Doch ist gefährlich solch Verlangen:
Die Menschenfresser sind nicht immer große Herrn;
Wo sich die Wespe Bahn bricht, bleibt das Mücklein hangen.

FABEL XVII

VOM PFAU, DER SICH BEI JUNO BEKLAGTE

Zu Juno klagte einst der Pfau:
»Nicht ohne Grund« – sprach er – »du hehre Götterfrau,
Ist wohl mein Murren und mein Klagen!
Mein Sang, ich weiß es ganz genau,
Will keinem in der Welt behagen,
Indes der Nachtigall um ihr entzückend Schlagen
Man nachrühmt, diesem jämmerlichen Tier,
Sie sei des Lenzes Wonn und Zier.« –
Die Göttin drauf mit Zornesgrollen:
»Neidvogel du! Du hättst doch schweigen sollen!
Darfst du die Nachtigall beneiden, weil sie schlägt?

Du, der um seinen Hals den Regenbogen trägt
In buntem Farbenglanz und seidengleich gestaltet,
    Der, wenn er stolz sein Rad entfaltet,
Ein reich Gefieder zeigt von solcher Strahlenpracht,
    Als wären's tausend Edelsteine?
    Wes Vogels Anblick ist gemacht
    So zu gefallen wie der deine?
Nicht jegliches Geschöpf hat jeden Vorzug; nein,
Wir teilten unter euch die Gaben weise ein:
Den einen wurde Größ und mächt'ge Kraft zuteile,
Der Aar ist mutig, schnell der Falk gleich einem Pfeile,
  Der Rabe kündet, was zum Heile,
Die Kräh uns Unglück an; und alle, glaube mir,
  Begnügen sich mit ihrem Teile.
Drum klage fürder nicht, sonst nehm zur Straf ich dir
    Auch deiner Federn Schmuck in Eile!«

FABEL XVIII

DIE IN EIN WEIB
VERWANDELTE KATZE

Vor Liebe war ein Mann vernarrt einst in sein Kätzchen,
Er fand sie niedlich, schön, nannt sie sein zartes Schätzchen –
Sie miaute, ach, so wundervoll!
Kurz, er war toller noch als toll.
Und dieser Mann – durch Tränen und Gebete,
In denen er zum Himmel flehte,
Durch Zauberei und Hexenkunst
Setzt durch er's bei der Götter Gunst,
Und in ein Mädel ward sein Kätzchen
Verwandelt; und der närr'sche Tor
Liebt sie nun als sein wirklich Schätzchen
Noch rasender denn je zuvor.
Nie hat das zärtlichste der Täubchen
Den Lieblingstauber so gehegt,
Wie dieses neugebackne Weibchen
Ihren verschrobnen Gatten pflegt.

Wie er sie kost! Wie sie ihm schmeichelt!
Wie er ihr Wang und Busen streichelt!
So daß zuletzt er ganz und gar
Vergißt, daß sie – 'ne Katze war.
Da hat ein Mäuschen der Vermählten nur erheuchelt
Und flüchtig Liebesglück auf einmal, ach! gestört.
Die Gattin, wie sie's nagen hört,
Springt auf, doch konnt sie nichts erwischen.
Die Maus ist wieder da, das Weibchen stellt vom frischen
Sich auf die Lauer – husch! nun gilt's den Fang!
Doch weil verwandelt sie inzwischen,
Macht sie dem Mäuschen gar nicht bang.
Die Jagdlust blieb ihr immer eigen.
Stets wird Natur so stark sich zeigen!
In reifern Jahren trotzt sie jeglichem Versuch:
Ist erst der Ton durchtränkt, hat Falten erst ein Tuch,
Dann, glaubt, ist jede Müh vergebens
Der Umgestaltung ganz und gar;
Trotz aller Arbeit, allen Strebens
Wird's immer wieder, wie es war.
Such sie mit Prügeln auszutreiben,
Wird die Natur doch immer bleiben,
Wie sie mal ist; und nähmest du
Den größten Stock – 's wird nicht gelingen.
Schlag vor der Nas die Tür ihr zu,
Sie wird zurück durchs Fenster dringen.

FABEL XIX

LÖWE UND ESEL AUF DER JAGD

An seinem Namensfest bekam der Fürst der Tiere
Einst Lust, zu pirschen in dem Waldreviere.
Des Löwen Wildbret sind nicht Spatzen just, o nein,
Das muß 'ne fette Sau, ein feistes Damwild sein.
Um möglichst bald zum Ziel zu kommen,
Hat er den Esel mitgenommen,
Des Stentor-Stimme, laut und voll,
Der Majestät anstatt des Waldhorns dienen soll.
Der Löwe stellt ihn an, verdeckt von Busch und Blättern:
»Nun los mit dem I-a!« – Er weiß es ganz genau:
Das scheucht die Mutigsten heraus aus ihrem Bau;
Denn ungewohnt dem Wild ist dieser Stimme Schmettern,
Ihr ohr- und herzzerreißender Laut.
Die Luft erdröhnte von dem fürchterlichen Schalle,
Vor dessen Ungestüm des Walds Bewohnern graut;
Sie fliehn, und rettungslos gehn alle in die Falle,
Wo seines Fangs der Löwe lacht.

»Heut hab ich doch gewiß mein Meisterstück gemacht?« –
Spricht Langohr, als wär er der Held der Jagd gewesen.
»Ja« – sagt der Löwe drauf – »geschrien hast du hübsch laut;
Und kennt ich dich nicht nach Geschlecht, Gestalt und Wesen,
    Mir selber hätt vor dir gegraut!« –
Der Esel, wagt' er's nur, möcht schier vor Zorn erbeben,
Da man den Prahlhans mit verdientem Spotte zahlt.
Ja, unerträglich ist ein Esel, der da prahlt;
    Das ist ihm nun mal nicht gegeben.

FABEL XX

ÄSOP ALS TESTAMENTS-AUSLEGER

Äsop, wenn nicht die Sage lügt,
War das Orakel der Griechen;
Vor seiner Weisheit mußt verkriechen
Sich selbst der hohe Rat. Und als Beweis genügt
Vielleicht ein hübsches Anekdötchen,
Das euch zum Spaß erzählt hier sei.

Ein Vater hatte einst drei Mädchen,
Ganz grundverschieden alle drei:
Die liebt den Trunk, von leichter Sitte
War jen', ein Geizhals war die dritte.
Durch Testament nun macht genau
Zu gleichem Teil, nach dem Gesetze,
Der Vater alle drei zu Erben seiner Schätze,

Und gleich viel schenkt er seiner Frau,
Doch zahlbar erst, wenn jede nimmer
Besitzen würde das ihr zugefallne Teil.
Der Vater stirbt; die Frauenzimmer
Öffnen das Testament in allergrößter Eil.
Man liest es, man beginnt zu fragen,
Was der Verstorbene gewollt.
Umsonst – kein Mensch vermag zu sagen,
Wie's jede Tochter machen sollt,
Daß, wenn ihr Erbteil sie nicht mehr ihr eigen nennte,
Sie ihre Mutter zahlen könnte.
Denn jeder weiß: 's ist ziemlich schwer,
Zu zahlen, wenn der Beutel leer.
Wie soll der Worte Sinn man deuten?
Die Sache kommt zum Spruch. Die Rechtsgelehrten all
Erörtern diesen schwier'gen Fall
Und drehen ihn nach allen Seiten;
Zuletzt gestehn sie, daß zu Ende ihr Latein,
Und raten, ohne weitres Streiten
Das Gut zu teilen und – der Rest sollt Schweigen sein.
»Und in betreff des Witwengutes
Erkennet das Gericht, kund und zu wissen tut es:
Ein Drittel soll als Pflicht für jede von den drei'n,
Doch nach Belieben zahlbar sein,
Falls eine Rente nicht der Mutter mehr zu Sinne,
Die mit des Sel'gen Tod beginne.« –
Gesagt, getan. Man macht drei Teil, an Wert ganz gleich:
Der erst' enthält die Flaschenkeller
Mit Malvasier und Muskateller,
Trinkgeschirr von Kristall, mit Gold und Silber reich
Geschmückt, kunstvoll verzierte Schänken,
Becher und Kannen – kurz, was nur in dem Bereich
Der Schlemmerei man mag erdenken;
Der zweite alles das, worauf den Sinn zu lenken
Ein eitles Weibsbild pflegt, ein Haus voll Glanz und Pracht
Mit Sklaven beiderlei Geschlechtes,
Und nur ganz Echtes
An Schmuck und üpp'ger Kleidertracht;
Der dritte Wirtschaftsgut, Landhäuser, Feld und Heide,
Die Herden all nebst Trift und Weide
Und Mensch und Vieh im Arbeitsjoch.

Und nun – damit sich's nicht zufällig treffen sollte,
Daß keine von den Schwestern doch
Bekäm, was sie gern haben wollte –
Nahm eine jede sich, was ihren Sinn ergetzt,
Nachdem's der Richter abgeschätzt.
Dies also hat sich zugetragen
Einst in Athen; und groß und klein,
Die stimmten alle überein,
Teilung und Wahl sei recht und gut. Äsop allein
Fand, trotz der Zeit und Müh und Plagen
Enthielte des Gerichts Sentenz
Das Gegenteil des Testaments.
»Wenn der Verstorbne noch« – sprach er – »am Leben wäre,
Wie würd ihn tadeln alle Welt!
Und dieses Volk, das sich der Ehre
Vermißt und selber sich für das gescheitste hält,
Konnt also mißverstehn des Sel'gen letzten Willen!« –
Sprach's und begann die Teilung noch einmal,
Und gab nun jeder, zu erfüllen
Des Toten Wunsch, 'nen Teil just gegen ihre Wahl.
Nichts teilt' er von den Gütern allen
Der Schwester zu, der's mocht gefallen:
Das närrisch eitle Ding bekam,
Was Schlemmern nur kann Freude machen;
Die Schlemmerin den Wirtschaftskram,
Der Geizhals all die prächt'gen Sachen.
Dem weisen Phrygier leuchtet's ein:
Damit die saubern Jungfräulein
Sich ihres Erbteils schnell entled'gen,
Möcht dies das beste Mittel sein.
Hätten sie nur erst Geld, dann würde sie entschäd'gen
Gar bald ein braver Ehgemahl;
Die Mutter kriegt' ihr Kapital,
Und keine hätte, was der Vater hinterlassen –
Ganz, wie's das Testament befahl.
Das Volk vernahm den Spruch und mochte kaum es fassen,
Daß oft ein einz'ger mehr versteht
Als selber die Majorität.

DRITTES BUCH

FABEL I

DER MÜLLER, SEIN SOHN UND DER ESEL

AN HERRN VON MAUCROIX

Zwar ist, wie alle Kunst, der Fabeldichtung Blume
Im ersten Keim entsproßt dem griech'schen Altertume;
Allein, so wenig noch ist abgemäht dies Feld,
Daß gern auch unsereins hier Ährenlese hält.
Die Dichtung ist ein Land voll unbebauter Strecken,
Wo täglich unser Aug noch Neues mag entdecken.
Des zum Beweis hab ich ein Stück Dir auserwählt,
Das seinem Freund Racan Malherbe einst hat erzählt.
Die zwei Poeten, beid horazisch feine Geister,
Die Jünger des Apoll und, mehr noch, unsre Meister,

Begegneten sich einst, fern von der Welt Gebraus,
Und tauschten Lust und Leid und all ihr Denken aus.
Racan begann also: »Willst du 'nen Rat mir geben?
Du kannst es, wenn du willst; denn, Freund, du kennst das Le-
Die Altersstufen hast du alle durchgemacht [ben,
Und stehst in Jahren, wo man jeder Furcht nur lacht.
Was soll ich tun? Zeit wär's, daß in Betracht wir's zögen –
Du kennst mein Haus wie mein Talent und mein Vermögen:
Zieh ich in die Provinz, aufs Land mich still zurück?
Nehm ich im Heere Dienst? Such ich bei Hof mein Glück?
Alles ist in der Welt gemischt aus Wohl und Wehe;
Der Krieg hat seine Lust, ihr lästig Leid die Ehe.
Folgt ich nur meinem Wunsch, wüßt ich wohl, was ich möcht;
Doch wie mach ich's dem Hof, dem Volk, den Meinen recht?« –
Malherbe drauf: »Es recht zu machen allen Leuten!
Hör ein Geschichtchen, die Moral ist leicht zu deuten.

Von einem Müller las ich mal und seinem Sohn:
Jener ein Greis und der ein Jung, halbwüchsig schon,
Von fünfzehn Jahren. Einst sah man die beiden laufen;
Die gingen hin zu Markt, 'nen Esel zu verkaufen.
Damit das Tier hübsch frisch und recht preiswürdig sei,
Banden sie ihm die Bein und trugen ihn ganz frei
An einem Stock, wie man Kronleuchter pflegt zu tragen –
Das dumme arme Volk, gewohnt, sich stets zu plagen!
Der erste, der sie sieht, bleibt staunend stehn und lacht:
›Nein, was dies Bauernvolk für dummes Zeug doch macht!
Wen von den drei'n soll man den größten Esel nennen?‹ –
Der Müller mochte wohl die Torheit jetzt erkennen,
Schnürt los das Tier und läßt's auf eignen Füßen gehn.
Laut schreit der Esel auf, er schien's nicht gern zu sehn;
Der Müller hört nicht drauf, er läßt den Jungen reiten
Und geht beiher. So von drei biedern Handelsleuten
Wird unser Paar gesehn; die ärgern sich darob,
Und ihrer einer ruft dem Jungen zu ganz grob:
›Holla! Steig ab! Ein Bursch mit jugendlichen Mienen
Läßt sich von einem Greis mit grauem Bart bedienen!
Der sollte reiten, und du mußt zu Fuße gehn!‹ –
Der Müller spricht: ›Ihr Herrn, eu'r Wille soll geschehn.‹ –
Absitzt der Knab, und nun besteigt der Greis den Grauen.
Drei Mädchen kommen. ›Ist das nicht 'ne Schmach, zu schauen‹ –

Sagt eine – ›wie zu Fuß der arme Junge schwitzt,
Indes der alte Tropf stolz wie ein Bischof sitzt,
Sich reckt und räkelt, just als ob ein Kalb er wäre?‹ –
›In meinem Alter‹ – sagt der Müller – ›ist, auf Ehre,
Man sicherlich kein Kalb! Geht eures Wegs nur fort!‹ –
Nachdem noch hin und her geschimpft manch grobes Wort,
Gibt nach der Greis und läßt auch noch den Jungen reiten.
Kaum dreißig Schritt, da kommt ein dritter Trupp von Leuten,
Die spotten ihrer laut: ›Seht nur die Narren dort!
Das Langohr kann nicht mehr; ich glaub, es stirbt sofort!
Ist das 'ne Last für solch 'ne abgetriebne Mähre!
Glaubt ihr, daß bei dem Volk Mitleid zu finden wäre?
Die bringen ganz gewiß zu Markte nur das Fell!‹ –
Der Müller sagt: ›Potz Blitz! Jetzt seh ich's klar und hell:
Nur ein Verrückter denkt es jedem recht zu machen.
Indes versuchen wir's – es ist zwar nur zum Lachen –
Laß sehn, ob's uns gelingt!‹ – Sie steigen beide ab,
Leer geht der Esel nun voraus in stolzem Trab.
Kommt wieder einer: ›Ah! Bravo! Das muß ich sagen!
Spazieren geht Langohr, der Müller muß sich plagen!
Wer ist, er oder Ihr, geschaffen für die Last?
Ich rat Euch, Lieber, daß Ihr gleich in Gold ihn faßt!
Zerreißen ihre Schuh und schonen ihren Grauen!
Der umgekehrte Klaus, der, um sein Lieb zu schauen,
Sein Grautier stets bestieg, woher das Liedchen stammt
Vom Esel-Kleeblatt!‹ – Drauf der Müller: ›Ha, verdammt!
Ich bin ein Esel, ja, ich will es nur gestehen!
Allein von jetzt ab wird das anders – ihr sollt sehen:
Wie auch die Welt von mir dann red, ob gut, ob schlecht,
Ich tu nach meinem Kopf!‹ – Er tat's, und er tat recht.

Du – geh zu Hofe, schwör zu Mars', zu Amors Fahnen,
Steh, lauf, bleib hier, zieh dich zurück ins Schloß der Ahnen,
Werd Geistlicher, Soldat, Rat, nimm ein Weib, nimm keins:
Dem Klatsch der Welt verfällst du doch – 's ist alles eins.«

FABEL II

DIE GLIEDER UND DER MAGEN

Dies Märchen sollte zum Beginn
Etwas vom Königtume sagen;
Denn wohl ist in gewissem Sinn
Sein Ebenbild Durchlaucht von Magen:
Fehlt dem etwas, dann fühlt's sogleich der ganze Leib.
Den Gliedern macht' es einst nicht länger Zeitvertreib,
Für ihn zu schaffen; als Baron wollt jedes leben.
Sein eigen Beispiel ist's, auf das man sich beruft:
»Ohn uns« – so sprachen sie – »lebt' er wohl nur von Luft!
Wir sollen Schweiß und Müh, Packeseln gleich, hingeben,
Für wen? Für ihn allein! Wir werden nimmer satt,
Wir sorgen nur dafür, daß er zu essen hat.
Drum laßt uns streiken! Er treibt dies Geschäft ohn Ende
Ja selbst!« – Gesagt, getan: nichts fassen mehr die Hände,

Schlaff hängt der Arm, der Fuß will nicht mehr gehn;
Jedes sagt ihm, er möcht nach andern sich umsehn.
Das war ein Irrtum, den sie reuevoll empfanden:
Bald fiel das arme Volk in Ohnmacht und ward schwach,
Im Herzen bildete kein frisches Blut sich nach;
Es litt ein jedes Glied, und alle Kräfte schwanden.
Nicht lang, und die Rebellen fanden,
Daß der, den sie für faul und müßig hielten, grad
Fürs allgemeine Wohl mehr als sie alle tat.
Dies Bild ist auf die Macht der Kön'ge anzuwenden:
Sie gibt und sie empfängt mit völlig gleichen Händen.
Ein jeder wirkt und schafft für sie, und umgekehrt
Ist *sie's*, die alle schützt und nährt.
Dem Handwerksmann schafft sie, daß seine Arbeit lohne,
Dem Kaufmann Reichtum, sie zahlt Obrigkeit und Rat,
Der Bauer findet Schutz bei ihr, Sold der Soldat,
Geschenk' und Gnaden hundertfach teilt aus die Krone,
Sie hält allein den ganzen Staat.
Gut wußt's Menenius anzuwenden,
Als einst zu Rom das Volk sich lossagt vom Senat.
Es sei die ganze Macht – so klagt's – in dessen Händen,
Würden und Ehr und Geld und der Befehl im Heer,
Indes das Schlimme all dem Volk geblieben wär,
Abgaben, Steuern und des Krieges schwere Lasten.
Schon lagern außerhalb der Mauern sie umher,
Da der Auswanderung gewagten Plan sie faßten –
Da kommt Menenius und spricht,
Den Gliedern wären sie vergleichbar,
Und führt durch dieses Bild, als Fabel unerreichbar,
Sie bald zurück zu ihrer Pflicht.

FABEL III

DER WOLF ALS HIRT

Ein Wolf, dessen Geschäft in Schafen etwas flau
Nachgrade ging, mochte wohl meinen,
Gut wär's, in anderer Gestalt, wie'n Füchslein schlau,
Und nur vermummt noch zu erscheinen.
Er kleidet sich als Hirt, zieht einen Kittel an,
Als Stab hat er 'nen Knittel, dann
Den Dudelsack auch mitgenommen.
Und um die Täuschung ganz vollkommen
Zu machen, schrieb er gern an seinen Schäferhut:
»Guillot bin ich, der Hirt, in dessen treuer Hut
Die Herde steht.« – In diesem Kleide
Schlich, auf den Stab gestützt die Vorderfüße beide,
Der falsche Guillot leis herbei und unentdeckt.
Guillot, der wahre Hirt, lag da, auf grüner Heide
In festem Schlummer ausgestreckt.
Sein Hund schlief ebenfalls und, satt von fetter Weide,

Die meisten Schafe auch, da nichts sie weckt und schreckt.
    Fein, mit der List des Diplomaten
Hätt gern der Schelm gelockt die Schaf in seinen Bau,
Und zur Verkleidung fügt' er noch das Wort höchst schlau;
    Denn also schien es ihm geraten.
    Das war die dümmste seiner Taten;
Denn da des Hirten Ton zu treffen ihm mißlang,
War, wie nur sein Geheul im Walde widerklang,
    Sein ganz Geheimnis bald verraten.
    Vor Schreck ob dieser Stimme wird
    Gleich alles wach, Schaf, Hund und Hirt.
    Der arme Wolf in Angst und Bangen
    Kann sich, durch seinen Rock beirrt,
    Nicht wehren noch zur Flucht gelangen.

Auf irgendeine Art läßt jeder Schelm sich fangen.
    Wer Wolf ist, laß als Wolf sich sehn,
    So wird er meistens sichergehn.

FABEL IV

DIE FRÖSCHE, DIE EINEN KÖNIG HABEN WOLLEN

Müde der Demokratie,
Schrien die Frösche tausendtönig,
Und nicht eher ruhten die
Schreier, bis einem Herrn sie Zeus macht' untertänig.
Vom Himmel fiel herab ein höchst friedfert'ger König;
Doch macht' sein heft'ger Fall solch einen Lärm, daß sie,
Dieses Volk der sumpf'gen Strecken,
Dumm, wie's ist, und leicht zu schrecken,
Schnell im Wasser sich verlor,
Unterm Schilf, im Binsenrohr,
In den Löchern des Morastes,
Und lang sich nicht getraut', ins Angesicht des Gastes
Zu schaun; denn ihnen kam er wie ein Riese vor.
Nur ein Klotz lag da im Moor;
Doch seine stumme Würd erregte Furcht und Grauen

Dem ersten, der sich vorgewagt
Aus seiner Höhl, ihn anzuschauen.
Er naht sich ihm, doch sehr verzagt;
Ein zweiter, dritter folgt, bald kommt herbeigejagt
Ein heller Hauf, und diese Schlauen
Sind endlich ganz voll Mut und springen voll Vertrauen
Auf ihres Königs Schulter dreist herum.
Der gute Herr läßt sich's gefallen und bleibt stumm.
Bald macht das dumme Volk dem Zeus viel Kopfzerbrechen:
»Gib uns 'nen König, der sich regen kann und sprechen!« –
'nen Kranich sendet nun der Götterfürst den Frechen;
Der beginnt sie abzustechen
Und zu speisen nach Begier.
Wie die Frösche Klag erheben,
Spricht Zeus: »Potz Blitz! Was wollt ihr? Sollen etwa Wir
Nur euren Launen stets nachgeben?
Zunächst war's wohl der klügste Rat,
Zu wahren euren alten Staat.
Da dies nun nicht geschehn, so mußt es euch genügen,
Daß euer erster Fürst voll Mild und Sanftmut war.
Den hier behaltet, um nicht gar
Vielleicht 'nen Schlimmern noch zu kriegen!«

FABEL V

DER FUCHS UND DER ZIEGENBOCK

Altmeister Reineke ging einstmals zum Vergnügen
Mit seinem Freunde Bock, der hohe Hörner trug,
Sonst aber eben nicht weitsichtig war und klug,
Indes der erst' ein Schelm und Meister im Betrügen.
Vor Durst stieg man hinab in einen Brunnen flugs,
    Dort tranken sie sich satt und satter;
Und als sie nun genug getrunken, sprach der Fuchs
Zu seinem Freunde Bock: »Was tun wir nun, Gevatter?
Der Trunk war gut, allein wie kommt man aus dem Loch?
Heb deine Vorderbein und auch die Hörner noch,
Stemm an die Mauer fest sie an; auf deinem Rücken
    Erst in die Höhe klettre ich,

Schwing dann auf deine Hörner mich;
Auf diese Art wird's mir schon glücken
Herauszukommen allgemach,
Und später dann zieh ich dich nach.« –
»Trefflich, bei meinem Bart!« – spricht jener – »Und ich lobe
So kluge Leute immer sehr;
Ich für mein Teil wär nimmermehr
Darauf gekommen, nicht die Probe!« –
Das Füchslein springt heraus, läßt den Kamraden drin
Und hält dann noch mit weisem Sinn
'ne Red, um ihm Geduld zu pred'gen:
»Hätten« – so fängt er an – »die Götter dir, die gnäd'gen,
So viel Verstand im Hirn verliehn wie Bart am Kinn,
Dann wärest du nicht so leichtsinnig
Hinabgestiegen. Nun leb wohl! Ich bin heraus;
Sieh, wie du nachkommst! gib dir Müh und harre aus!
Ich hab zu tun, und darum bin ich
Verhindert, länger noch jetzt hier bei dir zu stehn.«
Bei jedem Dinge muß man auf das Ende sehn.

FABEL VI

DER ADLER, DIE WILDSAU UND DIE KATZE

Hoch nistete der Aar auf einem hohlen Baum,
Unten die Sau, die Katz im mittlern Raum;
So ging's, daß ganz bequem, indem den Platz sie teilten,
Mütter und Säuglinge in buntem Mischmasch weilten.
Der Katze Falschheit hat die Eintracht schwer bedroht;
Zum Adler klettert sie und sagt ihm: »Unser Tod
(Sicher der Kinder Tod, das Schlimmre fast von beiden)
Scheint nächstens kaum noch zu vermeiden.
Siehst du dort unten nicht, wie die verdammte Sau
Fortwährend wühlt und gräbt? Entwurzeln will beizeiten
Sie diesen Eichenbaum, ich seh es ganz genau,
Und unsren Säuglingen den Untergang bereiten.
Fällt erst der Baum, frißt sie sie alle auf;
Ich geb Euch Brief und Siegel drauf.
Ach, bliebe mir nur eins, ich würde minder klagen!« –
Nachdem die Falsche hier verbreitet Furcht und Zagen,
Schleicht sie sogleich hinab zur Bucht,

Wo sie besucht
Die Sau, die grade lag in Wochen.
Zu der hat leise sie gesprochen:
»Ach, liebste Nachbarin, glaubt mir, ich rat Euch gut;
Geht ja nicht fort, sonst stürzt der Aar auf Eure Brut!
Doch Ihr versprecht mir, nicht zu schwatzen,
Sonst fiel' auf mich sein ganzer Groll.« –
Nachdem auch dieses Haus von Angst und Schrecken voll,
Kehrt sie zurück zu ihren Katzen.
Der Aar traut sich nicht fort, schafft seiner Brut kein Brot;
Die arme Sau litt fast noch größre Not –
Die Toren! Nicht zu sehn, das wichtigste Gebot
Sei dies, daß man zunächst dem Hungertod ausweiche!
So saßen beide fest in ihres Baus Bereiche,
Den Ihren beizustehn im Fall der Not sofort:
Der Adler bei dem Sturz der Eiche,
Die Sau bei Überfall und Mord.
Der Hunger tötete sie alle, keiner war es
Von all den Frischlingen und von der Brut des Aares,
Der nicht den Tod erleiden mußt,
Dem Katzenvolk zu großer Lust.

Welch Unheil ist nicht schon der Bosheit falscher Zungen
Und schlauer Niedertracht entsprungen!
Von dem Übel mancherlei,
Das Pandorens Büchs entstammte,
Ist das mit vollstem Recht von aller Welt verdammte,
Wie mir scheint, die Schurkerei.

FABEL VII

DER TRUNKENBOLD UND SEIN WEIB

Ein Fehler klebt gewiß unheilbar jedem an,
Nicht Scham noch Furcht hilft ihm dagegen.
Da fällt mir ein Geschichtchen ein, das kann
Als Beispiel diesen Satz belegen –
So halt ich's stets. Ein echter Bacchussohn
Ward an Gesundheit schwach, an Geist und Beutel. Schade!
Gewöhnlich ist die Art auf halbem Lebenspfade
Mit ihrem Geld zu Ende schon.
Einst hatte dieser Mann, ganz voll vom Saft der Reben,
Den letzten Rest Verstand der Flasche preisgegeben;
Da sperrte seine Frau in eine Gruft ihn ein.
Hier gärt im Hirn der junge Wein
Ihm weiter fort. Als er erwacht mit leisem Schauer,

Sieht er rings um sich her des Todes ernst Geleit,
    Die Kerzen und das Sterbekleid.
»Ha!« – ruft er – »Was ist das? Trägt mein Weib Witwen-
Da kommt die Frau; man sieht, als Furie angetan [trauer?«
An Stimm und Kleid, sie dem vermeintlich Toten nahn
Mit Brüh, so glühend heiß, als wär es für den Teufel
Gekocht, die sie ganz dicht ihm vor die Nase hält.
Der arme Mann! Nun glaubt er ohne allen Zweifel,
    Er sei schon in der Unterwelt.
»Wer bist du?« – fragt er die Erscheinung sondergleichen.
    »Bin Kellnerin in Satans Reichen« –
Spricht sie – »und Speise trag ich allen denen zu,
    Die in des Grabes Nacht versinken.« –
    Sogleich versetzt der Gatte: »Du,
    Sag, bringst du ihnen nichts zu trinken?«

FABEL VIII

DIE GICHT UND DIE SPINNE

Die Hölle schuf die Gicht und schuf zugleich die Spinne.
»Ihr, meine Töchter, könnt euch rühmen insgemein« –
    So sprach sie – »für der Menschen Sinne
    Gleich furchtbar und verhaßt zu sein.
Denkt nach jetzt: wo quartiert ihr euch am besten ein?
    Seht hier die niedrig engen Hütten,
Dort die Paläste, schön mit Gold geziert und groß;
Ihr sollt drin wohnen – 's wird kein Widerspruch gelitten.
    Hier sind zwei Hölzchen – darf ich bitten?
    Wählt eines oder zieht das Los.« –
Die Spinne meint: »Nie könnt solch Hüttchen mir behagen!« –
Die Gicht, im Gegenteil, sieht die Paläste, voll
    Vom Volk der Ärzt, und denkt: »Wie soll
In Ruh und Frieden nur ich hier zu hausen wagen!« –

Sie wählt das andre Teil, schlägt dort ihr Lager auf,
Setzt sich und macht sich breit auf eines Armen Zehen
Und spricht: »Ich fürchte just nicht müßig hier zu stehen,
Noch treibt Hippokrates von hier, ich wette drauf,
Hinweg mich oder heißt mich gehen.« –
Die Spinne setzt sich auf ein Wandgetäfel hin,
So fest, als hätt sie hier gemietet gleich fürs Leben,
Und spinnt drauflos – seht, seht ihr feines Netz sie weben!
Seht, Fliegen schon als Beute drin!
Da kommt die Magd und fegt es fort mit einem Schlage;
Ein neu Geweb, und gleich ein neuer Besenstrich.
Das arme Tierchen muß ausziehn fast alle Tage –
Umsonst! Zuletzt entschließt sie sich
Und geht zur Gicht ins Haus; doch die war nicht darinnen,
Sie, tausendmal noch schlimmer dran
Als die unglücklichste der Spinnen.
Bald führt Holz hacken sie ihr Wirt, der arme Mann,
Bald graben, roden bald; die Gicht recht abzuhetzen,
Heißt halb schon an die Luft sie setzen.
»Ach! Länger halt ich's hier nicht aus!« – ruft sie empört –
»Komm, Schwester, tauschen wir!« – Wie das die andre hört,
Nimmt sie sie gleich beim Wort und kriecht ins niedre Zimmer,
Wo sie bei ihrem Werk kein rauher Besen stört.
Die Gicht dagegen zieht, des Bessern jetzt belehrt,
Zu einem Bischof, dem für immer
Das Bett zu meiden sie verwehrt.
Umschläg und Salben nun – helf Gott! – Ein jedes Leiden,
Der Menschen Torheit macht's nur schlimmer, glaubet mir.
Ganz ihre Rechnung fand so jede von den beiden;
Sie taten klug daran, zu tauschen ihr Quartier.

FABEL IX

DER WOLF UND DER STORCH

Stets frißt der Wolf mit gier'ger Hast.
Ein Wolf hat so sich übernommen
Bei einem Picknick, daß er fast
Dabei ums Leben wär gekommen:
In seiner Kehle steckt ihm fest ein Knochenstück,
Er konnte nicht mehr schrein; da kommt zu seinem Glück
Ein Storch des Weges just zu gehen.
Er winkt; der naht – ein Weilchen nur,
Und schon kann man als Arzt ihn bei der Arbeit sehen.
Er zieht den Knochen aus. Drauf für gelungne Kur
Sein Honorar gefordert hat er.
»Was? Honorar?« – versetzt zur Stund
Der Wolf – »Du spaßest wohl, Gevatter?
Ist's nicht schon viel, daß du gesund
Und heil gerettet hast den Hals aus meinem Schlund?
Geh, Undankbarer, deiner Wege!
Komm nie mir wieder ins Gehege!«

FABEL X

DER VOM MENSCHEN NIEDERGEWORFENE LÖWE

Man sah auf eines Malers Werke,
Das öffentlich er ausgestellt,
'nen Leun von ungeheurer Stärke,
Durch einen einz'gen Mann gefällt.
Laut rühmt das Publikum sich dessen.
Ein Löwe, der es hört, setzt dem Geschwätz ein Ziel:
»Wohl seh ich« – spricht er – »euch gefiel,
Daß euch der Sieg hier zugemessen.
Doch hat der Mann euch angeführt:
Wohl mocht mit eitlem Sieg er prahlen!
Mit größrem Recht hätt uns die Oberhand gebührt,
Könnt unsereins nur etwas malen.«

FABEL XI

DER FUCHS UND DIE TRAUBEN

Dem Hungertode nah, sah ein Gaskogner Fuchs,
Ein feiner Schalk, ganz hoch am Dache grüner Lauben
In roter Beeren üpp'gem Wuchs,
Fast überreif, die schönsten Trauben.
Das wär ein Mahl, recht nach des armen Schelms Geschmack!
Doch da er sie nicht konnt erjagen,
Sprach er: »Sie sind zu grün, nur gut für Lumpenpack!« –
Tat er nicht besser als zu klagen?

FABEL XII

DER SCHWAN UND DER KOCH

Schwan und Gänschen lebten einsam
Auf 'nem Hofe, doch gemeinsam
Mit viel andrem Federvieh;
Für des Gebieters Aug war jener ausersehen,
Für seinen Gaumen dies; im Park umherzugehen,
War er nicht wenig stolz, just wie im Hause sie.
Der beiden Tummelplatz waren des Schlosses Gräben;
Bald schwammen, Seit an Seit, sie friedlich auf und ab,
Bald um die Wette schnell, bald tauchten sie hinab,
Doch nimmer mochte sich ihr Neid zufriedengeben.
Einst griff der Koch – er war betrunken jedenfalls –
Anstatt der Gans den Schwan; er packt ihn fest am Hals
Und würgt ihn, um als Supp ihn auf den Tisch zu bringen.

Halb tot beginnt der Schwan sein Klagelied zu singen;
Da wird der Koch vor Schrecken bleich,
Und seinen Mißgriff merkt er gleich:
»Wie? Solch ein Sänger! Und der sollt 'ne Suppe geben?
Nein, nimmermehr – ich schwör's – raubt meine Hand das Leben
'ner Kehle, die so hold erklingt!«

Man sieht, daß, wenn Gefahr und Not uns auch umschweben,
Ein sanftes Wort nie Schaden bringt.

FABEL XIII

DIE WÖLFE UND DIE SCHAFE

Nach tausendjähr'gem Krieg und Haß über die Maßen
Schlossen die Wölf und Schaf' ein friedliches Kartell.
Zu beider Vorteil war's, das sah man klar und hell;
Denn wenn die Wölfe manch verirrtes Schäflein fraßen,
Macht' auch sich mancher Hirt 'nen Rock aus ihrem Fell.
Sie waren unfrei: Die auf ihrer fetten Weide,
Jene beim Raub in Wald und Heide;
Zitternd genossen sie das Futter und den Schlaf.
Nun war der Friede da, und Geiseln stellten beide:
Der Wolf sein Junges, und den Wächterhund das Schaf.
Es ward der Tausch, wie's im Gesetze vorgeschrieben,
Durch Abgeordnete betrieben.
Nach ein'ger Zeit fühlt sich der jungen Wölflein Schar
Als ausgewachsne Wölf, und, gier nach dem Blutbade,
Benutzen sie die Zeit, da von den Herden grade

Das Hirtenvolk abwesend war;
Die Hälfte würgen sie der Lämmer ab, und zwar
Die fettsten – und nun fort damit zum Wald, dem kühlen.
Den Ihren hatten sie's schon heimlich kundgetan.
Die Hunde schlummern fest in sichrer Ruhe Wahn
Und werden schlafend abgetan;
Und das geschieht so schnell, daß sie fast gar nichts fühlen.
Zerfleischt lag alles da, kein einziger entrann.
Woraus den Schluß man ziehen kann:
Vor Bösen kann man nur durch steten Kampf sich schützen.
Gut ist der Friede, das ist wahr,
An sich; allein was kann er nützen
Mit Feinden, die der Treue bar?

FABEL XIV

DER ALTGEWORDENE LÖWE

Der Löwe, sonst der Wälder Schreck,
Seufzend ob einst'ger Kraft und ob der Last von Jahren,
Ward jetzt vom eignen Volk mißhandelt schnöd und keck,
Die stark durch seine Schwäche waren.
Das Pferd kommt und versetzt ihm eins mit seinem Huf,
Der Wolf 'nen Biß, das Rind 'nen Stoß mit seinem Horne;
Der arme Leu, betrübt und in ohnmächt'gem Zorne,
Kann brüllen kaum – zu schwach ist seiner Stimme Ruf.
Mit Würde trägt sein Los er ohne alle Klagen;
Da sieht den Esel er der Höhle nahn von fern:
»Das ist zu viel!« – ruft er – »Den Tod erleid ich gern,
Doch zwiefach Sterben heißt von *dir* 'nen Schlag ertragen!«

FABEL XV

PHILOMELE UND PROKNE

Prokne, die gute Schwalbenseele,
Flog einst vom Lärm der Städte fort
Zu eines Waldes stillem Ort,
Wo einsam tönt das Lied der armen Philomele.
»Nun, liebe Schwester« – spricht Prokne – »wie geht es dir?
Hat man bald tausend Jahr doch nichts von dir vernommen!
Ich wüßte wahrlich nicht, daß du je wärst gekommen,
Seit unsrer Thrazier-Zeit, und hättst gewohnt bei mir.
Wie denkst du künftig nun zu leben?
Denkst diese Einsamkeit du nimmer aufzugeben?« –
»Wo« – fragte Philomel – »ist's schöner wohl als hier?« –
Prokne erwidert: »Wie? Der Zauber deiner Kehle
Erkläng den Tieren nur hinfort,
Höchstens 'ner armen Bauernseele?
Für solche Gaben wär 'ne Wüste wohl der Ort!
Komm in die Stadt, dein Licht laß leuchten vor den Leuten.
Des Waldes Anblick tut nicht gut;
Hier denkst du stets daran, wie Tereus' wilde Glut

In ähnlichen Waldeinsamkeiten
Einst deinem Liebreiz Schmach und Schimpf hat angetan.« –
»Just die Erinnerung der Schmach, die so vermessen
Mir angetan, macht, daß ich dir nicht folgen kann;
Denn, ach! seh ich die Menschen an,
Kann ich's viel wen'ger noch vergessen!«

FABEL XVI

DIE ERTRUNKENE FRAU

»Was liegt daran?« – so spricht wohl mancher, der es hört –
»Es ist ein Weib, das sich ertränkt hat!« –
Ich sag im Gegenteil: sehr unsres Mitleids wert
Ist dies Geschlecht, das uns nur Glück und Lust geschenkt hat.
Nicht ohne Grund sprech ich es aus; die Fabel soll
Von einem Weib euch Kunde geben,
Das in den Fluten unheilvoll
Durch ein beklagenswert Geschick verlor sein Leben.
Es sucht ihr Mann den Leichnam auf,
Um ihn, wie es die Pflicht des Gatten,
Mit allen Ehren zu bestatten.
Nun gingen an des Flusses Lauf,
Durch den das Unglück war geschehen,
Viel Leute, die noch nichts vernommen von dem Fall.
Der traur'ge Witwer fragt sie all,
Ob sie denn keine Spur von seiner Frau gesehen.
»Nein« – sagt der eine – »doch sucht weiter unten nur

Und folgt dem Laufe der Gewässer.« –
Ein andrer aber spricht: »Nein, folgt nicht dieser Spur;
Stromaufwärts sucht, das scheint mir besser!
Nach welcher Richtung auch – glaubt mir, das steht ganz fest –
Des Wassers Strom und Fall sie leite,
Der Geist des Widerspruches läßt
Sie treiben nach der andern Seite.«
Der Scherz des Mannes war nicht übermäßig fein.
Was er vom Hang zum Widersprechen
Gesagt – vielleicht mag's richtig sein;
Doch sei es nun, ob ja, ob nein,
Der Frauen Neigung und Gebrechen:
Wer mal damit geboren war,
Stirbt auch damit ganz unfehlbar;
Er streitet bis zum Tod – sogar,
Wenn's geht, auch nachher, das ist klar.

FABEL XVII

DAS WIESEL IM SPEICHER

Ein Wieselweibchen, schlank und zart von Körper, kroch
In eines Speichers Raum durch ein ganz enges Loch.
Von langer Krankheit just genesen,
Tat's hier sich gütlich nicht gering;
Es schmauste nur, was auserlesen
Und gut und teuer ist gewesen –
Und, ach! der schöne Speck, der dabei flötenging! –
So wurde bald das muntre Ding
Stark, üppig und von feistem Wesen.
Acht Tage drauf – sie saß beim Mahl soeben noch –,
Da hört sie ein Geräusch; sie will hinaus zum Loch,
Allein sie kann nicht durch. Erst glaubt sie, aus Versehen
An einem falschen Loch zu sein;
Doch sagt sie: »Nein, hier ist's! Ich kann es nicht verstehen,
Vor fünf, sechs Tagen kam ich grade hier herein!« –
'ne Ratte, die das Schauspiel freute,
Sprach: »Damals war dein Wanst auch nicht so voll wie heute.
Wer mager kam, der geh auch mager! Der Bescheid
Ward manchem andern schon gegeben, sollt ich meinen;
Allein, vermengen wir, aus purer Gründlichkeit,
Nicht ihre Lage mit der deinen!«

FABEL XVIII

DER KATER UND DIE ALTE RATTE

Ich las bei einem Fabeldichter
Von einem Kater, der ein Alexander gar,
Ein Attila, 'ne Geißel war
Dem rattenschwänzigen Gelichter;
Also ich las, daß seinerzeit
Vor dem Mordkater meilenweit
Umher sie zitterten wie vor dem Höllenhunde:
Vertilgen wollt die Mäus er ganz vom Erdenrunde.
Die Bretter, aufgehängt an dünnem Zwirn zum Ziel
Des Rattenfangs, die Mäusefallen
Sind gegen ihn nur Kinderspiel.
Wie er nun in den Löchern allen

Die Mäuse sieht sich ängstlich ballen –
Sie traun sich nicht heraus, so gern er eine hätt:
Da stellt der Schelm sich tot, hängt hoch sich an ein Brett,
Den Kopf nach unten; doch der Bösewicht von Katze
Hält sich an einem Strick wohl fest mit seiner Tatze.
Das Mäusevolk hält's für 'nen Akt des Strafgerichts,
Weil er an Käs und Fleisch 'nen Diebstahl hätt begangen,
Einen zerkratzt und sonst was Schlimmes angefangen,
Und daß man drob gehängt den argen Taugenichts;
Seine Beerdigung verspricht's
Einstimmig zu begehn nur lachenden Gesichts.
Nun lassen sie die Nas und bald das Köpfchen sehen,
Gleich drauf ins Rattennest zurück;
Dann kommen sie mit scheuem Blick
Vier Schritt hervor, um rings zu spähen.
Doch, ach! da war's um sie geschehen:
Der Tote wachet auf, fällt auf die Füße und
Erwürgt die allzu trägen Schächer.
»Wir können mehr als dies!« – ruft er mit vollem Schlund –
»'ne alte Kriegslist war's, und eure tiefen Löcher
Helfen euch fürder nichts; ich sag es jetzt euch an:
Ihr kommt mir doch noch alle dran!« –
Er prophezeite wahr; der Meister Hinz ersann
Bald eine neue List, unfähig jeden Fehles:
Er wäscht sein Fell, bestreut mit Mehl es
Und hockt, unkenntlich so gemacht,
In einem offnen Trog, drin sonst man bäckt die Kuchen.
Das war sehr fein von ihm erdacht:
Bald kommt das Tripplervolk, selbst seinen Tod zu suchen.
Nur eine Ratte hat von fern still zugeschaut;
Es war ein alter Fuchs, mit mancher List vertraut,
Er hatte selbst den Schwanz in einer Schlacht verloren.
»Mich lockt der Mehlhauf nicht, ich hab's hinter den Ohren!« –
So ruft von fern er zu dem Katzen-General –
»Dahinter steckt doch wohl 'ne List noch, sollt ich meinen!
Umsonst willst du mir Mehl nur scheinen;
Ja, wärst du selbst ein Sack, ich käme nicht einmal!« –
Gar wohl gesprochen war's, die Klugheit muß ich loben:
Er hatt Erfahrung, und an dem
Hat sich bewährt durch manche Proben
Das alte Sprichwort: »Trau, schau, wem!«

VIERTES BUCH

FABEL I

DER VERLIEBTE LÖWE

AN FRÄULEIN VON SÉVIGNÉ

Sévigné, Du, an Reiz und Lust
Der Grazie gleich und der Kamöne,
Du Weib von tadelloser Schöne,
Die nur Dir selber unbewußt,
Kannst freundlich Du und ohne Grauen
Im leichten Spiel der Fabel schauen,
Und ohne daß der Schreck Dich lähmt,
'nen Löwen, den Gott Amor zähmt?
Amor ist ein gar sondrer Meister;
Wohl dem, der ihn und seine Geister
Allein vom Hörensagen kennt!
Wenn seinen Namen man Dir nennt:
Scheint dann die Wahrheit Dir verwegen,
Nimm wenigstens die Fabel hin
Und komm mit Nachsicht ihr entgegen;
Sie will mit dienstbereitem Sinn
Dir schuld'gen Dank zu Füßen legen.

Als Sprache noch den Tieren war,
Sucht' einst mit uns der Löwen Schar

Sich Bund und Freundschaft anzumaßen.
Warum nicht? Wogen ihre Rassen
Doch unsre damals reichlich auf,
Da Mut sie und Verstand besaßen,
Den schönen Kopf noch obenauf.
Nun hört den weiteren Verlauf:
Ein Leu, geboren auf der Höhe,
Sieht beim Spaziergang über Feld
'ne Hirtin, die ihm wohl gefällt;
Sogleich begehrt er sie zur Ehe.
Der Vater möcht um alle Welt
'nen Schwiegersohn, der minder schrecklich.
Sie ihm zu geben, scheint kein Glück,
Sie weigern ihm, ein Wagestück.
Wer weiß, ob man nicht ganz erklecklich
Sie eines schönen Morgens gar
Träf als geheim vermähltes Paar?
Denn abgesehn, daß unsre Schöne
Von je die stolzen Männer schätzt,
Hat sie sich in den Kopf gesetzt
'nen Liebsten nur mit langer Mähne.
Der Vater, der nicht unverzagt
Den Freier abzuweisen wagt,
Sagt ihm: »Mein Kind ist zart und schwächlich;
Wie leicht kann deine Krall ihr nun,
Wenn du sie kosest, wehetun!
Gestatte drum, daß man gemächlich
Sie dir verschneid und unverweilt
Dir stumpfer auch die Zähne feilt;
So werden sanfter deine Küsse,
Nach deren Wonnen du verlangst,
Und meine Tochter, frei von Angst,
Gewährt dir süßere Genüsse.« –
Der Löwe stimmte zu – so war
Verdunkelt seines Geistes Helle!
Nun zahnlos und der Krallen bar
Stand er, 'ne Festung ohne Wälle.
Man hetzt die Hund auf ihn; er kann
Auf schwache Wehr nur sich beschränken.
Amor! Sind wir in deinem Bann,
Dann – gute Nacht, Verstand und Denken!

FABEL II

DER SCHÄFER UND DAS MEER

In Amphitrites Näh lebt', aller Sorgen bar,
Von seiner Herd Ertrag ein Mann still und zufrieden;
    War auch gering, was ihm beschieden,
    War's sicher doch und ohn Gefahr.
Endlich verlockten ihn die Schätze, die ausladen
Er stets am Ufer sah; er schlug die Herde los,
Vertraut' im Handel dann des Meers unsichrem Schoß
    Sein Geld und litt durch Schiffbruch Schaden.
Nun mußt er wiederum die Schafe hüten gar,
Doch nicht als Oberhirt wie ehmals, als die Schar
Der eignen Lämmer er trieb zu des Meers Gestaden;
Er, der einst Coridon oder ein Tircis war,
    Ward Pierrot nun von Gottes Gnaden.
Bald hatt er wiederum ein weniges in bar
    Und legt's von neuem an in Schafen.
Einst, da der Winde Gunst das Landen in dem Hafen
Den Schiffen schnellen Stroms und milden Hauchs erlaubt:

»Geld wollt ihr! Ha, wenn ihr was zu ergattern glaubt,
Ihr Nixen« – ruft er – »müßt ihr's schon bei andern suchen!
    Meins kriegt ihr nicht, drauf könnt ihr fluchen!«

Dies ist kein Märchen, das man nur zum Spaß erfand;
    Durch die Erfahrung anerkannt,
    Lehrt es die Wahrheit klar und offen:
    Mehr gilt ein Pfennig in der Hand
    Als fünf, auf die man erst soll hoffen.
Begnüge jedermann mit seinem Stande sich.
Locken mit Hoffnungen einst Meer und Ehrgeiz dich,
    Verstopf dein Ohr mit Watt' und Werge;
Auf einen, der gewinnt, läßt's Tausende im Stich.
    Das Meer verspricht dir goldne Berge;
Trau ihm – es kommen Stürm und Räuber sicherlich!

FABEL III

DIE FLIEGE UND DIE AMEISE

Mit der Ameise stritt die Flieg um ihren Wert.
»O Jupiter!« – rief sie – »Ist's möglich?
Kann Eigenliebe denn den Geist so unerhört
Verblenden, daß ein elend kläglich
Insekt sich also überschätzt,
Daß es sich neben mich, der Lüfte Tochter, setzt!
Ich bin im Schloß zu Haus, ich sitz an deinem Tische,
Und noch vor dir kost ich von deinem Opferstier;
Das arme Ding – drei Tag im dunkelsten Gebüsche
Lebt's von 'nem Halm, den es geschleppt in sein Revier!
Nun, liebes Schätzchen, sage mir,
War eines Königs Haupt wohl jemals dein Quartier,
'nes Kaisers oder einer Schönen?
Ich küsse, wenn ich will, den schönsten Hals, fürwahr,
Treib mich umher im weichsten Haar,
Und weiße Wangen heb ich zu noch weißern Tönen.
Vollendet ihren Putz ein schönes Weib, besorgt,
Eroberung damit zu machen,

So ist's ein Schmuck, den sie uns Fliegen abgeborgt.
Nun red mir noch von Wirtschaftssachen
Den Kopf voll!« – – »Hab ich jetzt das Wort?« –
Erwidert drauf die Sparsam-Weise –
»Im Schloß bist du zu Haus, doch man verwünscht dich dort;
Und nimmst zuerst du von der Speise,
Welche den Göttern man verehrt:
Meinst wirklich du, das sei was wert?
Überall kommst du hin; das tut nur, wer unedel.
Auf eines Königs wie auf eines Esels Schädel
Pflanzet ihr gern euch auf, gewiß, ich leugn' es nicht;
Doch weiß ich, daß ein schnell Gericht
Für die Zudringlichkeit euch oft den Tod läßt leiden.
Auch ein gewisser Schmuck, sagst du, soll niedlich kleiden.
Ich geb es zu, er ist schwarz, ganz wie ich und du,
Auch deinen Namen mag er führen; doch wozu
Sich gar noch brüsten solchen Ruhmes?
Ist Fliege nicht der Nam auch des Schmarotzertumes?
Hör also auf und sprich nicht fürderhin so groß!
Brechen muß, was sich nicht läßt biegen:
Leicht jagt man fort die leichten Fliegen,
Schmeißfliegen schlägt man tot; und Tod ist auch dein Los
Vor Mattigkeit, Frost, Magenleere,
Wann Phöbus erst beherrscht die andre Hemisphäre.
Dann erst genieß ich voll der Arbeit süße Frucht:
Nicht berg- und talwärts auf der Flucht
Dem Wind und Regen preisgegeben,
Kann froh ich und behaglich leben.
Daß jetzt ich Sorge trug, macht mich von Sorge frei.
Dann erst zeig ich dir, was es sei
Um wahrer Ehre Schatz, um falschen Ruhmes Schimmer.
Leb wohl, ich hab nicht Zeit; Arbeit ist mir Gesetz,
Und Schrank und Speicher werden nimmer
Mir voll durch müßiges Geschwätz.«

FABEL IV

DER GÄRTNER UND SEIN GNÄDIGER HERR

Ein Gartenfreund, nach seinem Stande
Halb Bürger und halb Bauersmann,
Besaß irgendwo auf dem Lande
'nen Garten, wohlgepflegt mit dem, was drum und dran,
Und von lebend'ger Heck umgrenzt in ganzer Länge.
Lattich und Sauerklee wuchs dort in großer Menge,
Auch Massen Thymian, und nebenbei ein Rest
Jasmin zu duft'gem Strauß für Schätzchens Wiegenfest.
Dies ganze Glück ward nur getrübt durch einen Hasen;
Drob führt beim gnäd'gen Herrn der gute Mann Beschwer:
»Seht, das verwünschte Tier frißt täglich mir den Rasen
Und alle Pflanzen ab! Der Fallen spottet er,
Und Stein' und Knüttel, ach, die helfen auch nicht mehr.
Er muß ein Zaubrer sein!« – »Ein Zaubrer? I, das wäre!« –
Sagt drauf der Herr – »Wär's selbst der Teufel, jedenfalls

Packt ihn trotz seiner List mein Nero bald am Hals.
Erlösen will ich Euch, mein Freund, von ihm, auf Ehre!« –
»Doch wann?« – »Nun, morgen gleich mach ich mich drauf und
Gesagt, getan: er kommt mit seinen Leuten an. [dran.« –
»He! Frühstück her!« – ruft er – »Sind auch die Hühner mürbe?
Nun, Töchterchen vom Haus, komm her und laß dich sehn!
Gibt's bald Hochzeit? Wann kommt der Mann, der um sie
würbe?
Freundchen, das ist 'ne Sach – Ihr werdet mich verstehn –
    Da heißt's tief in den Beutel greifen!« –
Bei diesem Wort läßt er zu ihr die Blicke schweifen,
    Setzt sich ganz nah an sie heran,
Faßt ihre Hand, den Arm, lüftet ihr Tüchlein dann.
    Die Schöne wehrt mit schüchtern steifen
    Bewegungen der Zärtlichkeit;
Dem Vater aber ging's nachgrade doch zu weit.
Indessen wird am Herd gesotten und gebraten.
»Wo ist der Schinken her? Er scheint mir wohlgeraten.« –
»Der ist für Euch, o Herr!« – »So?« – spricht der Edelmann –
    »Ich nehm ihn gern und gnädig an.« –
Er frühstückt gut, und all' zu folgen ihm vermocht er,
Diener und Hund und Pferd sind stramm gleich ihm beim
Dem Wirt gibt er Befehl, nimmt manches sich heraus, [Schmaus;
    Trinkt seinen Wein und kost die Tochter.
Das Frühstück ist vorbei, ihm folgt der Lärm der Jagd:
    Zum Aufbruch rüsten laut sich alle,
Vom Schmettern der Trompet' und all dem Hörnerschalle
    Wird unser Gutfreund schier verzagt.
Das Schlimmste war, daß man den armen Küchengarten
Ihm kläglich niedertrat: ihr Beete, fahret wohl!
    Fahrt wohl, Endivien, Lauch und Kohl!
    Auf euch kann jetzt die Suppe warten!
Still lag der Has im Kohl, in dem er sich verkroch.
Man spürt ihn auf, jagt ihn – husch! ist er durch ein Loch,
Nein, nicht ein Loch, ein Tor, 'ne schrecklich große Strecke,
    Längs deren man die arme Hecke
Umriß – der Herr befahl's; es wär ja auch ein Graus,
Könnt man nicht hoch zu Roß zum Garten dort hinaus!
Der Mann sprach: »Solche Zucht! Es ist 'ne wahre Schande!« –
Man ließ ihn reden; Hund' und Menschen hatten mehr
In einer Stunde Zeit verwüstet ringsumher,

Als es in Jahren möglich wär
Den Hasen all im ganzen Lande.

Ihr Fürstlein, unter euch nur schlichtet euren Streit;
Sucht ihr der Kön'ge Schutz, seid ihr nicht recht gescheit.
Mit euren Kriegen müßt ihr nimmer sie befassen
Noch ins Geheg euch kommen lassen.

FABEL V

DER ESEL UND DAS HÜNDCHEN

Man wolle nie, was man nicht kann;
's wird doch nur 'ne verfehlte Sache.
Ein Tölpel wird, wie er's auch mache,
Nie ein gewandter feiner Mann.
Nur wen'gen ward, die Gott begnadigt und erkoren,
Der Gaben glücklichste, die Anmut, angeboren.
Wer sie nicht hat, der rühr nicht dran;
Sonst dürfte man ihn leicht, dem Esel gleich, verlachen,
Der, um sich recht lieb Kind zu machen
Bei seinem Herrn, mit ihm einst schönzutun begann.
»Wie?« – sprach er, da er einsam wandelt' –
»Das Hündchen wird, weil's nett und glau,
Von unsrem Herrn und seiner Frau

Wie ihresgleichen stets behandelt;
Mir winkt der Knüttel nur! Schau, schau!
Was tut er denn? Er gibt das Pfötchen,
Und gleich küßt man ihn hinterher;
Gewinnt auf diese Art man Lieb und Zuckerbrötchen,
Nun, das ist doch nicht gar so schwer!« –
Solchen Gedanken sich ergebend,
Erschaut er seinen Herrn, läuft täppisch gleich herbei;
Den abgetretnen Huf erhebend
Legt zärtlich er dem Herrn ans Kinn ihn frank und frei
Und singt mit holder Stimm ein schrecklich Lied dabei,
Damit das ganze doch 'nen würd'gen Abschluß fände.
»Hu! welche Zärtlichkeit!« – und: »Ha! welcher elende
Gesang!« – ruft jetzt der Herr – »Holla! Den Stecken her!« –
Der Stecken kommt herbei, der Esel singt nicht mehr.
So fand das Possenspiel ein Ende.

FABEL VI

DER KAMPF DER RATTEN UND DER WIESEL

Wie das Wieselvolk, das feine,
Fast verwandt den Katzen scheint:
Beide sind den Ratten feind.
Würden nicht von diesen kleine
Enge Löcher nur bewohnt,
Wären, glaub ich, von den Tücken
Jenes Tiers mit schlankem Rücken
Sie noch weniger verschont.
Da die Ernt einst gut geraten,
Macht ihr König Ratapon
Gleich mobil manch Bataillon
Seiner tapferen Soldaten.
Auch der Wiesel kecker Hauf
Pflanzt des Krieges Banner auf.
Wie die Chronik uns verraten,
Schwankt der Sieg bald hier, bald dort,
Und gedüngt an manchem Ort

Ward das Feld mit Heldenblute;
Doch trotz seinem Heldenmute
War fast allerorten mehr
Im Verlust das Rattenheer.
Wilder Flucht ward es zum Raube,
Ob's den Helden Artarpax,
Psicarpax, Meridarpax
Auch gelang, bedeckt mit Staube,
Aufzuhalten ziemlich lang
Ihrer Feinde Sturm und Drang.
All umsonst die Heldentaten!
Von dem Glück verlassen, sucht
Nun sein Heil in eil'ger Flucht
Jeder, Feldherr wie Soldaten.
All die Fürsten traf der Tod.
Der Gemeine schlüpft zur Not
In die Löcher, in die Fugen
Mühlos mit behendem Husch;
Doch die Offiziere trugen
Jeder einen Federbusch
Oder Haarbusch – war's ein Zeichen
Nur für ihren Stand und Rang,
Oder meinten sie, dergleichen
Macht' den Wieseln angst und bang.
Dieses ward ihr Untergang.
Viel zu niedrig für die feinen
Herrn war Spalte, Ritz und Loch,
Während leicht das Volk der Kleinen
In die engsten Höhlen kroch.
Da nun lag im mißgestalten
Chaos der Hauptratten Schar.
Oft liegt im helmbuschumwallten
Haupt für uns die Hauptgefahr.
Ein zu üppig Feldgepränge
Bringt den Zug oft in die Enge
Und verursacht Aufenthalt.
Kleine sind in allen Dingen
Gut dran: sie entwischen bald –
Großen wird's nur schwer gelingen.

FABEL VII

DER AFFE UND DER DELPHIN

Brauch war's im alten Griechenlande:
Wer je zu einer Meerfahrt schritt,
Der nahm, war's nur ein Mann vom Stande,
Dressierte Hund und Affen mit.
Ein Boot mit solcher Konterbande
Litt Schiffbruch bei Athen am Strande.
Just kam noch ein Delphin zurecht;
Dies Tier ist unserem Geschlecht
Gut Freund, nach glaubhaftem Berichte
In Plinius' Naturgeschichte.
Er rettete ein gutes Teil;
Ein Affe selbst, den Fall benützend
Und auf die Ähnlichkeit sich stützend,
Versucht bei dem Delphin sein Heil.
Er sei ein Mensch, so meint der Retter,
Und nimmt auf seinen Rücken ihn;

Stolz saß er da auf dem Delphin,
Arion gleich, dem Freund der Götter.
Schon waren sie ganz nah am Strand,
Da fragt ihn ganz zufällig jener:
»Mein Freund, sag, bist du ein Athener?« –
»Gewiß, und dort sehr wohl bekannt.
Wenn du mal etwas brauchst« – so spricht er –
»Komm nur zu mir; ich habe dort
Vornehme Sippschaft viel am Ort,
Mein Vetter ist der Oberrichter.« –
Spricht der Delphin: »Ich danke sehr!
Und der Piräus, hat auch der
Die Ehre wohl dir nahzustehen?
Ich denk, du wirst ihn öfter sehen.« –
»Täglich! Mein ältster Freund ist er,
Man sieht uns stets zusammen gehen.« –
'nen Hafen hielt das dumme Vieh
Für einen Mann, in seinem Dünkel.
Die Menschen sind nicht selten, die
Nicht wissen, ob's Rom, ob Krähwinkel,
Und die, obgleich sie nichts gesehn,
Dreist schwatzen, was sie nicht verstehn.
Lächelnd, das Haupt zurückgebogen,
Beschaut den Affen hin und her
Der Delphin und bemerkt, daß er
Ein Vieh nur aus dem Meer gezogen;
Taucht ihn hinab und sucht sich dann
'nen Menschen, den er retten kann.

FABEL VIII

DER MANN UND DAS HÖLZERNE GÖTZENBILD

Ein Heide legte sich von Holz 'nen Götzen bei,
Einen von denen, die stets taube Ohren haben;
Der Heid indes versprach von ihm sich Wundergaben.
    Er kostet' ihn soviel wie drei
    An Früchten, kleinern Opfertieren,
Teuren Gelübden und bekränzten Opferstieren.
    Nie hat ein Götze in der Welt
    So fette Küche wohl genossen;
Dabei ist seinem Wirt für all dies als Entgelt
Nicht Schatz noch Spielgewinn noch Erbschaft zugeflossen.
Noch mehr: erhob sich hier und dort wohl auch einmal
    Ein Sturm, der am Erwerb ihn hindert',

Ging's ihm ein wenig knapp und ward sein Beutel schmal,
Ward drum doch die Portion des Götzen nicht vermindert.
Allein zuletzt, empört ob solchen Undanks, schlägt
Mit einer Stang er einst das Götzenbild in Stücke,
Und findet's ganz voll Gold. »Solang ich dich gehegt,
Gabst du wohl einen Deut« – spricht er – »zu meinem Glücke?
Marsch, fort aus meinem Haus! Such andre Tempel dir!
    Den Menschen gleich erscheinst du mir,
    Den Plumpen, Dummen und Elenden,
Bei denen nur der Stock noch seine Wirkung tut.
Solang ich dich gestopft, stand ich mit leeren Händen;
    Daß so ich dich gefaßt, war gut!«

FABEL IX

VOM HÄHER, DER SICH MIT PFAUENFEDERN GESCHMÜCKT

Es mausert' sich ein Pfau; sein Prachtgefieder,
Ein Häher fand's und steckt sich's an.
Nun hält er sich für schön; mit andern Pfauen dann
Geht er sich brüstend auf und nieder.
Einer erkennt ihn; jetzt wird er mit Spott und Hohn
Verfolgt, beschimpft, verlacht und mit boshaftem Drohn
Gehetzt und von den Pfaun gerupft ganz nach Belieben;
Zuletzt ward er, als zu den Seinen er geflohn,
Noch gar von diesen ausgetrieben.
Zweibein'ge Häher gibt's wie diesen allerwärts,
Mit fremden Federn sich zu schmücken freut ihr Herz –
Schriftstehler nennt man solche Laffen.
Ich schweig – um keinen Preis bereit ich ihnen Schmerz;
Ich hab nicht gern damit zu schaffen.

FABEL X

DAS DROMEDAR UND DAS FLOSSHOLZ

Der erste, der ein Dromedar
Geschaut, entfloh, weil's neu ihm war;
Der zweite trat ihm nah, der dritte war verwegen
Genug, 'nen Zaum ihm anzulegen.
So macht Gewohnheit uns mit allem leicht vertraut;
Mit dem, was fremd uns schien, wovor uns selbst gegraut,
Wird unser Aug sich bald versöhnen,
Wenn wir's nur erst daran gewöhnen.
Da mein Gedanke just bei diesem Thema hält:
Einst waren Wachen ausgestellt;
Als ihnen auf dem Meer ein Ding ins Auge fällt,
So schwuren sie beinah auf Ehre,
Daß es ein mächtig Kriegsschiff wäre.
Ganz kurz darauf sahn sie's nur für 'nen Brander an,
Bald war's ein Kahn, ein Ballen dann,

Zuletzt Holz, in der Wellen Spiele.
In dieser Welt paßt auf gar viele
Die Spitze dieses Lehrgedichts:
Von fern scheint's was zu sein, doch nah besehn ist's nichts.

FABEL XI

DER FROSCH UND DIE RATTE

So mancher – sagt Merlin – gräbt anderen ein Grab,
  Das schließlich für ihn selbst gegraben.
Dies Wort – vielleicht fällt's heut, als längst veraltet, ab –
Schien mir zu jeder Zeit gar tiefen Sinn zu haben.
Allein zur Sache jetzt! – 'ne Ratte, wohlbeleibt
Und gut genährt, für die nur Aberglaube bleibt
Advent und Fasten, saß, die Geister zu erlaben,
Munter und guter Ding an eines Moores Rand.
Redet ein Frosch sie an in seiner Sprach und Sitte:
»Besuch mich doch einmal, gar leckern Schmaus findst du.« –
    Frau Ratte sagt höchst gnädig zu
Gleich auf der Stell und spart ihm jede weitre Bitte.
Doch fügt zum Überfluß den Hinweis er hinzu,
Wie wonnig so ein Bad, wie angenehm das Reisen,
Wieviel Merkwürdiges das Moor hab aufzuweisen;
Noch preisen würde sie Kindern, ja Enkeln auch
Der Gegend Schönheit wie des Volkes Sitt und Brauch
Und die Regierung und den Rat und Magistrat des Wasserstaates.

Nur eins ist, was das Ding schwierig erscheinen läßt:
Ein wenig schwimmt sie wohl, doch braucht dabei sie Hilfe.
Der Frosch weiß guten Rat: mit einem Halm vom Schilfe
Bindet der Ratte Fuß an seinen Fuß er fest.
Doch auf dem Moor kaum angekommen,
Hat gleich der brave Wirt den Gast sich vorgenommen
Und zieht ihn mit Gewalt hinunter nach dem Grund;
Gegen das Völkerrecht und Gastrecht aller Zeiten
Ein fettes Jägermahl von ihm sich zu bereiten
Meint er, das wäre recht so was für seinen Mund!
Schon knackt im Geist er sie mit seinen scharfen Zähnen.
Sie ruft die Götter an, er spottet ihrer Tränen;
Sie widersteht, er zieht. Indes der Kampf so stund,
Erspäht ein Weih, der hoch in Lüften kreist, die Arme,
Die unten tief im Sumpf sich wehrt, daß Gott erbarme.
Er schießt hinab, und auf in seinen Luftbereich
Hebt er Ratt und Frosch zugleich.
So gelungen war der Streich,
Daß ob dieser Doppelbeute
Herzlich sich der Vogel freute;
Hat er doch auf einmal frisch
So zum Schmause Fleisch und Fisch.

Netze, noch so fein gesponnen,
Fangen den oft, der sie spann;
Untreu, noch so fein ersonnen,
Schlägt gar oft den eignen Mann.

FABEL XII

WIE DIE TIERE DEM ALEXANDER TRIBUT SCHICKTEN

Ein Märchen war beliebt im Altertum. Warum?
Die Ursach konnt ich niemals recht ergründen.
Der Leser ziehe selbst sich die Moral; darum
Will ich es, wie ich's fand, euch künden.

Wie Fama ausposaunt' im Lande weit umher
Von Alexander, Zeus', des Göttervaters, Sohne,
Befohlen hätt er, daß nichts frei auf Erden wär
Und alles Volk sich stelle ohne
Verzug vor seinem Herrscherthrone,
Vierfüß'ge Tiere, Mensch, Gewürm und Elefant
Und selbst der Vögel freier Stand –
Wie also, sag ich, die Posaune
Der Göttin Schrecken nah und fern
Verbreitete mit dem Befehl des neuen Herrn:
Meinten die Tiere, und was seiner Laune

Sonst lehenspflichtig war, man müsse diesmal noch
'ne andere Auskunft finden doch.
Man eilt zum Wüstentag, leer stehen Höhl und Löcher.
Nach manchem Streit beschließt man endlich kurz und gut,
Zu senden Huld'gung und Tribut.
Als Abgesandten und als Sprecher
Wählt man den Affen und gibt schriftlich klar und nett
Ihm auf, was er zu sagen hätt.
Nur der Tribut macht ihnen Sorgen:
Was soll man geben? Jedenfalls doch Geld.
Ein Fürst, in dessen Reich ein Feld
Mit Minen, drinnen Gold geborgen,
Leiht höchst gefällig her, was man begehrt.
Nun fragt sich's noch: wie schafft man fort die Last voll Wert?
Maultier und Esel bieten ihren
Tragfäh'gen Rücken an, auch Pferd und Dromedar;
Und so zieht ab mit diesen vieren
Der Affe, der Gesandter war.
Die Karawane trifft im Hohlweg unter andern
Des Löwen Majestät – das deucht ihr ziemlich schlecht.
»Wir treffen hier uns eben recht!« –
Spricht er – »Nun können wir vereint mitsammen wandern.
Allein wollt meinen Teil für mich
Ich bringen. Ist's auch leicht, macht's mir doch Unbehagen;
Drum seid so gut, es mir zu tragen,
Ein Viertel nehm ein jeder sich.
Auf diese Art wird euch nicht allzu schwer die Last sein,
Und ich hab freie Hand und kann dann treu und hold
Zur Seit euch stehn – man muß auf Räuber hier gefaßt sein –,
Wenn's ja zum Kampfe kommen sollt.« –
Abweisen einen Leun ist stets ein schwerer Posten:
Man nimmt ihn auf, man hegt und pflegt um jeden Preis
Ihn; trotz des Helden, der entsproß dem Vater Zeus,
Lebt er gleich einem Gott auf allgemeine Kosten.
Man kommt zu einem Wiesengrund,
Von Bächlein rings umsäumt, geschmückt mit Blumen bunt,
Wo muntre Lämmer Nahrung finden,
Von frischer Kühlung und von lauen Winden
Durchweht. Kaum angelangt, fühlt krank der Löwe sich –
So mindstens klagt er list'gerweise:
»Setzt ruhig fort nur eure Reise« –

Spricht er – »ein Feuer brennt, ich fühl's, mir innerlich;
Ich bleib einstweilen hier und such heilkräft'ge Kräuter.
Verlieret keine Zeit um mich;
Gebt mir mein Geld zurück, ich brauch's vielleicht noch wei-
Sie packen aus; da ruft der Leu mit einem Hohn, [ter.« –
Der Zeugnis gab von seiner Tücke:
»Ha! Wieviel Kinder mir die Gold- und Silberstücke
Geboren! Seht, beim Zeus, die meisten sind ja schon
Beinah so groß wie ihre Mütter!
Mein ist der Zuwachs!« – und nimmt alles unverkürzt;
Wenn alles nicht, blieb doch nur wenig – das war bitter!
Die fünfe standen ganz bestürzt,
Bis sprachlos wiederum sie auf den Weg sich machten.
Man sagt, daß Klage sie beim Sohn des Zeus anbrachten,
Doch nicht mit Recht, trotz aller Reu.
Was sollt er tun? Hier galt es nur: Leu gegen Leu!
Ein altes Sprichwort sagt, wie oftmals wir vernommen:
Dieb gegen Dieb im Streit wird beiden schlecht bekommen.

FABEL XIII

DAS PFERD, DAS SICH AN DEM HIRSCH RÄCHEN WOLLTE

Das Roß war nicht von je zu unsrem Dienst geschaffen.
Als noch das Menschenvolk mit Eicheln sich begnügt',
Wohnt' Esel, Maul und Gaul im Walde ganz vergnügt;
Nicht, wie in unsrer Zeit des Goldes und der Waffen,
Sah man so reicher Sättel Pracht,
So schweres Rüstzeug für die Schlacht,
So viele schmuck geschirrte Wagen;
Auch wurde nicht so viel gemacht
An Hochzeitsschmaus und Festgelagen.
Damals nun hatt ein Pferd einst kleinen Zwist –
Mit einem Hirsch, der sehr behende,
Mehr als das Roß, das an des Menschen List
Sich wandte, daß er ihm im Streit zur Seite stände.
Der legt den Zaum ihm an, dann schwingt er sich hinauf
Und hetzt es ab in jähem Lauf
So lang, bis er den Hirsch erst stellt' und dann erlegte.

Nun sagt das Pferd ihm Dank, das tiefbewegte:
»Mein Wohltäter bist du, und ganz gehör ich dir!
Leb wohl, ich will zurück in meine Wildnis kehren.« –
»Nicht also!« – spricht der Mensch – »Du bist zu nützlich mir;
Ich seh's und mag dich nicht entbehren.
Bleib drum bei mir; du sollst es gut, sollst satt
Und vollauf Streu und Futter haben.« –

Was helfen, ach! die schönsten Gaben,
Wenn man doch nicht die Freiheit hat?
Jetzt merkt der Gaul, daß er 'ne Torheit hatt begangen;
Nun war's zu spät: schon hat zu baun man angefangen
Den Stall, in dem er blieb gefangen.
Er starb darin und trug gar bittres Leid,
Daß kleines Unrecht er nicht weislich hat vergessen.
Wie süß auch Rache sei, doch ist zu hoch bemessen
Ihr Preis, ist feil sie um ein Gut, das jederzeit
Erst all den andern Wert verleiht.

FABEL XIV

DER FUCHS UND DIE BÜSTE

Die Großen sind zumeist nur Masken; ihr Gepränge
Macht Eindruck höchstens bei dem Götzendienst der Menge.
Der Esel urteilt stets nur nach dem äußern Schein;
Der Fuchs im Gegenteil prüft gründlich sie und sicher,
Nach allen Seiten kehrt er sie, und sieht er ein,
    Ihr Wert sei nur ein äußerlicher,
Dann sagt er, was er einst in höchst gelungnem Scherz
    Sprach vor 'nem Heldenbild von Erz.
Ein hohles Brustbild war's und über Lebensgröße;
Die Arbeit lobt der Fuchs bis auf die *eine* Blöße:
»Ein schöner Kopf« – sagt er – »jedoch kein Hirn darin.«
Wie viele große Herrn sind Büsten in *dem* Sinn!

FABEL XV

DER WOLF, DIE ZIEGE UND DAS ZICKLEIN

Als einst die Ziege ging, zu füllen ihre Euter
  Und zu weiden frische Kräuter,
  Riegelte die Tür sie zu,
  Und zum Zicklein sprach sie: »Du,
  Öffne nur, bei deinem Leben,
  Dem, der dir zum Zeichen eben
  Und als Losungswort ruft zu:
  Pfui dem Wolf und seinesgleichen!« –
  Doch kaum sprach sie dieses Wort,
  Als es im Vorüberschleichen
  Aufgeschnappt der Wolf sofort,
  Der sich's merkt. Was höchst gefährlich
  War: die Geiß hat, wie erklärlich,
  Nicht gesehn den Isegrim.
Kaum ist die Ziege fort, als mit verstellter Stimm,

Heuchlerisch im Ton der Alten
Einlaß begehrend, er ausruft: »Dem Wolfe Pfui!« –
Schon meint er drin zu sein im Hui.
Allein voll Argwohn guckt das Zicklein durch die Spalten:
»Die weiße Pfote zeig, sonst mach ich nimmer auf!« –
So ruft's. Bei Wölfen soll, die Leute schwören drauf,
'ne weiße Pfote nur als Seltenheit vorkommen.
Kaum hat, höchst überrascht, er dieses Wort vernommen,
Als schnell zum Wald zurück er seine Schritte lenkt.
Wo wär das Zicklein wohl, hätt es Vertraun geschenkt
Der Losung, die der gier'ge Fresser
Erlauscht durch blinden Zufalls Spiel?
Doppelt sich vorsehn ist stets besser
Als einfach; hierin gibt es nimmer ein Zuviel.

FABEL XVI

DER WOLF, DIE MUTTER UND DAS KIND

Der Wolf erinnert mich soeben
An einen Freund von ihm, der's noch weit schlimmer traf:
Er starb. Hört, wie sich das begeben.
Ein einsam Haus bewohnt ein Landmann, reich und brav.
Meister Isegrim lauscht' dort heimlich an der Pforte;
Gar leckre Beute hat erspäht er an dem Orte,
Milchkalb und Ziege, Lamm und Schaf,
Truthähne massenhaft, kurz, Mundvorrat wie selten.
Doch bald stellt Langeweil sich bei dem Räuber ein.
Da hört ein kleines Kind er schrein;
Gleich fängt die Mutter an zu schelten,
Sie droht ihm: »Bist du nicht gleich still,

Holt dich der Wolf!« – Das hört die Bestie, und schon will
Gott danken sie für dies Geschenk; doch zu beschwicht'gen
Beginnt die Mutter jetzt ihr ungezognes Früchtchen
Und sagt: »Schrei nicht! Kommt er, dann schlagen wir ihn tot.« –
Der Hammelwürger ruft: »Was heißt denn das?« – und droht:
»Erst spricht sie so, dann so! Ob so was dulden müssen
Leute wie ich? Hält man für einen Narren mich?
    Der kleine Fratz dort wage sich
    Nur mal zum Wald nach Haselnüssen!« –
Kaum hat er das gesagt, gleich kommen sie heraus;
Ein Hofhund packt ihn, Spieß' und Gabeln bearbeiten
    Ihn fürchterlich nach allen Seiten.
»Was hast du« – fragt man ihn – »zu suchen hier am Haus?« –
    Alsbald erzählt er, wie's gekommen.
    »Ich danke schön!« – ruft wutentglommen
Die Mutter – »Du mein Kind erwürgen! Glaubst wohl gar,
    Daß ich's nur dir zum Fraß gebar?« –
    Der Ärmste hat den Tod erlitten.
Ein Bauer hat ihm Kopf und Klauen abgeschnitten,
Die über seiner Tür der Gutsherr aufgesteckt,
Ein Sprüchlein drunter im Pikarden-Dialekt:
    »Wölfle, hörst mal ä Büble schrein
    Und's Mütterl drohn, fall nit drauf 'nein.«

FABEL XVII

EIN WORT DES SOKRATES

Als Sokrates einst bauen ließ,
Das leid'ge Kritteln, gleich begann es:
Der fand das Innere – es sei nur Wahrheit dies –
Unwürdig eines solchen Mannes;
Der fand das Äußre schlecht, doch stimmten überein
Alle in einem Punkt: die Wohnung sei zu klein.
Für ihn ein solches Haus! Kaum Platz sich umzuwenden!
»Wollten die Götter« – fiel er ein –
»Daß all die Zimmer voll von wahren Freunden ständen!« –
Sokrates sprach gelassen aus
Ein großes Wort: zu groß für die Art war sein Haus.
Freund nennt sich jeder; Tor, wer sich daraus was mache!
Der Nam ist häufig, überaus
Gesucht und selten ist die Sache.

FABEL XVIII

DER GREIS UND SEINE KINDER

Der Stärkst ist schwach für sich, nur Einigkeit gibt Stärke;
Der Sklav aus Phrygien lehrt's in einem seiner Werke.
Füg ich noch eigenes hinzu dem, was er schrieb,
Ist's, daß Beziehung man auf unsre Sitten merke,
Und nicht aus Neid, da stets mir fern der Ehrgeiz blieb.
Aus Ruhmsucht übertreibt oft Phädrus im Gedichte;
Fiel mir dergleichen ein, tät ich mir selber leid.
Doch nun zur Fabel, nein, vielmehr zu der Geschichte
Von dem, der seine Söhn ermahnt zur Einigkeit.

Ein Greis, bereit zu gehn, sobald der Tod ihm winkt,
Rief seine Söhn und sprach: »Seht, wenn es euch gelingt,
Die Pfeile, die ihr hier vereint im Bündel findet,
Zu brechen, zeig ich euch den Knoten, der sie bindet.« –
Der ältste nahm sie, doch wie sehr er sich auch quält,
Umsonst war sein Bemühen; er sagt: »'nen Stärkern wählt!« –

Ein zweiter folgt ihm nach, doch gleich verfehlten Strebens;
Ein jüngerer versucht sein Glück, und auch vergebens.
Sie quälten sich umsonst: das Bündel widerstand,
Und nicht ein einz'ger Pfeil zerbrach in dem Verband.
»Ich will euch zeigen« – sprach der Vater jetzt – »ihr Schwachen,
Wie ich's in solchem Fall imstande bin zu machen!« –
Man glaubt, er spotte nur, und lächelt, doch zu früh:
Er löst die Pfeil, und er zerbricht sie ohne Müh.
»Da seht ihr« – fuhr er fort – »was Eintracht bringt zustande.
Bleibt, Kinder, stets vereint durch treuer Liebe Bande!« –
Solang die Krankheit währt', sprach er nichts andres mehr.
Zuletzt nun, wie er fühlt, daß nah sein Ende wär:
»Kinder« – sagt er – »ich geh zu meinen Vätern eben;
Fahrt wohl! Versprecht mir nur, als Brüder stets zu leben.
Tut mir nur dies zulieb, eh es mit mir vorbei!« –
In Tränen gaben drauf ihr Wort ihm alle drei;
Er faßt sie bei der Hand und stirbt. Die drei erhalten
Ein groß Vermögen nun, doch schwierig zu verwalten.
Ein Gläub'ger legt Beschlag, ein böser Nachbar klagt;
Anfangs stehn fest die drei mit Glück und unverzagt.
Die seltne Freundschaft hat nicht lange vorgehalten:
Das Blut hat sie vereint, der Eigennutz gespalten;
Der Ehrgeiz und der Neid, der Advokaten List
Und schlechter Rat kam noch dazu in kurzer Frist.
Zur Teilung kommt's, zu Klag und Rechtsspitzfindigkeiten
Und hundert Strafen vom Gericht nach allen Seiten.
Nachbarn und Gläubiger sind schleunigst wieder da,
Der, weil ein Irrtum, der, weil Unbill ihm geschah.
Das Kleeblatt kann, entzweit, keinen Entschluß nun fassen:
Der möcht sich ein'gen, der mag sich auf nichts einlassen.
Zu spät, da alles fort, hätten sie gern gewollt,
Was sie der Pfeile Bund und Trennung lehren sollt.

FABEL XIX

DAS ORAKEL UND DER GOTTLOSE

Den Himmel täuschen kann nur Wahn und Torheit wollen.
Des Herzens Labyrinth birgt im geheimsten Stollen
Nichts, was nicht augenblicks den Göttern offenbar;
Was auch der Mensch beginnt, ihr Auge schaut es klar,
Selbst jedes Tun, das Nacht und Schatten decken sollen.
Ein Heide, der sich auf Freigeisterei gelegt
Und an Gott glaubt, nur weil, wie man zu sagen pflegt,
    Er's so als Erbteil übernommen,
    Hat an Apollo sich gewandt.
    Er fragt, im Tempel angekommen:
»Ist lebend oder tot, was ich hab in der Hand?« –
    'nen Sperling hielt er, und fest stand

Sein Plan, das Tierchen zu ersticken
Oder sofort es zu befrein,
Um eines Fehls den Gott zu zeihn.
Im Augenblick durchschaut Apoll des Mannes Tücken:
»Tot oder nicht« – spricht er – »zeig deinen Sperling her
Und stell mir keine Fallen mehr!
Schwerlich dürft solche List zum Vorteil dir gereichen;
Ich schaue fern und treff desgleichen.«

FABEL XX

DER GEIZIGE, DER SEINEN SCHATZ VERLOR

Nur der Gebrauch verleiht jedem Besitz den Wert.
Ich frage alle, die die Leidenschaft verzehrt,
Zu häufen Summ auf Summ: Ihr habt davon, ich wette,
Doch sicher nichts, was nicht auch jeder andre hätte?
Diogenes ist ganz wie ihr ein Millionär,
Und du, Herr Geizhals, lebst als Lump genau wie er.
Äsop spricht von dem Mann mit dem verlornen Schatze;
Der wär als Beispiel hier am Platze.
Dieser Unglückliche wollt,
Sich seines Guts zu freun, 'nes zweiten Lebens harren;
Das Gold besaß nicht er, nein, ihn besaß das Gold.

Es schien ihm gut, sein Geld im Felde zu verscharren,
Sein Herz dazu, da nichts ihm Freude macht,
Als dran zu denken Tag und Nacht
Und all sein Gut allein für diesen Zweck zu haben.
Ob er ging oder kam, ob er trank oder aß,
Kaum gönnt' er sich die Zeit dazu, und nie vergaß
Er jenen Ort, an dem er seinen Schatz vergraben.
Ein Totengräber sah, wie oft er hin und her
Gelaufen, ahnt den Schatz und eilt, ihn fortzutragen.
Einst kommt der Geizhals, und sieh da, das Nest ist leer!
Er bricht in Tränen aus, und unter Jammerklagen
Hat er zerrauft sich und zerschlagen.
Ein Wandrer fragt, weshalb er also tobt und schnaubt.
»Man hat mir meinen Schatz geraubt!« –
»Wie? Euren Schatz? Wo?« – »Hart an dieses Steines Rande.« –
»Nun, haben wir denn Krieg im Lande,
Daß Ihr so fern ihn bargt? War's nicht ein beßrer Platz,
Wenn ruhig Ihr daheim samt Eurem ganzen Schatz
In Eurer Wohnung wärt geblieben?
Ihr konntet jederzeit draus nehmen nach Belieben.« –
»Jederzeit? O Gott! Was Ihr davon versteht!
Kommt denn das Geld so schnell wie's geht?
Nie hab ich's angerührt!« – »Dann sagt mir doch, Geselle,
Warum Ihr Euer Herz darob so sehr beschwert!
Rührtet Ihr nimmer an, was Euch an Geld beschert,
So legt 'nen Stein doch an die Stelle,
Der hat für Euch denselben Wert.«

FABEL XXI

DAS AUGE DES HERRN

Ein Hirsch sucht' Zuflucht einst in einem Ochsenstall;
Anfangs rieten die Tier ihm all,
Nach beßrer Freistatt zu entweichen.
»Verratet mich nur nicht, ihr meine Brüder!« – sprach
Der Hirsch – »ich weis euch auch die fettsten Weiden nach;
Der Dienst kann eines Tags zum Nutzen euch gereichen
Und tut gewiß euch nimmer leid.« –
Das Rindvieh schwur zuletzt ihm auch Verschwiegenheit.
Im Winkel tief versteckt atmet er auf ganz heiter.
Der Abend kommt; man bringt die frischen Futterkräuter,
Wie man dem Vieh sie täglich gab.
Hundertmal geht das Dienstvolk auf und ab,
Der Meier selbst, und keinem von den allen
Ist das Geweih nur aufgefallen,
Noch auch der Hirsch. Das Kind der Wälder hält
Schon seinen Dank bereit; er will im Stall noch weilen,
Bis er, wenn irgendwer heimkehrt vom Ackerfeld,
Den günst'gen Augenblick erhascht, davonzueilen.

Ein Wiederkäuer sagt zu ihm: »Bis jetzt ging's gut;
Doch noch hielt Mustrung nicht der Mann mit hundert Augen,
Sein Kommen wird dir wenig taugen!
Bis dahin, armer Hirsch, sei nur auf deiner Hut.« –
Jetzt kommt der Herr, den Stall beginnt er abzuschreiten:
»Was ist das?« – sagt er seinen Leuten –
»Zuwenig Futter seh ich in den Raufen all!
Und hier die Streu ist alt – schnell, frische in den Stall!
Ich will, in Zukunft soll besser das Vieh gepflegt sein!
Und diese Spinnen hier, müssen denn die gehegt sein?
Warum sind all die Kumt' und Ketten in Verfall?« –
Wie er nach allem schaut, sieht auch ein Haupt er ragen,
Ein andres als sich sonst wohl hier erblicken ließ.
Nun ist der Hirsch entdeckt – jeder holt sich 'nen Spieß;
Er wird zerstochen und zerschlagen,
Nicht Tränen retteten das arme Tier vom Tod.
Man salzt ihn ein, man macht aus ihm manch Mittagbrot,
Dran ein'ge Nachbarn sich erquicken.
Sehr fein sagt Phädrus: »Nur des Herren Aug genügt,
Um recht zu sehn und scharf zu blicken.« –
Ich hätte noch das Aug der Lieb hinzugefügt.

FABEL XXII

DIE LERCHE MIT IHREN JUNGEN UND DER GUTSBESITZER

Verlaß dich nur auf dich – laß dir vom Sprichwort raten.
Hört, wie Äsop mit Witz und Geist
Dies beweist.
Die Lerche baut ihr Nest zumeist
Im Korn zur Zeit, wann grün die Saaten,
Das heißt zur Zeit, da in der Welt
Fruchtbar sich alles mehrt in trautem Liebesbunde,
Das Seetier auf des Meeres Grunde,
Im Wald der Tiger, und die Lerche auf dem Feld.
Doch hatt ein Lerchlein unbesonnen
Den halben Lenz versäumt, als es aufs Herz ihr fällt,
Daß nicht gekostet sie der Lenzesliebe Wonnen.
Endlich entschloß sie sich, den schuldigen Tribut
Zu zollen der Natur und Mutter noch zu werden:
Sie baut ein Nest, sie legt, sie brütet, ohn Beschwerden

Läßt sie auskriechen – 's ging auch alles möglichst gut.
Das Korn ringsum wird reif, eh noch, im Nest geborgen,
    Die junge Brut sich stark genug
    Und sicher fühlt zu weitrem Flug.
Die Mutter Lerche, drob bewegt von tausend Sorgen,
Geht Futter suchen; doch: »Seid stets auf eurer Hut« –
Sagt zu den Kleinen sie – »und hübsch in acht genommen!
    Wenn der Besitzer von dem Gut
Mit seinem Sohne kommt – und sicher wird er kommen–,
  Merkt auf: hier, je nachdem er spricht,
    Ist länger unsres Bleibens nicht.« –
Kaum hat von ihrer Brut die Lerch Abschied genommen,
Kommt gleich mit seinem Sohn der Gutsherr in die Näh:
»Das Korn ist reif« – spricht er – »zu unsren Freunden geh
Und bitte sie, daß sie mit ihren Sicheln kommen
Uns helfen morgen früh beim ersten Sonnenblick.« –
    Die Lerche kehrt ins Nest zurück
    Und sieht die Brut voll Angst und Grauen.
Das eine sagt: »Er sprach, beim ersten Morgengrauen
Stellen die Freunde sich zu seiner Hilfe ein.« –
»So? Sagt' er weiter nichts« – erwidert drauf die Alte –
»Dann hat's noch gute Weil mit unsrem Aufenthalte;
Doch morgen paßt wohl auf und prägt euch alles ein.
Hier habt ihr Futter, laßt uns heute lustig sein!« –
Geborgen schlafen sie, Mutter und Kind' im Bunde.
Der nächste Morgen kommt, doch läßt kein Freund sich sehn.
Die Lerche steigt empor, der Gutsherr macht die Runde,
    Wie er's gewohnt zu dieser Stunde.
»Das Korn dürft keinen Tag« – spricht er – »jetzt länger stehn.
's ist von den Freunden schlecht und schlecht auch, sich auf
Verlassen, die so faul und ungefällig sind! [Dritte
    Zu den Verwandten geh, mein Kind,
    Und richt an sie dieselbe Bitte.« –
Der Schrecken ist im Nest nun größer denn zuvor:
»Zu den Verwandten schickt er jetzt! Ach, ohne Schonung« – –
    »Nein, Kindchen, legt euch still aufs Ohr,
    Wir rühren uns nicht aus der Wohnung!« –
Die Lerche hatte recht, denn keine Seele kam.
Nun ging der Herr des Guts zum drittenmal und nahm
In Augenschein das Korn: »Wir waren große Toren« –
Sagt er – »da wir gemeint, auf andre sei Verlaß.

Kein beßrer Freund wird je uns, als wir selbst, geboren;
Daran halt immer fest, mein Sohn! Und weißt du, was
Wir tun? Wir all im Haus werden uns selbst bequemen
Und morgen in der Früh zur Hand die Sichel nehmen.
Nicht lange währen soll's, dann ist der Schnitt gemacht
    Und unsre Ernte eingebracht.« –
Wie das die Lerche hört, kommt sie zum Nest geflogen:
»Jetzt, Kinder, gilt's! Seht, daß ihr reisefertig seid!« –
    Da sind die Jungen, fluchtbereit,
    Hals über Kopf zu gleicher Zeit
    Ohn Sang und Klang davongezogen.

FÜNFTES BUCH

FABEL I

DER HOLZHAUER UND MERKUR

DEM HERRN GRAFEN VON B.

Immer hat Ihr Geschmack die Richtung mir gegeben,
Und seinem Beifall galt mein dichterisches Streben.
Sie meinen, daß die Müh kleinlicher Künstelei,
Die eitler Zier nur frönt, wohl zu vermeiden sei.
Ich meine ganz wie Sie: mit so gesuchten Sachen
Verpfuscht der Dichter, was er gar zu gut will machen.
Ein Zug von Feinheit darf nicht fehlen dem Gedicht;
Sie lieben das, und ich, ich haß es wahrlich nicht.
Das Ziel, das sich Äsop gesteckt hat, zu erreichen
Such ich's, so gut ich immer kann;
Scheint dennoch mein Gedicht nicht hübsch und lehrreich, dann

Liegt's nicht an mir, dann – ja, dann – – tut's halt nicht derglei-
Niemals hab ich Gewalt und Macht [chen.
Zu meines Strebens Ziel gemacht;
Da ich das Laster mit herkulischer Kraft des Gottes
Nicht schlagen kann, mach ich's zum Gegenstand des Spottes.
Das ist all mein Talent; ob's ausreicht, weiß ich nicht.
So schildre bald ich im Gedicht
Törichte Eitelkeit, gepaart mit scheelem Neide,
Für unsre heut'ge Welt zwei Angelpunkte beide:
Da ist das klein armsel'ge Tier,
Das gerne groß sein wollt wie der gewalt'ge Stier.
Oft durch ein Doppelbild zeig ich im Widerspruche
Laster und Tugend, Weis' und Narren wundersam,
Den Räuber Wolf, das fromme Lamm,
Ameis und Flieg; und so mach ich aus diesem Buche
Ein großes Lustspiel, das wohl hundert Akt enthält,
Sein Schauplatz ist die ganze Welt.
Mensch, Gott, Tier, jeder muß 'ne Rolle übernehmen,
Zeus wie ein anderer. Führen wir jenen ein,
Der für die Schönre schwärmt und spielt den Angenehmen! –
Doch von dergleichen soll heut nicht die Rede sein.

'nem Holzhauer kam einst sein Werkzeug fort,
Die Axt; umsonst sucht er sie hier und dort.
Sein jammervolles Klagen wollt nicht enden,
Er hatte keine zweite zu versenden!
Auf sie war all sein Hab und Gut gestellt,
Nun hat er nichts zu hoffen in der Welt.
In Tränen ganz gebadet seine Wangen:
»Mein Beil! Mein armes Beil!« – so rief mit Bangen
Er aus – »O Zeus! Ach, schaff es wieder mir!
Ich will's auch ehren als Geschenk von dir!« –
Sein Klagen drang zu der Olympier Ohren.
Merkurius kommt: »Dein Beil ist nicht verloren« –
Sagt ihm der Gott – »kennst du's von Angesicht?
Ich glaub, ich hab's nicht weit von hier gefunden.« –
Er zeigt dem Mann ein goldnes; unumwunden
Entgegnet der: »So eins begehr ich nicht.« –
Drauf wird ein silbernes ihm vorgehalten;
Er lehnt es ab. Zuletzt von Holze eins.
»Ja, seht Ihr« – ruft der Brave – »das ist meins;

Ich bin zufrieden, darf ich dies behalten.« –
»Da« – sagt der Gott – »nimm alle drei für eins!
Die Ehrlichkeit soll ihren Lohn bekommen.« –
»In diesem Fall« – spricht er – »nehm ich sie gern.« –
Bald ward die Märe weit und breit vernommen;
Sein Beil verlor nun mancher, nah und fern,
Der um Ersatz den Himmel mocht beschwören;
Kaum weiß der Götterkönig, wen erhören.
Da naht sein Sohn Merkur dem Schreierchor,
Und eins von Golde zeigt er jedem vor.
Nun fürchtet jeder gleich für einen Toren
Zu gelten, spräch er nicht: »Ja, das ist meins!« –
Allein Merkur gab ihnen nicht nur keins,
Sondern noch eins tüchtig um die Ohren.

Stets wahr und immerdar zufrieden sein,
Das ist das sicherste; doch läßt auf Lügen
Sich mancher um des Vorteils willen ein.
Wozu? Zeus läßt sich nimmermehr betrügen.

FABEL II

DER IRDENE UND DER EISERNE TOPF

Eisentopf lud einstmals ein
Den von Ton zu einer Reise.
Dieser ging darauf nicht ein,
Denn er meint, es wäre weise,
Blieb er auf dem Herd zu Haus;
Hielt' er doch so wenig aus,
Daß selbst von dem kleinsten Dinge
Er gar leicht in Stücke ginge
Und als Scherbe käm zurück.
»Du« – sagt er – »du hast das Glück:
Du trägst eine Haut von Eisen,
Fest und hart; du hast gut reisen!« –
»Nun, wir nehmen dich in Schutz!« –
Spricht der Eisentopf voll Trutz –
»Sollt zufällig etwas Hartes
Dich bedrohn – mit Ruh erwart es –
Dann stell ich mich zwischen euch

Und errette dich sogleich.« –
Dieser Antrag schien ihm lockend;
Eisentopf zur Seit ihm hockend,
Gingen nun im Hinkepaß
Unsre Wanderer fürbaß.
Aber humpelnd auf drei Beinchen,
Rempelten ohn Unterlaß
Beide sich beim kleinsten Steinchen.
Dem irdnen Topf ging's schlimm: kaum hundert Schritt weit trug
Der Fuß ihn, als ihn schon sein Freund in Scherben schlug,
Und er durft sich nicht beklagen.
Geselle jeder sich zu seinesgleichen bloß;
Sonst läuft er Gefahr, zu tragen
Jenes Topfes traurig Los.

FABEL III

DER KLEINE FISCH UND DER FISCHER

Ein kleiner Fisch wird einst auch groß,
Bleibt er, so Gott will, nur am Leben;
Doch Torheit scheint's, wollt deshalb bloß
Man ihm die Freiheit wiedergeben;
Ob man ihn wiederfängt, ist nie ganz sicher doch.
Ein Karpfen, jung und klein, kaum ausgebrütet noch,
Ward von dem Fischer einst an Baches Rand gefangen.
»Zählt alles mit!« – sprach der, als er den Fang besah –
»Zum leckern Mahl ist doch der Anfang mindstens da.
Komm, sollst in meinem Netze prangen!« –
Das arme Fischlein spricht: »Kann dich nach mir verlangen?
Was willst du denn mit mir? Wird mir doch immerhin
Zum halben Bissen selbst was mangeln!
Wart, bis ich erst ein Karpfen bin,
Dann kannst du mich ja wieder angeln;
Ein reicher Pächter zahlt für mich dann guten Preis,

Indes du heut mit Müh und Fleiß
Noch hundert meiner Art mußt fangen
Zum Mahl – zu einem Mahl, das niemand wird verlangen.« –
»Niemand verlangen?« – höhnt der Fischer barsch und straff –
»Nein, Fischlein, guter Freund, du predigst zwar wie'n Pfaff;
Kommst in die Pfanne doch! Wie klug du auch magst raten,
Heut abend noch wirst du gebraten!« –

Ein Hab ich gilt mehr als zwei Hätt ich, wie man spricht;
Jenes ist sicher, dieses nicht.

FABEL IV

DIE OHREN DES HASEN

Einst stieß aus Ungeschick ein Hornvieh mit dem Horn
Den Löwen, der, erfüllt von Zorn,
Damit's nicht wieder ihm geschähe,
Ein jedes Tier aus seiner Nähe
Verbannt, das an der Stirn etwas wie Hörner trug.
Stier, Widder, Ziegenbock begannen auszuwandern,
Das Damwild auch sucht einen andern
Wohnort – sie eilten schnell genug.
Ein furchtsam Häslein sah den Schatten seiner Ohren
Und meint', um ihre Länge schon
Erklärt' am Ende sie für Hörner ein Spion;
Ob solcher Hörner hielt es fast sich für verloren.
»Leb, Nachbar Grille, wohl!« – spricht es – »Ich geh von hier;
Zu Hörnern macht man gar noch meine Ohren mir!
Und wenn sie kürzer noch als Straußenohren wären,
Ich hätte dennoch Furcht.« – Die Grille aber lacht:
»Dies Hörner? Das, dein Wort in Ehren,
Sind Ohren, wie sie Gott gemacht.« –
»Hier aber hält man sie für Hörner« –
So spricht der Hasenfuß – »für Einhornriesenhörner.
Was Reden und Beweis? Was Gründe, ein und aus?
's wär alles nur fürs Narrenhaus.«

FABEL V

DER FUCHS MIT DEM GESTUTZTEN SCHWANZ

Ein alter schlauer Fuchs, schon lang
Als Hühnerwürger groß und im Kaninchenfang,
Kurz, recht ein Fuchs von Rang und Stande,
Ging in die Falle doch zuletzt.
Glücklich in Freiheit wiederum gesetzt –
Nicht ganz, denn seinen Schwanz ließ er dabei zum Pfande –
Frei, aber schwanzlos und von Scham erfüllt, begehrt
Leidensgefährten er; drum hat er, schlau wie immer,
Als einst der Füchse Rat tagte, das Wort begehrt:
»Was soll uns diese Last?« – sprach er – »Sie nützt uns nimmer,
Als daß sie höchstens all die schmutz'gen Steige kehrt!
Was tun wir mit dem Schwanz? 's ist besser, ihn zu stutzen,
Und sicher tut's ein jeder, folgt ihr mir.« –
Drauf einer aus der Schar: »Dein Rat scheint sehr von Nutzen;
Doch dreh dich erst mal um, und dann werd Antwort dir.« –
Bei dieser Red entstand solch Hohngeschrei und Zischen,
Daß den gestutzten Schelm man gar nicht mehr vernahm
Und nie zur Sprache mehr das Schwanzabschneiden kam;
Die alte Mode blieb inzwischen.

FABEL VI

DIE ALTE UND DIE BEIDEN MÄGDE

Ein altes Weib ließ von zwei Mägden sich bedienen,
Die spannen gar so gut, daß im Vergleich mit ihnen
Das Parzenkleeblatt nichts als eitel Wirrwarr spann.
Das dringendste Geschäft, auf das die Alte sann,
War, neue Arbeit stets den Mägden zuzuteilen.
Wann den goldlock'gen Gott Tethys mahnt aufzustehn,
Schnurrte das Rädchen schon, mußt sich die Spindel drehn,
Rechts, links und – hast du nicht gesehn! –
Stets ohne Rast und ohne Weilen.
Sowie Aurora nur bestieg ihr Viergespann,
Fing ein verwünschter Hahn pünktlich zu krähen an;
Und alsobald warf sich die noch verwünschtre Alte

In einen Unterrock, voll Schmutz jedwede Falte,
Steckt' eine Lampe an und eilt' ans Bett sogleich,
Wo tief in festem Schlaf, so wonnig, warm und weich,
    Die beiden armen Mägde lagen.
Die öffnet halb ein Aug, den Arm streckt jene aus,
    Und alle zwei voll Mißbehagen
Flüstern: »Verdammter Hahn! Dir mach ich den Garaus!« –
Gesagt, getan: dem Vieh, von dem sie so gelitten,
Dem Ruhestörer ward die Gurgel abgeschnitten.
Doch nichts war unsrem Paar geholfen durch den Mord;
Im Gegenteil: kaum legt sich's nieder, als sofort
Die Alte schon aus Furcht, daß sie die Zeit versäume,
Gleich einem Kobold tobt durch alle Wohnungsräume.
    Also wird's in der Regel sein:
Uns drückt ein Leid, man glaubt es endlich überwunden
    Und – fällt viel tiefer noch hinein,
    Wie jenes Paar es mag bekunden.
Die Alte statt des Hahns! In die Skylla geriet,
    Wer die Charybdis mied.

FABEL VII

DER SATYR UND DER WANDRER

Saß 'ne muntre Satyrngruppe
In der wilden Höhle Grund,
Führten traulich ihre Suppe
Und den Zubiß in den Mund.

Satyr, Weib und Kinder strecken
Sich behaglich auf dem Moos;
Hatten Teppich nicht noch Decken,
Doch 'nen Hunger riesengroß.

Schauernd vor dem kalten Regen
Tritt ein Wandrer jetzt herein,
Und, ob etwas ungelegen,
Lädt man ihn zur Brühe ein.

Ohne Weitres abzuwarten,
Nimmt er's an nach Gastrechtsbrauch,
Wärmt sich erst die halb erstarrten
Finger durch des Mundes Hauch.

Als dann Speisen aufgetragen,
Bläst er drauf mit spitzem Mund;
Die erstaunten Satyrn fragen:
»Freund, wozu das? Tut's uns kund.« –

»Dieses kühlet mir die Speise,
Jenes wärmt die Finger mir.« –
Drauf der Satyr: »Auf die Reise
Macht Euch wieder! Fort von hier!

B'hüt es Zeus, daß eine Stunde
Noch mein Dach Euch berge! Geht!
Fort mit dem, aus dessen Munde
Warm und kalt der Atem weht!«

FABEL VIII

DAS PFERD UND DER WOLF

Ein Wolf, in jener Zeit, wann lau
Durch das verjüngte Grün die Frühlingslüfte wehen
Und fröhlich jedes Tier auskriecht aus seinem Bau,
Um seiner Nahrung nachzugehen –
Ein Wolf also, befreit von Winters strengem Zwang,
Bemerkt ein Pferd, das man geschickt auf Weidegang.
Man denke sich, wie er sich freute!
»Ein Fang!« – spricht er – »Hätt ich dich zwischen dem Gebiß!
Warum bist du kein Schaf? Dann wärst du mir gewiß,
Indes uns Schlauheit jetzt nottut für diese Beute.
Sei'n schlau wir!« – Spricht's und kommt gemeßnen Schritts her-
Und nennt sich Hippokratens Jünger, [bei
Dem dieses Grüns Heilkraft und sonst noch mancherlei
Bekannt auf das genauste sei;
Der jedes Übel, ob geringer,
Ob größer, heilen könnt. Auch Herrn von Gaul, wofern

Er ihm nur sagte, wo er leide,
Heilt' er, der Wolf, umsonst recht gern;
Denn also lose auf der Weide
Umherzugehn, das spräche für
Irgendein heimlich Leid nach aller Heilkunst Regeln.
Das Rößlein spricht: »Unter den Nägeln
Des Hufes hab ich ein Geschwür.« –
Der Doktor drauf: »Mein Sohn, die Stell ist sehr empfindlich
Und manchen Leiden ausgesetzt;
Als Arzt behandle ich die Herren Gäule jetzt
Und operier auch schnell und gründlich.« –
Der arge Schelm wünscht nur den Augenblick herbei,
Um seinen Kranken anzupacken;
Der, voll Argwohn, versetzt 'nen Schlag ihm mit dem Hacken,
Der ihm die Zähn und die Kinnbacken
Sogleich zerschlägt zu Mus und Brei.
»Recht war's!« – sagt nun der Wolf zu sich mit traur'gem La-
»Es bleibe doch allzeit ein jeder, was er ist! [chen –
Du wolltest hier den Gärtner machen,
Da du doch nur ein Schlächter bist.«

FABEL IX

DER BAUER UND SEINE KINDER

Arbeite, wird's auch oft dir sauer –
Das ist ein Gut, das nie versagt.
Als einst dem Tode nah sich fühlt' ein reicher Bauer,
Rief seine Kinder er allein heran und sagt:
»Nehmt euch in acht« – spricht er – »verkauft das Erbe nimmer,
Das unsrer Väter frommer Sinn
Uns ließ: es liegt ein Schatz darin.
Zwar weiß ich nicht den Ort; doch ein'ger Mut führt immer
Zum Ziel, er hilft zuletzt auch euch zu eurem Schatz.
Gleich nach der Ernte grabt nur nach an jedem Platz;
Wühlt rings den Acker auf und sorgt, daß allerwege
Man unablässig Hand anlege.« –
Der Vater starb, die Söhn umwühlten ganz und gar
Den Acker, rechts und links, so daß im nächsten Jahr
Er reichre Ernte ihnen brachte.
Von Geld war nichts zu sehn; allein der Vater dachte
Sehr weise, da er sie den Satz
Gelehrt: Die Arbeit ist ein Schatz.

FABEL X

DER KREISSENDE BERG

Ein kreißender Berg macht' ein Geschrei
So laut und trieb ein solches Wesen,
Daß jeder, der vom Lärm herbei
Gelockt, nun meint', er müßt genesen
'ner Stadt, noch größer als Paris wohl gar.
Ein Mäuslein war's, das er gebar.

Werd ich dieser Fabel inne,
Die als Dichtung Trug und Schein,
Aber wahr nach ihrem Sinne,
Fällt mir stets ein Dichter ein,
Der sagt: »Ich will den Kampf euch singen,
Wie mit dem Donnerer Zeus die Titanen ringen.« –
Ein großes Wort; doch fragt man, wie die Taten sind?
Nur Wind!

FABEL XI

DAS GLÜCK UND DAS KLEINE KIND

Auf eines tiefen Brunnens Rand
Schlief, von sich streckend Fuß und Hand,
Ein Kind, das Muster eines Jungen.
Schulbuben finden Bett und Kissen überall;
Ein Großer wär in solchem Fall
Wohl hundert Klafter tief gesprungen.
Da kommt zum Glück in ihrem Lauf
Fortuna in die Näh; sie weckt ganz leis ihn auf
Und spricht zu ihm: »Mein Schatz, ich rette dir das Leben,
Doch mußt ein andermal du besser Achtung geben.
Wenn du gefallen wärst, man hielte sich an mich,
Obgleich es deine Schuld gewesen.
Auf Treu und Glauben frag ich dich:
War an dem Leichtsinn, auserlesen,
Wohl meine Laune Schuld?« – Und damit ging sie fort.
Und ich, ich bill'ge ganz ihr Wort.

Nichts kann in aller Welt geschehen,
Stets soll Fortuna dafür stehen,
Als wär sie unser einz'ger Hort.
Sie wird verantwortlich gemacht für alle Sachen;
Sind wir dumm, übereilt, wenn wir Torheiten machen,
So trösten wir uns schnell: uns fehlt des Glückes Huld!
Kurz, immer hat Fortuna schuld.

FABEL XII

DIE ÄRZTE

Der Doktor Schlimmer ging zu einem seiner Kranken,
Dem Besser, sein Kolleg, auch eilte beizustehn.
Der letztre hofft, indes der andre ohne Wanken
Erklärt, der Arme müßt zu seinen Vätern gehn.
Während die beiden sich in höchst gelehrtem Zanke
Ereiferten, zahlt der Natur den Zoll der Kranke,
Nachdem zuletzt er noch Herrn Schlimmers Rat befragt.
Wie im Triumph sich nun die beiden überheben!
Der eine spricht: »Er starb; ich hatt's vorhergesagt.« –
Der andre: »Folgt' er mir, er wäre noch am Leben.«

FABEL XIII

DIE HENNE MIT DEN GOLDNEN EIERN

Alles verliert Habgier, weil alles sie begehrt.
Das wird durch jenen uns gelehrt,
Der, wie die Fabel sagt, von seiner Henne täglich
Gelegt bekam ein goldnes Ei.
Er meinte, daß ein Schatz in ihrem Leibe sei;
Er würgt und öffnet sie und sieht, enttäuscht gar kläglich,
Daß eine Henne sie wie all die andern war.
So ward er durch sich selbst des besten Schatzes bar.
'ne Lehre, die sich merken sollten
Die Herren Knauser! Ach, wie viel – daß Gott erbarm –
Wurden in letzter Zeit von heut zu morgen arm,
Weil sie zu schnell reich werden wollten!

FABEL XIV

DER ESEL MIT DEN RELIQUIEN

Reliquien trug durch die Menge
Ein Langohr und rühmt sich, ihm soll
Nun gelten der Verehrung Zoll,
Ihm sei des Weihrauchs Duft geweiht und die Gesänge.
Den Unsinn hört jemand und sagt:
»Meister Langohr, seid nicht so dumm und plagt
Euch nicht mit so eitlem Ruhme!
Euch nicht, nur dem Heiligtume
Gilt diese Ehre all, und wißt,
Daß mit Recht sie ihm gewährt wird.« –
Bei 'nem Narrn im Amte ist
Nur das Kleid es, das verehrt wird.

FABEL XV

DER HIRSCH UND DER WEINSTOCK

Ein Hirsch, dem auf der Flucht ein Weinstock Schutz gewährte,
So dicht und hoch, wie da und dort er wohl gedeiht,
Barg sich darin und wähnt sich hier vom Tod befreit.
Die Jäger glauben nun die Hund auf falscher Fährte
Und rufen sie zurück. Das Hirschlein frißt darauf
Gleich seinen Schützer ab – o Undank und Verderben!
Man hört ihn, kehrt alsbald zurück und jagt ihn auf;
    Am selben Orte muß er sterben.
Er ruft: »Ich hab's verdient! Gerechtes Mißgeschick!
Lernt, Undankbare, draus!« – Er fällt im Augenblick.
Die Meute braucht ihr Recht; umsonst mit Tränen wendet
Er an die Jäger sich, die bald zurückgekehrt.
Ein Bild des Mannes, der schamlos die Freistatt schändet,
        Die Rettung ihm gewährt.

FABEL XVI

DIE SCHLANGE UND DIE FEILE

Bei 'nem Uhrmacher wohnt 'ne Schlange nebenan –
Der Uhrmacher war drob nicht glücklich just zu preisen –
Die kam in sein Geschäft nach Nahrung dann und wann,
    Fand aber dort statt aller Speisen
'ne Feile nur von Stahl und nagt die wirklich an.
Die Feile sagt zu ihr nach ruhigem Besinnen:
    »Du dummes Tier, was denkst du zu beginnen,
    Daß keck du dich an Härtres wagst,
    Als du bist, Narr, der arg betört ist?
    Dir bleibt, eh du so viel abnagst
    Von mir, als nur ein Heller wert ist,
    Kein Zahn mehr ganz. Du tust mir leid!
    Ich fürchte nur den Zahn der Zeit.« –

Dies, kleine Geister ihr, laßt euch als Warnung sagen,
Die, selber zu nichts gut und nütz, an allem nagen!
    Glaubt, euer Tun ist eitel Tand.
Meint ihr, ihr schädiget durch eurer Zähne Stärke
        So manche schöne Werke?
Für euch sind sie von Erz, von Stahl und Diamant.

FABEL XVII

DER HASE UND DAS REBHUHN

Nie spotte derer, die in Not und Elend weinen;
Denn wer ist sicher, daß er immer glücklich sei?
    Äsop gibt uns dafür in seinen
    Fabeln ein Beispiel oder zwei.
    Ihr könnt bei ihm dasselbe finden,
    Was diese Verse hier euch künden.
Einträchtig lebten Has und Rebhuhn auf dem Feld,
Und allem Anschein nach an friedlich sichrer Stätte;
    Da kommt 'ne Meut herangebellt,
Die jenen zwingt, daß er durch schnelle Flucht sich rette.
Er flieht in seinen Bau; die Hunde, selbst Faßab,
    Kommen von seiner Spur bald ab.
    Allein zuletzt verriet den Armen
Des Schweißes Dunst, den sein erhitzter Balg aushaucht.
Spürnas, der Weise, der nur wenig Wittrung braucht,
Schließt gleich, sein Hase sei's, und jagt ihn ohn Erbarmen;

Und Packan, der noch nie gelogen, ruft: »Hurra!
Seht, unser Has ist wieder da!« –
Der Unglückliche starb auf seiner Lagerstelle.
Das Rebhuhn spottet sein und lacht:
»Du rühmtest stets dich deiner Schnelle!
Wo hattst die Läufe du?« – Doch bald, noch eh's gedacht,
Kam's selber an die Reih. Es wähnte wohl, vor allen
Gefahren böten leicht ihm seine Flügel Schutz;
Das arme Tier vergaß im Trutz
Den Habicht mit den scharfen Krallen.

FABEL XVIII

DER ADLER UND DIE EULE

Ein Ende machten Eul und Aar verjährten Zwisten
So gründlich, daß sie gar sich küßten;
Auf Königswort schwur der, jene auf Kauzenwort,
Sich ihre Jungen nie zu würgen mehr hinfort.
»Kennst du die Meinen?« – fragt Minervens Vogel eben.
»Nein« – sagt der Aar. »O weh!« – spricht traurig jene drauf –
»So geb ich alle Hoffnung auf;
Am Zufall nur hängt dann ihr Leben!
Du bist ein König. Wer und was, das fragst du nicht;

Göttern und Königen erscheinen alle Dinge,
Was man auch sage, gleich geringe.
Aus ist's mit meiner Brut, kriegst du sie zu Gesicht!« –
»Beschreib sie mir« – sagt drauf der Aar – »und fürchte nicht,
Daß ich sie je zu Schaden bringe.« –
Die Eule drauf: »Sie sind gar hübsch und wohlgebaut,
Vor allen andern nett, so zierlich, ach! und traut;
Erkennen wirst du sie sogleich an diesem Zeichen.
Vergiß es mir nur nicht, merk dir's in aller Huld;
Laß nie die Unglücksparze schleichen
Sich in mein Haus durch deine Schuld!« –
Gesegnet ward der Kauz mit reichem Kinderglücke.
'nes Abends – noch war er vom Ausflug nicht zurücke –
Bemerkt der Aar mit scharfem Blicke
In einem hohlen Felsenstücke
Oder in einer Mauerlücke –
Genau weiß ich nicht, wo es war –
Von kleinen Scheusaln eine Schar,
Griesgrämig, garstig und die Stimm einer Megäre.
»Das ist« – spricht da der Aar – »nicht unsres Freundes Brut.
Schnapp weg!« – Wie sich der Schelm dran labt und gütlich tut!
Man sagt, daß nie sehr schmal des Adlers Mahlzeit wäre.
Die Eule kehrt zurück und findet, ach! ein Grab,
Von ihren Kleinen nur die Beinchen in der Mauer;
Sie weint und klagt, sie ruft der Götter Zorn herab
Auf ihren Feind, der sie versetzt in solche Trauer.
Da sagt ihr einer: »Dich, ja, dich beschuld'ge bloß,
Oder das allgemeine Los
Vielmehr, daß jedem stets die Seinen
Schön, gut und liebenswert erscheinen.
Ob deiner Kinder Bild, das du entwarfst dem Aar,
Nur im geringsten ähnlich war?«

FABEL XIX

DER ZUM KRIEGE RÜSTENDE LÖWE

Der Leu plant' einen Krieg; obliegend den Geschäften
Hält Kriegsrat er, sendet die Hauptleut in der Rund
Umher und tut's den Tieren kund.
Seinen Posten erhielt jedes nach seinen Kräften:
Der Elefant mußt einen Turm
Von Rüstzeug auf dem Rücken tragen
Und sich nach seiner Weise schlagen;
Der Bär bereitet' sich zum Sturm;
Der schlaue Fuchs sollt auf geheime Kriegslist sinnen,
Der Aff den Feind zerstreun durch Sprünge hin und her.
»Schickt fort den Esel« – sagt jemand – »zu dumm ist er;
Den Hasen auch, der läuft vor Angst ja gleich von hinnen!« –
Der König spricht: »Nicht doch! Die zwei verwend ich gut,
Auch fehlte was dem Heer ohne die beiden Recken:
Als Lärmtrompete soll den Feind der Esel schrecken,
Indes der Hase uns Eilbotendienste tut.«
Es zieht ein Fürst, der klug und weise,
Von jedem Untertan Vorteil nach seiner Weise,
Er weiß, was jeder leisten kann.
Unnützes gibt es nichts für den gescheiten Mann.

FABEL XX

DER BÄR UND DIE ZWEI BURSCHEN

Zwei Burschen kamen einst aus Not
Zum Kürschner, ihm das Fell zu bringen
'nes Bären, der zwar noch nicht tot,
Doch den sie, sagten sie, ganz sicher nächstens fingen.
Sie waren überzeugt, es sei ein Königsbär;
Der Kürschner, der dies Fell erwerbe, könne lachen:
Warm hielt's, und wenn die Kält auch noch so grimmig wär;
Auch sei nicht ein Pelz nur, nein, zwei daraus zu machen.
So kostbar wäre nichts, meinten sie, als ihr Bär –
»Ihr Bär!« – Doch anders stand es in des Schicksals Buche –

Sie brächten, meinten sie, ihn spätstens morgen her.
Sie machen fest den Preis, sie gehen auf die Suche,
Sie finden ihn. Der Bär trabt auf sie los sofort –
Hei! wie vom Blitz gerührt die zwei dastehn und beben!
Futsch war der Kauf; jetzt galt's ihn schleunigst aufzugeben,
Und von der Bärenjagd sprach keiner mehr ein Wort.
Der klimmt auf einen Baum in allerschnellster Eile,
Jener, starr wie 'ne Marmorsäule,
Wirft hin sich, stellt sich tot und hält den Atem an,
Da ihm bekannt vom Hörensagen,
Es scheu der Bär sich dann und wann,
An tote Körper sich, die regungslos, zu wagen.
Herr Braun, der Bär, der Tor, fällt wirklich drauf herein:
Er sieht ihn liegen und hält ihn für eine Leiche;
Aus Furcht vor einem schlimmen Streiche
Dreht er ihn um und um und legt die Schnauze ein,
Ob Atem noch in ihm zu finden. [riecht!« –
Er spricht: »Ein Leichnam ist's; drum fort jetzt, denn er
Mit diesen Worten sieht man ihn im Wald verschwinden.
Der eine von dem Paar, der nun vom Baume kriecht,
Eilt zu dem andern hin und wundert sich darüber,
Wie einen nur die Furcht doch übermannt so schnell!
»Mag sein!« – so fuhr er fort – »Und unser Bärenfell?
Was sagt' er dir ins Ohr, mein Lieber?
Denn sehr nah kam er dir, als er
Dich mit der Klaue faßt' am Kragen.« –
»Er sprach: Verkaufe nimmermehr
Des Bären Fell, eh du ihn selber totgeschlagen.«

FABEL XXI

DER ESEL IN DER LÖWENHAUT

Der Esel, der sich in des Löwen Haut gesteckt,
Erregte Furcht, wo man ihn wittert';
Er, sonst ein Tier, das keinen schreckt,
Sah, wie vor ihm jetzt alles zittert.
Ein Zipfelchen vom Ohr, das unverhüllt nur war,
Macht bald den ganzen Schwindel klar.
Nun holt man her den Meister Bakel;
Erstaunt sehn die, die nichts gewußt von dem Spektakel,
Wie Meister Bakel, Hieb auf Hieb,
Jetzt Löwen hin zur Mühle trieb.

Die Fabel paßt auf manche Junker,
Die prahlerisch bei uns zuland sich machen breit:
Drei Viertel ihrer Tapferkeit
Ist nichts als ritterlich Geflunker.

SECHSTES BUCH

FABEL I

DER HIRT UND DER LÖWE

Die Fabeln sind nicht das, was sie wohl scheinen wollen:
Es spielt manch einfach Tier in ihnen große Rollen.
Die nüchterne Moral mag oft langweilig sein,
Mit der Erzählung prägt die Lehre leicht sich ein.
Dergleichen Dichtung soll belehren und behagen;
Erzählen, nur um zu erzählen, will nichts sagen.
Drum sucht' und fand so manch berühmter Mann zumeist
In dieser Dichtungsart Erheitrung für den Geist.
Stets mieden sie den Schwulst und allzu große Länge,
Nie trifft bei ihnen man unnützes Wortgepränge.
Phädrus schrieb so gedrängt, daß mancher ihn darob
Sogar getadelt; fast noch knapper ist Äsop.
Ein andrer Grieche* sucht mehr noch als er die Würze
Des Witzes in lakon'scher Kürze;
Denn sein Gedicht beschränkt stets auf vier Verse sich –
Ob gut, ob schlecht, entscheid ein Klügerer als ich.
Sehn wir Äsop und ihn als gleichen Stoffes Träger:

* Gabrias.

Der führt 'nen Hirten vor, und jener einen Jäger.
Im Vorgang folg ich ganz getreulich diesen zwein,
Beiläufig nur flecht ich manch kleinen Zug noch ein.
Vernehmt nun, wie Äsop es ungefähr erzählte:

Ein Hirt bemerkt, daß von den Schafen manches fehlte,
Und hätt den Räuber gern ertappt um jeden Preis.
In einer Höhle birgt er sich und legt im Kreis
Umher Wolfsfallen, da den Wolf er in Verdacht hat.
    »Du Fürst der Götter in der Höh« –
Ruft er – »o schaff, daß noch, eh ich von hinnen geh,
Der Schelm sich fange hier, der diesen Raub gemacht hat!
    Gewähre diese Freude mir;
    Von zwanzig Kälbern wähl ich hier
    Das fettste, dir es zu verehren.« –
Da aus der Höhle tritt ein Leu von mächt'gem Wuchs;
Halb tot vor Schrecken spricht der Hirt, er duckt sich flugs:
»Daß doch die Menschen nie verstehn, was sie begehren!
Um in den Fallen hier den Räuber, der schon halb
Die Herde mir zerstört, bald abzufangen – siehe,
O Fürst der Götter, Zeus – versprach ich dir ein Kalb;
Ich opfre dir ein Rind, schaffst du, daß er entfliehe.«
So hat's der erste uns erzählt; nun gebet acht,
    Wie's ihm der andre nachgemacht.

FABEL II

DER LÖWE UND DER JÄGER

Ein Prahlhans, der das edle Waidwerk übte,
Verlor 'nen prächt'gen Hund, den sehr er liebte,
Und meint', ein Löw hab ihn hinweggerafft.
»Wo haust der Dieb?« – so fragt der Tiefbetrübte
'nen Hirten, den er trifft – »daß ich mit Kraft
Sogleich den Frechen zieh zur Rechenschaft!« –
Darauf der Hirt: »Er wohnt am Berge drüben.
Ich zahl ihm monatlich gewissenhaft
'nen Hammel als Tribut, und nach Belieben
Hüt ich im Feld, und er läßt mich in Ruh.« –
Indes sie also reden, kommt im Nu
Der Leu herangeeilt mit hast'gem Schritte.
Der Prahlhans nimmt sogleich Reißaus und dann:
»O Zeus, zeig eine Stätte mir, ich bitte« –
So ruft er laut – »wo ich mich retten kann!«

Der wahre Mut wird nur sich zeigen
In der Gefahr, die uns ganz nah zu Leibe rückt;
Jener hat sie gesucht und dann, gleich allen Feigen,
Sich, wie er sie nur schaut, gedrückt.

FABEL III

PHÖBUS UND BOREAS

Boreas und Helios sahn einen Wandrer, der
    Gegen des Wetters Launen sehr
Mit Kleidern sich verwahrt'. Schon fühlte Herbsteswehen
Man, da der Wanderer wohltut sich vorzusehen:
Regen, dann Sonnenschein; der Iris Gürtel mahnt
    Jeden, der weitre Wege plant,
In dieser Zeit tu's not, daß man den Mantel trage –
Der Römer nannt sie drum die zweifelhaften Tage.
Der Mann hatt also sich für Regen vorgesehn
Von gutem, festem Stoff mit doppeltem Gewande.
»Der meint wohl« – sprach der Wind – »ganz sicher jetzt zu gehn
Für jeden Fall; allein er hat nur übersehn,
    Daß so zu blasen ich imstande,
Daß nicht ein Knopf ihm hält! Wenn ich nur will, muß hier
    Der Mantel gleich zum Teufel fliegen.
Der Spaß macht uns vielleicht noch obendrein Vergnügen!
Soll ich's mal tun?« – »Nun gut! Meintwegen, wetten wir« –

Sagt Phöbus drauf – »wem von uns beiden
Am ersten es gelingt, die Schultern zu entkleiden
Des Reiters auf dem Felde dort.
Fang an; mein strahlend Licht verdunkl' ich dir sofort.« –
Mehr braucht' es nicht. Jetzt pumpt mit mächtigem Geschnaufe
Herr Blasius sich voll Dampf, bläht wie ein Luftball sich,
Macht einen Lärm gar fürchterlich,
Zischt, pfeift und stürmt einher, deckt ab in seinem Laufe
Manch haltlos Dach, schmettert manch Schifflein an den Strand –
Und alles das um ein Gewand!
Der Reiter war bedacht, daß in des Mantels Knaufe
Der Sturm sich nicht verfangen sollt.
Das schützt' ihn; nicht erreicht der Wind, was er gewollt.
Je mehr er tobt, je mehr hält jener fest geschlossen
Den Mantel, ob ihm auch der Kragen wird zerfetzt.
Doch nun, sobald die Frist verflossen,
Die in der Wette festgesetzt,
Scheucht Phöbus plötzlich Wolk' und Regen,
Erwärmt den Reiter und macht endlich ihm so heiß,
Daß er den Mantel abzulegen
Gezwungen wird, durchnäßt von Schweiß;
's war nicht mal nötig, daß mit aller Macht er glühte.
Mehr als Gewalt wirkt Mild und Güte.

FABEL IV

JUPITER UND DER PÄCHTER

Jupiter hatt einst zu vergeben eine Pacht.
Merkur veröffentlicht's, und manche Bieter kamen,
Die es in Augenschein auch nahmen;
Doch war es nicht so leicht gemacht:
Dem will das Gut nicht recht gefallen,
Der findet hoch den Preis, andres Aber der.
Indes sie feilschen hin und her,
Erklärt der keckste, doch der klügste nicht, von allen
Zur Zahlung sich bereit, wenn nach geschloßner Pacht
Zeus ihn zum Herrn des Wetters macht'
Und ihm gestatte, nach Befinden
Der Kält und Wärme, wie dem Sonnenschein, den Winden,
Der Nässe und der Trockenheit
Ganz zu gebieten jederzeit.
Zeus stimmte zu. Nun fängt der Mensch an, sich zu zeigen
Als Herr des Wetters, macht Wind, Regen, kurz, sein eigen
Klima; die Nachbarschaft, die nächste, spürt' und sah
Davon nicht mehr, als wär es in Amerika.

Ein Segen war's für sie: gar reich sind ihre Saaten,
    Und üppig Korn und Wein geraten;
Doch magre Ernte nur bringt der Herr Pächter ein.
    Im nächsten Jahr sollt's anders sein!
    Nun glaubt' er klüger sich und machte
    Ganz andres Wetter; doch sein Feld
    War darum besser nicht bestellt,
Indes der Nachbarn Land gar reiche Ernte brachte.
Was tun! Jetzt wendet er sich an den Herrn der Welt,
    Ihm seine Torheit zu gestehen.
Zeus nahm ihn auf, wie stets ein milder Herr es tut.
    Die Vorsehung, wie hier wir sehen,
    Weiß besser als wir selbst, was nötig uns und gut.

FABEL V

DER HAHN, DIE KATZE UND DAS MÄUSCHEN

Ein junges Mäuschen, das nichts von der Welt noch sah,
    Kam dem Verderben ziemlich nah.
Hört, wie's der Mutter selbst erzählt sein Abenteuer:
»Den Berg erklomm ich, der dort unser Reich umschließt,
    Und wie ein Kind, das froh genießt,
    Renn ich und freu mich ungeheuer,
Als mein erstaunter Blick zwei Tiere jetzt gewahrt,
    Das eine mild, von sanfter Art,
Das andre ungestüm, rastlos flatternd und springend,
    Die Stimme rauh und markdurchdringend,
    Aufs Haupt ein Stückchen Fleisch geklebt,
Und eine Art von Arm, den wie zum Flug es hebt;
    Hinten sah einen Schweif ich ragen,
    'nem Helmbusch gleich zur Schau getragen.« –
Was war's? Es war ein Hahn, den unser Mäuschen klein
    So schildert seinem Mütterlein,

Als wär's ein Tier, das aus Amerika gekommen.
»Die Seiten schlug er« – sprach's – »mit seinen Armen sich
Und macht 'nen Lärm so fürchterlich,
Daß ich, dem, Gott sei Dank, sonst nicht der Mut benommen,
In scheuer Flucht mein Heil gesucht
Und ihn von Herzensgrund verflucht.
Ja, wär er nur nicht dagewesen,
Macht ich Bekanntschaft wohl mit jenem feinen Tier,
Es ist so sammetweich wie wir,
Gefleckt, langschwänzig, von demütig sanftem Wesen,
Bescheidnem Blick und doch 'nem Auge glänzend klar;
Und Freundschaft fühlt's, ich glaub's fürwahr,
Für unser edles Volk, auch gleichen seine Ohren
Ganz denen, die uns angeboren.
Ich wollt ihm nahn, wär bei des andern gellem Ton
Mir besser nicht die Flucht erschienen.« –
Die Alte drauf: »Der Schelm, 'ne Katze war's, mein Sohn,
Die unter heuchlerischen Mienen
Sich gegen unser ganz Geschlecht
Nichtswürd'ger Bosheit nur erfrecht.
Das andre Tier dagegen, grade
Sehr weit entfernt, daß es uns schade,
Dient uns vielleicht noch einst als gutes Mahl; doch sie,
Die Katze, lebt von uns und frißt uns, Groß' und Kleine.
Hüt dich und schätz im Leben nie
Die Menschen nach dem äußern Scheine.«

FABEL VI

DER FUCHS, DER AFFE UND DIE TIERE

Die Tiere fanden nach dem Tod des Leun,
Der bis dahin als Fürst im Land regierte,
Vereint zu neuer Königswahl sich ein.
Man holt die Krone, die den Sel'gen zierte –
Sie wahrt' ein Drach in sicherem Verlies –
Doch als man sie nun allen aufprobierte,
War keiner, dem sie passend sich erwies,
Da bald zu klein und bald zu groß die Köpfe,
Selbst Hörner trugen etliche Geschöpfe.
Auch an den Affen kommt's nun im Verlauf;
Er setzt sich lachend die Tiara auf
Und treibt dabei so fratzenhafte Dinge,
Kunststücke macht er, tausend Affensprünge,
Hüpft dann hinein, als ob ein Reif es wär.
Und das gefällt den Tieren gar so sehr,

Daß er gewählt wird und ihm alle huld'gen.
Der Fuchs nur fand die Wahl nicht zu entschuld'gen;
Doch schlau verbarg er, was er sich gedacht.
Als seine Huld'gung er ihm dargebracht,
Sagt er: »Ich weiß, o Herr, ein heimlich Örtchen,
Kein andrer weiß davon ein Sterbenswörtchen;
Und jeder Schatz, nach Recht der Krone steht
Er zur Verfügung Eurer Majestät.« –
Der neue Fürst, den's nach dem Geld gelüstet,
Läuft eiligst hin, damit er's nicht verpaßt.
'ne Falle war's, und er ward abgefaßt,
Da sprach der Fuchs, den andern gleich entrüstet:
»Willst fürder du noch unser Herrscher sein,
Der selbst sich nicht zu führen weiß?« – Vom Throne
Ward er gejagt, und alle stimmten ein:
Nur wen'ge sind geschaffen für die Krone.

FABEL VII

DAS MAULTIER, DAS SICH SEINER ABSTAMMUNG RÜHMT

Ein bischöflich Maultier war stolz auf seinen Adel:
Die Stute, seine Mutter, war,
Wie stets es prahlte, ganz und gar
'ne Heldin ohne Furcht und Tadel.
Bald war sie hier und dort, bald tat sie dies und das,
Weshalb der Sohn beansprucht, daß,
Von ihm auch Klio einst erzähle.
Bei einem Arzte nur im Dienst zu stehn, erschien
Gemein ihm. Er ward alt, zur Mühle schickt man ihn;
Da trat sein Vater ihm, der Esel, vor die Seele.

Wirkte das Unglück weiter nichts
Als Beßrung eines dummen Wichts,
Mit Recht bestritte man dann nimmer:
Zu etwas Gutem dient's doch immer.

FABEL VIII

DER GREIS UND DER ESEL

Auf seinem Esel ritt ein alter Mann; er fand
Ein üppig blühend Wiesenland,
Stieg ab, schirrt' ab das Tier, Grauchen beginnt zu grasen,
Er wirft sich auf den weichen Rasen,
Wälzt sich, indem er baß sich kraut,
Springt, hüpft und schreit vor Wonne laut
Und hat manch Plätzchen kahl gefressen.
Doch, ach, es naht der Feind indessen.
»Nun laß uns eiligst fliehen!« – ruft
Der Greis. »Weshalb?« – fragt ihn der Schuft –
»Trag doppelt ich? Meinst du, daß man zu zweit mich reite?«
»Das nicht!« sagt ihm der Greis und sucht dann schnell das Weite.
»Was liegt mir dran, wem ich gehöre?« – spricht das Tier –
»Reiß aus und laß mich hier im Grünen!
Merk: unser Feind ist, dem wir dienen;
Du siehst, ich rede deutsch mit dir.«

FABEL IX

DER HIRSCH, DER SICH IM WASSER SPIEGELT

Ein Hirsch, der sich in eines Quelles
Kristall beschaut, war voll vom Preis
Der Schönheit seines Hauptgeweihs;
Doch schämt er sich des Fußgestelles,
Das ihm wie Spindel dürr beinah
Erschien, als er sein Bild im Wasserspiegel sah.
»Welch ein Verhältnis, wenn ich Fuß und Haupt vergleiche!« –
Spricht er, voll Unmut sich betrachtend – »In der Tat,
Wenn mit der Stirn ich an der Bäume Krone reiche,

Mein Fuß gereicht mir nicht zum Staat!« –
Während er so spricht, ergreift er
Vor 'nem Spürhund schnell die Flucht;
Durch den Wald, wo Schutz er sucht,
Durch Gebüsch und Hecken streift er.
Doch sein Geweih hält ihn im Lauf –
Ein arger Schmuck! – fortwährend auf
Und hindert seinen Fuß am meisten,
Ihm Lebensretterdienst zu leisten.
Da widerruft er und verwünscht die Gabe, die
Der Himmel jährlich ihm verlieh.

Man schätzt das Schön', indem wir Nützliches mißachten –
Schönheit führt oft Gefahr herbei.
Die Füße schmäht der Hirsch, die doch behend ihn machten,
Und preist sein schädliches Geweih.

FABEL X

DER HASE UND DIE SCHILDKRÖTE

Rennen hilft nicht, 's kommt auf rechtzeit'gen Ablauf an;
Die Einsicht lassen uns Schildkröt und Has gewinnen.
»Wetten wir« – sagte sie – »du kommst so schnell nicht an
Beim Ziel wie ich!« – »So schnell wie du? Bist du bei Sinnen?« –
Erwiderte das leichte Tier –
»Gevatterin, du hast, scheint mir,
Wohl ein'ge Quentchen Nieswurz nötig!« –
»Zur Wette bin ich doch erbötig.« –
Gesagt, getan: es wurde jetzt
Beim Ziel der Wettpreis eingesetzt;
Wieviel? Daran ist nichts gelegen,
Noch wen zum Richter man erwählt.
Der Hase hatte nur vier Schritt zurückzulegen;
Doch macht er deren mehr, weil er, von Furcht beseelt
Vor Hunden, diesen erst ein Schnippchen denkt zu schlagen:
Er läßt sie durch die Heide jagen.
Noch hat er übrig Zeit, zu grasen ringsumher,

Zu schlafen und zu sehn, woher
Der Wind weht. Die Schildkröte läßt er
Ruhig gehn ihren Ratsherrngang;
Sie tut's, sie eilt mit Weil und bester
Kraftanstrengung den Weg entlang.
Dem Meister Lamp indes scheint solch ein Sieg verächtlich,
Es scheint die Wett ihm unbeträchtlich
Und Ehrensache, möglichst lang
Zu zögern; und so grast er, legt sich nieder
Und denkt an alles eher wieder
Als an die Wette. Endlich, wie er sieht,
Daß jene fast am Ziel, hat er 'nen Satz genommen,
Pfeilschnell schießt er; doch hat er sich umsonst bemüht,
Denn die Schildkröte war als erste angekommen.
»Nun, hatt ich recht?« – ruft sie jetzt triumphierend aus –
»Was hilft dir's; daß du so behende?
Ich, Sieger! Und wie wär's am Ende,
Trügst du, gleich mir, noch gar ein Haus?«

FABEL XI

DER ESEL UND SEINE HERREN

Ein Gärtneresel hat beim Schicksal sich beklagt,
Daß vor dem Frühroț man ihn zwinge aufzustehen.
»Krähn auch die Hähne noch so früh« – hat er gesagt –
»Mich kann noch früher wach man sehen.
Weshalb? Damit zu Markt das Grünzeug wird geführt.
Ein schöner Grund fürwahr, mir meinen Schlaf zu stören!« –
Das Schicksal, das sein Klagen rührt,
Gibt ihm 'nen andren Platz: statt länger zu gehören
Dem Gärtner, kriegt das Tier 'nen Gerber jetzt zum Herrn.
Der Felle Last und ihr Geruch, schon schlimm von fern,
War's, was das dumme Vieh 'nes Bessern bald belehrte.
»Beim ersten Herrn« – so spricht's – »wär wieder ich wie gern!
Bei dem, wenn er den Rücken kehrte,
Hat man doch dann und wann erhascht
Ein hübsches Köpfchen Kohl, das man umsonst genascht.

Hier gibt es nichts, und wenn ich mal davon was trage,
Sind's Schläge!« – Nochmals ward verändert seine Lage,
    Da er zu einem Köhler kam,
    Der ihn in seine Dienste nahm.
Noch Klagen. »Wie?« – hört man das Schicksal zornig sagen –
    »Fürwahr, dies Langohr quält mich mehr,
    Als mich zehn Fürsten könnten plagen!
Meint er, daß er allein so unzufrieden wär?
    Soll ich für ihn nur Sorge tragen?«

Das Schicksal hatte recht. Wir sind nun einmal so:
Mit ihrer Lage sind zufrieden nie die Leute,
    Der schlimmste Tag ist stets das Heute,
Und unsrer Bitten wird der Himmel nimmer froh.
Ja, ließ' auch alles Zeus nach unsrer Wahl geschehen,
    Man würd ihm doch den Kopf verdrehen.

FABEL XII

DIE SONNE UND DIE FRÖSCHE

Froh war das Volk bei des Tyrannen Hochzeitsreigen,
Und seine Sorg' ertränkt's in Wein.
Äsop allein fand, daß die Leute töricht sei'n,
So große Freude drob zu zeigen.
Der Sonne – sagte er – fiel's eines Tages ein,
Mit Eheplänen sich zu tragen.
Alsbald hört von des Teichs Bewohnern man ein Schrei'n,
Ihr Schicksal hört man sie beklagen
Einstimmig und aus voller Kraft:
»Was wird aus uns, kriegt sie Nachkommenschaft?
Mit Not erträgt man nur der einen Sonne Segen;
Ein halbes Dutzend würde trockenlegen
Das Meer und alles, was drin wohnt. Wie schauderhaft!
Fahr wohl nun, Schilf und Sumpf! Um uns ist es geschehen,
Zum Styx wird unser Stamm bald gehen!« –
Mich dünkt, für solch ein armes Tiergeschlecht
War, was der Frösche Volk geurteilt, nicht ganz schlecht.

FABEL XIII

DER LANDMANN UND DIE SCHLANGE

Äsop erzählt: Ein Bauer, der
Gutmütig, doch nicht sehr gescheit war,
Ging einst auf seinem Gut umher,
Da's just recht harte Winterszeit war,
Als er 'ne Schlange sieht, im Schnee dahingestreckt,
Vor Frost erstarrt, gelähmt und schon beinah verreckt,
Dem Tod verfallen ohne Schonung.
Der Landmann nimmt sie auf, trägt sie nach seiner Wohnung,
Und, ungedenk des Lohns, den solche Wohltat wert,
Und ob er ihn auch würd erheben,
Legt er sie warm auf seinen Herd
Und bringt sie so zurück ins Leben.
Kaum fühlt das Tier sich frei von der Erstarrung Bann,
Als mit dem Leben ihm die Wut zurückgegeben:
Es hebt das Haupt empor, es fährt ihn zischend an,
In langer Windung drauf springt los es auf den Mann,
Der sein Wohltäter, der ihm neu geschenkt das Leben.
»Ist das der Lohn« – spricht der – »den du mir denkst zu geben?

Stirb, Undankbare!« – Drauf in höchst gerechtem Haß
Greift er nach seinem Beil, und mit zwei guten Hieben
    Macht er aus ihr drei Schlangen, daß
    Kopf, Rumpf und Schwanz getrennt nun blieben.
Noch springend sucht der Wurm zu einen, was zerstückt;
    Es ist jedoch ihm nicht geglückt.

    Es ist wohl gut, sich Dank erwerben;
    Allein von wem? Das fragt sich hier.
    Die Undankbaren sehen wir
    Fast immer doch im Elend sterben.

FABEL XIV

DER KRANKE LÖWE UND DER FUCHS

Vom Könige der Tiere, der
Krank lag, erging an die Vasallen
Die Botschaft, daß zur Höhle her
Gesandtschaft von den Tieren allen
Zu kommen hätt, und zwar sofort.
Auch ward verbrieft auf Leuenwort
Gute Behandlung den Gesandten
Wie dem Gefolg und den Trabanten –
Ein Schutzbrief, dem man sollt vertraun,
'ne Bürgschaft gegen Zähn und Klaun.
Gehorsam hin zur Höhle wallen
Gesandte von den Tieren allen.
Die Füchse nur blieben zu Haus,
Und einer sprach also sich aus:
»Die Spuren, die im Sand sich zeigen
Von allen, die zum Hof des Kranken hergereist,

Sie führen sämtlich in sein Haus hinein; 's ist eigen,
Daß keine einz'ge rückwärts weist!
Da kann man kein Vertrauen fassen;
Majestät mög es uns erlassen –
Schön'n Dank für sein Schutzmanifest!
Glaub's schon! Wie man hinein mag gehen
Zur Höhle, hab ich wohl gesehen,
Doch nimmer, wie man sie verläßt.«

FABEL XV

DER VOGELSTELLER, DER HABICHT UND DIE LERCHE

Oft muß der Bösen Missetat
Der unsern zur Entschuld'gung dienen.
Folg in der Welt dem guten Rat:
Willst du, daß andre dir wohltun, tu wohl auch ihnen.

Mit einem Spiegel war des Vogelfangs bestrebt
Ein Mann. Ein Lerchlein ward gelockt vom blanken Scheine;
Gleich schießt ein Habicht, der über den Furchen schwebt,
Herab und stürzt sich auf die Kleine,
Die fröhlich singt, obwohl so nah ihr schon der Tod.
Vermieden hatte sie die trügerische Falle,
Da vom Raubvogel sieht sie plötzlich sich bedroht,
Schon fühlt sie seine tück'sche Kralle.
Indes der Habicht rupft das arme Vögelein,
Fängt er sich selber in des Netzes Maschen ein.
»Vogler, laß mich doch los!« – hat bittend er gesprochen –
»Was tat ich je zuleide dir?« –
Der Vogler sagt ihm drauf: »Und jenes kleine Tier,
Hat's etwa mehr an dir verbrochen?«

FABEL XVI

DAS PFERD UND DER ESEL

Hilfreich sei einer stets dem andern in der Welt;
  Dein Nachbar stirbt, und sicher fällt
  Auf deine Schultern seine Bürde.

Mit einem Esel ging ein trutzig Roß einher,
Trug nichts als sein Geschirr; das Langohr trug so schwer,
Der Ärmste fühlt', daß er der Last erliegen würde.
Er bat das Roß, es möcht ihm helfen, gar nicht viel,
Sonst stürb er sicher noch, eh er die Stadt erreichte.
»Die Bitte« – sagt er – »ist wahrhaftig eine leichte;
Die Hälfte meiner Last, für dich ist's nur ein Spiel!« –
Das Pferd verweigert's ihm mit höhnischer Gebärde;
Da sieht's, tot sinkt sein Freund unter der Last zur Erde.
  Nun ward ihm bald sein Unrecht klar:
  Es ward zu seinem großen Schaden
  Des Langohrs Fracht ihm aufgeladen
  Und obendrein sein Fell noch gar.

FABEL XVII

DER HUND, DER SEINEN RAUB FÜR EIN SCHATTENBILD FAHREN LÄSST

Hier ist alles eitel Schaum:
Nach 'nem Schatten sieht man jagen
So viel Narren, daß man kaum
Ihre Zahl vermag zu sagen.
Äsopens Hündchen mag für sie 'ne Lehre sein.
Der Hund sah seinen Raub sich spiegeln in den Wellen,
Er läßt ihn fahren für das Bild und springt hinein.
Plötzlich beginnt der Strom zu brausen und zu schwellen;
Mit aller Müh erreicht das Ufer er
Und hat nicht Bild noch Beute mehr.

FABEL XVIII

DER KÄRRNER, DER SICH FESTGEFAHREN

Der Phaëthon eines Heuwagens sah
Festsitzen sein Gefährt und keine Hilfe nah;
Der Ärmste war allein auf ödem, wüstem Lande,
Wie man es etwa trifft in Hinterpommerns Sande,
So zwischen Belgard-Schievelbein –
Nur den führt dort das Schicksal ein,
Den's rasend machen will in ganz besondrer Weise;
Gott schütz uns alle vor der Reise!
Der arme Kärrner sitzt hier fest; da wird er wild –
Hört nur, wie alles er verwünscht! Er tobt und schilt,
In Wut nach Zornesworten suchend,
Und bald den schlechten Weg, bald sein elend Gespann,
Den Wagen und sich selbst verfluchend.
Zuletzt ruft er den Gott, dessen Arbeiten man
Schon rühmen hört in allen Sagen:
»Herkules, steh mir bei!« – spricht er – »Dich fleh ich an;

Du, der den Erdball einst getragen,
Hilf mir aus diesem Ungemach!« –
Nach diesem Stoßgebet vernahm vom Himmel droben
'ne Stimme er, die also sprach:
»Herkules will, man soll erproben
Die eigne Kraft, dann hilft er gern. Sieh zu, woher
Das Hemmnis, das dir's macht so schwer!
Entfern zuerst von jedem Rade
Den dicken Mörtelsand, den Schmutz und Schlamm, der grade
Bis an die Achse sie umschwemmt;
Die Hacke nimm, zerschlag den Kiesel, der dich hemmt.
Mach das Geleise frei! Hast du?« – »Ja!« – sagt der Kärrner.
Die Stimme drauf: »Jetzt helf ich dir. Die Peitsche, schnell!« –
»Hab schon! Doch wie? Nun geht mein Wagen von der Stell!
Gelobt sei Herkules!« – Die Stimme: »Sieh nun ferner,
Wie leicht's den Pferden wird, ihn fortzuziehn von hier!
Hilf dir, dann hilft der Himmel dir.«

FABEL XIX

DER MARKTSCHREIER

Stets gab es in der Welt Marktschreier massenhaft;
    Fruchtbar ist diese Wissenschaft
    An Jüngern über alle Maßen:
Auf der Bühne tut d e r den Acheron in Bann,
    Der andre kündigt auf den Straßen
    Als Ober-Cicero sich an.
    Einst prahlte einer jener Geister,
    Der Redekunst sei so er Meister,
    Daß Bauernrüpel, eh's gedacht,
    Selbst Esel er zu Rednern macht':
»Jawohl, mit Bauern will, mit Eseln selbst ich's wagen!
Man bring 'nen Esel mir, den größten; wie er sei,
    Bring ich die Redekunst ihm bei,
    Und den Talar soll er noch tragen!« –
Der Fürst erfuhr davon, zum Rhetor schickt' er hin:
    »Den schönsten Esel hab ich stehen
    Im Stall; als Redner ihn zu sehen,

Das wär so recht nach meinem Sinn.« –
»Herr, du kannst alles!« – spricht darauf der gar nicht Dumme.
Man zahlt' ihm eine große Summe:
In zehn Jahren sollt Eselein
Reif für die Rednerbühne sein;
Auf offner Straße wollt er selbst, sollt's ihm nicht glücken,
Sich hängen lassen dann, den Strick um Hals und Schopf,
Seine Rhetorik auf dem Rücken
Und Eselsohren an dem Kopf.
Einer der Höflinge sagt ihm, gern würd er gehen,
Am Galgen ihn zu schaun; denn sicher, mit Vergunst,
Wär als Gehängter er gar stattlich anzusehen!
Vergessen möcht er nicht, denen, die ihn umstehen,
In langem Vortrag noch zu zeigen seine Kunst!
Recht schwungvoll müßt er sein, der Vortrag, ein ganz feiner,
Und, ciceronisch-meisterlich,
Eign' er für Galgenvögel sich!
»Vorher« – spricht jener – »stirbt ja einer,
Der Fürst, der Esel oder ich!«

Er hatte recht; nur Toren wagen,
Zehn Jahr voraus Rechnung zu tragen.
Trinkt, eßt und laßt uns lustig sein;
Denn in zehn Jahren stirbt einer gewiß von drei'n.

FABEL XX

DIE ZWIETRACHT

Die Göttin Zwietracht hat entzweit die Götter, nur
Um einen Apfel. Aus dem Himmel ohn Erbarmen
Verbannt, ward von der Kreatur,
Die Mensch genannt, mit offnen Armen
Sie aufgenommen nebst J a - N e i n,
Ihrem Herrn Bruder und Berater,
Und M e i n - u n d - D e i n, ihrem Herrn Vater.
Sie tat die Ehr uns an, lieber bei uns zu sein
Als drüben, wo anders beschaffen
Die Sterblichen, die dort uns Antipoden sind,
Höchst ungebildet, geistig blind;
Sie haben, heiratend ohn Standesamt und Pfaffen,

Auch mit der Zwietracht nichts zu schaffen.
Damit sie da stets sei, wo der Umstände Macht
Erheischte, daß sie gegenwärtig,
War Göttin Fama drauf bedacht,
Ihr's zu verkünden; sie, eilfertig,
Läuft schnell zum Streit, da kam's zum Frieden nimmermehr,
Den kleinsten Funken facht sie an zu hellem Brande.
Zuletzt klagt Fama doch, daß rings im ganzen Lande
Nicht eine sichre Wohnung wär,
Wo man sie stets zu treffen wüßte,
Und daß man sie so oft vergeblich suchen müßte.
Ein fester Aufenthalt sei doch Notwendigkeit,
Von wo man unter Freund' und zärtliche Verwandte
Sie schicken könnt zu jeder Zeit.
Indes weil damals man kein Nonnenkloster kannte,
So hatt es seine Schwierigkeit;
Doch endlich ward ihr angewiesen
Ihr Haus in Hymens Paradiesen.

FABEL XXI

DIE JUNGE WITWE

Des Gatten Tod entlockt Seufzer der zarten Brust:
Laut weint man; doch der Trost kommt nach nicht langer Dauer,
Auf dem Fittich der Zeit entflieht die bange Trauer,
　　Und neue Zeit bringt neue Lust.
　　Die Witwe eines Tags – verglichen
　　Mit jener, der ein Jahr verstrichen –
Welch großer Unterschied! Ja, nimmer glaubte man,
　　Dasselbe Weib vor sich zu sehen:
Die eine flieht die Welt, die andre zieht sie an;
Erheuchelt oder wahr, läßt jen' im Gram sich gehen,
Derselbe Ausdruck stets im Wort und im Gesicht.

Man sagt, daß man untröstlich wäre;
Man sagt's, allein man ist es nicht.
Die Fabel gibt uns diese Lehre,
Die Wahrheit tut's ihr noch zuvor.
Ein junges schönes Weib verlor
Den Gatten durch den Tod. Sie stand an seiner Seite
Und rief: »Erwarte mich! Dir folg ich als Geleite,
Und meine Seele schwingt, der deinen gleich, sich auf!« –
Der Schönen Vater war ein Mann gar klug und weise;
Erst ließ dem Strom er seinen Lauf,
Dann richtet er sie tröstend auf:
»Mein Kind, du hast zuviel der Tränen schon vergossen;
Was hilft's dem Sel'gen, wenn im Gram dein Reiz zerflossen?
Da 's Lebende noch gibt, so laß die Toten ruhn.
Nicht sag ich, daß du gleich zur Stunde
In einem bessern Ehebunde
Der Trauer solltest Einhalt tun;
Allein, wenn ein'ge Zeit noch um, wirst du gestatten,
Daß einer dir vorschlägt 'nen jüngern, schönern Gatten,
Als deiner war.« – »Ach!« – rief sie schnell und laut –
»Ich werde nur des Himmels Braut!« –
Der Vater ließ ihr nach ihr schmerzliches Verlangen.
So war ein Monat bald vergangen;
Im nächsten Monat schon nahm man alltäglich wahr
Manche Veränderung an Haartracht, Kleid und Kragen,
Die Trauer ward als Putz getragen,
Da andrer Putz versagt noch war.
Endlich kehrt Amors ganze Schar
Zurück: Scherz, Spiel und Tanz, und lustig ward begonnen,
Was eben an die Reihe kam;
Des Abends und des Morgens nahm
Ein Bad man in dem Jugendbronnen.
Der teure Sel'ge macht dem Vater nicht mehr Qual;
Doch da er nichts erwähnt, fragt sie nach wen'gen Wochen:
»Papa, wo bleibt denn der Gemahl,
Der junge, den du mir versprochen?«

Machen wir Halt nun hier! Wir fühlen
Von dicken Büchern uns erdrückt;
Anstatt die Wurzel aufzuwühlen,
Genügt's, daß man die Blüte pflückt.
Zeit wird es, daß zu neuem Werke
Ich Atem schöpf und neue Stärke;
Dazu bedarf ich ein'ger Ruh.
Amor, der Tyrann meines Lebens,
Führt jetzt mir andre Arbeit zu;
Ihm nicht gehorchen, wär vergebens.
Zurück zu Psyche denn! Damon, mich mahnest du,
Ihr Unheil und ihr Glück zu schildern; daß ich's tu,
Versprech ich. Würde für die Hehre
Mein Dichterfeuer doch entfacht!
Beglückt, wenn dieses Werk der Qualen letzte wäre,
Die ihr Gemahl mir zugedacht!

SIEBTES BUCH

AN FRAU
VON MONTESPAN

Die Fabeldichtung ward vom Himmel uns verliehn;
    Und wenn ein Sterblicher es wäre,
Der sie uns gab, fürwahr, wir alle müßten ihn
    Als Gott verehren, ihm Altäre
    Errichten überall im Land,
Dem großen Weisen, der die schöne Kunst erfand.
An ihren Reizen muß die Seel andächtig hangen,
    Noch mehr: sie nehmen sie gefangen,
    Uns fesselnd, so daß allermeist
Wir ihr, wohin sie will, folgen mit Herz und Geist.
Du gleichst, Olympia, ihr. War an der Götter Tischen
Manchmal ein Platz vergönnt der Muse meiner Kunst:
Auf ihre Gaben wirf ein Auge Du voll Gunst,
Auf jene Spiele heut, die meinen Geist erfrischen.
Die Allvernichterin Zeit – verehrend Dein Gebot,
Entzieht sie dieses Werk ihrem Zerstörungsgrimme;
Der Dichter, welcher gern fortlebte nach dem Tod,
    Werben muß er um Deine Stimme.
Du bist's, die meinem Sang all seinen Wert verleiht;
    Was schön darin, wird nur geweiht,
Indem Du es erkennst bis auf die feinsten Töne.
Ach! Wer kennt so wie Du die Grazien und die Schöne?
Alles ist Reiz an Dir: Blick, Wort; und festgebannt
    Möcht bei so holdem Gegenstand
    Gern länger meine Muse weilen.
Doch andern aufbewahrt sei dieser Hochgewinn,
    Und größrem Meister, als ich bin,
    Wirst Du des Lobes Preis erteilen.
Genug, Olympia, daß Dein Name diesen Zeilen
Und meinem letzten Werk diene zu Schutz und Trutz.
Verleih dem Lieblingsbuch in Zukunft Deinen Schutz,
Laß mich die Hoffnung auf ein zweites Leben wagen.
    Dies Werk – durch Deine Gunst allein
    Wird's, trotz dem Neid, in künft'gen Tagen
    Des Lobes wert befunden sein.
Ich bin so großer Gunst nicht wert, drum mag in Sitten
    Die Fabel selber sie erbitten;

Denn dieser Lüge Macht kennst Du, ihr will ich traun.
Schafft meinen Versen sie das Glück, Dir zu gefallen,
Glaubt einen Tempel ich zu schulden ihr vor allen.
Doch nein; den Tempel will allein ich Dir erbaun.

FABEL I

DIE PESTKRANKEN TIERE

Ein Unheil, alles Schreckens Born,
Das einst der Himmel schuf im Zorn
Als Rach und Strafe für der Erde Missetaten,
Die Pest – da man sie doch bei Namen nennen muß –,
Die wohl an einem Tag anfüllt den styg'schen Fluß,
Bekriegte einst der Tiere Staaten.
Nicht alle starben, doch blieb keiner ganz verschont:
Nicht einen sah man, dem es lohnt,
Ein schleichend Leben noch zu fristen; keine Speise
Weckt' ihr Gelüst in alter Weise:
Nicht Wolf noch Fuchs erspähten mehr
Die sanfte unschuldsvolle Beute;
Die Turteltäubchen flohn umher,
Da Liebe nimmer sie erfreute.
Der Leu hielt Rat und sprach: »Ich glaub, ihr Freunde, dies
Verderbenschwangre Unheil ließ
Der Himmel zu ob unsrer Sünden.

Der Schuldigste von uns nun soll
Sich opfern dem Geschick und der Himmlischen Groll;
Vielleicht, daß alle wir dadurch Genesung finden.
Lehrt die Geschicht uns doch, daß solcher Opfer Kraft
In gleichem Falle Rettung schafft.
Verhehlen wir uns nichts, daß rücksichtslos man sehe,
Wie es mit unserem Gewissen stehe!
Was mich betrifft, so hab ich aus Gefräßigkeit
Manch armes Schaf dem Tod geweiht.
Was hatten sie für Schuld? Gar keine;
Manchmal – gesteh ich – ward gefressen unbeirrt
Auch der Hirt.
Ich will mich opfern, wenn's sein muß; jedoch ich meine,
Gut wär's, wenn jeder sich anklagen wollt gleich mir.
Scheint es doch wünschenswert, daß sich nach Fug und Rechte
Der Schuldigste zum Opfer brächte.« –
»Sire« – sprach der Fuchs – »ein gar zu guter Fürst seid Ihr:
Ihr zeigt ein Ehrgefühl, das nur zu zart und fein ist.
Schafe fressen, dies Pack, das dumm und so gemein ist,
Heißt Sünde das? Nein, nein! Daß Ihr sie würgtet, war,
Für sie 'ne Ehre noch sogar.
Vom Hirten, den Eu'r Hoheit fraßen,
Sag ich nur: Es geschah ihm recht;
Er zählt zu jenen, die ein eingebildet Recht
Über die Tiere sich anmaßen.« –
So sprach der Fuchs; es jauchzt' ihm zu der Schmeichler Schar.
Von nun an durfte keiner gar
Dem Tiger wie dem Bär und andern Großen wagen
Das mindste Unrecht nachzusagen.
Das ganze biss'ge Volk bis auf den Fleischerhund,
Sie taten alle sich als kleine Heil'ge kund.
Nun kam der Esel dran und sprach: »Als meine Straße
'ne Klosterwiese einst berührt',
Hat Hunger, frisches Gras und, wie ich wohl mutmaße,
Irgendein Teufel mich verführt:
Ich fraß die Wiese ab, soweit die Zunge reichte;
Ich hatt kein Recht dazu, wenn ich soll ehrlich sein.« –
Da stürmten mit Hallo sie auf das Langohr ein;
Ein redelist'ger Wolf bewies, nach dieser Beichte
Sei's klar geboten, daß man ihn zum Opfer nähm,
Den räud'gen Lump, von dem das ganze Unheil käm!

Zum Tod ward er verdammt ob seiner kleinen Schwächen.
Zu fressen fremdes Gras! Welch schmähliches Verbrechen!
Der Tod allein vermag's zu rächen!
So klang das Urteil; streng an ihm vollzogen ward's.
Bist stark du oder schwach? Das ist die Frag; es sprechen
Die Herren Richter dich danach weiß oder schwarz.

FABEL II

DER UNGLÜCKLCH VERMÄHLTE

Wenn Gutes immer nur gesellt dem Schönen wär,
Wollt morgen gleich ein Weib ich wählen.
Doch daß sie meist getrennt, ist uns nichts Neues mehr,
Und schöne Körper sind, bewohnt von schönen Seelen,
Der allerseltenste Verein;
Darum – scheltet mich nicht – laß ich das Wählen sein.
Viel Ehen sah ich, doch konnt keine mich verführen.
Indes vier Fünftel sind der Menschen kühn genug,
Im größten Zufallsspiel zu wagen diesen Zug;
Auch sollen Reue die vier Fünftel alle spüren.
Ich zeig euch einen, der's bereut' und dem sogar
Kein ander Mittel übrig war,
Als seine Frau, die voll von Tücken,
Geiz, Eifersucht – zurückzuschicken.
Nie war zufrieden sie, nichts schien ihr fein und nett:
Man stand zu spät ihr auf, zu früh ging man zu Bett;
Bald will sie weiß, bald schwarz, bald anders. Das Gezeter
Macht wild die Dienerschaft, dem Mann verhaßt das Haus:

»Der Herr sorgt auch für nichts! Der Herr gibt zuviel aus!
Er läuft zu schnell! Zu langsam geht er!« –
Und also treibt sie's, bis der Herr zuletzt,
Von solchem Satan mattgehetzt,
Zu ihren Eltern auf dem Lande
Zurück sie schickt. Dort lebt als Frau von Stande
Mit mancher Phillis, die die Gäns und andres Vieh
Hütet, und mit Sauhirten sie.
Nachdem zur Besserung ihr ein'ge Frist geblieben,
Holt sie der Mann zurück: »Nun, Kind, wie geht es dir?
Wie hast du dir die Zeit vertrieben?
Und wie schien das Idyll ländlicher Unschuld dir?« –
»Ganz gut« – sagt sie – »allein verdrossen
Hat's mich, daß dort das Volk noch fauler ist als hier
Und sich ums Vieh nicht kümmert. Wir
Standen nicht gut: auf mich hat sich ihr Haß ergossen;
Ich schalt das Volk, weil's sorglos ist.« –
»Nun wohl!« – erwidert drauf der Mann mit höhn'schem [Munde –
»Da siehst du, wie du zänkisch bist!
Wenn Leute, die kaum eine Stunde
Des Tages um dich sind und dich nur abends sehn,
Nicht fähig sind, dich auszustehn:
Wie soll die Dienerschaft in all den langen Tagen
Dein wütend Toben wohl ertragen?
Und machst du einen Mann nicht toll,
Der Tag und Nacht – du willst's – bei dir aushalten soll?
Geh wieder nur aufs Land! Leb wohl! Sollt mir im Leben
Nach deiner Rückkehr sich ein Wunsch erheben,
Im Jenseits sollen dann, zu strafen mein Vergehn,
Zwei Weiber so wie du mir stets zur Seite stehn!«

FABEL III

DIE RATTE, DIE SICH VON DER WELT ZURÜCKGEZOGEN

Das Morgenland kennt eine Sage
Von einer Ratte, die, von Sorgen abgespannt,
Entfernt von aller Erdenplage,
Zuflucht in einem Käse fand;
Dort wohnte einsam und in Frieden
Sie, rings von aller Welt geschieden.
Der neue Eremit wühlt sich mit Fuß und Zahn
Hinein und bricht geschickt sich Bahn,
So daß ganz kurze Zeit, nachdem er angefangen,
Er Speis und Obdach hat – was kann man mehr verlangen?
Er wurde dick und fett; reichen Segen verleiht
Gott denen, die sich ihm geweiht.
Einst ward der Heil'ge angegangen
Durch Boten aus der Rattenstadt,
Die kamen, um ein klein Almosen zu erflehen;
Sie mußten in die Fremde gehen,
Da mit dem Katzenvolk sich Krieg entsponnen hat.
Rattopolis war eingeschlossen;

Sie reisten ohne Geld, der angegriffne Staat
Litt Mangel und wußt sich nicht Rat,
Da spärlich seine Mittel flossen.
Sie baten wenig nur, da Hilfe, wie man wußt,
In vier, fünf Tagen kommen mußt.
»Freunde« – sagt der Einsiedler ihnen –
»Die ird'schen Dinge gehn schon längst mich nichts mehr an!
Ein armer Klausner, sagt, wie kann
Der euch beistehn, womit euch dienen
Als durch Gebet, daß Gott euch Hilfe mag verleihn?
Ich hoffe sicherlich, er wird euch gnädig sein.« –
Und eiligst schloß nach diesem Worte
Der neue Heil'ge seine Pforte.
Und diese Ratte ohne Spur
Von Herz – wer saß wohl zu dem Bilde?
Ein Mönch? O nein, ein Derwisch nur;
Ein Mönch ist, mein ich, stets voll Menschenlieb und Milde.

FABEL IV

DER REIHER

Auf langen Beinen ging einst – wo, weiß ich nicht mehr –,
Mit langem Schnabel an noch längrem Hals, einher
An Ufers Rand entlang ein Reiher.
Es war ein schöner Tag, das Wasser klar und hell,
Und Vetter Karpfen schwamm, fortplätschernd Well auf Well,
Umher mit Vetter Hecht im Weiher.
Der Reiher hätte leicht dort einen Raub vollführt:
Ans Ufer kamen all, er braucht' nur zuzuschnappen;
Doch spart er lieber sich die Happen,
Bis er ein wenig Hunger spürt –
Pünktlich lebt er und speist nur zu bestimmter Stunde.
Nach ein'ger Zeit kam ihm der Hunger, und als nah
Er an das Ufer hintrat, sah
Er Schleie, die gerad auftauchten aus dem Grunde.
Die Speise lockt' ihn nicht, er harrt' auf bessern Fisch;
Sein Gaumen war so wählerisch
Wie von weiland Horazens Ratte.
»Ich, Schleie?« – sagt er – »Ich, ein Reiher, diese matte

Elende Kost! Wofür hält man mich?« – Da verschwand
Der Schleie Schar, es kam der Gründling an den Strand.
»Gründling'! Ist das ein Mahl wohl für des Reihers Stand?
Den Schnabel öffn' ich nicht, bei Gott, für solche Beute!« –
Er tat's wohlfeiler noch: als wären sie gebannt,
Kam nicht ein Fischlein mehr ans Land.
Jetzt packt der Hunger ihn – ach, wie er da sich freute,
Glücklich, daß er ein Schneckchen fand!
Laßt uns nicht gar zu peinlich wählen;
Wer sich zu schicken weiß, dem wird's so leicht nicht fehlen.
Denkt, daß, wer alles will, leicht in Verlust gerät;
Drum sorget, daß ihr nichts verschmäht,
Sobald nur ungefähr ihr eure Rechnung findet.
Das merke mancher sich! Zu Reihern sprech ich nicht;
'ne andre Märe sei euch Menschen jetzt verkündet:
Ihr seht, von euch nehm ich den Stoff zu dem Gedicht.

DAS MÄDCHEN

Ein Mädchen, das stets hoch getragen
Sein Näschen, wünschte sich 'nen Mann,
Jung, wohlgewachsen, schön, angenehm von Betragen,
Nicht eifersüchtig und nicht kalt – dies merkt euch an!
Dazu verlangt' das Mädchen dann
Noch, daß Geburt er und Vermögen
Und Geist, kurz, alles hab. Doch wo ist das vereint?
Das Schicksal hat mit ihr es wirklich gut gemeint:
Es kam ein reicher Freiersegen.
Doch unsre Schöne fand sie alle jämmerlich:
»Was? Ich, dies Volk? Es ist wohl nur des Spaßes wegen,
Daß man sie mir vorschlägt! Fürwahr, sie jammern mich!
Seht sie nur an, von welchem Schlage!« –
Der hat zuwenig Geist und Bildung ohne Frage;
Die Nas ist's, die bei dem noch viel zu wünschen ließ!
Der hatte das, der hatte dies;
Denn stolze Zungen, spitz wie Nadeln,
Finden an jedem was zu tadeln.
Nachdem die Besten sie verscheucht' im Übermut,
Kam an die Reih das Mittelgut.
Sie spottete: »Ich bin doch wahrlich gut von Herzen,
Sie anzunehmen! Ha! sie meinen wohl, es macht

Die Ehelosigkeit mir Schmerzen?
Gottlob, mir ist bisher die Nacht
Einsam, doch ohne Harm vergangen!« –
Von solchen Regungen wußt sich die Schöne frei.
Das Alter naht', und mit den Freiern war's vorbei.
Ein Jahr vergeht, auch zwei, in Langen und in Bangen:
Der Gram folgt; täglich mehr fühlt sie, wie, trüb gestimmt,
Der Jugend Lächelreiz, selbst Amor Abschied nimmt.
Da sich der Wangen Rosen mindern,
Greift sie zur Schminke; doch auch diese kann's nicht hindern,
Daß sie der Zeit verfällt und ihrem rauhen Bann.
Die Trümmer eines Hauses kann
Man neu erbaun; warum darf diese Hoffnung nimmer
Uns blühn für unsrer Schönheit Trümmer?
Nun führt wohl andre Sprach ihr Stolz; es predigt immer
Aufs neu der Spiegel ihr: »Nimm schnell dir einen Mann!«
Ein Sehnen eigner Art erfüllt sie dann und wann;
Sehnsucht – bisweilen ist auch Stolzen sie beschieden.
Dies Mädchen wählt' – man hätt's unglaublich schier genannt –
Und fühlt' am Ende sich ganz glücklich und zufrieden,
Daß sie 'nen alten Krüppel fand.

FABEL V

DIE WÜNSCHE

In Indien gibt's Kobolde, die
Dem Menschen dienstbar sind, da sie
Das Haus rein halten und die Wirtschaft sorglich hegen,
Bisweilen auch den Garten pflegen.
Doch stört man sie auf ihren Wegen,
Ist alles aus. Im Dienst 'nes biedern Wirtes stand
Ein solcher Kobold einst, nah an des Ganges Strand.
Er schaffte still, indem gewandt den Dienst er übte,
Den Herrn und seine Herrin liebte,
Den Garten doch zumeist. Waren's Zephire nun,
Der Geister Freunde, die sein Tagwerk mit verrichtet:
Genug, der Kobold hat zu freud'gem Dank verpflichtet
Die Herrschaft durch sein rastlos Tun.
Um seinen Eifer recht zu zeigen,
Hielt' bei den Leuten er gern aus für alle Zeit

Trotz Leichtsinn und Beweglichkeit,
Wie Geistern seiner Art sie eigen;
Doch ihm zum Leid bewirkten jetzt
Seine Kollegen, daß das Haupt des Geisterstaates
Aus Laun oder aus klugen Rates
Rücksicht ihn weit von dort versetzt.
Befehl erhielt er, tief nach Norwegen zu gehen
Und in ein Haus, das Tag und Nacht
Bedeckt von ew'gen Schnees Wehen;
Aus einem Hindu ward zum Lappen er gemacht.
Vorm Abschied hub er an zur Herrschaft so zu sprechen:
»Ihr Guten, ich muß von euch fort;
Zwar weiß ich nicht, für welch Verbrechen,
Allein ich muß. Nicht lang mehr bleib ich hier am Ort,
Höchstens 'nen Monat noch, vielleicht nur wen'ge Tage.
Benutzt die Zeit: sinnt auf drei Wünsche, da ich dann
Drei Wünsche euch erfüllen kann;
Nicht mehr als drei.« – Wünschen soll grade keine Plage
Den Menschen und nichts Neues sein.
Reichtum war's, was die zwei als ersten Wunsch erfaßten;
In Hüll und Fülle strömt hinein
Des Goldes Glanz in ihre Kasten,
Korn in die Scheuern, in die Keller edler Wein.
Doch diese Massen all zu ordnen, welche Lasten!
Buchhalten, wieviel Zeit! Verwalten, welche Müh!
So waren niemals sie abgehetzt spät und früh.
Die Diebe machten ihnen Sorgen,
Die großen Herrn kamen zu borgen,
Der Fürst besteuert sie. Unglücklich ist das Paar
Des übergroßen Reichtums wegen.
»Befrei vom Überfluß uns, von dem läst'gen Segen!« –
Riefen die zwei – »Glücklich die Dürftigen fürwahr!
Armut ist besser noch als solchen Reichtums Fülle.
Fort, Schätze, weg mit euch! Und du, der Gott, der stille
Schützer gesunden Sinns, des innern Friedens Hort,
Du goldner Mittelstand, kehr wieder!« – Bei dem Wort
Kam er und ward dem Paar zum zweitenmal beschieden,
Und wieder wurden sie zufrieden.
Nach diesem zweiten Wunsch waren so glücklich sie
Wie vorher, und wie alle die
Sind, die mit Wünschen nur und eitlen Phantasien

Die Zeit vergeuden, die sie ernstem Tun entziehen.
Der Kobold lächelt über sie.
Damit's doch etwas von ihm habe,
Eh in die Fern er sich empor zum Fluge schwingt,
Erfleht das Paar der Weisheit Gabe;
Das ist ein Schatz, der nimmer Sorge bringt.

FABEL VI

DER HOF DES LÖWEN

Des Leuen Majestät wollt gern die Völker kennen,
Zu deren Herrscher ihn der Himmel mocht ernennen;
Drum lud durch Abgesandte er
Von jeder Gattung die Vasallen,
Und ein Rundschreiben schickt' umher
Mit seinem Siegel er zu allen.
Die Schrift sagt': »Einen Monat lang
Wird der Monarch mit Sang und Klang
Hof halten in des Schlosses Hallen.
Den Anfang macht ein groß Gelag,
Dem ein Hanswurstspiel folgen mag.« –
Der Fürst meint, solche Prachtentfaltung
Sei für den Untertan zugleich 'ne Machtentfaltung.
Er nötigt sie zum Schloß hinein.
Welch Schloß! Ein Fleischhaus nur! Allen durch Mark und Bein
Drang der Geruch. Der Bär hielt sich, um sich zu fassen,
Die Nase zu; er hätt's wohl besser bleiben lassen.

Der König hat's bemerkt und schickt, in Wut versetzt,
Zur Unterwelt ihn: dort spiel er den Eklen jetzt!
Der Affe billigte die Streng und lobt zuletzt –
Ein Schmeichler, wie er war – des Fürsten Zorn und Kralle;
Er lobt die Höhle auch: denn gegen diese Luft
    Wären Ambra und Blumenduft
Nur Knoblauch an Geruch! – Die Schmeichelreden alle
Halfen ihm wenig, und auch er kam bald zu Falle.
    Majestät Löwe schienen nah
    Verwandt wohl mit Caligula.
Der Fuchs stand dicht dabei. »Nun?« – fragt ihn wohlgewogen
Der Fürst – »Was riechst denn du? Sag's mir nur frank und
    Doch der entschuldigt sich: er sei [frei.« –
Heftig verschnupft, und nichts röch er, nichts, ungelogen!
    Er hat sich gut herausgezogen.
    Lernt hieraus, wenn gescheit ihr seid:
Wollt ihr bei Hof euch Gunst erwerben – das ist wichtig –
Nicht fade Schmeichler seid, noch sprecht gar zu aufrichtig;
Gebt meist ausweichend und zweideutig nur Bescheid.

FABEL VII

DIE GEIER UND DIE TAUBEN

Mars stiftet' Aufruhr einst in Lüften droben.
Ein Streit hat bei den Vögeln sich erhoben –
Bei denen nicht, die uns der Frühling bringt
Und deren Beispiel unterm Blätterdache
Sowie der Sang, der ihrer Kehl entklingt,
Bewirkt, daß Venus neu in uns erwache,
Noch die an ihren Wagen spannt als Paar
Amors Gebärerin – der Geier Schar
Mit krummen Schnäbeln und mit scharfen Krallen
War um 'nen toten Hund in Streit verfallen.
Es regnet' Blut – ich übertreibe nicht;
Wollt Zug um Zug ich alles im Gedicht
Schildern, möcht der Atem mir vergehen.
Manch Heldenhaupt erlitt den blut'gen Tod;
Geschmiedet an den Fels, hofft seiner Not

Prometheus jetzt ein Ende bald zu sehen.
Es war 'ne Lust, das Ringen anzuschaun;
Ein Jammer war's, zu sehn das Todesgraun.
Mit Kraft, Gewandtheit, List und Kriegeskniffen
Ward hier gekämpft. Von grimmer Wut ergriffen,
Haben die beiden Heere nichts gespart,
Bevölkerung zu schaffen für die Lüfte,
Welche die Schatten atmen; dicht geschart
Erfüllten sie das öde Reich der Grüfte.
Des Streites blinde Wut rief allgemach
Das Mitleid eines andern Volkes wach
Mit buntem Hals und zärtlich treuem Herzen,
Durch seine Mittlerschaft dem Ungemach
Ein Ziel zu setzen und des Kampfes Schmerzen.
Gesandte schickt' das Volk der Tauben nach
Dem Feld, die trefflich ihre Sache machten:
Die Geier hörten auf, sich abzuschlachten;
Sie schlossen Waffenstillstand, Frieden dann –
Doch weh! zum Schaden jener Unschuldsvollen,
Denen sie dankbar hätten huld'gen sollen.
Unter den guten Tauben nun begann
Das Räuberpack ein Blutbad anzurichten,
Es rottete sie aus in Stadt und Land.
Die Ärmsten zeigten nicht sehr viel Verstand,
Eines so wilden Volkes Zwist zu schlichten.
Die Bösen trenne; das nur ist imstand,
Zur Sicherheit der übrigen zu dienen.
Zwietracht sä unter sie, da sonst mit ihnen
Sich nie und nirgends Frieden halten läßt.
Dies nur beiläufig; Schweigen ist der Rest.

FABEL VIII

DIE LANDKUTSCHE UND DIE FLIEGE

Auf steilem Weg bergan zogen durch tiefen Sand
Sechs starke Gäule bei der Sonne glühndem Brand
'ne Landkutsche mit viel Beschwerden.
Weib, Mönch und Greis stieg aus an diesem schwier'gen Ort,
Das schwitzende Gespann kann keuchend kaum noch fort.
Da kommt 'ne Fliege an, sie nähert sich den Pferden
Und glaubt, sie muntere sie auf durch ihr Gesumm,
Sticht dies, sticht jenes und meint wirklich – o wie dumm! –,
Sie bring vom Fleck die schwere Kutsche,
Sitzt auf der Deichsel, auf des Kutschers Nase dann;
Und wie sie sieht, die Karre rutsche,
Die Leute gehn zu Fuß voran,
Ist sie so frech, den Ruhm sich einzig zuzuschreiben.
Geschäftig geht und kommt sie, grad als wär sie ein
Feldwebel, der bald hier, bald wieder dort muß sein,
Um seine Kompanie vorwärts zum Sieg zu treiben.
Auf ihr allein – so klagt sie noch –

Ruh aller Arbeit und der Sorge ganzes Joch,
Und niemand sei bereit, ihr hilfreich beizutreten:
    Der Mönch müßt sein Brevier herbeten;
Der Augenblick sei gut gewählt! – Ein Weibchen sang;
Jetzt sei wohl grade Zeit zu lust'ger Lieder Klang!
Frau Fliege fängt nun an, ihr in das Ohr zu singen,
    Und was noch mehr an dummen Dingen.
Nach schwerer Arbeit langt die Kutsche oben an.
»Erholen wir uns nun!« – versetzt die Fliege dann –
»Mir dankt ihr's, Leutchen, daß ihr noch ankamt so frühe;
Und ihr Herrn Gäule, jetzt bezahlt mir meine Mühe!«

Gewisse Leute tun geschäftig; hier und dort
    Drängen sie dreist sich ein beständig.
    Sie tun, als wären sie notwendig,
Und sind nur lästig; drum ist's gut, man jagt sie fort.

FABEL IX

DAS MILCHWEIB UND DER MILCHTOPF

Vorsichtig trug Perrette 'nen milchgefüllten Topf
Auf einem Kissen auf dem Kopf;
Sie hofft, ohn Hindernis glücklich zur Stadt zu eilen.
Ganz leicht und kurz geschürzt, geht schnellen Schritts sie zu;
An Kleidung trug sie heut, um sich nicht zu verweilen,
Nur einen Rock und flache Schuh.
Schon zählt das Weibchen mit dem schlanken
Und drallen Mieder in Gedanken
Den Preis für ihre Milch; schon legt das Geld sie an,
Kauft hundert Eier ein zum Brüten, und nach Franken
Rechnet sie den Gewinn, den sie draus ziehen kann.
»Leicht wird es mir« – sagt sie mit Lachen –
»Zu Hause aufzuziehn die Küchlein, zart und klein;
Sehr schlau müßt Meister Fuchs es machen,
Ließ er mir nicht genug zum Ankauf für ein Schwein!
Ein Ferkel mästen, das kann auch so schlimm nicht sein;

Fett soll's schon werden, hab ich's erst, in jedem Falle!
Verkauf ich's dann, bringt's mir ein rundes Sümmchen ein.
Wer will mich hindern, daß, als schönstes Paar im Stalle,
'ne Kuh, ein Kälbchen auch ich für den Preis ersteh,
Das in der Herde dann ich lustig hüpfen seh?« –
Perrette hüpft dabei vor Freude. Jähen Falles
Stürzt hin die Milch: Kuh, Kalb, Schwein, Küchlein – hin ist
Die Herrin all des Guts sah nun betrübten Blicks [alles.
    In Trümmern ihre Schätze liegen
    Und fürchtet', ob des Mißgeschicks
    Prügel von ihrem Mann zu kriegen.
    Zur Posse ward der Scherz gemacht:
    Der Milchtopf wurde viel belacht.

    Wer liebt zu schweifen nicht im Blauen,
    Und wer Luftschlösser nicht zu bauen?
Picrocholus, Pyrrhus, das Milchweib – jeder fällt,
    Der Narr dem Weisen gleichgestellt,
Dem wachen Traum anheim, der uns gefangenhält;
Ein schmeichelnd Trugbild, mit des Geistes Aug zu schauen,
    Zeigt: uns gehört die ganze Welt,
    Uns alle Ehren, alle Frauen.
Bin ich allein, tret ich dem Tapfersten zu nah;
Ich schwärme weiter, ich entthrone Persiens Schah;
    Ein König, steh auf hoher Zinne
Der Macht ich, auf mein Haupt regnet ein Kronenflor.
Ein Zufall wirkt, daß ich mich auf mich selbst besinne;
    Sieh da: Jean bin ich wie zuvor.

FABEL X

DER PFARRER UND DER TOTE

Still fuhr und ernst ein Toter hin,
Der letzten Ruhestatt entgegen;
Ein Pfarrer eilt mit heitrem Sinn,
Ihn möglichst schnell ins Grab zu legen.
Der Selige erhielt zu Wagen das Geleit,
Gehörig in ein lang und breit,
Ein schwarz Gewand gesteckt – 's wird, ach! der Sarg geheißen,
Ein Winterkleid, ein Sommerkleid,
Das kaum die Toten je zerreißen.
Der Pastor saß an seiner Seit,
Und, um's nach Vorschrift auszuführen,
Sagte manch fromm Gebetlein er,
Manch Stücklein aus der Bibellehr,
Psalmen und Responsorien her:
»Herr Toter, laßt's Euch nicht berühren!
Wir geben Euch nach Brauch alle kirchliche Ehr;
Es ist ja nur um die Gebühren!« –
Hochwürden wenden von dem Toten keinen Blick,

Als schützt' er diesen Schatz vor Diebstahls Mißgeschick,
Als sagt' er ihm in seinem Herzen:
»Von Euch, Herr Toter, krieg ich doch
Soviel an Geld, soviel an Kerzen,
Soviel an Amtsgebühren noch.« –
Zu kaufen dacht dafür ein Fäßchen er im Städtchen
Vom Allerbesten weit und breit;
Ein niedlich Nichtchen und auch Gretchen,
Sein allerliebstes Stubenmädchen,
Sie brauchten jed' ein neues Kleid.
So rechnet' er mit Wohlbehagen – –
Ein Stoß! Der Wagen bricht entzwei;
Hochwürden liegen nebenbei,
Des Toten Fall hat ihm den Schädel eingeschlagen,
Das Pfarrkind zieht im Sarg den Pfarrer nach; nicht gern
Folgt der Pastor dem Ruf des Herrn,
Und beide gehn vereint von hinnen.
All unser Leben, unser Sinnen,
Dem Pfarrer gleicht's, der zählt' auf seines Toten Kopf,
Und jenem Milchweib mit dem Topf.

FABEL XI

DER MENSCH, DER DEM GLÜCK NACHLÄUFT, UND DER, WELCHER ES IN SEINEM BETT ERWARTET

Wer möchte nicht dem Glück nachlaufen?
Wüßt ich nur einen Ort, wo in bequemer Rast
Ich schauen könnt den närr'schen Haufen
All derer, die in eitler Hast
Dem Kind des Schicksals stets nachjagen ohn Ermatten,
Ein treu Gefolg im Dienst von einem flücht'gen Schatten!
Und haben sie's beinah erfaßt,
Gleich flieht es treulos fort, kein Wunsch ist Wahrheit worden.
Die Ärmsten dauern mich; wenn man die Toren schaut,
Wird Mitleid mehr als Ärger laut.
»Der Mensch dort« – sagen sie – »hat stets nur Kohl gebaut,
Und seht, nun ist er Papst geworden!
Sind wen'ger wir als er?« – Ihr seid hundertmal mehr;

Allein was hilft Verdienst im Leben?
War blind das Glück nicht von jeher?
Und ist die Tiara wert das, was man aufgegeben,
Die Ruhe, diesen Schatz, der Sterblichen Begehr,
Den als der Götter Erb einst pries der Dichter Heer?
Da wo Fortuna weilt, entweicht die Ruh fast immer.
Drum suche diese Göttin nimmer;
Sie sucht dich selber schon – so will es ihr Geschlecht.
Zwei Freund in einer Stadt besaßen, schlecht und recht,
Ein klein Vermögen. Nun, der eine seufzte immer
Nach Glück. »Wenn wir« – sprach er zum andern einst –
»Auswanderten? Sag, was du meinst!
Du weißt, es gilt im Vaterlande
Nichts der Prophet; vielleicht blüht anderswo uns Glück.« –
»Such du!« – spricht jener – »Ich, begnügt mit meinem Stande,
Mit Land und Leuten, bleib zurück.
Folg deinem Trieb; ich weiß, du bist gar bald zu Rande
Und kehrst dann heim; doch ich gelobe dir vorerst
Zu schlafen, bis du wiederkehrst.«
Von Ehrgeiz oder, wenn man will, vom Geize
Getrieben, tritt die Reis er an
Und kommt am nächsten Tage dann
An einen Ort, der für die laun'sche Göttin Reize
Mehr als ein andrer hat: der Hof ist dieser Ort.
Dort bleibt er ein'ge Zeit: er stellt sich fort und fort
Abends und morgens ein, voll von des Glückes Träumen,
Nicht eine Stunde zu versäumen;
Kurz, immer ist er da, und doch kommt er zu nichts.
»Suchen wir anderswo!« – spricht er – »Woran gebricht's?
Fortuna, weiß ich wohl, wohnt doch in diesen Räumen,
Täglich kehrt sie, ich seh's, bei dem und jenem ein;
Wie kommt es, daß bei mir allein
Das launenhafte Weib sich weigert einzukehren?
Wohl hat man mir gesagt, es wär an diesem Ort
Nicht angebracht, zuviel der Ehren zu begehren!
Lebt wohl, ihr Herrn vom Hof, lebt wohl, ich gehe fort.
Jagt einem Trugbild nach in buntem Flitterstaate!
Fortuna, sagt man mir, hat Tempel in Surate;
Gehn wir dorthin!« – Gesagt, getan: er schifft sich ein.
Seelen von Erz! Der trug 'nen Panzer von Demanten
Gewiß, der diesen Pfad einschlug und unbekannten

Abgründen trotzte, er zuerst und ganz allein!
Zur Heimat wandte oft die Blicke
Jetzt unser Freund, der die Geschicke
Der Reis und die Gefahren wohl begriff:
Seeräuber, Sturm, Windstill und tück'sches Felsenriff –
Diener des Todes, den oft weit vom Vaterlande
Mit großer Plag und Qual man sucht an fernem Strande,
Indes man bald genug daheim ihn finden kann.
Nach Indien kommt er; dort sagt man ihm, in Japan
Weile Fortuna just mit ihrem Gnadensegen.
Nun tragen dorthin ihn die trägen
Fluten, und alles, was er fand
Als Frucht von seinen langen Reisen,
Die Lehre war's, die uns die Wilden schon beweisen:
»Lerne von der Natur und bleib im Vaterland.«
Auch in Japan fand er kein besseres Gelingen,
Als ihm in Indien geschehn;
Dies mußt ihn zur Erkenntnis bringen,
Wie unrecht er getan, von Hause fortzugehn.
Des Wanderns fruchtloser Beschwerde
Entsagend, kehrt er heim, und, nah dem trauten Herde,
Weint er vor Freud und spricht: »Heil, wer daheim nur lebt,
Der Wünsche Leidenschaft zu bändigen bestrebt!
Er weiß ja nur vom Hörensagen,
Was Hof, was Meer ist, und wie schwer dein Joch zu tragen,
Fortuna! Unsrem Blick lässest vorübergehn
Du Würden, Geld und Gut, denen mit Hast und Bangen
Man nachjagt, ohne das Verheißne zu erlangen.
Ich bleib, und hundertmal besser werd ich mich stehn.« –
Und noch indem er diese Worte
Sprach und so klugen Rat gegen Fortuna pflag,
Fand er sie sitzend an der Pforte
Des Freundes, der ganz fest in tiefem Schlummer lag.

FABEL XII

DIE BEIDEN HÄHNE

Zwei Hähne lebten still; 'ne Henne kam dazu,
Und gleich hat sich ein Krieg entsponnen.
Amor, du trägst die Schuld: Troja zerstörtest du,
Um dich hat jener Streit begonnen,
Der den Xanthus gefärbt selbst mit der Götter Blut.
Lang dauert' an im Kampf der beiden Hähne Wut.
Bald ward es rings bekannt; herbei zum Schauspiel eilte
Das kammgeschmückte Volk, und manche Helena
Mit prächtigem Gefieder teilte
Als Preis man jenem zu, den man als Sieger sah.
Der andre schlich davon, in Einsamkeit zu klagen
Verlorne Ehr und Liebeslust,
Daran der Gegner sich, stolz, daß er ihn geschlagen,
Vor seinen Augen freut. Täglich von neuem mußt
Der Anblick seinen Haß und seinen Mut entflammen;
Er wetzt den Schnabel, und mit seinen Flügeln schlägt
Die Luft er und rafft wuterregt
Zu neuem Kampfe sich zusammen.
Er hat's nicht nötig mehr. Frech auf die Dächer setzt

Der Sieger sich, im Ruhme sich zu sonnen.
Ein Geier nahm ihn wahr, und jetzt
Fahrt, Ehre, wohl und Liebeswonnen!
Des Geiers Kralle setzt ein Ziel dem kecken Tun.
Des Schicksals Laune wollte nun
Jenen nochmals der Henne paaren,
Und wieder macht' er ihr den Hof –
Für das Geklatsch, denkt, welch ein Stoff!
Denn Weiber hatt er ganze Scharen.
So spielt das Schicksal gern mit uns im Übermut:
Mit Hochmut hat schon oft des Siegers Fall begonnen.
Mißtrauen wir dem Glück, und sei'n wir auf der Hut,
Nachdem wir eine Schlacht gewonnen!

FABEL XIII

DIE UNDANKBARKEIT UND UNGERECHTIGKEIT DER MENSCHEN GEGEN DAS SCHICKSAL

Ein großer Handelsherr ward reich – er hatte Glück:
Die Winde dienten ihm auf mehr als einer Reise,
Nicht Strudel nahm noch Riff, wie's sonst wohl ihre Weise,
Von seiner War' als Zoll auch nur ein einzig Stück.
Neptun und Atropos – an seinen Kameraden
Übten ihr Recht sie aus, indes Fortunas Gnaden
Stets sicher ihren Freund geführt zum sichern Port.
Treu ward bedient er von Buchhaltern und Kollegen;
Tabak, Zucker und Zimt, des fernen Indiens Segen,
  Auch Porzellan verkauft' er gleich an Bord;
  Luxus und Mode schwellt den Schatz ihm fort und fort
    Und seine Taschen goldner Regen.
  Doppeldukaten nur waren sein kleines Geld;

Prachtkutschen hielt er, Pferd' und Hund' in seinem Hause,
Sein Fasten glich 'nem Hochzeitsschmause.
Ein Freund, der sah, wie reich sein üppig Mahl bestellt,
Fragt ihn: »Woher kommt all die Pracht, die hier ich sehe?«
»Woher denn sonst, als weil ich mein Geschäft verstehe?
Nur mir dank ich's, dem Mut, der Klugheit und dem Fleiß,
Womit mein Geld ich stets gut anzulegen weiß.«
Es war ihm gar zu wohl, daß immer er gewonnen,
Von neuem wagt er jetzt den früheren Gewinn;
Doch nun kam's anders: nichts ging ihm nach Wunsch und
Warum? Weil er zu unbesonnen: [Sinn.
Ein schlecht befrachtet Schiff scheitert auf stürm'schem Meer;
Ein andres hatte nicht genug Waffen und Leute
Und fiel Seeräubern heim als Beute;
Ein drittes kehrte heim, noch schwer
Beladen, da es nichts verkauft hat – nicht geblieben
War Mod und Luxus wie vorher.
Auch hatten seine Leut ihn sehr
Betrogen, und er selbst, der's gar zu arg getrieben
Und viel verbaut und mit leichtsinn'ger Freunde Schwarm
Verpraßt, ward nun auf einmal arm.
Sein Freund, der so verarmt ihn sah, fragt jetzt ihn leise:
»Woher kommt dieses?« – »Ach, das Schicksal hat's gewollt!« –
Drauf jener: »Tröste dich; und ist es dir nicht hold,
Und bist du glücklich nicht, so sei zum mindsten weise.«
Weiß nicht, ob er den Rat bedacht;
Doch weiß ich: Jeder wird, was glücklich er vollbracht,
Auf Rechnung seiner Klugheit schreiben;
Und folgt ein Rückschlag dann auf unser töricht Treiben,
Schelten wir das treulose Glück.
So ist die allgemeine Stimme:
Das Gute taten wir, das Schicksal nur das Schlimme;
Stets haben recht wir, stets hat unrecht das Geschick.

FABEL XIV

DIE WAHRSAGERINNEN

Oft hat der Zufall an des Volkes Meinung teil,
Und den Erfolg bestimmt die öffentliche Meinung.
    Man trifft die traurige Erscheinung
In jedem Rang und Stand: überall Vorurteil,
Kabal und Eigensinn, fast nie Recht und Gewissen.
Es ist ein Strom. Was tun? Man laß ihm seinen Lauf!
    So war's, und so hört's nimmer auf.
Ein Weib war in Paris, des Wahrsagens beflissen.
Jeder besuchte sie und ging um Rat sie an:
Verlor 'nen Lumpen, hatt einen Liebhaber man,
Der Gatte, der sein Weib liebt gar zu treu und tüchtig,
Die böse Mutter wie die Frau, die eifersüchtig –
    Alles lief zur Wahrsagerin,
Hören wollt jeder was nach seinem Wunsch und Sinn.
    Durch schlaue List lockt sie die meisten:
Ein paar Kunstausdrücke, ein keck und frech Erdreisten,

Ein günst'ger Zufall oft – dies reichte füglich hin,
Und alles schrie: »Welch ein Mirakel!«
Unwissend wie sie war, ihr Hirn ein leeres Fach,
Galt sie doch bald für ein Orakel.
Die Pythia bewohnt' ein Stübchen auf dem Dach;
Dort füllt' aus dieser einz'gen Quelle
Das Weib in allergrößter Schnelle
So ihren Beutel, daß ein Amt sie ihrem Mann
Und sich ein stattlich Haus dafür erstehen kann.
In das Dachstübchen zog sodann
'ne andre Mieterin, zu der in Hüll und Fülle
Fraun, Mädchen, Diener, Herrn, jung, alt, kurz, alles kam
Und ihre Künste, wie vordem, in Anspruch nahm;
Das kleine Stübchen war die Höhle der Sibylle.
Das vor'ge Weib hatte den Ort in Ruf gebracht.
Das jetz'ge mochte tun und reden, was es wollte:
»Wahrsagen, ich? Ihr spaßt! Als wenn ich lesen sollte!
Ich lernte nur, wie vorm Herrgott ein Kreuz man macht!« –
Alles umsonst: sie mußt wahrsagen, und es rollte –
Zwar mocht sie's nicht – manch Goldstücklein
Ihr zu; mehr nahm sie als zwei Advokaten ein.
Der ganze Hausrat kam der Sache sehr zustatten:
Vier lahme Sessel und ein alter Besenstiel
Erschienen unheimlich geheimnisvolle Schatten.
Hätte dies Weib auch noch so viel
Wahres gesagt in schmuckem Zimmer,
Man hätte sie verlacht: zum Dachstübchen ging immer
Der Zug, es hatte sich in Gunst gesetzt.
Die andre hat das Nachsehn jetzt.
Das Aushängschild nur schafft die Kunden.
Manch schlechter Redner ward als Meister schon befunden
Vom Volk; in reich bezahlten Stunden
Hat er ein großes Auditorium
Um sich versammelt. Fragt mich mal, warum!

FABEL XV

DIE KATZE, DAS WIESEL UND DAS KANINCHEN

In des Kaninchens Wohnung schlich
Das Wiesel eines Morgens sich
Hinein – das hat's hinter den Ohren.
Der Wirt war fort, drum hat's die Stunde sich erkoren
Und richtet häuslich gleich sich ein in seinem Bau,
Indes bei Blumenduft und frischem Morgentau
Er selber draußen grüßt Auroren.
Nachdem genug der Speis und Frühluft er genoß,
Sucht Hänschen wieder auf sein unterirdisch Schloß.
Das Wiesel steckte just die Nase aus dem Fenster.
»Barmherz'ge Götter! Was ist das? Seh ich Gespenster?« –
So rief das Tier, jetzt von der Väter Sitz verjagt –
»Holla, mein Wiesel! Auf der Stelle
Mach dich davon in aller Schnelle,
Sonst wird's den Ratten all im Land umher gesagt!« –
Spitznäschen meinte, dem gehöre doch die Erde,

Der in Besitz zuerst sie nahm.
Ein schöner Grund zur Kriegsbeschwerde:
Ein Häuschen, wohinein es selbst nur kriechend kam!
»Und wär's ein Königreich, der Väter
Erbteil, so frag ich, welch Gesetz auf ew'ge Zeit
Eher Herrn Hans den Thron verleiht,
Dem Neffen oder Sohn von Wilhelm oder Peter,
Als Paul, als meiner Wenigkeit!« –
Karnickel sprach: »'s ist so mal Brauch und Sitt im Leben.
Durch ihr Gesetz geschützt und drauf gestützt, bewohn
Dies Haus als Herr ich und Gebieter lange schon;
Denn immer ward's vererbt vom Vater auf den Sohn.
Sollt die Eroberung ein beßres Recht wohl geben?« –
Das Wiesel drauf: »Still! Laß uns eben
Den Streit erledigen vor Heuchelgeilchens Thron.« –
Dies war ein Kater, der am tief verborgenen Platze
Einsiedelt, recht 'ne falsche Katze,
Ein Katzenheil'ger, wohl gefüttert, feist und alt,
Der für 'nen klugen Richter galt.
Karnickel hat es angenommen;
Vor Seiner tück'schen Majestät
Sind bald die beiden angekommen. [seht,
Grapschpfötchen sprach: »Recht nah, ganz nah zu mir! Denn,
Taub bin ich, Kinderchen; das kommt so von den Jahren.« –
Die beiden nahten ihm, ohn Arges zu befahren.
Allein, kaum sieht er sie in seines Arms Bereich,
Da wirft der Heil'ge, fromm und bieder,
Die grimmen Krallen aus nach rechts und links zugleich;
Versöhnend die Partein, würgt er sie beide nieder.
Dies gleicht den Zwisten wohl, zu deren Schlichtung gern
Der Kön'ge Schiedsgericht anrufen kleine Herrn.

FABEL XVI

SCHLANGENKOPF UND SCHLANGENSCHWANZ

Zwei Glieder am Leib der Schlange
Machen uns, den Menschen, bange:
Kopf und Schwanz; und alle zwei
Stehn den grausen Parzen bei,
Die sich baß an ihnen weiden,
Obzwar unter diesen beiden
Einst ein großer Streit entsprang
Um den Gang.
Der Kopf ging immer vor dem hintern Körperteile,
Weshalb der Schwanz zum Himmel klagt
Und ihm sagt:
»Schau, ich mache Meil auf Meile,
Ganz wie jener haben will.
Glaubt er, daß immer ich dies dulde fromm und still?
Was als Diener denn gewinn ich?

Bin ich doch, wie Gott es will,
Nicht sein Knecht, sein Bruder bin ich.
Beide aus demselben Blut,
Gib mit ihm mir gleiche Rechte;
Trag ich doch ein Gift, ich dächte,
Stark wie seines, schnell und gut!
Höre drum, was ich erflehe:
Ordne – denn du kannst es – an,
Daß der Reihe nach voran
Meinem Bruder Kopf ich gehe.
Glaub, ich führ ihn gut und glatt,
Daß er nicht zu klagen hat.«
Der Himmel war grausam genug und ließ sich rühren.
Ach, seine Güte bringt zu oft nur bittre Pein;
Er sollte lieber taub für blinde Wünsche sein.
Hier war er's nicht: Der jetzt ernannt, den Marsch zu führen,
Sah bei hellem Tage doch
Mehr nicht als im Ofenloch,
Rannte blind durch alle Räume,
Gegen Menschen, Stein' und Bäume,
Und gradewegs zum Styx, dem Strom der Unterwelt.
Weh jedem Staate, der gleichem Irrtum verfällt!

FABEL XVII

EIN TIER IM MONDE

Wenn wir von einem Weisen hören,
Daß ihrer Sinne Trug die Menschen stets belog,
Wird gleich ein andrer Weiser schwören,
Daß nimmermehr ein Sinn uns trog.
Sie haben beide recht: mit vollem Grund bezichtigt
Täuschenden Truges die Philosophie den Sinn,
Soweit der Mensch urteilt auf dessen Zeugnis hin;
Allein, wird wiederum berichtigt
Des Gegenstandes Bild nach der Entfernung und
Den Medien, die darum sich fügen,
Und nach des Instruments Befund,
So werden nie die Sinn uns trügen.
Weise schuf die Natur alles nach Folg und Grund –
Ich tu ein andermal euch dies ausführlich kund.
Die Sonne seh ich. Wie erscheint sie mir? Als stellten

Ihr ganzes Maß mir dar drei Fuß im Umfang nur;
Doch könnt dort oben ich wandeln auf ihrer Spur,
Wie würd mein Auge schaun das große Aug der Welten?
Ihre Entfernung zeigt mir ihre Größe, und
Durch Winkelmessung kann genau ich sie darlegen.
Das Volk meint, sie sei flach, ich weiß sie kugelrund;
Ich laß sie stillstehn und die Erde sich bewegen;
Kurz, was mein Auge schaut, weiß ich zu widerlegen,
Und dieses Sinnes Trug täuscht mich in keinem Fall.
    Mein Geist, er findet überall
Die Wahrheit, unterm Schein verborgen, durch Erkenntnis;
    Gar nicht bin ich im Einverständnis
Mit meinem Auge, das zu schnell oft vorwärts dringt,
Noch mit dem Ohr, das mir den Schall nur langsam bringt.
Krümmt Wasser einen Stab, Vernunft muß grad ihn richten;
    Vernunft muß herrschend alles schlichten.
    Dank ihrer Macht und Herrschaft, trügt
Mein Auge nimmer mich, obwohl es immer lügt.
Schenkt ich ihm Glauben, nun, da müßt, wie viele meinen,
Mitten im Monde mir ein Weiberkopf erscheinen.
Kann einer drin sein? Nein. Was ist des Pudels Kern?
Nur ein paar Linien sind's, die wirken so von fern.
Des Mondes Fläche kann ein glattes Bild nicht geben:
Gebirgig ist sie hier, dort ist sie wieder eben;
Und zeigt sie uns oft durch Schatten und durch Licht
    Ein Tier, ein menschliches Gesicht.
Mußt England doch noch jüngst was Ähnliches erleben!
Durchs Fernrohr sah man nach dem Monde, da erschien
    Ein neues Tier, und alle schrien,
    Es hab ein Wunder sich begeben,
Ein Wechsel sei geschehn dort oben neuster Zeit,
Der zweifellos ein groß Ereignis prophezeit.
Wer weiß, ob nicht daher der Krieg der Völkerschaften
Entstammt? Der König kam herbei – gar hoch geneigt
Ist er als weiser Fürst den höhern Wissenschaften –
Das Ungetüm im Mond hat sich auch ihm gezeigt.
Ein Mäuschen war's, das in dem Glase sich verborgen,
Im Fernrohr selber war der Quell der Kriegessorgen.
Man lachte. Glücklich Volk! Wann endlich kommt der Tag,
Da Frankreich solchem Tun wie du sich widmen mag?
Mars überschüttet uns mit reichen Ruhmesgaben:

Nur unsre Feinde scheun den Kampf, wir suchen ihn,
Gewiß, Viktoria wird, die Göttin, hoch erhaben,
Ludwigs Geliebte, stets mit ihm zu Felde ziehn.
Sein Lorbeer – Klio selbst hat ihn in Erz gegraben.
Auch Mnemosynes Töchter haben
Uns nicht verlassen, hell strahlt uns der Freude Licht;
Der Fried ist unser Wunsch, doch unser Sehnen nicht.
Karl freut sich sein; doch würd er wohl, gält es zu streiten,
Beweisen seine Macht und England sicher leiten
Zu jenen Spielen, die in Ruh es heut genießt.
Indes, geläng es ihm, den Frieden zu erstreben,
Welch edler Weihrauch! Ob ein beßrer wohl ihm sprießt?
Soll etwa minder schön eines Augustus Leben
Als Cäsars Kriegsruhm und Heldenlorbeer sein?
O glücklich Volk! Wann wird der Friede uns gegeben,
Daß wieder wir, wie du, uns ganz den Künsten weihn?

ACHTES BUCH

FABEL I

DER TOD UND DER STERBENDE

Dem Weisen macht der Tod nicht bange;
Zu scheiden ist er stets bereit,
Stets ist gewärtig er der Zeit,
Da's sich zu rüsten gilt zu jenem letzten Gange.
Und diese Zeit umfaßt, ach! alle Frist,
Die eingeteilt in Tag', Stund' und Minuten ist;
Kein Augenblick, der nicht verfallen
Ihrem Verhängnis wär, denn sie gebietet allen.
Die allererste Stund, in der ein Königssohn
Dem Licht auftut die Augenlider,
Ist oft auch seine letzte schon
Und schließt sie ihm auf ewig wieder.
Was helfen Größe, Ehr und Treu,
Schönheit und Jugend dir, was Tugend dir und Glaube?

Der Tod rafft alles ohne Scheu
Dahin, und einst wird ihm die ganze Welt zum Raube.
Nichts ist uns minder unbekannt,
Und nichts, obwohl 's noch nimmer fehlte,
Das minder uns gerüstet fand.
Ein Sterbender, der mehr als hundert Jahre zählte,
Beklagte sich beim Tod, daß er mit solcher Hast
Ihn zwingen wollt, sogleich das Ew'ge zu ererben,
Eh er sein Testament verfaßt,
Ohn alle Mahnung selbst. »Ist's« – sprach er – »recht, zu sterben
So flücht'gen Fußes? Wart doch noch ein Weilchen nun;
Mein Weib will, nur mit ihr soll ich den Himmel schauen,
Auch möcht ich manches noch für meinen Enkel tun;
Laß mich doch an mein Haus noch einen Flügel bauen.
Was bist du eilig doch, du Gott voll Schreck und Grauen!« –
Der Tod drauf: »Alter, du nennst Überraschung dies?
Mit Unrecht wagst du mir ob meiner Hast zu fluchen.
Zählst du nicht hundert Jahr? Du sollst mir in Paris
Zwei, die so alt wie du, zehn in ganz Frankreich suchen!
'ne Mahnung forderst du von mir, die hin dich wies
Zur Vorbereitung auf das Ende:
Dann hätt dein Testament ich noch geschaut,
Versorgt dein Enkel und dein Haus ganz ausgebaut.
War es dir Mahnung nicht genug, als dir die Hände
Und Füße schlotterten, die Stirn
Sich runzelte und Herz und Hirn
Schwach ward, als dir Geschmack und Sehn und Hören schwan-
Und deine Sinne kaum noch irgendwas empfanden? [den
Vergebens strahlt sein Licht des Tags Gestirn dir her,
Das Glück, um das du klagst, ist längst für dich nicht mehr.
Die Freunde sahst du all mit Bangen
Im Tode dir vorangegangen.
Ist all dies Mahnung nicht genug? Ich hätt's gedacht!
Drum fort jetzt, Alter, ohne Wimmern!
Der Staat wird wenig sich drum kümmern,
Ob du dein Testament gemacht.«
Der Tod hat recht: mir scheint, man sollt in hohen Jahren
Vom Leben gehn, wie sich's bei einem Mahl gebührt,
Dem Wirte dankend und das Bündel stets geschnürt.
Wie lange meint man denn die Reise aufzusparen?
Du, Alter, murrst? Schau, wie die Jugend unverweilt

Dort einem Tod entgegeneilt,
Schön und erhaben zwar, ruhmreich und heldenmutig,
Doch sicher fast, und oft, ach! grauenvoll und blutig!
Ich pred'ge dir umsonst, mein Eifer ist betört:
Am mindsten gern stirbt, wer dem Tod schon angehört.

FABEL II

DER SCHUHFLICKER UND DER REICHE

Ein heitrer Schuster sang vom Morgen bis zur Nacht;
Ihn anzusehn war eine Pracht,
'ne Pracht, zu hören ihn; er sang so lust'ge Weisen,
Zufriedner als die sieben Weisen.
Sein Nachbar, der im Golde schwimmt, war minder froh,
Da Sang und Schlaf ihn ewig floh:
Ein Banker war's, der lieh und borgte.
Wann morgens früh sein Aug ein leichter Schlummer deckt',
Gleich ward vom lust'gen Sang des Schusters er geweckt;

Dann flucht' er wohl, aufs Bett gestreckt,
Dem Himmel, der nicht dafür sorgte,
Daß man sich auf dem Markt den Schlaf auch kaufen kann
Wie Trank und Speise für den Magen.
Einst rief zu sich der reiche Mann
Den Sänger und fragt' ihn: »Könnt, Meister, Ihr mir sagen,
Was Ihr verdient im Jahr?« – »Im Jahr, ich? Meiner Treu« –
Erwidert lächelnd ohne Scheu
Der lust'ge Schuster – »Herr, es ist nicht meine Sache,
Also zu rechnen, kaum daß ich 'nen Abschluß mache
Von Tag zu Tag; ich hab nicht Not,
Und sehe, wenn das Jahr vorüber,
Ich hatte stets mein täglich Brot.« –
»So sagt mir, was verdient Ihr wohl den ganzen Tag, mein Lie-
»Mal mehr, mal weniger. Das Schlimmste sind fürwahr [ber?« –
(Und ohne das könnt ich um den Verdienst nicht klagen),
Das Schlimmste sind für uns die Feste all im Jahr;
Glaubt mir, man macht uns tot mit Feiertagen:
Eins jagt das andere, und der Herr Pfarrer macht
In jeder Predigt uns bekannt mit neuen Heil'gen.« –
Der Reiche sagt, indem er dieser Einfalt lacht:
»An einem großen Glück will ich Euch heut beteil'gen.
Nehmt hundert Taler hier, doch nehmet mit Bedacht
Sie als Notpfennig wohl in acht.« –
Dem Schuster ist, als säh er allen Golds Gefunkel,
Das seit Jahrhunderten die Erd
An Schätzen dieser Welt beschert.
Heim kehrt er und vergräbt in seines Kellers Dunkel
Sein Geld, mit ihm auch seine Lust.
Kein Sang entquoll mehr seiner Brust,
Seit er besaß, womit die Sorgen stets anfangen;
Sein Lager floh der Schlummer, und
Statt seiner kamen Kummer und
Argwohn und eitel Angst und Bangen.
Bei Tag war stets er auf der Lauer, und bei Nacht,
Wenn ein Geräusch 'ne Katze macht',
War's um sein Geld geschehn! Zuletzt lief er voll Kummer
Zu dem, dem er nicht mehr gestört des Schlafes Glück:
»Gebt wieder« – sprach er – »mir mein Lied und meinen Schlum-
Und nehmet Euer Geld zurück!« [mer,

FABEL III

DER LÖWE, DER WOLF UND DER FUCHS

Ein abgelebter Leu, der nicht fortkonnt vor Gicht,
Wollt, daß ein Mittel man gegen das Alter fände –
Unmögliches gibt's ja für einen König nicht.
Unsrer befahl zu diesem Ende
Ärzte an seinen Hof, Ärzte von jeder Art.
Sie kamen zu dem Leun in Masse, dicht geschart,
Ringsher sah man zu Hof Rezepteschreiber wallen.
Doch blieb bei den Besuchen allen
Der Fuchs fein still daheim und ließ sich nirgends sehn.
Meister Wolf spottet bei des Königs Schlafengehn
Des fernen Freunds. Der Fürst befiehlt, gleich ohne Schonung
Ausräuchern solle man den Fuchs aus seiner Wohnung
Und schaffen ihn zur Stell. Er kommt, der Demut Bild,
Und sagt, wohl wissend, daß der Wolf den Streich ihm spielte:
»Ich fürcht, Herr, ein Bericht, der Arges mir erzielte,
Hat mich als einen Euch enthüllt,

Der säumig wär, Euch hier zu huld'gen;
Doch mag die Wallfahrt mich entschuld'gen,
Mit der für Euer Wohl ich ein Gelübd erfüllt.
Auf meiner Fahrt, der ungeduld'gen,
Fragt ich Gelehrte ob der Schwäche, die Euch quält
Und deren Folgen Euch vielleicht noch schlecht bekommen.
Nur Wärme ist's, an der's Euch fehlt;
Das Alter hat sie Euch benommen.
Von 'nem lebend'gen Wolf das abgezogne Fell
Müßt warm, noch rauchend, Ihr umbinden;
Dies Mittel wirkt sicher und schnell
Belebend, wenn die Kräfte schwinden.
Der Wolf dient dann bequem und traut
Als Schlafrock Euch in Mußestunden.« –
Den König hat der Rat erbaut;
Den Wolf, zerrissen und geschunden,
Hat der Monarch zum Nachtmahl erst verdaut;
Dann hüllt' er sich in seine Haut.
Ihr Herrn vom Hof, laßt ab, euch stets zugrund zu richten.
Erfüllt doch, wenn ihr's könnt, harmlos des Hofes Pflichten.
Vierfach verdunkelt ihr Gutes durch Schlechtigkeit.
Wer foppt, der wird gefoppt auf die, auf jene Weise;
Bedenkt, ihr lebt in einem Kreise,
Wo keiner einem was verzeiht.

FABEL IV

DIE MACHT DER FABEL

AN HERRN VON BARILLON

Eines Botschafters Würde – kann
Sie wirklich sich herab zu kleinen Fabeln lassen?
Dir ihren leichten Scherz zu bieten – wird sich's passen?
Und nehmen manchmal sie des Ernstes Würde an,
Wirst als verwegen Du und keck sie dann nicht hassen?
Du mußt mit andrem Dich befassen,
Als wie das Häschen sich ergetzt
Und mit dem Wiesel bricht 'ne Lanze.
Lies oder lies sie nicht; doch jetzt
Verhindre nur, daß man das ganze
Europa auf den Hals uns hetzt.
Ob auch aus jeder Erdenscholle
Ein Heer von Feinden uns ersteh –
Mag sein! Allein, daß England wolle,

Daß unsrer Könige Freundschaft zu Ende geh,
Werd ich nur schwer begreifen können.
Soll Ludwig immer denn noch keine Rast sich gönnen?
Welch andrer Herkules erlahmte nicht im Streit
Mit jener Hydra? Wüßt ich nur, was wir gewönnen,
Wenn seinem starken Arm ein neues Haupt sie beut?
Vermag Dein Geist, beredt und schneidig,
Die Herzen milder und geschmeidig
Zu machen, daß erspart uns bleibt des Krieges Spiel,
Will hundert Widder ich Dir opfern; das ist viel
Für einen Bürger des Parnasses.
Für heut nimm meines Weihrauchfasses
Bescheidne Gabe gnädig an;
Nimm meine heißen Wünsche dann
Und dies Gedicht, das hier ich Dir zu Füßen lege.
Sein Gegenstand paßt wohl für Dich, mehr sag ich nicht;
Das Lob, das selbst die nimmer träge
Zunge des Neids Dir nicht abspricht –
Du willst nicht, daß man es erwäge.

In Athen, dessen Volk gar leicht und eitel war,
Bestieg ein Redner einst die Bühne; in Gefahr
Sah er das Vaterland, und in die Herzen dringen
Wollt er, durch die Gewalt der Rede sie bezwingen;
Fürs allgemeine Wohl bot alle Kraft er auf.
Man hört' ihn nicht. Da griff der Sprecher im Verlauf
Der Rede zu den stärksten Mitteln,
Die selbst den trägsten Geist vermögen aufzurütteln:
Er donnert, was er kann, er weckt die Toten auf –
Alles nur in den Wind, und niemand achtet drauf.
Es ward mal heut und an dem Orte
Das tausendköpf'ge Tier zu keinem Ernst gebracht:
Rings sahn sich alle um; er merkt, sie gaben acht
Auf Kinderprügelein und nicht auf seine Worte.
Was tat der Redner? Er versucht's auf andre Art:
»Ceres« – so fing er an – »macht' einstmals eine Fahrt
Mit Aal und Schwalbe. Auf der Reise
Hielt sie ein Wasser auf; der Aal, kundig genug
Des Schwimmens, und die Schwalb im Flug
Kamen bald drüber weg.« – Sogleich einstimmig frug
Das Volk: »Was tat Ceres?« – Erwidernd drauf der Weise:

»Was Ceres tat? Es wallt' ihr Blut
Auf gegen euch in Zorn und Wut.
Wie? Kinderfabeln sind's, wonach ihr Volk nur trachtet?
Und die Gefahr, in der es schmachtet,
Kümmert den Leichtsinn nicht und seinen Übermut!
Warum fragt ihr denn nicht, was König Philipp tut?« –
Das durch das Gleichnis schnell erwachte
Und zur Besinnung bald gebrachte
Volk hatte nun des Redners acht.
Ein Stückchen Fabel hat's gemacht.
Athener sind wir all in diesem Punkt. Nicht lügen
Will ich: Hätt einer mir, als ich dies niederschrieb,
Die »Eselshaut« erzählt, ich blieb
Wohl selber stecken vor Vergnügen.
Man sagt, die Welt ist alt. Ich glaub es; doch gewinnt
Nur, wer sie unterhält, als wäre sie ein Kind.

FABEL V

DER MENSCH UND DER FLOH

Beschwerlich fallen durch der Wünsche Ungeschick
Den Göttern wir, und oft um ganz unwürd'ge Sachen,
Als hätt der Himmel nichts, gar weiter nichts zu machen,
Als immer nur auf uns zu richten seinen Blick;
Als dürft der Sterblichen Geringster mit 'ner Bitte
Bei jeder Kleinigkeit, bei jedem seiner Schritte
Die Bürger des Olymp beläst'gen jederzeit,
Als gält's der Griechen und der Troer wicht'gen Streit.
'nen Toren biß ein Floh; forthüpfend dann in Eile,
In Falten seines Hemds barg sich das Tierchen klein.
»Herkules!« – rief der Narr – »Du sollt'st die Welt befrein
Von dieser Hydra Plag und schrecklichem Unheile!
Du, Zeus dort oben, tilgst du nicht dieses blutgeile
Geschlecht? Das würde doch für mich 'ne Rache sein!«
Zu töten einen Floh, meint er, sollten ihm leihn
Die Götter ihren Blitz und ihre Donnerkeile.

FABEL VI

DIE WEIBER UND DAS GEHEIMNIS

Jedes Geheimnis ist 'ne Last;
Den Frauen wird es schwer, sie weit zu tragen.
Hierin sind alle Männer fast
Auch Weiber nur, das muß ich sagen.
Sein Weib zu prüfen, rief bei Nacht ein Ehemann
An ihrer Seite aus: »O Gott! Was fang ich an?
Ich kann nicht mehr! Ach, welche Plagen!
Himmel! Ich leg ein Ei!« – »Ein Ei?« – »Ja, sieh's nur an;
Ganz frisch! Doch hüte dich, etwas davon zu sagen;
Man schimpft mich Henne sonst, drum schweig nur überall.« –

Die gute Frau, der dieser Fall
Ganz neu, wie noch manch andre Fragen,
Glaubt's und tat einen Schwur, es still bei sich zu tragen.
Doch hat des Eides, als die Nacht
Vorüber war, sie kaum gedacht.
Das Weib erhebt aus ihrem Bett sich –
Sehr klug war sie just nicht – da kaum der Morgen lacht,
Und läuft zur Nachbarin geschwätzig:
»Gevattrin, denkt nur, was geschehn ist diese Nacht!
Doch redet nicht davon, mein Mann möcht sonst mich hauen:
Ein Ei hat er gelegt, wie viere anzuschauen.
Doch bitt um Gottes willen ich,
Von dem Geheimnis nichts zu sagen.« –
»Ihr kennt mich schlecht, könnt Ihr an mir zu zweifeln wagen!«
Spricht jene drauf – »Verlaßt Euch ganz auf mich.« –
Des Eierlegers Frau kehrt wieder heim; doch brennen
Sieht man vor Ungeduld die andre schon und rennen
Von Haus zu Hause mit der Neuigkeit vom Ei:
Aus einem macht sie gar schon drei.
Damit noch nicht genug: 'ne andre wollte wissen
Von vieren, doch daß es ein streng Geheimnis wär.
Die Vorsicht konnte jetzt man missen,
Längst war es kein Geheimnis mehr.
So wuchs der Eier Zahl, sie ward von Mund zu Munde,
Dank dem Geschwätz, vermehrt wie toll;
Und vor der nächsten Abendstunde
War richtig schon das Hundert voll.

FABEL VII

DER HUND, DER SEINES HERRN MITTAGBROT AM HALSE TRUG

Gar schwer nur halten stand den Schönen unsre Augen,
Wie unsre Hände blankem Geld;
Nur wen'ge gibt es in der Welt,
Die einen Schatz zu hüten taugen.
Ein Hund, als Bote nach dem Speisehaus gesandt,
Trug seines Herren Mahl, als Halsband umgehangen.
Enthaltsam war er, mehr fast als man konnt verlangen,
Wenn er 'nen fetten Bissen fand;
Indes, er war's. Und *wir*? Uns alle voll Begehren,
Kommt uns was Gutes nah, verlockt die Lüsternheit.
Merkwürdig! Einen Hund lehrt man Enthaltsamkeit,
Den Menschen kann man sie nicht lehren!
Der Pudel mit dem Korb geht fürbaß ohne Rast;
Da kommt ein Köter her, der nach den Speisen faßt.
Das ging, sosehr er sich drauf freute,
Doch nicht so schnell: es setzt der Pudel hin die Beute,

Da er sie besser schützt, ist ledig er der Last.
  Man kämpft. Jetzt nahen Hund in Massen,
    Die herrenlos sich auf den Gassen
  Umtreiben und vor Schlägen sonder Harm.
Der Pudel, welcher sah, zu schwach gegen den Schwarm
Sei er und der Gefahr das Fleisch nicht zu entreißen,
Wollt auch sein Teil und rief mit schlauem Überblick:
»Nur ruhig Blut, ihr Herrn! Ich will ja bloß mein Stück,
    Ums übrige mögt ihr euch beißen!« –
Den ersten Bissen schnappt er weg bei diesem Wort;
Gleich fallen drüber her der Köter und die Meute,
  Nach Kräften schmausen alle von der Beute,
    Ein jeder trägt sein Teil mit fort.

Ich glaub hierin zu sehn das Bild einer Gemeine,
Wo man das Geld vertraut der Bürger weiser Wacht:
    Schöff, Innungsmeister, jeder macht
    'nen Schnitt dabei; der Klug und Feine
Tut's andern vor – es ist ein Anblick, daß man lacht,
Wie so 'nen Haufen Gold sie wegzuputzen wissen!
Will leichter Red ein Mann von Ehr und von Gewissen
Das Geld schützen, und bringt das kleinste Wort er vor,
    Beweist man ihm, daß er ein Tor.
    Nicht lange braucht er sich zu schämen:
    Bald ist der erste er beim Nehmen.

FABEL VIII

DER SPÖTTER UND DIE FISCHE

Man sucht die Spötter; ich bemüh mich, sie zu meiden.
Nur meisterhaft geübt, ist diese Kunst zu leiden,
Und für die Toren nur schuf Gott
Witzbolde mit boshaftem Spott.
Vielleicht führt einen euch dergleichen
Die Fabel vor; vielleicht sogar
Mag mancher finden, daß sie nicht mißlungen war.
Ein Spötter saß bei einem Reichen
Zu Tisch und fand an seinem Platz ungern
Nur kleine Fischchen, all die großen lagen fern.
Er nimmt die kleinen, spricht ihnen ins Ohr ganz leise
Und tut, als hört' in gleicher Weise
Er ihrer Antwort zu. Erstaunt sah man ihn an,
Ein Schweigen ringsumher begann.
Der Spötter sagt darauf in Ehren,
Er fürcht, es litt im vor'gen Jahr
Ein Freund, der fortgegangen war
Nach Indien, Schiffbruch in den Meeren;
Ob's wahr sei, frag er nun die kleinen Fischlein bloß.

Man sagt ihm allerseits, daß sie zu jung noch wären,
Zu kennen seines Freundes Los;
Eh'r könnt ein großer ihn belehren.
»Ein großer? Meine Herrn, wie fragt ich den wohl jetzt?« –
Daß die Gesellschaft viel Behagen
An seinem Witz fand, dies zu sagen
Wag ich nicht; schließlich ward jedoch ihm vorgesetzt
Ein Untier, alt genug, die Namen ihm zu nennen
All derer, die gesucht ein unbekanntes Land
Und deren Spur man nimmer fand,
Das an die hundert Jahr, in Meeres Grund gebannt,
Des weiten Reiches Ahnen kennen.

FABEL IX

DIE RATTE UND DIE AUSTER

Eine Feldratte – 's war just nicht die klügste Ratte –
Ließ, da sie es daheim etwas langweilig fand,
Feld, Korn und Streu im Stich, kurz, alles was sie hatte,
Schlüpft fort aus ihrem Loch und wandert durch das Land.
Kaum draußen, mit erstaunten Mienen:
»Wie ist so groß und weit die Welt!« – ruft aus der Zwerg –
»Dies ist der Kaukasus! Das sind die Apenninen!« –
Der kleinste Maulwurfshauf erschien ihr als ein Berg.
Nach ein'gen Tagen kommt sie, wandernd längs dem Strande,
In eine Gegend, wo Tethys am Meeresrande
Viel Austern leben ließ; die Ratte glaubt sofort,
Es sei'n, was sie erblickt, Schiffe mit hohem Bord.
»Mein Vater« – sagt sie – »ist ein armer Wicht geblieben;
Zu reisen wagt' er nicht, furchtsam bis in den Tod.
Ich hab das Meer gesehn und mich umhergetrieben
In Wüsten, trotzend der Gefahr, die mich bedroht.« –
Von einem Schulmeister wußt alles dies die Ratte

Und sprach's wie ein einfältig Kind,
Nicht jenen gleich, die, weil sie Bücherfresser sind,
Nur leben von gelehrtem Wind.
Von den geschloßnen Austern hatte
Eine sich aufgetan; gähnend im Sonnenstrahl,
Erfrischt durch sanften Windes Wehen,
Die Luft schlürfend, als wollt in Wonne sie vergehen,
Weiß, fett, schien sie ein ganz besonders leckres Mahl.
Kaum hat die Ratte sie mit ihrem Blick gemessen,
Ruft sie: »Was seh ich denn? Das ist ja was zu essen!
Wenn richtig aus der Farb auf den Geschmack ich schloß,
So winkt mir heut ein Schmaus, wie ich ihn nie genoß.« –
Die Ratte, welche auf die Hoffnung nicht verzichtet,
Naht sich der Schale, streckt den Hals hervor – entsetzt
Fühlt sie gefangen sich, da schnell die Auster jetzt
Sich wieder schließt. Seht, was Unwissenheit anrichtet!

Die Fabel gibt uns mehr als eine Lehre an:
Wir sehn zunächst, daß einem Mann,
Der von der Welt nichts weiß und schlecht ist unterrichtet,
Der kleinste Gegenstand die Fassung rauben kann;
Und dann: Leicht wird, wer andern Fallen
Zu legen denkt, selbst hineinfallen.

FABEL X

DER BÄR UND DER GARTENFREUND

Ein halb geleckter Bär, dem Hochgebirg entstammt,
Lebt', gleich Bellerophon, den einst das Schicksal steigen
Und fallen ließ, im Wald zur Einsamkeit verdammt. –
Er wurde toll; denn nichts ist der Vernunft so eigen,
Als daß sie nimmer lang bei Eremiten bleibt.
Reden ist Silber, sagt man oft, Gold ist das Schweigen;
Doch beides ist nicht gut, wenn man es übertreibt.
    Kein lebend Tier mocht da sich zeigen,
    Leer blieb's und öde ganz und gar,
    So daß, trotzdem ein Bär er war,

Er höchst langweilig fand dies allzu traur'ge Leben.
Indes er also hier der Schwermut sich ergeben,
    Langweilte ganz auf gleiche Weis
    In seiner Nähe sich ein Greis,
Ein Gartenfreund, der in Pomonas Dienste schaltet
    Und Floras Priesteramt verwaltet.
Schön ist dies Doppelamt; doch deucht mir, schöner sei's
    In liebenswürd'ger Freunde Kreis.
Ein Garten spricht nicht viel, außer in meinem Buche.
    Drum ging der Greis einst auf die Suche
Im Morgensonnenschein, der stummen Sippschaft satt,
Nach Freunden; querfeldein wandelt er frisch und munter.
    Der Bär, der gleiche Absicht hat,
    Kam auch von seinem Berg herunter.
    Durch Zufall trifft höchst sonderbar
    An einer Ecke sich das Paar.
Der Mann hat Angst. Doch wie ausweichen? Was anstellen?
Mut heucheln ist noch stets das best in solchen Fällen;
Er wußt es und verbarg die Furcht vor der Gefahr.
    Der Bär, der just kein Höfling war,
Sagt kurz ihm: »Komm zu mir!« – Drauf jener: »Gerne zwar,
Da seht, da steht mein Haus; wollt Ihr mir Ehr erweisen,
So nehm Eu'r Gnaden dort ein einfach ländlich Mahl.
Ich habe Frücht und Milch; zwar weiß ich nicht einmal,
Ob die Herrn Bären auch gewohnt sind solcher Speisen,
Doch biet ich, was ich hab.« – Der Bär nimmt's an, sie gehn;
Man kann schon unterwegs sie als zwei Freunde sehn.
Im Hause haben sie sehr freundlich sich vertragen;
    Und mag Alleinsein mehr behagen
    Als eines Narren Gegenwart,
So hindert, da der Bär in Schweigen meist verharrt,
Doch nichts den Mann, daß er sein Tagewerk verrichte.
Der Bär geht auf die Jagd, schafft Wild herbei und liegt
    Dann seinem Hauptgeschäft vergnügt
Als Fliegenjäger ob und scheucht vom Angesichte
Des Freundes, wenn er schläft, das lästige Insekt,
    Die Fliege, die so oft uns neckt.
Einst sieht er unsern Greis in tiefem Schlummer liegen,
Und eine Fliege, die ihm auf der Nase kreucht;
Er wütet, da umsonst er immer fort sie scheucht:
»Wart nur!« – so ruft er aus – »Und wie will ich dich kriegen!« –

Gesagt, getan: seht da, der Fliegenjäger rafft
'nen Pflasterstein euch auf, schleudert ihn voller Kraft,
Zermalmt des Greises Haupt, die Fliege zu verjagen,
Und hat – ein guter Schütz, allein höchst mangelhaft
Als Denker – auf der Stell ihn mausetot geschlagen.
Nichts bringt so viel Gefahr uns als ein dummer Freund;
Weit besser ist ein kluger Feind.

FABEL XI

DIE ZWEI FREUNDE

Zwei Freunde lebten einst in Monomotapa;
Was einer hatte, war dem andern auch zu eigen –
    Die Freunde sollen besser ja
    Sich dort als hierzulande zeigen.
In einer Nacht – 's war bei den Antipoden Tag,
Indes hier jedermann in tiefem Schlummer lag –
Sieht man den einen schnell sich aus dem Bett aufraffen;
Er eilt zu seinem Freund, er weckt der Diener Schar,
Da Morpheus stundenlang schon Herr im Hause war.
Der Schläfer staunt, greift nach der Börs und seinen Waffen,
Sucht jenen auf und spricht: »Du pflegst doch sonst nicht viel
Zu laufen, wenn man schläft, wie jeder, der gescheit ist
Und besser nützt die Zeit, die nur dem Schlaf geweiht ist!

Verlorst du etwa gar dein ganzes Geld im Spiel?
Da, nimm! Sollt dich vielleicht ein Ehrenhandel quälen?
Hier ist mein Degen, komm! Wenn du verdrießlich scheinst,
Weil du im Bett allein: die schönste magst du wählen
Von meinen Sklavinnen; soll ich sie herbefehlen?« –
»Nein« – sagt der Freund – »'s ist nichts von allem, was du [meinst;
Doch magst auf meinen Dank zu zählen.
Im Traum erschienest du ein wenig traurig mir;
Ich sorgt, es wäre wahr, drum bin so schnell ich hier.
Der dumme Traum war's, der es machte.«
Wer liebt den andern mehr? Wie denkst, mein Leser, du?
Der Gegenstand ist wert, daß man ihn ernst betrachte;
Ein wahrer Freund verdient, daß man ihn schätz und achte.
In deines Herzens Grund sucht er, was not dir tu,
Spart dir die Scham, ihm selber zu
Entdecken, was dir etwa fehle;
Ein Traum, ein Nichts, läßt ihm nicht Ruh,
Gilt's dem Geliebten seiner Seele.

FABEL XII

DAS SCHWEIN, DIE ZIEGE UND DER HAMMEL

Ein Hammel, eine Zieg und ein gemästet Schwein
Wurden auf einem Karrn zum Markte hin gefahren.
Nicht zum Vergnügen sollt die Fahrt für sie just sein,
Da sie, soviel man weiß, bestimmt vom Kärrner waren,
    Am Markte zum Verkauf zu stehn
    Und nicht, um den Hanswurst zu sehn.
    Frau von Sau schrie, als wär's geschehn
Um sie und folgten ihr zehn Schlächter auf den Spuren;
Ja, einen Lärm um taub zu werden machte sie.
Die andern, gutes Volk und sanftre Kreaturen,
Wunderten sich gar sehr, weshalb sie Hilfe schrie;
    Sie sahen keinen Grund zu zagen.
Der Kärrner spricht zur Sau: »Was hast du denn zu klagen?
Du machst uns alle toll! Warum gibst du nicht Ruh?
Die beiden andern, weit anständiger als du,
Sollten dich Lebensart oder doch Schweigen lehren!
Sieh diesen Hammel an, hält er sich nicht fast stumm?

        Weil er klug ist.« – »Nein, er ist dumm!« –
Sagt die Sau – »Wüßt er nur, auf welchem Gang wir wären,
Er macht' es wohl wie ich und schrie' aus vollem Hals;
        Und jene andre gute Seele
        Schrie' ebenso aus voller Kehle!
Sie denken, nehmen will man ihnen allenfalls,
Der Ziege ihre Milch, dem Hammel seine Wolle.
        Ob's richtig, sei dahingestellt;
        Doch mir, die höchstens gut man hält
        Zum Essen, droht der schmerzensvolle
        Und sichre Tod. Fahr wohl, o Welt!«
Frau von Sau zeigt' ein fein Verständnis, sollt ich meinen;
Allein was nützt' es ihr? Steht fest das Unheil, dann
Kann Furcht und Klagen auch nichts ändern mehr daran,
Und der Kurzsichtigste wird stets der Klügste scheinen.

FABEL XIII

TIRCIS UND AMARANT

FÜR FRÄULEIN VON SILLERY

Ich verließ Äsop, auf daß
Mich Boccaccio ganz erfülle;
Doch es ist auf dem Parnaß
Wieder einer Gottheit Wille,
Fabeln meiner Art zu sehn.
Nun, ihr einfach widerstehn
Ohne triftige Entschuld'gung,
Wäre eine schlechte Huld'gung,
Einer Göttin dargebracht,
Welche durch der Schönheit stillen
Zauber über jeden Willen
Herrscht mit unumschränkter Macht.
Denn – ich sag es unverhohlen –
Sillery hat anbefohlen,
Daß bei mir von neuem flugs
Meister Rab und Meister Fuchs

In gereimter Sprache reden.
Sillery – genug weiß man:
In der Schätzung eines jeden
Steht ihr Name obenan.
Wie hätt ich's nicht unternommen?
Doch, zur Sache jetzt zu kommen:
Meine Fabeln, meinte sie,
Sind unklar und dort und hie
Manchem Schöngeist unverständlich.
Dichten drum wir ein'ge, die
Ohne Kommentar auch kenntlich!
Führen wir Hirten vor, und reimen unverzagt
Wir ganz gemütlich dann, was Wolf und Schaf gesagt.
Zur jungen Amarant sprach Tircis einst: »Beglücken
Würd's mich, ach! kenntest du wie ich doch jenes Leid,
Das Leid voll Lust und voll Entzücken –
Nicht seinesgleichen gibt's auf Erden weit und breit!
Erlaube mir, daß ich's dir sage,
Und Furcht und Zweifel sei verbannt;
Könnt ich dich täuschen, dich, der ich im Busen trage
Das zärtlichste Gefühl, das je ein Herz empfand?« –
Sofort stellt Amarant die Frage:
»Wie nennst du dieses Leid? Wie heißt es? Sag mir's an!« –
»Die Liebe.« – »Schönes Wort! Woran soll ich's erkennen?
Beschreib es mir, mein Freund; sag, was empfindet man?« –
»Süße Pein, neben der nur fad und wüst zu nennen
Der Kön'ge Lust: sich selbst vergißt man, fühlt allein
Ganz selig sich im stillen Hain.
Schaun wir uns in des Baches Welle,
So sehn wir, nicht uns selbst, ein Bild nur, klar und helle,
Das stets uns wiederkehrt, wo immer auch wir sind;
Für alles andre sind wir blind.
Ein Hirt ist's, dessen Nahn zur Stelle,
Des Stimme, dessen Nam uns gleich erröten macht;
Wir seufzen, wenn wir sein gedacht.
Wir wissen nicht, warum wir seufzend nach ihm trachten;
Wir fürchten ihn zu sehn, indes wir nach ihm schmachten.« –
Sogleich erwidert Amarant:
»Ah! So? Das ist das Leid, das du so süß genannt?
Das ist mir nicht mehr neu, ich glaub es wohl zu kennen.« –
Tircis glaubt schon, sie sein zu nennen;

Da fährt die Schöne fort: »Genau dasselb empfand
    Ich lange schon für Clidamant.« –
Er meinte vor Verdruß, vor Gram und Scham zu sterben.
    Wie er hat mancher wohl im Sinn,
Für eignen Vorteil nur zu handeln und zu werben,
    Und schafft bloß anderen Gewinn.

FABEL XIV

DAS LEICHENBEGÄNGNIS DER LÖWIN

Des Löwen Gattin starb; zur Stell
Eilt jeder hin, um möglichst schnell
Sich vor dem Fürsten zu entled'gen
Der Beileidsförmlichkeit, die bei 'nem Trauerfall
Stets mehr gilt als die Trauer all.
Er kündete durch einen gnäd'gen
Befehl dem Lande Zeit und Ort
Der Leichenfeier an: Marschälle seien dort,
Das Fest zu ordnen und den Kreisen
Der Gäste Plätze anzuweisen.
Wohl keiner fehlt'. Aufbrüllt alsbald
Der Fürst, daß von des Tons Gewalt
Die ganze Höhle widerhallt –
Der Leu hat keine andre Halle.
Nach seinem Beispiel fangen alle
Die Herren Höflinge zu heulen an sogleich.
Der Hof scheint mir ein Land, wo heiter, ernst, hart, weich,

Zu allem stets bereit, weil jedem alles gleich,
Kurz, was der Fürst befiehlt, man ist; kann man's nicht schaffen,
Sucht man die Form doch abzugaffen.
Ein rein Chamäleon-Volk, nichts als des Herren Affen,
Tausend Körper, belebt von einem Geiste bloß,
Sind dort die Menschen Marionetten, willenlos.
Doch wieder jetzt zu unsern Sachen!
Der Hirsch nur weinte nicht. Wie sollt er's auch wohl machen?
Rache war dieser Tod für ihn: die Königin
Würgt' einst ihm Weib und Kind dahin.
Genug, er weinte nicht. Ein Schelm, stark im Verdrehen,
Sagt gleich, er hab ihn lachen sehen.
Der Zorn des Königs – sagt der weise Salomon –
Ist schrecklich, und zumal des Löwen auf dem Thron.
Doch mocht's bei unserm Hirsch wohl schlecht ums Lesen ste-
Der König herrscht ihn an: »Elender Waldeswicht, [hen.
Du lachst? Es rühren dich des Seufzens Töne nicht?
Nicht Unsre heil'ge Klau berühr deine profanen
Gliedmaßen! Wölfe, kommt herbei:
Die Kön'gin rächt; geopfert sei
Der Schuft ihren erhabnen Manen!« –
Der Hirsch erwidert drauf: »O Herr, des Weinens Frist
Ist jetzt vorbei; zu nichts kann hier der Schmerz noch dienen.
Eu'r Ehgemahl, ruhend auf Blumen, ist
Nah dieser Stätte mir erschienen –
Ich kannt sie gleich an ihren Mienen.
›Freund‹ – sprach sie – ›sorge, daß beim Leichenfest, wann mich
Der Götter Gruß empfängt, nicht deine Träne fließe,
Da tausend Wonnen in Elysium ich genieße
Mit denen im Verkehr, die Heil'ge sind wie ich.
Der König, so will ich's, ergeb einstweilen sich
Dem Schmerz!‹« – Kaum hört das Wort man, das leichtfertig
Gleich schallt es ringsumher: »Wunder! Apotheose!« – [lose,
Der Hirsch strich ein Geschenk statt aller Strafen ein.
Bereite Königen Vergnügen
Durch Träume, Schmeichelein, durch angenehme Lügen.
Wie zornig sie auch sind: der Köder ist zu fein,
Sie beißen sicher an; stets wirst ihr Freund du sein.

FABEL XV

DIE RATTE UND DER ELEFANT

Sich etwas dünken, das ist Brauch bei uns zulande:
So mancher spielt den Mann von Stande –
Und ist ein kleiner Bürger nur.
's ist echt französische Natur:
Alberne Eitelkeit ist uns besonders eigen.
Der Spanier hat sie, doch er wird sie so nicht zeigen:
Sein Stolz erscheint mir – sei's darum –
Viel törichter, doch nicht so dumm.
Laßt euch ein Bild, ganz nach dem Leben
Gezeichnet, von dem unsern geben.
'ne kleine Ratte sah 'nen Elefanten, der
Ein Riese war; sie lacht', wie langsam doch einher
Das große Tier schritt durch die Straßen!
Er ging geschmückt über die Maßen;
Auf seinem hohen Rücken saßen
Eine berühmte Sultanin
Und Katze, Hund, Begleiterin,
Äffchen, Papagei, die mit der Gebieterin
Als Reisende das Land durchmaßen.
Die Ratte staunt', wie man im Land

Begierig wär zu schaun die schwer gewalt'ge Masse:
»Ob mehr, ob mindern Raum« – so sprach sie – »man umfasse,
Entscheidet das, ob hoch, ob niedrig unser Stand?
Nun, was bewundert ihr an ihm denn so, ihr Leute?
Den großen Leib, vor dem manch Kind wohl Angst empfand?
Wir dünken uns, ob klein, doch keines Halmes Breite
    Geringer als ein Elefant.« –
    Sie hätte wohl noch mehr gesprochen;
    Doch's Kätzchen, das herbeigekrochen,
    Bewies ihr bald und kurzerhand,
    'ne Ratte sei kein Elefant.

FABEL XVI

DAS HOROSKOP

Oft wird vom Schicksal man getroffen
Auf Wegen, die man wählt, grad um ihm zu entgehn.
Ein Vater hat sein einzig Hoffen,
Den einz'gen Sohn, so lieb, daß er, um zu erspähn
Des Sprößlings Los in künft'gen Tagen,
Nicht scheut, Wahrsager zu befragen.
Einer derselben sagt, vor Löwen sollt zumeist
Er seinen Sohn bis zu gewissem Alter wahren,
Nur etwa bis zu zwanzig Jahren.
Der Vater, mit besorgtem Geist
Auf einen Schutz bedacht, von dem des Lieblings Leben
Abhing, verbot, daß je auch nur mit einem Tritt
Des sichern Schlosses Tor der Knabe überschritt.
Drin konnt er ganz nach Lust der Freude sich ergeben,

Mit Freunden seinen Tag mit Laufen, Springen, Spiel
Verbringen, wie es ihm gefiel.
Als er im Alter war, wo Neigung
Zur Jagd im jungen Herzen quillt,
Macht man ihm ein abscheulich Bild
Von dieser Lust; doch Überzeugung,
Belehrung, Rat – kurz, was man nur
Versucht, nichts ändert die Natur.
Der Jüngling, aufgeregt, feurig, voll Jugendmutes,
Fühlt kaum die Wallungen des jugendlichen Blutes,
Und schon schwellt Sehnsucht ihm die Brust –
Je größres Hindernis, je stärker ist die Lust.
Er kannte wohl den Grund des lästigen Beschlusses;
Und da im Schlosse bei dem Glanz des Überflusses
Ein Reichtum sich an Bildern fand,
Da Pinsel ihm und Leinewand
Malten des Waldes Pracht und lustig Jagdvergnügen,
Hier Tiere, die er nie gekannt,
Dort Menschen mit bekannten Zügen,
Geriet er einst in Zorn vor eines Löwen Bild:
»Bestie!« – rief er – »Um dich leb ich an diesem Orte
Versteckt und festgebannt!« – Er führt bei diesem Worte
Auf das unschuld'ge Tier, von heft'ger Wut erfüllt,
Mit seiner Faust zwei wucht'ge Hiebe.
Unter der Leinwand war ein Nagel, der ihn, ach!
Verwundete; denn er durchstach
Die Lebensader ihm, und dieses Haupt, das liebe,
Dem Äskulapens Kunst nicht half, dankt seinen Tod
Der Sorge, die man auf für seine Rettung bot.
Dem Dichter Äschylus bracht Vorsicht gleiches Leiden.
Da, wie man sagt, Wahrsager ihm den Tod
Durch eines Hauses Sturz gedroht,
Floh er die Stadt; den Tod zu meiden,
Schlief er, fern jedem Dach, auf offnem freiem Feld.
Ein Aar, der durch die Luft grad eine von den größten
Schildkröten trägt, sieht ihn, und da den haarentblößten
Schädel des Mannes er für ein Stück Felsen hält,
Wirft seine Beut er aus der größten
Höhe herab und schlägt auf ihm ihr Haus entzwei.
So führt Äschylus sein vorzeitig End herbei.
Die Beispiele hier sollen lehren:

Diese Kunst führt, wenn wahr, das Unglück stets herbei,
Das jene scheun, die auf sie schwören;
Ich halte sie für falsch, darum sprech ich sie frei.
Ich glaube, daß Natur die Hände
Sich nimmer bindet, noch uns so die Freiheit nimmt,
Daß unser Schicksal schon im Himmel fest bestimmt;
Das letztere wird durch Umstände
Bedingt, durch Menschen, Zeit und Ort,
Nicht durch der Schwindlerzunft marktschreierisches Wort.
Dieser Fürst, jener Hirt sind unter einem Sterne
Geboren, jener hoch, der niedrig, weil's der ferne
Jupiter so will und ihm's beliebt.
Was ist der Jupiter? Ein Körper ohne Willen.
Wie kommt's, daß seine Macht im stillen
Auf diese beiden so verschiednen Einfluß übt?
Und dann, wie sollt er bis zu unsrer Welt wohl dringen?
Wie durch das tiefe Blau des Äthers durch sich ringen,
Durch Mars und Sonne, durch den endlos leeren Raum?
Ihn abzulenken braucht's eines Atomes kaum!
Wie sollten wieder dann ihn die Sterndeuter finden?
Europas Lag – aus vielen Gründen
Verdiente sie, daß man vorher uns dran gemahnt!
Warum tat's keiner? Weil nicht einer sie geahnt.
Die große Ferne wie die Schnelle der Bewegung,
Auch unsrer Leidenschaften Drang
Gestatten nicht, daß jede Regung
Und Handlung Schritt vor Schritt nur folge ihrem Gang.
Der ew'gen Sterne Lauf, dem Wechsel untergeben
Ganz wie der unsere, geht nimmer gleichen Schritt;
Und jene Leute wollen mit
Dem Kompaß regeln unser Leben!
Drum kehre sich auch niemand an
Die beiden Fälle, die ich nicht verbürgen kann;
Der Knab und Äschylus wollen gar nichts besagen.
Wie lügenhaft die Kunst, wie falsch ihr Weg und Ziel,
Von tausend Malen kann sie einmal richtig schlagen;
Doch ist dies nur des Zufalls Spiel.

FABEL XVII

DER ESEL UND DER HUND

Man helf einander. Doch hat dem Naturbefehle
Der Esel einst sich widersetzt.
Weiß nicht, wieso er ihn verletzt';
Denn er ist sonst 'ne gute Seele.
Er ging einst über Land, langsamen Schrittes und
Gedankenlos mit einem Hund;
Ihr Herr begleitet' alle beide.
Der Herr schlief ein; gleich ging der Esel auf die Weide.
Auf einer Wiese stand viel Gras,
Das er besonders gerne fraß.
Zwar Disteln gab es nicht; allein er war nicht lecker –
Immer so wählerisch zu sein, das geht auch nicht;
Freilich fehlt selten dies Gericht
Bei einem Mahl für feine Schmecker.
Meister Langohr behalf zur Not
Sich diesmal noch. Der Hund, vor Hunger schon halb tot,

Sagt' ihm: »Ach, lieber Freund, ich bitt, ein wenig bücke
Dich nur, daß ich mein Mahl nehm aus dem Korb mit Brot.«
Keine Antwort, kein Laut; mit jedem Augenblicke,
    Denkt Langohr, könnt beim Stillestehn
    Ein Maulvoll ihm verlorengehn.
    Er geht, den Bitten taub, vorüber;
Endlich erwidert er: »Ich rate dir, mein Lieber,
Zu warten, bis dein Herr sein Schläfchen hat gemacht;
Denn ohne Zweifel wird, sobald er nur erwacht,
    Dein richtig Teil dir zugemessen;
    Es kann nicht lange währen mehr.«
    Inzwischen kommt ein Wolf daher
Vom Wald, ein hungrig Vieh, das lange nichts gefressen.
Des Hundes Beistand ruft der Esel an sofort;
Der rührt sich nicht, er sagt: »Ich rate dir, mein Lieber,
Zu fliehn, bis deines Herrn Nachmittagsschlaf vorüber;
Es währt nicht lange. Schnell reiß aus und mach dich fort!
Kommt dir der Wolf zu nah, dann schlag ihm ohne Zagen
Die Kinnlad ein; glaub mir – du bist ja neu beschlagen –
Leicht streckst du nieder ihn.« – Bei diesem weisen Wort
Fiel Meister Langohr schon als Beute heim den Wölfen.
    Ich mein, man soll einander helfen.

FABEL XVIII

DER PASCHA UND DER KAUFMANN

Ein griech'scher Kaufmann trieb seit manchen Jahren
Handel. Ein Pascha mocht ihm hilfreich sein,
Wofür der Griech ihn, nicht als Kaufmann, nein,
Als Pascha zahlt'. Die teuerste der Waren
Sind Gönner! Dieser war's so unerhört,
Daß sich der Grieche überall beschwert.
Drei andre Türken von geringerm Rang und Posten
Boten gemeinsam ihre Hilf ihm an;
Die drei versprachen, wen'ger ihn zu kosten,
Als er bisher gezahlt dem einen Mann.
Der Grieche hört's und bleibt in ihren Händen.
Dem Pascha wird's berichtet alsogleich;
Man rät sogar ihm, um es klug zu wenden,
Mög er den Leuten einen argen Streich
Spielen und schnell zu Mahomet sie senden
Mit einer Botschaft grad ins Paradies,

Und zwar sofort; wo nicht, so täten sie's
Mit ihm – wüßten sie doch, nach jeder Seite
Wären von seinen Rächern sie umstellt;
Leicht fördert' ihn ein Gift in jene Welt
Als Schutz und Gönner dort'ger Handelsleute!
Auf diese Nachricht zeigt der Türke groß
Wie Alexander sich, und voll Vertrauen
Geht zu dem Kaufmann er, setzt frisch drauflos
An seinen Tisch sich, und dort läßt er schauen
In Red und Haltung so viel sichern Mut,
Daß niemand glaubt, er ahn, um was sich's tut.
»Ich weiß« – sagt er – »du willst mich, Freund, aufgeben,
Man meint sogar, es gehe mir ans Leben;
Doch dazu halt ich dich für viel zu gut.
Du siehst nicht aus wie ein Gifttrankbereiter –
Ich sprech auch über diesen Punkt nicht weiter.
Betreffs der Leute, die dir ihren Schutz
Anbieten: statt mit Gründen dich zu quälen
Und langen Reden, will ich dir zu Nutz
Nur eine kleine Fabel jetzt erzählen.
Ein Hirt hatt einen Hund zu seiner Herde Hut.
Jemand fragt ihn, was ihm so eine Dogge solle,
    Die täglich, wenn sie fressen wolle,
Ein ganzes Brot verbraucht. Er müsse kurz und gut
Das Tier dem Edelmann verehren. Er im Grunde
    Brauch höchstens zwei, drei kleine Hunde;
    Für seinen Dienst genügten die,
Sie kosten wen'ger, und die Herde würden sie
    Mehr als der eine ihm bewachen.
Er fraß wohl mehr als drei; doch einst vergaß man bald:
    Er hatt auch 'nen dreifachen Rachen,
    Wenn es den Kampf mit Wölfen galt.
Der Schäfer schafft ihn ab und kauft drei kleine Hunde;
Die waren bill'ger, doch sie flohn vorm Wolf zur Stunde.
Die Herde merkt's! Auch du wirst's merken, suchst 'nen Halt
    Mit jenem Pöbel du im Bunde –
Du tätest gut, du hättest auf mich acht.«
Der Grieche glaubt's. Dies lehre die Provinzen:
Weit besser ist es, alles wohl bedacht,
Sich eines Königs zuverläss'ger Macht
Anzuvertraun als vielen kleinen Prinzen.

FABEL XIX

DER VORZUG DER WISSENSCHAFT

Zwei Bürger einer Stadtgemeine
Gerieten einst in ernsten Streit:
Arm, aber hochgelehrt der eine,
Der andre reich, doch nicht gescheit.
Dieser, der seinem Gegner weit
Sich überlegen zeigen wollte,
Verlangt, jeder Gelehrte sollte
Ihm Ehr erweisen, das sei Pflicht!
Ganz töricht war's; ich schätz doch solche Güter nicht,
Die einer unverdient besessen!
Der Grund scheint mir nicht angemessen.
»Freund« – sagt' er dem gelehrten Mann
Dann und wann –
»Ihr meint, daß Achtung Euch gebühret;
Sagt, ob 'nen guten Tisch Ihr führet!

Was hilft es, wenn man nichts als immer lesen kann?
Ihr wohnt im dritten Stock, womöglich noch dahinter;
Im Juni kleidet Ihr Euch wie im strengsten Winter,
Nur Euer Schatten folgt als Diener Euch hintan.
Der Staat fragt viel nach solchen Leuten,
Die nichts ausgeben! Wie ich mein,
Hat nur der Mann was zu bedeuten,
Der viel verbraucht und weiß freigebig stets zu sein.
Wir tun's, weiß Gott! Von uns und unsern Lüsten leben
Künstler und Kaufmann, der das Kleid weiß anzugeben,
Und die es trägt; auch Ihr, die schlechte Bücher Ihr
Widmet den Großen und den Reichen
Und nehmt ihr gutes Geld dafür!« –
Die Unverschämtheit sondergleichen,
Bald ward sie nach Verdienst belohnt.
Der Mann der Wissenschaft schwieg auf des Toren Rede;
Doch mehr als Spott rächt' ihn die bald entbrannte Fehde:
Mars äschert ein den Ort, den diese zwei bewohnt;
Beide mußten die Stadt verlassen.
Der freche Tor blieb auf den Gassen,
Verachtet stets und ungeehrt;
Der andre fand, wohin er kam, nur Gunst und Frieden.
So wurde dann ihr Streit entschieden.
Sagt, Toren, was ihr wollt: das Wissen ist was wert.

FABEL XX

JUPITER UND DIE DONNERWETTER

Zeus, der unsere Gebresten
Sah, rief einst vom Himmelszelt:
»Füllen wir mit andern Gästen
All die Gegenden der Welt,
Die bewohnt von jener Bande,
Die mir Ärger bringt und Schande!
Geh, Merkur, zur Unterwelt;
Die im Grausen meistgeübte
Furie bring mir von den drei'n.
Du Geschlecht, das so ich liebte,
Sollst diesmal vernichtet sein!« –
Bald fing Zeus sich zu begüten

An, sein Groll ward minder groß.
Kön'ge, laßt, die ihr zu hüten
Seid berufen unser Los,
Zwischen eures Zornes Wüten
Und dem Sturm, den es entfacht,
Nur den Zeitraum einer Nacht!
Wie des Boten Wangen blühten
Rosig! Wie er leichtbeschwingt
Zu den schwarzen Schwestern dringt!
Mag Megära Unheil brüten
Und Tisiphone: seine Wahl
Trifft Alektos Herz von Stahl.
Und mit Blicken, stolzerglühten,
Bei Persephones Gemahl
Schwur sie, nächstens geh zunichte
All das menschliche Gezüchte,
Das der Unterwelt geweiht.
Zeus mißbilligte den Eid
Dieser Furie. Die Gekränkte
Schickt' zurück er; aber doch
Schleudert' er 'nen Blitz, der noch
Auf ein treulos Volk sich senkte.
Dieser Strahl, den selbst er lenkte,
Der der Vater jener war,
Die bedroht er mit Gefahr,
Wirkte nichts als Angsterregung:
Er versengt nur die Umhegung
Eines Walds, von Menschen frei.
Jeder Vater schlägt vorbei.
Was geschah? Der Menschen wilde
Sippschaft fußt auf dieser Milde.
Der Olymp war aufgebracht;
Und beim Styx im Rat der Götter
Schwur des Wolkensammlers Macht,
Senden woll er andre Wetter,
Sichrer wirkende! – Man lacht:
Vater sei er, ernstlich hassen
Könn ein solcher nimmermehr;
Drum möcht andre Götter er
Mit den Blitzen doch befassen!
Dem Vulkan ward's überlassen.

Donnerkeile hält verwahrt
Dieser Gott zwiefacher Art:
Sicher trifft in Todeswettern
Jener, den der ganze Rat
Des Olymp auf uns läßt schmettern;
Dieser irret ab vom Pfad:
Nur auf hohen Bergesspitzen,
Oft auch gar nicht, schlägt er ein;
Diese letztre Art von Blitzen
Sendet Zeus uns ganz allein.

FABEL XXI

DER FALK UND DER KAPAUN

Oft lockt euch eine Stimm, um dann euch zu verraten;
  Seid klug und folgt nicht gar zu schnell.
Glaubt mir, weiland der Hund von Johann von Nivelle
  War gar nicht dumm: er roch den Braten.
Ein Bürger von Le Mans, Kapaun von Rang und Stand,
  Ward einst von seines Herren Gnaden
  Vor seiner Laren Sitz geladen,
Vor jenen Richterstuhl, gewöhnlich Herd genannt.
Die Leute lockten ihn mit heuchlerischem Munde:
»Kerlchen! Kerlchen! Kerlchen!« – Doch ihm fiel's gar nicht ein;
Der Schelm erwiderte und ließ die Leute schrein:
»Schön'n Dank! Eu'r Köder müßt nur gar so plump nicht sein;
  Ich beiß nicht drauf, aus gutem Grunde!« –
Von seiner Stange sah ein Falk, wie in der Flucht
  Unser Normann sein Heil nun sucht.

Kapaune nahn uns – sei's Instinkt, sei es Erfahrung –
    Nur mit vorsichtiger Verwahrung.
Der unsre, welchen man mit Mühe nur erwischt,
Sollt sich am nächsten Tag, als Braten aufgetischt,
An einem Abendschmaus beteil'gen – eine Ehre,
    Nach der er nicht zu gierig hascht!
Der Jagdfalk sagt zu ihm: »Ich bin ganz überrascht
Ob Eures Unverstands. Ihr seid doch geistesleere
Geschöpfe, Lumpenpack, das nichts lernt und nichts tut!
Ich fliege aus zur Jagd und kehr zum Herrn dann wieder.
    Seht, dort schaut er vom Fenster nieder.
Er ruft Euch; seid Ihr taub?« – »Ich höre nur zu gut!« –
Entgegnet der Kapaun – »Was will er mit mir machen?
Und dort der nette Koch, das Messer in der Hand?
    Hieltet Ihr dieser Lockung stand?
    Laßt mich entfliehn, hört auf zu lachen
Der Ungelehrigkeit; sie treibt mich grad zur Flucht,
Wenn mit so süßem Ton man mich zu locken sucht.
    Säht täglich Ihr an Bratennadeln
    So viele Falken aufgespießt
    Als ich Kapaun' – Ihr unterließt
Ganz sicher dann, mich auf so herbe Art zu tadeln.«

FABEL XXII

DIE KATZE UND DIE RATTE

Vier Tiere sondrer Art – 's war Käseschnapp, die Katze,
Das schlanke Wieselchen, die Eule Trauerhelm
Und endlich Maschenfraß, die Ratze,
Jeder ein ausgesuchter Schelm –
Hausten im Fichtenstumpf an wild einsamem Platze.
Sie hausten so, daß um den Baum in einer Nacht
Netze der Mensch ausstellt. Die Katze, kaum erwacht,
Geht früh am Morgen aus auf Beute.
Die letzten Schatten, die das Licht noch nicht zerstreute,
Deckten das Netz; sie fällt hinein, ein groß Geschrei
Erhebt die Katz, und schnell eilt auch die Ratt herbei.
Die eine zagt', indes die andre sehr sich freute:
Sah in der Falle doch sie ihren ärgsten Feind.
Die arme Katze spricht: »Mein Freund,
Dein Wohlwollen ist mir sehr wichtig
Und längst bekannt; jetzt hilf mir noch
Aus dieser Schling heraus, in die ich unvorsichtig

Geraten bin! Recht hatt ich doch,
Daß ich dich ganz allein von allen deinen Vettern
Geliebt; stets hegt ich wie meinen Augapfel dich.
Nie reut' es mich, o nein, den Göttern danke ich!
Just wollt ich beten zu den Göttern,
Wie's jede fromme Katz am Morgen pflegt zu tun.
Dies Garn hält mich; sei du mein Lebensretter nun;
Komm, nag die Maschen auf!« – »Was krieg ich als Belohnung« –
Fragt jetzt die Ratte – »denn von dir?« –
»Ewigen Bund zu Schirm und Schonung« –
Versetzt die Katze – »schwör ich dir.
In meiner Krallen Schutz ist sicher deine Wohnung;
Gegen jedweden Feind will ich dir Beistand leihn:
Das Wiesel will, und obendrein
Der Eule Männchen will ich fressen;
Sie hassen beide dich.« – Die Ratte spricht: »Du Tor!
Ich, dich befrein? So dumm! Gott schütze mich davor!« –
Sie schlüpft zu ihrem Loch; indessen
Das Wiesel saß ganz nah dem Ort.
Die Ratte huscht hinauf und sieht das Käuzchen dort.
Gefahren hier und da; der nächsten zu entgehen,
Kehrt Maschenfraß zurück zur Katz, ihr beizustehen,
Löst einen Knoten nach dem andern, und so fix,
Daß sie die Falsche bald befreite.
Da naht der Mensch, und augenblicks
Suchen die beiden jüngst Verbündeten das Weite.
Nur kurze Zeit darauf sieht unsre Katz aufs neu
Die Ratte, die ihr fern sich hält, still und verschlossen.
»Komm, Liebchen« – spricht sie – »gib 'nen Kuß mir! Deine
Beleidigt mich; den Bundsgenossen [Scheu
Siehst wie 'nen Feind du an. Du meinst,
Ich hätt vergessen, daß ich einst
Nächst Gott nur dir verdankt' mein Leben?« –
Die Ratte drauf: »Und ich? Meinst, ich vergäße eben
Deine Natur? Kann ein Vertrag
Zur Dankbarkeit jemals wohl eine Katze zwingen?
Kann Sicherheit ein Bund uns bringen,
Dem nur die Not zugrunde lag?«

FABEL XXIII

DER BERGSTROM UND DER FLUSS

Mit lautem Tosen und Gekrach
Stürzt vom Gebirg der Strom, der wilde;
Flucht vor ihm her und Graus folgt seinen Schritten nach,
Angstvoll erbeben die Gefilde.
Kein Wandrer wagte eine so
Gewalt'ge Schranke zu durchdringen;
Ein einziger nur, der, verfolgt von Räubern, floh,
Sucht' zwischen sich und sie die drohnde Flut zu bringen.
Nur drohend war der Strom, da's ihm an Tiefe fehlt;
Nur Furcht war's, die den Mann beseelt.

Sein gutes Glück macht' ihn verwegen:
Die Räuber gaben die Verfolgung noch nicht auf;
So kam er bald auf seinen Wegen
Zu einem Flusse, dessen Lauf,
Des sanften Schlummers Bild, des friedlichen und reinen,
Zuerst den Übergang ganz leicht ihm ließ erscheinen:
Kein steiles Ufer, klar der Sand. Gleich sprungbereit
Bringt schnell das Roß in Sicherheit
Ihn vor den Räubern, doch nicht vor den dunklen Fluten:
Bald tranken aus dem Styx die Guten.
Der Kunst des Schwimmens ganz und gar
Unkundig, mußt im Land der Finsternis das Paar
Manch andern Fluß als hier durchwandern.
Von Stillen droht uns oft Gefahr;
Nicht also ist es mit den andern.

FABEL XXIV

DIE ERZIEHUNG

Laridon und Cäsar, zwei Brüder, adeligen
Hunden entstammt, die schön und stark, voll Mut und Witz,
Bei zwei verschiednen Herrn seit Jahren im Besitz,
Hausten in Wäldern der und jener in den Küchen.
Sie hießen anders zwar; doch da verschiedner Stand
Und auch die Art, wie sie beköstigt,
Die glückliche Natur in diesem noch befestigt,
Verfälscht in jenem, hatt ein junger Küchenfant
Den erstern Laridon genannt.
Sein Bruder, des Gebell so manchen Hirsch belästigt,
Der manche Sau gepackt, bestanden manchen Strauß –
Zum ersten Cäsar rief das Hundevolk ihn aus.
Man sorgte, daß nicht durch unebenbürt'ge Liebe
In seiner Kinder Schar sein Blut entarten sollt;
Doch unbeachtet folgt Laridon seinem Triebe:

Der ersten besten war er hold.
Das Land bevölkernd in der Runde,
Zeugt' er die sondre Art gemeiner Bratspieß-Hunde,
Die, wie bekannt, vor der Gefahr entfliehn in hast'ger Eil –
Ganz der Cäsaren Gegenteil.
Nicht immer trifft's, daß man der Ahnen Tugend wahrte:
Die Lässigkeit, die Zeit wirkt leicht, daß sie entarte.
Wer die Natur und ihr Geschenk nicht hegt und schätzt –
Wie mancher Cäsar wird ein Laridon zuletzt!

FABEL XXV

DIE BEIDEN HUNDE UND DER TOTE ESEL

Tugenden sollten Schwestern sein,
Sind doch die Fehler sämtlich Brüder:
Kehrt ihrer einer nur in unsrem Herzen ein,
Gleich folgen alle nach wie einer Kette Glieder –
Die mein ich, die, einander nicht zuwider,
Gern wohnen unter einem Dach.
Allein die Tugenden – spürt man denselben nach –
Wie selten sieht man sie, vereint mit ihresgleichen,
In einem ungeteilt die Händ einander reichen!
Dieser ist stark, doch kalt; jener ist klug, doch schwach.
Unter dem Vieh tut sich der Hund was drauf zugute,
Daß treu er und von wachem Mute;
Doch ist gefräßig er und dumm.
Beweis: Zwei Köter. Um des Ufers Rand herum
Sahn auf den Wellen sie 'nen toten Esel treiben;

Weiter und weiter bringt der starke Wind ihn fort.
Der eine spricht: »Du siehst besser als ich. Schau dort!
Auf jenem Punkte laß den Blick ein wenig bleiben;
Ich glaub, ich seh dort was: ist es ein Pferd, ein Stier?« –
»Ach was! Ganz gleich, was für ein Tier« –
Versetzt der andre drauf – »'s ist Beute, meiner Seele!
Nun heißt's: wie kriegen wir's? Der Weg zu ihm ist weit,
Und schwimmen gegen Wind hat seine Schwierigkeit.
Saufen wir's Wasser aus! Glaub, unsre durst'ge Kehle
Bringt sicher es zustand; gar bald sehn wir das Aas
Im Trocknen liegen, und der Fraß
Wird für 'ne ganze Woche langen.« –
Sie saufen. Bald war Lust und Leben ausgegangen
Dem Paar: sie soffen dergestalt,
Daß man sie platzen sah alsbald.
Der Mensch ist auch so: hält ihn Leidenschaft in Banden,
Dann ist Unmöglichkeit für ihn nicht mehr vorhanden.
Was leistet alles er an Wunsch, Versuch und Tat,
Nur damit Geld und Ruhm zuteil ihm werden sollen!
Abrunden möcht ich meinen Staat!
Wüßt ich Hebräisch! Hätt 'nen akadem'schen Grad!
Könnt meine Kasten ich füllen mit Goldesrollen! –
Das heißt: das Meer austrinken wollen.
Ging's selbst – wär man zufrieden dann?
Um auszuführen, was ein einz'ger Geist ersann,
Braucht' es vier Körper. Mehr noch: glaubt, selbst diese kehren
Auf halbem Weg um, weil's ihnen an Kraft gebricht.
Nein, vier Methusalems zusammen brächten nicht
Zustand, was einer mag begehren.

FABEL XXVI

DEMOKRIT UND DIE ABDERITEN

Wie hab ich stets gehaßt des Volks Denken und Meinen!
Frech, ruchlos, ungerecht wollt es mir stets erscheinen:
Es sieht die Dinge stets durch ein gefärbtes Glas
Und mißt die andern nur nach seinem eignen Maß.
Der Meister Epikurs dient dafür zum Beweise.
Sein Volk hielt ihn für toll – niemals, wie allbekannt,
    Gilt der Prophet im Vaterland!
Die Leute waren toll, Demokrit war der Weise.
Es ging so weit, daß zu Hippokrates der Staat
    Abdera Boten sandt und bat,
    Zu kommen und den einst so hellen
Verstand des Kranken doch, wenn's möglich, herzustellen.
»Demokrit, unser Freund« – sagten sie weinend – »er
Wird toll, das Lesen raubt ihm den Verstand allmählich;
Wir sähn ihn lieber, wenn er ganz unwissend wär.
Er meint ja – denk dir nur! – die Welten sei'n unzählig;

Vielleicht sind gar, nach seinem Sinn,
Zahllose Demokrite drin!
Zu dieser Träumerei kommen noch die Atome,
Kinder 'nes kranken Hirns, unsichtbare Phantome.
Den Himmel mißt von hier er und der Sterne Licht;
Er kennt das Weltall, doch sich selber kennt er nicht.
Einst konnte er in Streit und Zank vermitteln; jetzt spricht
Er mit sich selbst. Ach, möchtst du eilen,
Du großer Sterblicher, den tollen Wahn zu heilen!« –
Zwar glaubt Hippokrates nicht allzusehr daran;
Doch reist er ab. Nun bitt ich euch, recht achtzugeben,
Wie wunderlich doch oft im Leben
Das Schicksal spielt! Es kam Hippokrates grad an,
Als der, den alles Volk wahnwitzig schalt, nachsann
Und untersucht' an Mensch und Tieren,
In Kopf und Herz den Sitz des Denkens aufzuspüren.
In tiefem Schatten forscht' an einem stillen Bach
Den Windungen des Hirns er nach.
Zu seinen Füßen lag manch Buch. In tiefes Denken
Versunken, sieht er kaum den hochverehrten Mann
Und Freund zu ihm die Schritte lenken.
Kurze Begrüßung nur, wie man wohl denken kann;
An Zeit und Worten sucht der Weise stets zu sparen.
Nachdem beseitigt bald die Redensarten waren,
Ward über Mensch und Geist gründlich philosophiert;
Wie dann auf die Moral sie kamen,
Kann ich hier weiter nicht auskramen,
Und wie die beiden disputiert.
Doch klar ist der Beweis geführt:
Als schlechter Richter ist das Volk nur anzusehen.
In welchem Sinn ist zu verstehen,
Was ich las: daß zu jeder Frist
Volksstimme Gottes Stimme ist?

FABEL XXVII

DER WOLF UND DER JÄGER

Habgier, du Ungetüm, des Augen blöd und blind
Gegen der gütigen Götter Wohltaten sind!
Soll denn vergebens dich mein Werk bekämpfen immer?
Wie lang belehr ich dich! Wann endlich folgst du mir?
Wird, meiner Stimme taub wie der des Weisen, nimmer
Der Mensch einsehn: »Jetzt ist's genug; genießen wir!« –
Eil dich, mein Freund, bald stehst du an der dunklen Pforte.
Nochmals – ein ganzes Buch liegt in dem einen Worte:
Genieße! – »Ich will's tun.« – Doch wann? – »Von morgen schon.«
Vielleicht packt dich der Tod schon unterwegs, mein Sohn!
Genieß schon heut und fürcht, daß dich ein Los erreiche,
Das dem des Jägers und des Wolfs der Fabel gleiche.
Der erstre, dessen Pfeil ein feistes Damwild schoß,
Erspäht ein Hirschkalb; gleich lag's da, Schicksalsgenoß
Des Toten – regungslos im Gras die beiden Leichen.
Ein Damhirsch und ein Kalb, 'ne Beute fein und nett,

An der genug wohl ein bescheidner Waidmann hätt!
Doch lockt' ein Eber noch, ein Riese sondergleichen,
Den Schützen, dem solch Wild ein leckrer Bissen schien.
Auch er dem Styx geweiht! Doch schwer nur faßten ihn
Die Parz und ihre Scher; in wiederholtem Ringen
Konnt ihn der Unterwelt Göttin zu Fall erst bringen,
Da der Gewalt des Streichs er endlich unterlag.
Des Guten war's genug. – Wer sagt das? – Nichts vermag
Die Gier zu stillen des, den blut'ger Raub erfreute.
Indes ein wenig noch das Schwein aufatmet, sieht
Der Schütz ein Rebhuhn, das längs einer Furche flieht,
    Ein lump'ger Zuwachs all der Beute;
Doch spannt den Bogen er zu neuem Zeitvertreib.
Das Schwein schlitzt, alle Kraft aufraffend, mit den Hauern
Den Bauch ihm auf und stirbt gerächt auf seinem Leib;
    Das Rebhuhn dankt ihm ohne Trauern.
Den Nimmersatten gilt der Fabel erster Teil;
Den Geiz'gen diene jetzt der andre zum Exempel.
Ein Wolf ging dort vorbei und schaut' all dies Unheil:
»Fortuna« – rief er – »ich gelobe dir 'nen Tempel!
Vier Leichen! Welch ein Schatz! Indessen muß man klug
Und sparsam sein; so was trifft man nicht alle Tage!« –
    Das ist der Geiz'gen stete Klage.
»Ich habe« – sagt der Wolf – »'nen Monat dran genug:
Eins, zwei, drei, vier; genau berechnet und gesprochen,
    Ist's Vorrat auf vier volle Wochen.
Von übermorgen fang ich an; heut freß ich klug
Des Bogens Sehne – wie ich vom Geruch urteile,
Ist sie von echtem Darm.« – Er stürzt bei diesem Wort
    Gier auf den Bogen sich in Eile.
Dieser geht los; es fällt aufs neue von dem Pfeile
Ein Opfer: er durchbohrt dem Wolf das Herz sofort.
Ich komme wieder drauf zurück: man soll genießen!
Die zwei, so hart gestraft, gelten als Zeugen mir:
    Der eine hatte seine Gier,
    Den Geiz der andere zu büßen.

NEUNTES BUCH

FABEL I

DER UNGETREUE VERWALTER

Dank den Musen, konnt besingen
Ich dies oder jenes Tier;
Andre Helden mochten mir
Mindern Ruhm vielleicht einbringen.
Spricht im Reim der Wolf zum Hund
Stets auf meines Buches Seiten,
Tun euch all die Tiere kund
Manch verschiedne Art von Leuten,
Hier die Narrn, dort die Gescheiten;
So doch, daß die Narrenwelt
Stets die Oberhand behält,
Denn die Mehrzahl bilden jene.
Auch führ ich euch auf die Szene

Niedertracht, Betrügerei,
Schnöden Undank, Tyrannei,
Manches Vieh, zum Tür-Einrennen
Dumm, den Schmeichler, den Spion;
Hier wär gleich auch mit zu nennen
All der Lügner Legion.
Jeder Mensch lügt – sagt der Weise.
Hätte er damit gemeint
Leute nur aus niedrem Kreise,
Dürfte man's, so wie mir scheint,
Dulden schon in keinem Falle;
Aber daß wir alle, alle
Lögen – hätt ein andrer Mann
Dies gesagt, wohl würd ich dann
Ihm zu widersprechen wagen.
Ja, könnt einer wie Homer
Und Äsop uns Lügen sagen,
Lügner wär er nimmermehr;
Denn das Bild, ob es auch trüge,
Das des Dichters Traum erfüllt,
Zeigt uns Wahrheit, in der Lüge
Zauberisch Gewand gehüllt.
Schriften haben uns gegeben
Beide, wert, ewig zu leben;
Lügen, so wie sie's geübt,
Kann nicht jeder, dem's beliebt.
Aber so wie jener lügen,
Der den andern wollt betrügen,
Und im eignen Wort sich fing,
Ist ein dumm erbärmlich Ding.
So nämlich war's. Ein Perser ging auf Reisen
Und hinterlegte einen Zentner Eisen
Beim Nachbarn, der ihn in Verwahrung nahm.
»Mein Eisen?« – fragt' er, als er wiederkam
»Eu'r Eisen? Ist nicht da: 'ne Ratte hat's gefressen.
Ich sag's Euch mit Bedauern; doch
Was ist zu tun? Ich schalt die Diener. Nun, ein Loch
Hat jede Wand!« – Drob staunt der Handelsmann, indessen
Verstellt er sich und tut, als ob er's wirklich glaubt.
Nach ein'ger Tage Frist straft er den Schelm: er raubt
Sein Söhnchen ihm, drauf lädt zu Tisch ganz harmlos eben

Den Vater er; der kommt mit gramgebeugtem Haupt:
    »Erlaßt mir's heut und wollt vergeben;
    Elend bin ich und freudenleer!
    Den Sohn liebt mehr ich als mein Leben;
Ich hab nur ihn – ach nein! Ich hab ihn ja nicht mehr!
Man stahl ihn mir! Beklagt mich, dessen Glück zunichte!« –
Der Kaufmann sagt: »Gestern im Abenddämmerlichte
Entführte Euren Sohn 'ne Eule; ganz genau
Sah ich: sie schleppt' ihn fort nach einem alten Bau.« –
Der Vater drauf: »Wie mögt Ihr denken, daß ich glaube,
Ein Käuzlein könne je entfliehn mit solchem Raube?
Schlimmstenfalls hätt mein Sohn die Eule noch besiegt.« –
Der andre spricht: »Ich sag nicht, wie sie ihn gekriegt;
Allein ich hab's gesehn mit diesen Augen, sag ich!
    Und was veranlaßt Euch, so frag ich,
Zu zweifeln, wenn ich was versichre auf mein Wort?
    Und könnt Ihr's wunderbar denn finden,
    Wenn Eulen hier an diesem Ort,
Wo eine Ratte läßt 'nen Zentner Eisen schwinden,
'nen Knaben stehlen, der 'nen halben Zentner schwer?« –
Der Vater merkt das Ziel, nach dem der Pfeil geschossen:
    Er gab dem Mann das Eisen her,
    Und dieser gab ihm seinen Sprossen.
Zwischen zwei Reisenden gab's fast 'nen gleichen Streit.
    Der ein' ein Mensch, der jederzeit
Durch ein Vergrößrungsglas die Dinge pflegt zu sehen:
Riesig scheint alles ihm; wie in Afrika gehen
Die Ungeheu'r bei uns gemütlich ein und aus.
Zu übertreiben schien ihm recht. Mit einem Male:
»'nen Kohlkopf sah ich einst« – sagt er – »hoch wie ein Haus.« –
Der andre: »Ich 'nen Topf, groß wie 'ne Kathedrale.« –
Der erste lacht; da sagt der zweite ihm: »Jawohl;
    Drin kochen wollt man Euren Kohl!«
Der Topfmensch war voll Witz, der Eisenmensch gescheiter.
Ist gar zu albern, was man dir aufbindet, dann
Tu ihm die Ehre nicht der Widerlegung an;
Nein, übertrumpf es noch und ärgre dich nicht weiter.

FABEL II

DIE BEIDEN TAUBEN

Zwei Tauben liebten sich gar innig;
Der einen ward's zu eng im Haus,
Drum wollt höchst töricht und unsinnig
Sie reisen weit ins Land hinaus.
Die andre spricht: »Kannst du's denn fassen?
Willst einsam hier zurück mich lassen?
Ach, Scheiden ist das herbste Leid –
Für dich, Grausame, nicht! Vielleicht daß mit der Zeit
Der Reise Mühn und Fährlichkeiten
Ein Hemmnis deinem Mut bereiten.
Ja, wären mindestens noch günstiger die Zeiten!
Wart mildre Lüfte ab! Wer treibt dich? Eben heut
Hat Meister Rabe noch groß Unheil prophezeit.
Ich weiß, daß Trübsal nur im Traum ich künftig schaue,
Raubvögel, Schlingen. Hu! Wie's stürmt und gießt mit Wut!
Hat wohl mein Freund, was not ihm tut,
Nest, Speis und was ihn sonst erbaue?« –

Wohl rührt der Rede tiefer Schmerz
Des reiselust'gen Toren Herz;
Doch trugen Neugier und unsteten Triebs Befehle
Zuletzt den Sieg davon. Er sagt: »O weine nicht;
Drei Tage höchstens, dann hat Ruh die liebe Seele.
Bald kehr ich wieder, in ausführlichem Bericht
Will ich von allem Rede stehen;
So kürz ich dir die Zeit. Wer gar nichts hat gesehen,
Hat nichts zu sagen auch. Die Schildrung macht dir Spaß
Und ein Vergnügen, auserlesen:
Dort war ich – sag ich dir – hier sah ich dies und das;
Du meinst, du wärst dabeigewesen.« –
Drauf schieden weinend sie. Die Reisende zieht fort;
Doch schon nach kurzer Zeit deckt eine Wolkenhaube
Das öde Feld; sie sucht nach einem Zufluchtsort.
Ein einz'ger Baum war da, und trotz dem dichten Laube
Peitscht ganz erbarmungslos der Sturm die arme Taube.
Als wieder klar die Luft, fliegt frosterstarrt sie auf,
Trocknet, so gut es geht, ihr ganz durchnäßt Gefieder,
Sieht auf entlegnem Feld Korn, ausgestreut zuhauf,
Ein Täubchen dicht dabei; das regt die Lust ihr wieder:
Hin fliegt sie und – sitzt fest; das Korn verdeckte nur
Der Schlinge trügerische Schnur.
Das Garn war abgenutzt, so daß nach vielem Drängen
Mit Flügel, Schnabel, Fuß sie's endlich reißt entzwei.
Sie ließ manch Federlein; das Schlimmste doch dabei
War, daß ein Geier jetzt mit beutegier'gen Fängen
Die Ärmste sah – sie schaut, wie ihr am Leibe hängen
Des Garnes Fäden und die Maschen wirr und kraus,
Wie ein entsprungner Sträfling aus.
Fast hat der Geier sie gepackt, da schießt hernieder
Ein Adler aus der Höh mit rauschendem Gefieder.
Die Taube nutzt geschickt der beiden Räuber Streit,
Fliegt auf und fort und setzt sich hinter ein Gemäuer;
Nun glaubt sie, sei zu End ihr Leid
Mit diesem letzten Abenteuer.
Jugend hat Tugend nicht: ein Schelm von Knabe kam,
Der unser Tier aufs Korn mit seiner Schleuder nahm
Und ihr beinah den Tod gegeben.
Jetzt kehrt, ob ihrer Neubegier voll Scham,
Am Flügel und am Fuße lahm,

Hinkend und kaum noch halb am Leben,
Sie gradewegs nach Haus zurück;
Sie kam ohn andres Mißgeschick
Mit blauem Aug davon noch eben.
Das neu vereinte Paar – man denk, mit welchem Preis
Von Wonnen es getilgt all den erlittnen Schaden!
Ihr, die ihr glücklich liebt, wollt reisen ihr? Dann sei's
Zu nahgelegenen Gestaden.
Seid eine Welt für euch, die ewig schön und neu,
In stetem Wechsel fest und treu;
Denkt nur an euch und laßt das andre unerwogen.
Einst habe ich geliebt; doch hätt auf keinen Fall
Gegen des Louvre Schätze all,
Gegen das Firmament und seinen Himmelsbogen
Den Wald, die Stätten ich getauscht,
Wo mir das Auge strahlt' und ich dem Schritt gelauscht
Der Schäferin mit holden Mienen,
Der unter Amors Fahnen dienen
Ich durfte, treu der Pflicht und meinem ersten Eid.
Ach, kehrt sie nimmer mir zurück, die schöne Zeit?
Muß soviel holder Reiz und soviel Lieblichkeit
Meinem unsteten Geist bereiten stete Plage?
Ach, wagte doch mein Herz noch einmal aufzulohn!
Soll nie ein Zauber mehr mich fesseln? Sind die Tage
Der Lieb auf ewig mir entflohn?

FABEL III

DER AFFE UND DER LEOPARD

Der Affe und der Leopard
Machten zur Messe viel Einnahme.
Jeder für sich besonders ward
Zur Schau gestellt. »Ihr Herrn, mein Vorzug und mein Name« –
Sprach dieser – »sind berühmt. Der König schaute mich;
Und wenn ich sterbe, wünscht er sich
'nen Muff von meinem Fell, weil es so bunt gescheckt ist,
So schön getüpfelt und gefleckt ist
Und ganz mit Streifen überdeckt ist.« –
Wohl jedem, der es sah, gefiel das bunte Fell;
Doch bald war das vorbei, und man entfernt sich schnell.
Der Affe rief: »Zu mir, ihr Herren! Wollt ihr lachen?
Kommt, bitte, her; ich zeig euch tausend närr'sche Sachen.

Jene Buntscheckigkeit, die man euch preist so laut,
Mein Nachbar Leopard hat sie nur auf der Haut,
Ich habe sie im Geist. Eu'r Diener, Peter Gimpel,
Vetter und Schwiegersohn Bertrands,
Weiland des Papstes Affenschwanz,
Kommt eben mit dreifachem Wimpel
Zu Kahn in eure Stadt; er will euch sprechen, gleich;
Er spricht, und man versteht's; er tanzt, macht manchen [Streich,
Verrenkt aufs lustigste die Glieder,
Durch Reifen springt er; und das alles – hört und wißt,
Ihr Herrn – für einen Sou! Wer nicht befriedigt ist,
Dem geben wir sein Geld dort an der Türe wieder!«
Der Affe hatte recht: 's ist nicht das Kleid zumeist,
Des Mannigfaltigkeit gefällt, es ist der Geist:
Dieser bringt stets Gewinn, und er erfreut uns immer;
Jene erregt gar bald Langweil und Müdigkeit.
Ach! Wie der Leopard sehn große Herrn fast nimmer
Auf das Talent, nur auf das Kleid!

FABEL IV

DIE EICHEL UND DER KÜRBIS

Was Gott tut, wohlgetan ist das. Dies zu begründen,
Brauch ich im Weltall nicht zu suchen hin und her,
Ich kann's an einem Kürbis finden.
Ein Landmann denkt, wie groß und schwer
Die Frucht und wie so schwach und dünn ihr Stengel wäre!
»Was hat der Schöpfer wohl« – sagt er – »dabei gedacht?
An schlechtem Platz hat er den Kürbis angebracht.
Potz Blitz! Ich hätt ihn doch, auf Ehre,
An einer Eiche festgemacht!
Dies dürfte zweifelhaft doch kaum sein:

So wie die Frucht muß auch der Baum sein.
's ist schade, daß du nicht im Rate dessen bist,
Welchen dein Pfarrer dich anbeten lehrt als Christ!
Alles wär besser dann. Warum, zum Beispiel, brachte
Die Eichel, kürzer als mein kleiner Finger, man
Denn nicht an dieser Stelle an?
Gott irrte! Je mehr ich betrachte,
Wie schlecht die Frucht doch hängt, desto mehr wird mir klar,
Daß es ein reiner Mißgriff war.« –
Dieser Gedanke macht dem Biedern manchen Kummer:
»Man schläft nicht« – sagt er – »hat man so viel Geist!« – Er legt
An einer Eiche Fuß sich hin zu kurzem Schlummer.
'ne Eichel fällt herab, die wund die Nas ihm schlägt.
Auf wacht er; wie er nun die Hand ans Antlitz brachte,
Fand er die Eichel, die in seinem Kinnbart saß,
Die wunde Nase lehrt' ihn jetzt, wie falsch er dachte:
»Ich blute!« – rief er – »Weh! Und ach! was wäre das,
Fiel mir ein größer Stück aufs Haupt, und wenn an Schwere
Die Eichel gleich dem Kürbis wäre?
Gott hat es nicht gewollt; recht hat er sicherlich,
Ich seh's am Beispiel dieses Falles.« –
Dankbar Gott lobend jetzt für alles,
Trollt er vergnügt nach Hause sich.

FABEL V

DER SCHÜLER, DER SCHULFUCHS UND DER GARTENBESITZER

Ein Knabe voll Schuljungenlist und Tücken,
Ein Schelm aus Kinderei und zwiefach dumm –
War immer, die Vernunft zu unterdrücken,
Doch der Schulfüchse Privilegium! –
Stahl Frücht und Blumen oft – man wußte drum –
Beim Nachbarn. Von Pomonas reichsten Gaben
Mußt dieser stets im Herbst die schönsten haben;
Was andre züchteten, war Kleinigkeit.
Das Beste bracht ihm jede Jahreszeit;
Denn auch im Lenz erfreuten ihn nicht minder

Der jungen Flora blühend schönste Kinder.
Einst hat den Jungen er im Garten abgefaßt,
Der, kletternd ohne Scheu auf eines Fruchtbaums Ast,
Die Knospen pflückt, die zart und frisch aufkeimend sprießen
Und reichen Segen ihm und Überfluß verhießen.
Selbst Zweige bricht er ab und treibt's so arg zuletzt,
Daß der Gartenbesitzer jetzt
Zum Klassenlehrer schickt, bei ihm sich zu beklagen.
Der Lehrer kommt, gefolgt von einem Knabenschwarm;
Der haust im Garten – Gott erbarm! –
Ärger als jener noch. Des Schulfuchses Betragen
Verschlimmerte das Übel noch,
Indem er her die Rangen führte;
Und alles, wie er sagt, weil eine Strafe doch,
Ein warnend Beispiel hier dem Knabentroß gebührte,
Das unvergeßlich ihm und eine Lehre sei!
Virgil und Cicero zog gründlich er herbei
Nebst allerlei gelehrten Schwarten.
Die Rede währt' so lang, daß unterdes den Garten
Die ungezogne Brut zerstampft' an jedem Fleck.
Ich hasse alle Redensarten,
Die nicht am Platze sind und ohne jeden Zweck,
Und wüßt nichts Dümmeres zu nennen
Als Jungen, wenn es nicht ein Schulfuchs wär.
Den besten dieser zwei – muß ehrlich ich bekennen –
Möcht ich zum Nachbarn nimmermehr.

FABEL VI

DER BILDHAUER UND DIE BILDSÄULE DES JUPITER

Ein Bildner hat durch Schicksals Gunst
Den schönsten Marmorblock erhandelt.
»Ob« – sprach er – »meines Meißels Kunst
Zum Gott, zum Tisch, zur Schal ihn wandelt?

Ein Gott soll's sein; ich will sogar,
Daß er des Donners Träger werde.
Sterbliche, bringt Gelübd ihm dar
Und zittert vor dem Herrn der Erde!« –

Und meisterhaft gestaltet er
Das Bild und gibt ihm Geist und Seele;

Man fand, daß diesem Jupiter
Nichts weiter als die Sprache fehle.

Der Künstler selbst, erzählte man,
Hab, als die Arbeit kaum vollendet,
Von seinem eignen Werke dann
In Angst und Zittern sich gewendet.

Kaum größern als des Bildners Mut
Schien einst der Dichter zu bekunden:
Er fürchtete den Haß, die Wut
Der Götter, die er selbst erfunden.

In diesem Punkt war er ein Kind,
Da Kinder nur dies eine Wehe
Kennen und stets in Sorge sind,
Daß ihrer Puppe nichts geschehe.

Leicht schließt dem Geist das Herz sich an;
Aus dieser einen Quelle leitet
Der Heiden Wahn sich, welchen man
Bei soviel Völkern sieht verbreitet.

Für seine Truggebilde stand
Ein jeder ein mit allen Waffen:
Pygmalion ist in Lieb entbrannt
Zur Venus, die er selbst geschaffen.

Gern hält der Mensch für Wirklichkeit,
Womit ihn seine Träume trügen,
Kalt für die Wahrheit, jederzeit
Feurig entflammt für eitel Lügen.

FABEL VII

DIE IN EIN MÄDCHEN VERWANDELTE MAUS

Ein Mäuslein, schon vom Kauz geschnappt, fiel in den Sand.
Ich hätte sie nicht aufgenommen,
Doch ein Brahmine tat's. Glaub's wohl; hat jedes Land
Doch eigne Sitt und eignes Frommen.
Die Maus hatte was abbekommen.
Auf solche Art von Nächstem gibt
Bei uns man wenig nur; doch der Brahmine liebt
Als Bruder ihn. Er meint, die Seele
Wandre aus eines Königs Haupt
In eine Milb oder, nach des Schicksals Befehle,
Ein andres Tier; das ist ein Hauptpunkt, den er glaubt.

Dort fand Pythagoras den Urquell seiner Lehre.
So meinte der Brahmin, daß wohlgetan es wäre,
Bät er 'nen Zauberer, zu wandeln diese Maus
In einen Leib, der sonst ihr schon gedient als Haus.
Der Zauberer macht ein entzückend
Mädchen aus ihr, jung, schön, so reizvoll sinnberückend,
Daß Priams Sohn für sie gewiß noch mehr gewagt
Als für die Griechin einst, die ihm doch sehr behagt.
Erstaunt sieht der Brahmin, was hier sich zugetragen,
Und zu der Kleinen, hold und fein,
Spricht er: »Du hast die Wahl; gern willigt jeder ein
Und preist das Glück, dein Mann zu sein.« –
»Je nun, dann sei« – hört man sie sagen –
»Der Mächtigste von allen mein!«
»O Stern des Tags« – ruft der Brahmin – »du wirst allein
Mein Schwiegersohn, es kann nicht fehlen!« –
»Nein« – spricht die Sonn – »der Nebel dort
Ist stärker wohl als ich: er hüllt mich ein sofort;
Ich möcht euch raten, ihn zu wählen.« –
»Gut! So bist du« – sagt der Brahmine – »für mein Kind
Geschaffen?« – »Nein, o nein! Denn mich vermag der Wind,
Wie's ihm beliebt, von Ort zu Ort einherzujagen;
Nicht darf des Sturms Gewalt ich je zu trotzen wagen.« –
Empört ruft der Brahmin jetzt zu
Dem Wind: »Nun also, Wind, sei *du*
Für unsre Schöne auserkoren!« –
Er eilt herbei; ein Berg hemmt seinen Lauf im Nu.
Auch *dem* wirft man den Ball; in Ruh
Wirft er ihn fort und spricht: »Feindschaft hätt mir geschworen
Der Ratz! Und den beleid'ge ich
Nicht gern; es wär auch dumm, denn leicht durchwühlt er
Beim Namen Ratz spitzt ihre Ohren [mich.« –
Die Schön; er ward ihr Mann sogleich.
Ein Ratz? – Ein Platz; 's ist so ein Streich,
Wie Amors Laune sie geboren.
Doch sag nur leis ich dies zu euch.
Dahin strebt alles, wo es seinen Ursprung hatte.
Die Fabel lehrt's; doch, ganz genau besehn bei Licht,
Ein kleiner Trugschluß ist dabei, ich leugn' es nicht.
Denn, nimmt man's *so*, frag ich: ist nicht ein jeder Gatte
Der Sonne vorzuziehn? Nehmt einen Riesen: heißt

Er schwächer als ein Floh, wiewohl ihn dieser beißt?
Der Ratz mußt ebenfalls die Schöne überweisen
Dem Kater, dieser dann dem Hund,
Der Hund dem Wolf. Zuletzt auf Grund
Von sogenannten Trugbeweisen
Zeigt ein Sophist den Stern des Tags uns wieder dann
Als unsrer Schönheit hoch beglückten Ehemann.
Die Seelenwandrung! – Was der Zaubrer des Brahminen
Getan, ist weit entfernt, als ein Beweis zu dienen
Für sie; es zeigt vielmehr grad ihre Falschheit an.
Leicht wies' ich nach, daß der Brahmin im Irrtum wäre;
Denn klar ist, daß nach seiner Lehre
Der Mensch, die Maus, der Wurm, jedes lebend'ge Ding
Aus eines einz'gen Quells Urgrund die Seel empfing:
Die Seelen all aus einem Breie;
Nur der Organe Unterschied
Wirkt, daß man diesen kriechen sieht,
Und jener sich erhebt ins Freie.
Woher denn käm es, daß der Leib, so schön gemacht,
Seine Inwohnerin nicht triebe,
Daß sie die Sonne freit? Ein Ratz hat ihre Liebe!
Alles in allem wohl bedacht:
Der Mäuse Seelen und der schönen Mädchen Seelen
Sind sehr verschieden. Den Befehlen
Des Schicksals folgt man stets, wie auch sein Würfel fiel,
Das heißt: wie's das Gesetz des Himmels vorgeschrieben.
Ob Teufelsspuk, ob Zauber du getrieben,
Du machst kein Wesen doch abwendig seinem Ziel.

FABEL VIII

DER NARR, DER DIE WEISHEIT VERKAUFT

Von Narren laß dich nie in ihr Gehege ziehen;
Das ist der klügste Rat, den ich dir geben kann.
Die beste Lehre ist, daß man
Eitler Windbeutel Schwarm bedacht sei stets zu fliehen.
Bei Hofe kann man oft sie sehn:
Dem Fürsten macht es Spaß, da sie es wohl verstehn,
Schelmen und Toren manch verdienten Streich zu spielen.
Ein Narr rief aus – er blieb an jeder Ecke stehn –
Die Weisheit hab er zu verkaufen. Gläubig fielen
Die Leute drauf hinein: herbei lief alle Welt,
Ließ manche Possen sich gefallen,
Und dann erhielt man für sein Geld
Zwei Ellen Schnur und zwei Maulschellen, die recht knallen.

Die meisten sind empört. Was half's? Sie hatten nur
Zum Schaden noch den Spott; das beste war, zu lachen
    Oder sich still davonzumachen
    Mit den Maulschellen und der Schnur.
    Nach einem Sinn hier noch zu fragen,
Wär lächerlich und brächt nur neuen Hohn wohl ein.
    Soll die Vernunft denn Bürge sein
Für eines Narren Tun? Der Zufall, muß man sagen,
Ist es, der Blasen treibt in einem kranken Hirn.
Doch, unbefriedigt von der Maulschell und dem Zwirn,
Fragt einen Weisen einst einer von den Genarrten.
    Der sagt ihm, ohne langes Warten:
»Hieroglyphen sind's, die jener euch gab auf.
Wer wohlberaten stets sich wahren will vor Schaden,
Bleib immer ganz genau so weit, als dieser Faden
Lang ist, von Narren fern; wo nicht, verlaßt euch drauf,
    Droht ihm ganz ähnliche Liebkosung.
Der Narr betrog euch nicht: Weisheit war seine Losung.«

FABEL IX

DIE AUSTER UND DIE STREITSÜCHTIGEN

Zwei Pilger fanden einst ’ne Auster, die zum Strande
Die Flut geschwemmt; ihr Aug verschlingt sie, und es weist
Ihr Finger drauf; allein, da sie noch lag im Sande,
Entbrennt ein Streit darob, wes Zunge sie verspeist.
Schon bückt der eine sich, die Beute einzustecken;
Der andre stößt ihn fort und sagt: »Erst muß es klar
Doch sein, wem von uns sie soll schmecken!
Der, welcher nachweist, daß er der Entdecker war,
Der schlucke sie, indes der andre mag zusehen.« –
»Nun, soll danach der Spruch geschehen« –
Erwidert sein Genoß – »Gottlob, mein Aug ist scharf.« –
»Meins auch! Und, wie ich schwören darf,
Ich sah sie noch vor dir« – hat jener drauf gesprochen.
»Gut! Du hast sie gesehen, doch ich hab sie gerochen.« –

Indessen kommt Dandin heran,
Dem nun den Richterspruch die beiden übertragen.
Die Auster öffnet er höchst ernst, und mit Behagen
Schlürft er sie. Jene schaun ihn an.
In feierlichem Ton verkündet er sodann:
»Jeder von euch erhält, wie das Gericht entschieden,
'ne Schale, kostenfrei, nun kehret heim in Frieden.«
Denkt, was an Kosten heut an die Gerichte fällt,
Und was den meisten bleibt, die 's zu Prozessen treiben!
Ihr werdet sehn: es zieht Dandin das ganze Geld,
Und den Partein wird nur der leere Beutel bleiben.

FABEL X

DER WOLF UND DER MAGERE HUND

Ob auch der junge Karpfen einst
Trefflich gepredigt und geraten,
Man hat ihn schließlich doch gebraten.
Den sicheren Besitz loslassen, weil du meinst,
Gehofften Vorteil zu erreichen,
Ist eine Torheit ohnegleichen.
Der Fischer hatte recht, der Karpfen unrecht nicht;
Verteidigt jeder doch, so gut er kann, sein Leben.
Ein neues Beispiel will ich geben
Für das, was ich bewies in früherem Gedicht.
Ein Wolf, der grad so dumm wie jener Fischer weise,
Traf einen Hund im Feld; als Speise
Wollt er fortschleppen ihn. Der schlaue Hund wies hin
Auf seine Magerkeit: »Unmöglich kann verhehlen
Eu'r Gnaden sich, wie dürr ich bin.
Doch wartet! Mein Herr will vermählen

Sein Töchterlein; beim Hochzeitsschmaus
Gedenk ich mich recht fett zu fressen und zu saufen.« –
Das glaubt der Wolf und läßt ihn laufen.
Nach ein'gen Tagen geht er aus,
Zu sehn, ob nun sein Hund schon besser sei zum Fressen.
Allein der Schelm saß jetzt im Haus
Und ruft zum Gitter ihm hinaus:
»Ich komm im Augenblick, Freund, warte du indessen;
Des Hauses Wächter kommt mit mir,
Wir stehn sogleich zu Diensten dir!« –
Der Wächter war ein Hund, gewaltig anzusehen,
Der wußt mit Wölfen umzugehen.
Der Wolf merkt Unrat: »Grüß den Wächter vorderhand!«
Sagt er und läuft davon. Hurtig und flink im Rennen,
War er doch nicht sehr klug zu nennen,
Da sein Geschäft als Wolf er gar so schlecht verstand.

FABEL XI

NUR NICHT ZUVIEL!

Zu finden wollt mir nie gelingen
Ein Wesen, das sich mäßig hält.
Und dennoch will der Herr der Welt,
Daß man ein Maß in allen Dingen
Beachte. Tut man's? Nein; kaum einem einz'gen fällt
Es ein, im Guten sich, im Schlimmen dran zu kehren.
Das Korn, ein reich Geschenk von Ceres' güt'ger Hand,
Zu schnell oft wuchernd saugt es aus das brache Land;
Meistens ausbreitend sich im Überfluß der Ähren
Und treibend mit zu voller Wucht,
Beraubt's der Nahrung seine Frucht.
Der Baum desgleichen. So kommt Üppigkeit zu Ehren!
Das Korn zu bessern, wies der Ernte Übermaß
In seiner Weisheit Gott den Schafen an zum Fraß,
Die dann drauflos unmäßig rasten,
Alles verdarben und abgrasten,

    Bis Gott den Wölfen bald darauf
Ein'ge zu fressen gab; sie fraßen alle auf,
Und taten sie es nicht, sie wollten 's doch. Indessen
    Erlaubt dem Menschen er zum Schutz,
Jene zu strafen; doch es bot der Mensch vermessen
    Den göttlichen Geboten Trutz.
Vor allen Tieren neigt der Mensch zum Sündenfalle
    Gegen des Maßes streng Gebot;
    Und eine Strafe täte not
Für Klein' und Große, denn hiergegen sünd'gen alle.
»Nur nicht zuviel!« ist ein Gebot für alle Welt,
Von dem man immer spricht, und das man nimmer hält.

FABEL XII

DIE WACHSKERZE

Die Bienen kamen vom Olymp. Auf lust'gen Wegen
Schwärmten die ersten, heißt's, zum Berg Hymettus* hin,
Setzten sich fest und schwelgten in
Den Schätzen, welche dort milde Zephire hegen.
Als jenem prächt'gen Bau der Himmelstöchter stracks
Man die Ambrosia nahm, die seine Zellen tragen,
Oder, um es auf deutsch zu sagen,
Als man nur honigleeres Wachs
Im Bienenstocke fand, formte daraus man Kerzen.
'ne solche sah: durch Feuers Macht
Gehärtet, trotzt die Erd als Ziegel, fest wie Erze,
Dem Zahn der Zeit. Das will auch sie; im Sehnsuchtsschmerze

* Hymettus war ein von den Dichtern gefeierter Berg in Attika, auf dem die Griechen ausgezeichneten Honig gewannen.

Stürzt wie Empedokles*, den in den Glutenschacht
    Gejagt sein eignes eitles Herze,
Sie gleichfalls sich hinein. Das war nicht wohl bedacht;
Kein Gran Philosophie wohnt doch in solcher Kerze.
Nichts gleicht dem andern; laß von dem Gedanken ab,
Daß noch ein Wesen, das dir gleicht, auf Erden wandre.
Der Wachs-Empedokles springt in das Flammengrab;
    Er war nicht dümmer als der andre.

* Empedokles war ein antiker Philosoph, der, da er die Wunder des Ätna nicht verstehen konnte, sich aus lächerlicher Eitelkeit in ihn hineinstürzte, und weil er dies für eine große Leistung hielt und deren Erfolg für sich sicher buchen wollte, ließ er seine Sandalen am Fuß des Berges zurück, auf daß der Nachwelt seine Ruhmestat nicht verborgen bleibe.

FABEL XIII

JUPITER UND DER REISENDE

Die Götter wären, ach! wie reich durch unsre Not,
Wenn der Gelübde wir, die sie uns abzwingt, dächten!
Doch ist die Not vorbei, vergißt man, was in schlechten
Umständen man dem Himmel bot,
Und denkt nur, was an Schuld man zollt der Erde Mächten.
»Zeus« – spricht der Leichtsinn – »ist ein guter Gläub'ger, der
Schickt keinen Exekutor her!« –
Sind seine Donner nicht die rechten
Mahnrufer? Wie denn sonst nennt solche Warnung man?
Ein Reisender, vom Sturm verschlagen,
Bot hundert Rinder dem Titanensieger an.
Nicht eins hatt er; es konnt um gleichen Preis der Mann
Auch hundert Elefanten sagen.
Doch ein'ge Knochen nur zündet, ans Land getragen,

Dem Gott er an; es steigt der Rauch zum Zeus hinauf.
»Nimm« – sagt er – »Meister Zeus, mein Opfer gnädig auf.
Der Duft des Bratens ist ja Deiner Hoheit Sache;
Der Rauch kommt auf dein Teil, ich schulde dir nichts mehr.« –
Zeus stellte sich auch, als ob er lache;
Doch straft der Gott ihn ab ganz kurze Zeit nachher:
Er kündet ihm im Traum aus Rache,
Da und da läg ein Schatz. Der Opferspender rennt
Gleich nach dem Schatz, als ob es brennt.
Hier traf er Räuber; nur mit einem Taler dienen
Konnt er, jedoch versprach er ihnen
Hundert Talent aus jenem Schatz
Von Gold; er lieg an jenem Platz
Vergraben, und sofort gehoben werden könn er.
Den Räubern schien der Ort verdächtig; einen Streich
Versetzt der eine ihm und spricht: »Mein Freund und Gönner,
Du spottest unser! Stirb, scher dich zu Pluto gleich,
Mach ihn mit deinem Golde reich!«

FABEL XIV

DIE KATZE UND DER FUCHS

Die Katze und der Fuchs, ein nettes Heil'genpaar,
Pilgerten einstmals. Beid entsproßten
Dem Stamme der Tartüffs, Erzschelme ganz und gar,
Duckmäuser, die gemaust an Käse manchen Posten,
Manch Vögelchen gewürgt und so die Reisekosten
Sich eingebracht, so gut es ging.
Des Weges Langeweil möglichst zu kürzen, fing
Das Pilgerpärchen an zu streiten –
Ein Streit soll stets anregend sein,
Ohn ihn schläft gar zu leicht man ein –
Und heiser schrien sich beide Seiten.
Als nun der Streit vorbei, sprach man vom nächsten flugs;
Zur Katze äußerte der Fuchs:
»Du sagst, daß Schlauheit dir beschert sei.
Kannst du, was ich kann? Kniff' hab ich ein ganzes Pack.« –
»Nein« – sprach sie – »einen nur hab' ich in meinem Sack;

Doch mein ich, daß er tausend wert sei.« –
Als nun von neuem jetzt ein heft'ger Streit entbrannt
Um Ja und Nein, da ward zum Frieden bald gewandt
Der Zank durch eine Koppel Hunde.
Die Katze spricht: »Nun, Freund, nimm deinen Sack zur Hand,
In deines pfiff'gen Hirnes Grunde
Such eine sichre List! Ich hab sie, schau mich an!« –
Bei diesen Worten klimmt sie flugs 'nen Baum hinan.
Der andre machte hundert Sätze,
Späht hundert Löcher aus und bringt im Zickzacktrab
Die Hunde von der Fährte ab.
Auf sucht er alle sichern Plätze;
Umsonst: stets ward er aufgespürt,
Da auf die Spur sein Schweiß der Dachse Nasen führt.
Er kriecht aus einem Loch; da würgen ihn, der Hetze
Gewohnt, zwei Hunde ab mit Wut.
Der Mittel Übermaß bringt Sichre oft zum Fallen:
Beim Wählen flieht die Zeit, man prüft, man greift nach allen;
Man habe eins, doch das sei gut.

FABEL XV

DER EHEMANN, DIE FRAU UND DER DIEB

Ein Gemahl, der sehr verliebt,
Sehr verliebt war in sein Weibchen,
Fühlt, ob sie sein auch war, sich dennoch sehr betrübt.
Kein trauter Blick von seinem Täubchen,
Kein Schmeichelwort, wie Lieb es gibt,
Kein Lächeln und kein hold Erbarmen,
Das gleich zum Gott gemacht den Armen,
Bezeugten ihm, daß Lieb er je ihr abgewann.
Glaub's wohl; er war ein Ehemann.
Ihm war's von Hymen nicht beschieden.
Daß er, mit seinem Glück zufrieden,
Den Göttern Dank dafür geweiht.
Ja, wenn die Liebe nicht der Ehe
Wonnen uns würzet, dann verstehe
Ich nicht, welch Glück sie uns verleiht.
Die Frau war nun mal so; und da es ihr behagte,
Daß jede Liebkosung dem Gatten sie versagte,

Beschwert' in einer Nacht er bitter sich. Ein Dieb
Stieg ein und unterbrach das Klagen.
Das arme Weibchen aber trieb
Die Furcht: sie warf vor Angst und Zagen
In ihres Gatten Arme sich.
»Dies süße Glück« – rief er – »Freund Dieb, blieb ohne dich
Mir ewig unbekannt! Zum Lohn nimm, was nur tragen
Du kannst von unserm Gut und was dir mag behagen;
Die ganze Wohnung nimm!« – Spitzbuben dieser Art
Sind nicht verschämt noch allzu zart.
Der machte seinen Schnitt. Und was der Fall bewiese?
Die allerstärkste Leidenschaft
Ist Furcht: sie bändiget des Widerwillens Kraft,
Oft die der Liebe selbst; oft freilich siegt auch diese.
Beweis: jener Liebhaber, der
Sein Haus anzündet, um sein Liebchen zu umschlingen,
Die er den Flammen mußt entringen.
Solch heißes Blut, ich lieb es sehr,
Und die Erzählung rührt mich immer mehr und mehr;
Es weht ein Hauch drin span'scher Minne,
Von hohem mehr als tollem Sinne.

FABEL XVI

DER SCHATZ UND DIE BEIDEN MÄNNER

Ein Mann, der weder Geld mehr hatte noch Vertrauen,
In dessen Börse nur zu schauen
Der Teufel, das heißt: Nichts mehr, war,
Meint, sich zu hängen wär doch gar
Das beste, um ein Ziel zu setzen seinen Nöten;
Denn tät er's nicht, würd ihn doch bald der Hunger töten –
Ein Tod, der solchen nur gefällt,
Die wissen möchten, wie man scheidet aus der Welt.
In dieser Absicht hat der Mann ein alt Gemäuer
Zum Schauplatz ausersehn sich für sein Abenteuer.
Er hat 'ne Schnur und schlägt 'nen Nagel mit Geschick
Jetzt in die Mauer, dran zu festigen den Strick.
Die Mauer, alt und sehr gebrechlich,
Wankt schon beim ersten Schlag, und aus ihr fällt ein Schatz.

Der arme Teufel nimmt ihn auf, ganz unaussprechlich
Erfreut, und trägt ihn fort; den Strick läßt er am Platz.
Er zählt nicht seinen Fund, die Freud hätt's nicht gelitten.
Noch während unser Schelm ausreißt mit flücht'gen Schritten,
Naht der Besitzer, sucht sein Geld am alten Ort –
– 's ist fort! –
»Wie?« – rief er – »Soll den Schmerz ich lebend überdauern?
Ich hänge mich nicht auf! Und doch, im Augenblick
Tät ich's, hätt ich nur einen Strick!« –
Die Schnur hing noch, sie schien auf ihren Mann zu lauern.
Er hängt sich wirklich auf. Dies eine tröstet nur
Ihn noch in seinen letzten Stunden,
Daß doch ein anderer für ihn bezahlt die Schnur.
So hat das Geld und auch der Strick 'nen Herrn gefunden.

Des Geiz'gen Ende ist nur selten tränenleer;
Was er vergräbt, bringt wenig Lust ihm, viel Beschwerde:
Nur für die Diebe sammelt er,
Für seine Erben, für die Erde.
Was aber sagt man zu Fortunas Tausche jetzt?
Das ist so recht ein Streich, an dem sie sich ergetzt;
Und geht ganz toll es her, freut sie sich ganz unbändig.
Die Göttin, immer unbeständig,
Hat sich's mal in den Kopf gesetzt,
'nen Menschen hängen sehn zu wollen;
Und der sich hängte, war zuletzt,
Der nie gedacht, es tun zu sollen.

FABEL XVII

DER AFFE UND DIE KATZE

Bertrand und Raton sind ein Hausgenossenpaar
Im Dienst desselben Herrn, ein Affe und ein Kater,
Jeder ein Tunichtgut, dem nichts je heilig war,
Der sich vor niemand scheut, und was er will, das tat er.
War irgendwo im Haus ein Schaden nur geschehn,
Hat niemals einer im Verdacht die Nachbarsleute:
Bertrand stahl alles weg; Raton mußt auch gestehn,
Er suche lieber Käs als Mäuse sich zur Beute.
Einst sah dies Gaunerpaar, dem Diebessinn verliehn,
    Kastanien braten im Kamin.
Sie wegstibitzen schien ihm eine hübsche Sache,
Daraus den Schelmen ein zwiefacher Vorteil lache:
Ihr eigner Nutzen erst, des andern Schaden dann.
Bertrand sagt zu Raton: »Freund, heute mußt du dran,
    Du mußt ein Meisterstück vollbringen.
Hol die Kastanien mir. Wär ich zu solchen Dingen
    Von Gott bestimmt, dann solltst du sehn,
    Um die Kastanien wär's geschehn!« –
Gesagt, getan: es schiebt mit ihrer kleinen Tatze

Vorsicht'gerweise unsre Katze
Die Asche erst beiseit, sie zieht die Pfoten dann
Zurück, bringt wieder sie heran,
Eine Kastanie erst, dann zwei, dann drei zu packen;
Bertrand freut sich, sie aufzuknacken.
Da kommt die Magd; aus ist's. Raton hat, wie man sagt,
Höchst unzufrieden sich beklagt.
Gleich unzufrieden sind die meisten kleinen Prinzen,
Die, stolz, daß sie dazu ernannt,
Die Finger oft in den Provinzen
Für einen König sich verbrannt.

FABEL XVIII

DER GEIER UND DIE NACHTIGALL

Der Geier, wohlbekannt als Räuber überall,
Mocht einst mit vielem Lärm die Nachbarschaft durchstreifen,
Des Dorfes Jugend gellt ihm nach mit Schrein und Pfeifen;
Da fällt ihm in die Klaun die arme Nachtigall.
Die Lenzverkünderin erfleht von ihm ihr Leben:
»Mich fressen, die nichts hat als ihrer Stimme Klang?
    Vernimm doch lieber meinen Sang;
Von Tereus' wilder Lust will ich dir Kunde geben.« –
»Was? Tereus? Ist der auch als Fraß für Geier gut?« –
»O nein; das war ein Fürst, des heft'ge Liebesglut
Und dessen Schandtat mich zu ew'ger Klage zwingen.
Ich will davon ein Lied, ein schönes Lied dir singen,
Das dich entzücken wird; rührt's doch 'nes jeden Sinn.« –
    Der Geier drauf mit höhn'schem Lachen:
»Wirklich? Das find ich nett! Jetzt, da ich nüchtern bin,
    Kommst du und willst Musik mir machen?« –
»Vor Kön'gen sing ich!« – »Gut! Fängt mal ein König dich,
    Dann sing ihm deine Wundersagen!
    'nem Geier scheint das lächerlich;
    Nicht Ohren hat ein leerer Magen.«

FABEL XIX

DER SCHÄFER UND SEINE HERDE

»Ach! Immer muß ein teures Haupt
Von diesem blöden Volk mir fehlen!
Stets wird vom Wolf mir eins geraubt!
Ich zähl's schon gar nicht mehr. Erst war's an tausend Seelen;
Und dennoch litt's, daß man Robin mir biß zu Tod,
Hänschen, den Bock, auf den ich zählen
Konnt und der für ein Stückchen Brot
Mir stets gefolgt, und wär's bis in der Erde Mitte!
Ließ meinen Dudelsack ich tönen, er verstand's!
Kam ich, so wittert' er mich schon auf hundert Schritte!
Mein Böckchen! Ach, mein armer Hans!« –
Als Meister Guillot so höchst feierlich beendet
Die Leichenred und Hans genug gerühmt, so wendet
Er jetzt sich zu der Herde Stamm,
Leithammel, Bock und Schaf, bis zu dem kleinsten Lamm,
Und er beschwört sie, fest zu stehen;
Gegen den Wolf sei dies die einz'ge Gegenwehr.
Da schwuren allesamt auf Volkes Treu und Ehr,

Nicht einen Schritt zurückzugehen.
»Zerreißen« – riefen sie – »wir ihn vom Kopf zum Schwanz,
Den Mörder unsres Bockes Hans!« –
Ein jeder bürgt mit seinem Haupte;
Guillot dankt' ihnen, weil er's glaubte.
Doch noch vor Abend zeigt sich's klar,
Wie zuverläss'gen Mut sie hatten:
Ein Wolf erschien; gleich floh die ganze Schar.
Es war nicht mal ein Wolf, es war nur dessen Schatten.
Zähl nur auf feiger Söldner Zucht!
Sie schwören Kampf auf Tod und Leben;
Doch naht Gefahr, so sinkt ihr Mut und Reißaus nehmen
Sie; nicht dein Beispiel noch dein Ruf hemmt ihre Flucht.

EINE BETRACHTUNG, DER FRAU DE LA SABLIÈRE GEWIDMET

Iris, Dich pries ich gern – 's ist gar zu leicht; doch freut,
Ich weiß, es nimmer Dich, wenn Weihrauch man Dir streut.
Du gleichst nicht andern Fraun, die jenem Götzen frönen
Und wünschen, täglich möcht aufs neu ihr Lob ertönen;
In süße Träume wiegt der Schmeichelton sie meist.
Ich schelt sie nicht darob, gern mag ich solchen Geist:
Die Götter haben ihn, die Fürsten und die Schönen.
Jener Trank, den so gern das Volk der Dichter preist,
Der Nektar, welchen Zeus schlürft am olymp'schen Herde
Und der so leicht berauscht die Götter dieser Erde,
Iris, es ist das Lob. Du machst Dir nichts daraus,
Und seinen Platz füllst Du mit andern Dingen aus:
Gesprächen, heitern Sinns Entfaltung,
Wo Zufall reichen Stoff Dir bringt zur Unterhaltung;
Es wird, wenn man's mit Dir bespricht,
Oft selbst das Kleinste groß. Die Welt zwar glaubt es nicht;
Doch laß die Welt und ihren Glauben!
Wissenschaft, Torheit, saure Trauben,
Das Kleinste, selbst das Nichts ist gut. Ich sag, daß man
Gut über alles sprechen kann;
Es ist ein Blumenbeet, wo dann und wann
Auf mancher Blüte sich's ein Bienchen läßt gefallen,
Und Honig sauget sie aus allen.
Dieses vorausgeschickt, findst Du es wohl am Platz,
Wenn diesen Fabeln ich versuche manchen Satz
Aus einer feinen, kühnen, frischen
Philosophie jetzt beizumischen.
Man nennt sie neu; hast Du wohl schon von ihr gehört?
Ich weiß es nicht. Sie also lehrt:
Das Tier ist nichts als 'ne Maschine,
Die alles ohne Wahl tut, nur durch Federkraft;
Nicht Seele noch Gefühl, alles ist körperhaft;
'ne Uhr, die, ohne daß ihr diene
Plan und Bewußtsein, blind sich gleichen Schritts bewegt.
Öffne sie, schau, was drin sich regt:
Statt des Weltgeistes, sieh, wie Rad an Rad sich reihte;
Das erste Rad bewegt das zweite,

Dem folgt das dritte nach, bis endlich dann sie schlägt.
Genau so ist das Tier, wie jene Leute sagen:
Von außen wird ein Teil bewegt;
Dann wird der Stoß, der auf ihn schlägt,
Von dem erregten Teil zum nächsten fortgetragen;
So wird von Teil zu Teil zuletzt der Sinn erregt,
Und der Eindruck ist da. Doch wie? – wirst nun Du fragen.
Nach jenen durch des Stoßes Kraft,
Willenlos, ohne Leidenschaft.
Das Tier fühlt ganz unzweifelhaft
Regungen, die das Volk sonst Liebe,
Lust, Freude, Traurigkeit, grausame Schmerzenstriebe
Nennt, oder ähnlich andres noch.
Doch täusche man sich nicht: es ist ganz anders doch!
Was ist's? – 'ne Uhr. – Und wir? – Das ist 'ne andre Sache!
Nun höre, wie Descartes das Ding zurecht sich mache –
Descartes, der Sterbliche, der für die Heidenwelt
Ein Gott gewesen wär! Die Mitte hält
Er zwischen Mensch und Geist; so etwa hält noch heute
Zwischen Auster und Mensch sie mancher unsrer Leute.
Merk auf denn, also schließt der Weise von Beruf:
Vor allen Wesen, die der Herr der Welt erschuf,
Ward mir des Denkens Kraft; und ich weiß, daß ich denke.
Folg, Iris, mir, wenn auf Bekanntes ich Dich lenke:
Läg Denken in des Tieres Macht,
Es hätt doch nimmer nachgedacht
Dem Gegenstand und dem Gedanken.
Descartes geht weiter noch, der zu behaupten wagt,
Dem Tier sei Denken ganz versagt.
Du glaubst es auch, ohne zu schwanken,
Ich ebenfalls. Und doch, wenn Hörnerklang im Wald
Und das Gebell der Rüden schallt
Und keine Ruhe gönnt der mattgehetzten Beute;
Wenn dann umsonst das Wild gelockt
Auf eine falsche Spur die Meute,
Dann schiebt der alte Hirsch, dem schon der Atem stockt,
'nen jüngern vor und weiß ihn mit Gewalt zu zwingen,
Als neuer Köder für die Hunde einzuspringen.
Wieviel Berechnung, wenn's des Lebens Rettung gilt!
Rückzug, Trug, Neckerei, Tausch mit dem andern Wild –
Die hundert Kriegeslisten wären

Der größten Feldherrn und 'nes bessern Loses wert.
Nach seinem Tod wird er verzehrt;
Das sind all seine höchsten Ehren.
Es sieht in Not,
Vom Tod bedroht
Das Rebhuhn seine Brut, die durch ihr neu Gefieder
Zum Flug unfähig, festgebannt ist an die Flur.
Da stellt's verwundet sich, es hängt den Flügel nieder
Und lockt den Jäger und den Hund auf seine Spur;
So wendet's die Gefahr von seiner Brut. Schon freute
Der Jäger sich und meint, es sei des Hundes Beute;
Da rauscht's ihm Lebewohl, fliegt lustig auf und lacht
Des Menschen, der dasteht und große Augen macht.

Am Nordpol soll ein Land es geben,
Wo noch ganz in Unwissenheit,
Wie in der allerersten Zeit,
In Geistesnacht die Leute leben.
Von Menschen red ich; denn die Tiere baun dort auf
Schutzwehre, bändigend den Lauf
Geschwollner Ström und der Verheerung grause Schrecken,
Und die von einem Strand zum andern sich erstrecken.
Fest steht der Bau und wankt auf seinem Grunde nicht;
Auf eine Schicht von Holz folgt eine Mörtelschicht;
Ein jeder Biber schafft mit an dem Werk; die Alten
Sind stets bemüht, zum Fleiß die Jungen anzuhalten,
Die Meister lehren sie mit Streng und mit Geschick.
Ja, Platos ganze Republik
Müßt als ein Lehrling nur erscheinen
Dieses Amphibienstaats im Kleinen.
Im Winter richten sie ihr Haus und gehn von dort
Über die Teich auf Brücken fort,
Kunstvollen Baus, leicht zu erklimmen.
Und unsresgleichen? – Angesichts
Der Werke all können sie nichts
Als höchstens übers Wasser schwimmen.

Daß diese Biber nur geistlose Körper sein,
Das glaub ich nimmermehr, wie ich auch nie verhehlte.
Allein noch mehr: mir fällt eine Geschichte ein,
Die ein ruhmreicher Fürst erzählte.
Des Nordens Schützer ist mein Bürg; ich habe sie

Von einem Helden, den Viktoria sich erwählte,
Vor seinem Namen bebt die türk'sche Despotie;
Ja, Polens König ist's – ein König log noch nie.
Er sagt uns, daß an seinen Grenzen
Unter gewissem Vieh ein ew'ger Krieg besteht;
Das Blut, das stets von Ahn auf Kinder übergeht,
Mag immer neu den Stoff ergänzen.
Die Tiere, sagt er, sind von Reinekes Geschlecht;
Nie sei ein Krieg so kunstgerecht
Geführt von Menschen – was mich wundert –
Selbst nicht in unserem Jahrhundert.
Vorhut und Nachtrab wie Spione, Hinterhalt,
Schildwachen und was noch als Brauch im Felde galt,
Was die verwünschte Kunst erfind und spekuliere –
Tochter des Styx und die Gebärerin
Der Helden – übt der kluge Sinn
Und die Erfahrung dieser Tiere.
Den Kampf zu singen, müßt Homer vom Schattenreich
Erstehn. Ach, könnt mit ihm zugleich
Des großen Epikur Genoß uns wiederkehren!
Was schlösse der wohl aus meinen Beispielen dann?
Daß in den Tieren die Natur – würd er uns lehren –
Nur durch die Federkraft dies alles wirken kann,
Daß nur 'ne körperliche Gabe
Gedächtnis sei und daß, zu leisten alles dies,
Worauf als Beispiel ich verwies,
Das Tier nichts weiter nötig habe.
Kehrt wieder dann das Ding, dann sucht's auf gleiche Art
Das Bild hervor, das es verwahrt
In seinem großen Vorratsschranke,
Das gleichfalls wiederkehrt und ganz unzweifelhaft,
Ohne daß tätig der Gedanke
Mithelfe, gleiche Wirkung schafft.
Bei uns ist's anders: Willenskraft
Ist es, was uns zum Handeln treibe,
Kein Ding und kein Instinkt. Ich gehe, spreche, schreibe,
Stets fühl ich etwas, das mich trieb;
Alles gehorcht an meinem Leibe
Diesem bewußten Urprinzip.
Nicht Körper ist's: es weiß sich selbst; mehr als ihm lieb
Folgt oft der Körper ihm, dem Hüter

Und unsrer Regungen alloberstem Gebieter.
Doch wie der Körper es versteht?
Das ist der Punkt. Das Werkzeug, seht,
Gehorcht der Hand. – Ganz gut! Allein wer lenkt die Hände? –
Wer lenkt die Himmel, wer der Sterne Lauf ohn Ende?
Vielleicht ein Engel, der in den Weltkörpern schwebt!
Es wohnt ein Geist in uns, der unsre Kraft belebt.
Die Wirkung fühl ich; doch die Ursach zu erkennen
Vermag nur, wer im Schoß der Gottheit sie geschaut;
Und, soll ich ehrlich sein, behaupt ich ernst und laut:
Descartes wußt sie auch nicht zu nennen.
Hierin sind er und wir ganz in demselben Fall.
Doch, Iris, was ich weiß, ist: in den Tieren all,
Die ich anführte als Exempel,
Wirkt immer jener Geist; der Mensch nur ist sein Tempel.
Gleichwohl hat unleugbar das Tier ein Element,
Das an der Pflanze man nicht kennt;
Dennoch hat auch die Pflanze Leben.
Doch welche Antwort wird auf folgendes man geben?

DIE BEIDEN RATTEN, DER FUCHS UND DAS EI

Zwei Ratten suchten Fraß, da fanden sie ein Ei.
Für solches Volk mag das als Mahlzeit wohl genügen;
Es ist nicht nötig, daß es gleich ein Ochse sei.
Voll Eßlust und mit viel Vergnügen
Gingen sie dran, ihr Ei zu teilen; da erschien
Plötzlich jemand. Wer war's? Reineke nennt man ihn.
Den beiden mocht die Lust wohl schwinden!
Wie rettet man das Ei? – Einpacken und als Last
Es mit vereinter Kraft fortschleppen, es mit Hast
Wegrollen oder ziehn, war fast
Unmöglich, die Gefahr auch schwer zu überwinden.
Doch Not lehrt beten und erfinden;
Das Paar hat was von ihr gelernt:
Da der Schmarotzer noch ein gutes Stück entfernt
Und ihre Wohnung nah, legt eine für die ganze
Strecke sich rücklings hin, nimmt fest auf ihren Bauch
Das Ei; trotz ein'ger Stöß an Wurzel, Stein und Strauch
Zieht fort die andre sie am Schwanze.

Und nun soll einer mir noch kommen, der beweist,
Die Tiere hätten keinen Geist!
Ich würd als Schöpfer ihnen schenken
So viel, als etwa man bei Kindern finden kann.
Denken die Kinder nicht von frühster Jugend an?
Ohne Selbstkenntnis auch kann, wie wir sehn, man denken.
Um es an einem Beispiel hier
Zu zeigen, würde ich dem Tier
Nicht grade 'ne Vernunft, ganz wie die unsre, geben,
Indes doch etwas mehr als blinde Federkraft:
Ein Stück Materie, so verflüchtigt, daß man's eben
Noch kaum wahrnehmen kann, äther-atomenhaft,
Des Lichtes Quintessenz, ein Etwas, das mehr Leben
Hab und beweglicher noch als das Feuer sei.
Die Flamme wird durch Holz erzeugt; und gibt die Flamme,
Sich läuternd von dem Stoff, der innewohnt dem Stamme,
Ein Bild der Seel uns nicht? Sehn wir nicht Gold aus Blei
Hervorgehn? Mein Geschöpf würd ich drum so einrichten,
Daß es empfinden könnt und schließen – mehr mitnichten –
Das Schließen auch nur mangelhaft;
Dem Affen bliebe stets versagt des Denkens Kraft.
Aus Menschen würd ein Los ich geben,
Ein vielfach besseres; ich stattete von Haus
Gleich mit zwiefachem Schatz uns aus:
'ner Seele erst, wie die, mit der wir alle leben,
Klug, weise, dumm, an Torheit reich,
Des Weltalls Bürger, und darin den Tieren gleich;
'ner andern Seele dann, die sollt uns nahe bringen
Den Engeln in gewissem Sinn;
Zu den himmlischen Scharen hin
Müßt diese Seel empor sich durch die Lüfte schwingen;
Sie käm uns später erst, nicht gleich von Anbeginn,
Doch ew'ge Dauer wär ihr sicherer Gewinn.
's ist Ernst, mag's sonderbar auch klingen.
Solang wir in der Kindheit sind,
Lebte und leuchtete in uns dies Himmelskind
Mit zartem nur und schwachem Scheine.
Wir wachsen; mehr und mehr über den Stoff gewinnt
Den Sieg die Seele, diese feine,
Bis endlich ganz vor ihr zerrinnt
Die andre grobe und gemeine.

ZEHNTES BUCH

FABEL I

DER MENSCH UND DIE NATTER

Ein Mensch bekam einst zu Gesichte
'ne Natter. »Wart!« – rief er – »Nichtswürd'ge! Ich verrichte
Sogleich ein nützlich Werk an dir!« –
Augenblicks ward das arge Tier
(Ich spreche nämlich von der Schlange
Und nicht vom Menschen; leicht könnt man es mißverstehn),
Die Schlange ward gefaßt – es war gar bald geschehn –
In einen Sack gesteckt und dann – es währt' nicht lange –
Dem Tod geweiht, ganz gleich, ob schuldig oder nicht.
Indes da grundlos nie der Mensch ein Urteil spricht,
So richtet er an sie die Worte:
»Des Undanks Bild! Wer je Nichtswürd'gen wohlgetan,
Der ist ein Tor. Drum stirb! Dein Grimm soll und dein Zahn
Mir nimmer Schaden tun!« – Die Schlang an ihrem Orte

Sagt ihm, so gut es geht: »Sollten verurteilt sein
In aller Welt die Undankbaren,
Wem, frag ich, könnte man verzeihn?
Dich selber klagst du an, dein eigenes Gebaren
Und deine Lehren sind mir Zeugen; schau um dich!
Mein Leben steht bei dir, nimm es mir; nach Vergnügen,
Nach Laun und Vorteil magst du über mich verfügen;
Nach diesem Recht verdamme mich!
Doch laß mich, eh ich sterbe, wagen,
In allem Freimut dir zu sagen:
Des Undanks Bild ist nimmermehr
Die Schlang, es ist der Mensch.« – Die Worte, sehr gewichtig
Gesprochen, machten ihn erst schweigen, doch nachher
Spricht er: »Was du da sagst, ist eitel, falsch und nichtig.
Mein ist das Recht, und die Entscheidung steht mir frei;
Doch fragen andre wir!« – Die Schlang: »Ich bin's zufrieden.« –
'ne Kuh war in der Näh; man ruft, sie kommt herbei,
Man trägt den Fall ihr vor. »Die Sach ist leicht entschieden« –
Sagt sie – »und dazu braucht ihr erst mein Urteil noch?
Die Natter hat ganz recht. Warum erst heucheln doch?
Den hier ernähr ich; schon seit Jahren ist vergangen
Kein Tag, an dem von mir er Spenden nicht empfangen.
Alles ist sein: die Milch und die Nachkommenschaft
Von mir macht, daß sein Haus und seine Wirtschaft blühe;
Als er vor Alter schwach und krank, gab neue Kraft
Ich wieder ihm; all meine Mühe
War dem geweiht, was not ihm tut und ihm gefällt.
Nun bin ich alt; im Stall ohn alles Futter stellt
Er hin mich. Ließ' er mich nur noch zum Weidegange!
Doch bindet er mich an. Hätt ich zum Herrn 'ne Schlange,
Könnt wohl im Undank die, so frag ich alle Welt,
Noch weiter gehn? Lebt wohl! Ich sprach so, wie ich dachte.« –
Der Mensch, den dieser Spruch doch sehr betroffen machte,
Sagt zu der Schlange: »Die faselt uns Unsinn vor!
Sie ist 'ne Schwätzerin, die den Verstand verlor.
Fragen den Ochsen wir!« – »Gut!« – sagt der Wurm; sie zogen
Den Ochsen jetzt zu Rat. Langsamen Schritts kommt er,
Und da den Fall im Kopf er hin und her erwogen,
Meint er: Der Jahre Joch trüg er
Für uns allein, die Last der Arbeit, drückend schwer,
Durchlaufend all den Kreis der Mühen und Beschwerden,

Durch welche uns geschenkt der Ceres Gaben werden,
Den Tieren aber nur verkauft um hohen Preis.
Und dann als einzigen Beweis
Des Danks für alles dies von allen, wie wir wären,
Viel Schläg und wenig Heu! Und würd er alt, dann höhnt'
Der Mensch ihn gar und meint' besonders ihn zu ehren,
Wenn er mit seinem Blut der Götter Zorn versöhnt. –
Das meint' der Ochse. Drauf der Mensch: »Mag er doch schwei-
Dieser Langweil'ge, der nichts kann [gen,
Als Worte machen, sich als großen Redner zeigen!
Anstatt zu richten, klagt er an!
Auch ihn weis ich zurück.« – Nun ward der Baum von ihnen
Befragt; der war erst schlimm! Als Schutz müß' er uns dienen;
Er sei's, der Sonne, Sturm und Regen uns abhält;
Für uns allein schmück er den Garten und das Feld;
Nicht Schatten geb er nur, fast breche seine Krone
Unter der Früchte Last. Für alles dies zum Lohne
Werd er gefällt! Dies sei der Dank, der ihm beschert
Für das, was er im Jahr uns spend an reicher Gabe:
Blüten im Lenz, im Herbst der Früchte süße Labe,
Im Sommer Schatten, Holz im Winter für den Herd.
Warum könnt man ihn nicht ohne die Axt beschneiden?
Bei seiner Lebenskraft wär lang er noch gediehn!
Der Mensch sieht mit Verdruß, daß alles gegen ihn,
Er will durchaus, für ihn soll sich der Streit entscheiden.
»Ich bin sehr gut« – sagt er – »zu hören auf dies Pack!« –
Zugleich schlug an die Wand das Tier er und den Sack,
So daß die Schlange mußt verrecken.
So ist es bei den Großen auch:
Gründe verletzen sie, da in dem Wahn sie stecken,
Mensch und Tier, alles sei für sie nur zum Gebrauch,
Schlangen auch.
Den Mund auftun vor solchem Gauch
Ist töricht. Doch was tun, als Kluger sich zu zeigen?
Von weitem reden oder schweigen.

FABEL II

DIE SCHILDKRÖTE UND DIE BEIDEN ENTEN

Eine Schildkröte, die etwas schwach von Verstande,
Ward, ihrer Wohnung satt, von Reiselust erfaßt.
Leicht macht zu viel man her von einem fremden Lande,
Leicht wird dem Hinkenden der Heimatort verhaßt.
    Zwei Enten, welche zu Vertrauten
    Die Frau Gevatterin gemacht,
Ließen von Hilf und Rat manch freundlich Wort verlauten:
    »Hast du den weiten Weg bedacht?
Sollst nach Amerika durch die Luft mit uns gehen,
    Kriegst manche Republik zu sehen,
Manch Königreich, manch Volk; und Nutzen bringt dir's auch,
Wenn hier und dort du schaust der Fremde Sitt und Brauch.

Ulyss' macht's ebenso.« – Wohl wundert's den und jenen,
Hier des Ulysses zu erwähnen.
Gern geht Schildkrötchen auf den Vorschlag ein; nicht faul,
Ersinnt das Vogelpaar 'nen Plan vor allen Dingen,
Die Pilgerin vom Fleck zu bringen:
Sie legen einen Stab derselben quer durchs Maul.
»Halt fest« – sagen sie ihr – »und hüt dich loszulassen!« –
An jedem Ende faßt den Stab 'ne Ente dann.
Wie die Schildkröte durch die Lüfte fliegt, weiß man
Sich vor Erstaunen kaum zu fassen.
»Schaut dort! Die Königin von dem Schildkrötenvolke« –
Rief man – »sie schwebt in jener Wolke!« –
»Die Königin! Jawohl, ich bin's; schaut mich nur an,
Und spottet meiner nicht!« – Sie tat viel besser dran,
Hätt sie geschwiegen und wohl aufgepaßt auf alles.
Wie sie das Maul auftut, läßt fahren sie den Stab;
Sie fällt, und mausetot stürzt sie zur Erd hinab.
Geschwätz'ge Eitelkeit war Ursach ihres Falles.
Torheit, Geschwätzigkeit, alberne Eitelkeit
Sowie neugier'ge Albernheit
Sind alle nah verwandt zusammen,
Da sie von gleichen Ahnen stammen.

FABEL III

DIE FISCHE UND DER SEERABE

Es gab wohl keinen Teich ringsum im ganzen Kreise,
Den der Seerabe nicht besteuert bis aufs Blut:
Weiher und Kasten zahlt' ihm reichlichen Tribut.
Sein Tisch war gut bestellt. Doch da die Zeit zum Greise
Das arme Tier gemacht, ist jetzt
Derselbe Tisch oft schlecht besetzt.
Seeraben sorgen selbst für ihre Lieferungen;
Der unsre, dessen Aug vor Alter blöd und matt
Und der nicht Garn noch Netze hat,
War oft vom Hunger fast bezwungen.
Was tun? Die Not, der schon so manche List gelungen,
Lehrt eine ihn. Er sieht an Teiches Rand, nicht weit,
'nen Krebs; den denkt er anzuwerben:
»Gevatter« – sagt er ihm – »geh, mach dich schnell bereit,

Bring eine wicht'ge Neuigkeit
Dem Volk dort unten. Es muß sterben!
Heut in acht Tagen fischt der Herr im ganzen Teich.« –
Der Krebs beeilt sich alsogleich
Und meldet's. Groß ist die Bewegung:
Versammlung, heftige Erregung.
Hin schickt man: »Meister Kormoran,
Ist es denn wahr? Wer hat die Meldung Euch getan?
Stehn wirklich gar so schlimm die Sachen?
Wißt Ihr ein Mittel? Sagt, wie sollen wir es machen?« –
»Auswandern!« – spricht er. – »Doch wie fangen wir es an?« –
»Ich trag in mein Asyl euch alle, Mann für Mann,
Drum macht euch weiter keine Sorgen;
Außer Gott ist nur mir der Weg dorthin bekannt,
Es gibt kein Plätzchen, so verborgen.
Ein Weiher, den Natur dort grub mit eigner Hand,
Den keines Menschen Tücke fand,
Dorthin mag euer Staat auswandern.« –
Man glaubt's, und einen nach dem andern
Des Wasservölkchens trug er fort
Nach seinem stillen Felsenort.
Der saubre Heil'ge holt' von denen,
Die er in einen Raum gedrängt,
Der hell und flach und höchst beengt,
Mühlos sich heute den zum Mahl und morgen jenen.
Er zeigte ihnen, daß man nie
Vertraun darf einem, der ein Schinder und Erpresser;
Und schweres Lehrgeld zahlten sie.
Ihr Schade war nicht groß: des Menschen Schlächtermesser
Hätt ihnen andernfalls doch bald den Tod gebracht.
Wer dich verschlingt, ob Mensch, ob Wolf? Ein jeder Fresser
Scheint mir ganz gleich in dem Betracht;
Ob gestern oder heut, das macht
Die Sache schlimmer nicht noch besser.

FABEL IV

DER MANN, DER SEINEN SCHATZ VERGRÄBT, UND SEIN GEVATTER

Ein Knauser hatte so viel angehäuft,
Daß, es zu bergen, ihn gar sehr beschwerte.
Der Geiz – der Dummheit ist er Bruder und Gefährte –
Macht, daß in Sorg umher er läuft,
Wen zum Verwalter soll er wählen;
Denn einen wollt er. Dies der Grund, welcher ihn trieb:
Verlockend ist's; das Geld wird sich – es kann nicht fehlen –
Vermindern, wenn's im Hause blieb;
Am Ende würd ich selbst an meinem Gut zum Dieb! –
Zum Dieb? Genießen, heißt denn das, sich selbst bestehlen?
Mein Freund, du tust mir leid, so grundlos dich zu quälen!
Merk dir's, ich sag es dir zulieb:
Geld und Gut ist nur gut, weiß man es auszugeben;
Sonst ist's ein Übel. Sprich, hättest du etwa Lust,

Es unnütz für die Zeit des Alters aufzuheben?
Die Mühe des Erwerbs, die Sorg um den Verlust
Machen's wertlos, obwohl man's nötig hält zum Leben. –
    Von solcher Sorgen Qual bedroht,
Tat unsrem Freunde nichts als sichre Leute not.
Er zieht die Erde vor, nimmt den Gevatter eben
Zu Hilf, und beide gehn und graben ein den Schatz.
Nach ein'ger Zeit sucht er sein Geld an jenem Platz;
    Er findet nur die leere Stätte.
Mit Recht mutmaßt er, daß es der Gevatter hätte;
Er ruft ihn: »Komm; ich hab als letzten Bodensatz
Noch ein'ge Heller, die will ich zum andern legen.« –
Sogleich eilt jener, das gestohlene Vermögen
    Zurückzubringen, denn dann fällt,
So meint er, später doch ihm zu das ganze Geld.
    Nun aber, zur Vernunft gekommen,
Behält der andere sein Geld, sich sein zu freun;
    Er scharrt und gräbt es nimmer ein.
Doch aus den Wolken fiel der Dieb, der wahrgenommen,
    Was für ein Schad' ihm zugefügt.
Leicht zu betrügen ist der, welcher selbst betrügt.

FABEL V

DER WOLF UND DIE HIRTEN

Ein Wolf, erfüllt von Menschlichkeit,
(Wenn solche überhaupt zu denken)
Begann, ob seiner Grausamkeit,
Die er gezwungen übt, nur aus Notwendigkeit,
Sich in Nachsinnen zu versenken.
»Ich bin« – spricht er – »gehaßt. Von wem? Von jedermann.
Den Wolf sieht stets als Feind man an:
Hund, Jäger, Bauer stehn vereint, ihn zu verderben.
Zeus droben ist betäubt ob ihres Wutgeschreis;
In England zwang man drum uns Wölfe auszusterben,
Man setzt' auf unsern Kopf 'nen Preis.
Kein Junker dort, der nicht alltäglich
Durch Aufruf fordert unsern Tod;
Kein kleiner Fratz, dem, wenn er kläglich
Zu schrein wagt, mit dem Wolf nicht gleich die Mutter droht.
Und all dies, weil ein räudig Schaf,

’nen schäb’gen Esel ich, ’nen biss’gen Köter traf,
An denen meine Lust ich büßte.
Gut! Fressen nimmer wir, was je das Leben grüßte!
Speisen wir Laub und Gras, verhungernd lobesam!
Ist das ’ne gar so schlimme Sache?
Ist’s besser, daß man sich verhaßt bei allen mache?« –
Bei diesen Worten sieht er Hirten, die ein Lamm
Verzehren, das am Spieß gebraten.
»Ho!« – rief er – »Meine Missetaten
Am Lamm werf ich mir vor, und seiner Hüter Schar,
Die Hund auch essen’s selber gar!
Ich sollt mir ein Gewissen machen?
Ich, der Wolf? Nein, bei Gott, das wäre doch zum Lachen!
Das nächste Lämmchen pack ich an –
Ich brauch’s nicht an den Spieß zu stecken –
Und nicht nur dieses, nein, die Mutter soll mir schmecken;
Zuletzt kommt auch der Vater dran!« –
Der Wolf hat recht. Ist’s wahr und kann man uns beweisen,
Daß all die Tiere wir verspeisen:
Wie wollen wir das Vieh zwingen, daß es nur speist
Wie im Zeitalter, das man uns als goldnes preist?
Soll’s nichts für sie zu beißen geben?
Der Wolf hat unrecht – daß ihr’s wißt –,
Nur weil er nicht der Stärkre ist.
Wollt ihr, er soll als Klausner leben?

FABEL VI

DIE SPINNE UND DIE SCHWALBE

»Zeus, der du, weise wie von je du warst,
Geheimnisvoll aus deinem Hirn gebarst
Pallas, die einst mir grollt' – ach! woll im Leben
Einmal Gehör nur meiner Klage geben!
Prokne nimmt mir all meine Bissen fort;
In Lüften kreisend und an Bächleins Bord,
Schnappt Fliegen sie, die ich schon fast gewonnen.
Stets wär gefüllt mein Netz – du siehst es dort –
Wär der verwünschte Vogel nicht am Ort;
Aus festen Stoffen hab ich es gesponnen.« –
So keck, da sie im Recht sich deucht,
Beklagt Arachne sich, einst Meisterin im Weben,

Die jetzt, als Spinnerin nur eben,
Meint', ihr gehöre jed' Insekt, das fleucht und kreucht.
Auf Beute lauernd, schnappt die Schwester Philomelens
Dem kleinen Tier zum Trotz die Fliegen, nach wie vor,
Für sich und ihre Brut, die, nimmer satt des Quälens,
Mit offnem Schnabel stets, ein vielgefräß'ger Chor,
Mit halbem Stimmchen, doch stammelnd mit lautem Toben
Nach Nahrung schreit. Hört, was der Spinne widerfuhr:
Nichts hat die arme Kreatur
Als Füß und ihren Kopf – nutzloses Rüstzeug nur!
Da fühlt sie sich emporgehoben:
Die Schwalb entführt das Netz, mit ihm das arme Ding,
Das unten ganz am Ende hing.
Zwei Tische deckte Zeus für alle: dem Gescheiten,
Dem Starken, Wachsamen hat er den Platz gewährt
Am ersten; doch der Kleine nährt
Von den Brosamen sich am zweiten.

FABEL VII

DAS REBHUHN UND DIE HÄHNE

Bei lauter Hähnen, die von wenig Lebensart,
Unbändig, roh, zanksüchtig, ward
Ein Rebhuhnweibchen unterhalten.
Die Gastfreundschaft und ihr Geschlecht
Gab ihr die Hoffnung, bei den Hähnen, die so recht
Verliebt, herrsch Anstand auch, fein ritterlich und echt:
Sie würden ihrer Pflicht als Wirte freundlich walten.
Doch nein; sie sah dies Volk oft grimme Wut entfalten,
Das wenig Rücksicht nur der fremden Dam' erwies
Und mit den Schnäbeln sie oft schrecklich hieb und stieß.
Erst grämte sie sich ob der Schande;
Allein sobald sie sah, daß diese wilde Bande
Untereinander sich zerfleischt, zerhackt – und wie! –
Tröstet sie sich und spricht: »'s ist mal so ihre Sitte;
Anklagen nicht, vielmehr beklagen will ich sie.
Zeus hat nicht nur nach einem Schnitte

Alle geformt und einem Brauch:
's gibt Hahnenseelen und Rebhühnerseelen auch.
Wenn es von mir allein abhinge, würd ich eben
In besserer Gesellschaft leben.
Der Herr des Hühnerhofs will, es soll anders sein:
Er fing im Garn mich, sperrt inmitten
Der Hähne mich und hat die Flügel mir beschnitten;
Wen ich anklagen muß, es ist der Mensch allein.«

FABEL VIII

DER HUND MIT DEN VERSCHNITTENEN OHREN

»Was tat ich, um vom eignen Herrn
Also verstümmelt mich zu sehen?
Ein schöner Zustand! Wird noch gern
Einer der andern Hund in Zukunft mit mir gehen?
Ihr Herrn der Tiere, nein, Quäler voll Tyrannei,
Wer läßt euch Gleiches wohl erleiden?« –
Muffel, die Dogge, schrie also. Man war dabei,
Herzlos und ungerührt von seinem Schmerzensschrei,
Ihm ohn Erbarmen just die Ohren zu verschneiden.
Muffel klagt den Verlust; doch merkt er bald, es sei
Gewinn noch gar für ihn: geschaffen, seinesgleichen
Zu packen, wär vielleicht nach manch mißlungnen Streichen
Er heimgekehrt und hätte dann
Von jenem Körperteil ein Stückchen wohl verloren;
Ein biss'ger Köter hat ja stets zerrißne Ohren.
Ein Glück, je weniger der Feind uns nehmen kann!
Hat man nur einen Platz zu schützen: nimmer lassen
Wir ihn, weil Ärgernis wir hassen.
So Muffelchen: als Wehr hat er ein Halsband bloß,
Vom Ohr 'nen Rest, nicht ganz wie mein Handteller groß;
Der Wolf wüßt nimmer, wo ihn fassen.

FABEL IX

DER SCHÄFER UND DER KÖNIG

Von zwei Dämonen ist besessen unser Leben,
Und wo sie herrschen, ist Vernunft weit fortgebannt;
Ich weiß kein Herz, das nicht den beiden hingegeben.
Und wie sie heißen? Nun, sie sind euch wohlbekannt:
Der ein' ist Lieb, Ehrgeiz der andere genannt.
Des letztern Reich ist weit: ihm frönen alle Seelen,
    Selbst Liebe ist von ihm bedroht.
Gar leicht bewies' ich's; doch mein Zweck ist, zu erzählen,
Wie einen Schäfer einst ein Fürst zu Hof entbot.
Es ist 'ne alte Mär und nicht aus unsern Tagen.
Der König sah im Feld der Herden üpp'ge Schar,
Gut grasend, wohlgenährt, und die in jedem Jahr,
Dank ihres Schäfers Müh, großen Gewinn getragen.
Der Hirt gefiel ihm, der so zuverlässig war.

FABEL IX

DER SCHÄFER UND DER KÖNIG

Von zwei Dämonen ist besessen unser Leben,
Und wo sie herrschen, ist Vernunft weit fortgebannt;
Ich weiß kein Herz, das nicht den beiden hingegeben.
Und wie sie heißen? Nun, sie sind euch wohlbekannt:
Der ein' ist Lieb, Ehrgeiz der andere genannt.
Des letztern Reich ist weit: ihm frönen alle Seelen,
    Selbst Liebe ist von ihm bedroht.
Gar leicht bewies' ich's; doch mein Zweck ist, zu erzählen,
Wie einen Schäfer einst ein Fürst zu Hof entbot.
Es ist 'ne alte Mär und nicht aus unsern Tagen.
Der König sah im Feld der Herden üpp'ge Schar,
Gut grasend, wohlgenährt, und die in jedem Jahr,
Dank ihres Schäfers Müh, großen Gewinn getragen.
Der Hirt gefiel ihm, der so zuverlässig war.

Gesindel, das einst scharf sein Richterspruch gefaßt.
»Von unsrem Gelde« – heißt's – »baut er sich 'nen Palast!« –
Die reichen Schätze will der König selbst ergründen.
Er sieht nur überall dürft'ge Bescheidenheit,
Den Preis der Armut und das Lob der Einsamkeit;
    Das war die Pracht, die hier zu finden.
»Sein Schatz« – rief man – »besteht in Gold und Edelstein;
Er hat 'nen Koffer voll, groß und zehnfach verschlossen!« –
Er zeigt den Koffer vor; verlegen schauten drein
    Des Truges schurkische Genossen.
Den Koffer öffnet man; was war die ganze Pracht?
    Nur Lumpen, eine Schäfertracht,
Ein kleiner Hut, Rock, Stab, 'ne Tasche für das Essen,
    Den Dudelsack nicht zu vergessen.
»Mein Schatz, du teures Pfand des Glücks, das ich genoß« –
Rief er – »du wecktest nie Trug, Lüge, Haß und Rache!
Komm wieder her; ich geh aus diesem reichen Schloß,
    Wie ich aus einem Traum erwache.
Den Ausruf, Herr, verzeiht! Schon meines Falls bewußt
War ich, als mir erstrahlt' all dieses Glanzes Schimmer.
Hochmut kam vor dem Fall; allein wem schwellte nimmer
    Ein Körnchen Ehrgeiz wohl die Brust?«

FABEL X

DIE FISCHE UND DER FLÖTENDE SCHÄFER

Tircis, der einzig für Annette
Tönen ließ seiner Stimme Sang
Und seine Flöt – ergriffen hätte
Die Toten selbst ihr süßer Klang –
Sang einst den klaren Bach entlang,
Des Welle bunte Wiesen netzte,
An deren Blütenduft der Zephir sich ergetzte.
Indessen sitzt Annett und angelt; aber ach!
Kein Fischlein läßt sich sehn im Bach;
Der Schäferin will's heut nicht glücken.
Der Schäfer, dessen Lied wohl schon

So manche Spröde mocht entzücken,
Wähnt, auch die Fische lock herbei sein Ton.
Er singt sie also an: »Bewohner der Gewässer,
Laßt eure Nymphe doch in feuchter Grotte! Besser,
Tausendmal schöner lockt euch hier ein reizend Bild.
Der Holden Fesseln sind nicht schwer; grausam erscheinen
Kann sie nur gegen unsereinen,
Euch hegt sie zärtlich, sanft und mild.
Es geht ja nicht an euer Leben;
Ein Weiher nimmt euch auf, klar wie Kristall und rein;
Und sollt der Köder euch vielleicht bedenklich sein:
Tod von Annettens Hand, kann's etwas Schönres geben?« –
Seine Beredsamkeit wirkt wenig nur: die Schar
Der Hörer zeigt sich taub, wie stumm von je sie war.
Tircis predigt umsonst; die Worte, süß und linde,
Verhallen als ein Raub der Winde.
Er legt ein Netz; gleich war's mit Fischen allermeist
Gefüllt, der Hirtin konnt er sie zu Füßen legen.
Kön'ge, die ihr nicht Schaf-, nein, Menschenhirten heißt!
Durch Überredung wähnt, durch Gründe ihr den Geist
Der blöden Massen anzuregen?
Auf diese Weise, glaubt, erreicht man nicht gar viel;
Versucht es nur auf andern Wegen.
Werft eure Netze aus; Gewalt nur führt zum Ziel.

FABEL XI

DIE BEIDEN PAPAGEIEN, DER KÖNIG UND SEIN SOHN

Zwei Papageien, Vater war's und Sohn,
Die an des Königs Tisch ihr Futter fanden;
Bei Sohn und Vater, zwei Halbgöttern, standen
In Gunst die beiden Vögel, nah dem Thron.
Das Alter hält mit wahrer Freundschaft Banden
Umschlungen sie: die Väter liebten sich;
Die Kinder auch, obwohl leichtsinnig, schlossen
Sich aneinander fest und brüderlich
Beide, der Schule wie des Mahls Genossen.
Das war viel Ehre für den jungen Papagei;
Ein Prinz war jenes Kind, sein Vater war ein König,
Und, gutgeartet von Natur, hat er nicht wenig

Die Vögel lieb. Ein Spatz, leichtfertig, keck und frei
Und der verliebteste in sämtlichen Provinzen,
Erfreute gleichfalls sich der Gunst des jungen Prinzen.
Dies Nebenbuhlerpaar spielt' einstmals und geriet,
Wie's jungen Leuten wohl geschieht,
Dabei in Streit. Es ward zerschlagen,
Zerhackt der unvorsicht'ge Spatz
So arg, daß flügellahm vom Platz
Er und halbtot ward fortgetragen;
Man meint, daß er unheilbar sei.
Der Prinz erschlug den Papagei
Im Zorn. Der Alte hat es bald vernommen.
Verzweifelnd weint' und schrie der Ärmste; nichts mehr from-
Konnt es, umsonst war all sein Weh und Ach; [men
Der sprachbegabte Vogel lag im Sarge.
Vielmehr, der Vogel, der jetzt nicht mehr sprach,
Versetzt in Wut den Vater, in so arge:
Des Prinzen Augen hackt er aus mit mächt'gem Stoß.
Sogleich flieht er und birgt unter dem Wipfeldache
'ner Tanne sich; dort, in der Götter Schoß,
Sitzt er an sichrem Ort und freut sich seiner Rache.
Der König eilt herbei und lockt ihn: »Kehr zu mir
Zurück, mein Freund! Was hilft uns noch das Weinen hier?
Haß, Rache, Trauer – laß all das uns jetzt vergessen.
Wie groß mein Schmerz, doch sag ich dir:
Die Schuld ist unser – wohl ermessen
Hab ich's – sie trägt mein Sohn in seines Zornes Wahn.
Mein Sohn? Nein, nicht mein Sohn, das Schicksal hat's getan!
Eins unsrer Kinder sollt – so stand's im Buch der Parze –
Sterben, das andere erblinden; sieh, das schwarze
Verhängnis mußt uns also nahn.
Kehr wieder heim, laß uns einander Trost zusprechen!« –
Der Vogel: »Meinst du wirklich, Mann,
Daß nach so blutigem Verbrechen
Ich dir mich anvertrauen kann?
Dem Schicksal gibst du schuld; denkst du im Ernst daran,
Durch solche Lockungen mein Mißtraun abzuschwächen?
Mag die Vorsehung nun, mag blinden Schicksals Macht
Die Ordnung dieser Welt besorgen,
Fest steht's: auf dieses Baums unnahbar hoher Wacht
Oder in tiefem Wald geborgen

Bring meine Tag ich hin; fern sei von dir verbannt,
Was stets mit Recht ein Gegenstand
Des Hasses und der Wut dir wär! Ich weiß, die Rache
Gehört den Kön'gen, da ihr doch mal Götter seid.
Vergessen wolltest du die Sache?
Ich glaub's; doch deinem Aug und deinem Arme weit
Zu bleiben, halt ich für gescheit.
Herr König, werter Freund, du sprichst umsonst, drum laß es!
Rückkehr? Niemals! Die Trennung tut
Das Ihre schon: sie ist zur Heilung wüt'gen Hasses
Wie gegen Lieb als Pflaster gut.«

FABEL XII

DIE LÖWIN UND DIE BÄRIN

Der Löwenmutter raubt' ihr Junges man –
Ein Jäger tat's – da hub die arme Gramverzehrte
So fürchterlich zu brüllen an,
Daß sich der ganze Wald empört darob beschwerte.
Die stille Nacht, die Dunkelheit
Und alle Wonnen, die ihr eigen –
Des Waldes Königin brachten sie nicht zum Schweigen;
Es floh der süße Schlaf die Tiere weit und breit.
Die Bärin sprach: »Willst mir gestatten
Ein Wort nur? All die Jungen, die
Dein Zahn zerriß, ob nicht auch sie
Noch Vater oder Mutter hatten?« –
»Die hatten sie.« – »Nun wenn wir, als
Uns Kinder starben, nicht gleich mußten unterliegen
Und wenn so viele Mütter schwiegen,
Warum schweigst du nicht ebenfalls?« –

»Ich, schweigen? Noch kann ich's nicht fassen!
Weh mir! Mein Kind ist hin! Nun harrt ein Alter mein,
Gar traurig, einsam und verlassen!« –
»Wer zwingt dich denn dazu? Muß es durchaus so sein?« –
»Mich haßt das Schicksal, ach!« – »Dergleichen hört man sagen
Von jedem jederzeit und auch an jedem Ort!«
Die arm und elend ihr euch fühlt, euch gilt dies Wort.
Wie grundlos hör ich oft und frevelhaft euch klagen!
Wer sich vom Himmel glaubt gehaßt, der denke fein
An Hekuba! Dankbar wird er den Göttern sein.

FABEL XIII

DIE BEIDEN GLÜCKSRITTER UND DER TALISMAN

Es ist kein Blumenpfad, steil ist der Weg zum Ruhme.
Man sieht's an Herkules und seinen Werken; kaum
Ist noch für seinesgleichen Raum
In Fabeln und in der Geschichte Heiligtume.
Doch weiß ich einen, den in das romant'sche Land
Ein alter Talisman zur Jagd nach Glück gesandt.
Mit einem Freund macht' er die Reise;
An einem Pfosten fand 'nen Zettel unser Paar,
Auf welchem dies zu lesen war:
»Herr Abenteurer, willst du schaun in sondrer Weise,
Was kein Glücksritter noch jemals vor dir gesehn,
Brauchst nur durch diesen Strom zu gehn;
Den Elefanten dann nimm, den, aus Stein gehauen,
Du wirst am Boden liegend schauen;

In einem Atem trag den Berg ihn unverzagt
Hinauf, des Riesenhaupt dort in den Himmel ragt.« –
Dem einen fällt das Herz – wohin, will ich nicht sagen!
»Der Strom ist tief und reißend; wagen
Wir's wirklich« – spricht er – »und wir kommen gar ans Land,
Wozu dann, frag ich, noch der schwere Elefant?
Was für ein lächerlich Beginnen!
Ein Kluger möchte sich vielleicht nicht lang besinnen,
Wenn um vier Schritte nur sich handelte der Spaß;
Allein den Berg hinauf in einem Atem, das
Vermag kein Sterblicher! Unmöglich ist's; es wäre
Ein Däumling denn, ein Zwerg der Elefant, ein Kopf,
Geschnitzt für einen Stock als Knopf.
Ist dies der Fall, wo bleibt des Abenteuers Ehre?
's wird ein Denkzettel nur, für Narren eine Lehre,
Ein Schelmenrätsel wird's, ein Kinderstückchen sein!
Du und dein Elefant, ich laß euch drum allein.« –
Der Schwätzer geht, es springt der andre in die Wellen,
Geschloßnen Augs hat er's gewagt.
Nicht Tiefe, nicht des Stromes Schnellen
Halten ihn auf; jenseits liegt, wie der Zettel sagt,
Der Elefant am Strand. Als er ihn aufgenommen
Und richtig mit der Last des Berges Höh erklommen,
Sieht eine Ebne er, in der 'ne Stadt erbaut.
Da gibt der Elefant von sich 'nen schrillen Laut;
Bewaffnet strömen Volkeshaufen
Herbei. Ein andrer wär sogleich davongelaufen;
Doch unser Ritter, kühn behauptet er das Feld,
Und muß er fallen, will er sterben als ein Held.
Erstaunt hört er die Schar zum Herrscher ihn ausrufen,
Da durch des Königs Tod der Thron nun ledig wär;
Er läßt sich bitten und ersteigt des Thrones Stufen,
Obwohl – er sagt's – die Last ihm doch ein wenig schwer.
So mocht auch Sixtus bei der Papstwahl sich gebärden –
Ist König oder Papst zu werden
Denn ein so großes Ungemach? –
Bald sah man, daß er doch nicht allzu ehrlich sprach.
Blindes Glück wird zum Lohn oft blindem Mut im Leben.
Der Weise wählt mit Recht manchmal die schnelle Tat,
Eh zum Erwägen er der Weisheit Frist gegeben,
Und leistet gern Verzicht auf ihren guten Rat.

FABEL XIV

EINE BETRACHTUNG, DEM HERRN HERZOG DE LA ROCHEFOUCAULD GEWIDMET

Oft hab ich mir gesagt, sah ich das Tun und Schalten
Des Menschen, und wie sein Verhalten
In tausend Fällen dem der Tiere ganz entspricht:
Der Herr der Schöpfung hat doch wen'ger Mängel nicht
Als seine Sklaven. Jedem Wesen
Gab die Natur ein auserlesen
Körnlein von jener Mass', aus welcher schöpft der Geist –
Den Geist, der Körper ist, mein ich, aus Stoff gewoben –
Wie euch das Folgende beweist.
Zur Zeit der Dämmerung – sei's, daß das Licht von oben

Mit seinem letzten Strahl die feuchte Erd erhellt,
Sei's, daß die Sonne sich zu neuem Lauf erhoben
Und nicht mehr Nacht und noch nicht Tag ist in der Welt –
Erklimm ich einen Baum an Waldes Rand; dort sitze
Ich, wie ein junger Zeus auf dem Olymp, und blitze
Auf ein Kaninchen, wenn sich just
Mir schußgerecht eins vorgeschoben.
Gleich flieht das ganze Volk Kaninchen, das voll Lust
Im Heidekraut, mit heitrem Toben,
Mit offnem Aug, gespitztem Ohr,
Mit Thymian gewürzt ihr Mahl noch kurz zuvor.
Vom Knall verscheucht, sucht wie besessen
Die ganze Schar im ersten Schreck
Ihr unterirdisches Versteck.
Ist die Gefahr vorbei, ist auch die Furcht vergessen,
Und das Kaninchenvolk kommt zu des Mahls Genuß,
Noch heitrer als zuvor, mir wieder vor den Schuß.
Ob an der Menschen Tun uns dies nicht mahnen muß?
Von des Sturms Gewalt verschlagen,
Kaum genaht dem sichern Port,
Sieht man neuen Sturm sofort,
Neuen Schiffbruch man sie wagen.
Ganz Kaninchen zeigen dann
Sie sich in Fortunas Händen.
Zu einem andern Fall will ich sogleich mich wenden.
Kommt fremder Hunde Schar in einem Dorfe an,
Das nicht in ihrer Heimat Bann,
Welch ein Geheul und welch Gebelle!
Des Dorfes Hunde, auf der Stelle
Von Futterneid erfaßt, mit manchem scharfen Biß
Verfolgen sie die Fremden bis
An des Gebietes letzte Grenze.
Der Neid auf Geld und Gut, auf Größ und Ruhmeskränze
Bewirkt, daß Fürsten oft und Schranzen, ja gewiß
Auch Leut aus jedem Stand sich ebenso betragen.
Wir alle fallen ohne Zagen
Her über den, der uns als Nebenbuhler droht.
Dichtern und schönen Fraun will Gleiches man nachsagen –
Jungen Schriftstellern welche Not!
Nur möglichst wenige auf einen Bissen Brot –
Das heißt G e s c h ä f t! Was hilft das Klagen?

Tausend Beweis hätt ich, da mir's nicht dran gebricht;
Allein, je kürzer ein Gedicht,
Desto besser gefällt's. Daß dieses wahr und recht ist,
Weiß von den Meistern ich, und mancher Kritikus
Lehrt, daß noch immer was zu denken bleiben muß;
Und deshalb eil ich jetzt zum Schluß.
Du, der Du stets mir gabst, was immer gut und echt ist,
Dessen Bescheidenheit nur Deiner Größe gleicht,
Der Du errötest, wenn ein Lob Dich je erreicht,
Wär auch dies Lob, das man verkündet,
Noch so gerecht und wohlbegründet;
Bei dem mit Mühe nur ich die Erlaubnis fand,
Daß eine Huldigung ich Deinem Namen weihe,
Der Schutz mir gegen Zeit und vor Zensur verleihe –
Ein Nam, in Ewigkeit und überall gekannt,
Der Frankreich Ehre macht, dem's seit den frühsten Tagen
An großen Namen nicht gebricht;
Gestatte wenigstens mir, aller Welt zu sagen,
Daß Du den Gegenstand mir gabst für mein Gedicht.

FABEL XV

DER KAUFMANN, DER EDELMANN, DER HIRT UND DER KÖNIGSSOHN

Vier, die einst übers Meer gezogen,
Halbnackt entronnen jetzt den Stürmen und den Wogen,
Ein Kaufmann und ein Prinz, ein Hirt, ein Edelmann,
Bettelten, wie mit seinem Knaben
Einst Belisar*, die Leute an
In ihrer Not um kleine Gaben.
Erst zu erzählen, wie es sich zusammenfand,
Dies Doppelpaar, so weit getrennt nach Rang und Stand,
Wär viel zu lang an dieser Stelle.
Die Ärmsten saßen da, geschart um eine Quelle,
Und hielten Rat. Der Prinz legt höchst ausführlich dar,
Die Großen wären stets umgeben von Gefahr.
Der Hirt dagegen meint, man solle doch sein Denken

* Belisar war ein bedeutender Feldherr des Kaisers; nachdem er bei seinem Herrn in Ungnade gefallen war, geriet er in solche Not, daß er auf den Straßen betteln ging.

Jetzt nicht auf das Vergangne lenken;
Nach Kräften sei vielmehr ein jeder drauf bedacht,
Wie man der Not ein Ende macht! [gen?
»Kann Klagen« – sagt er noch – »dem Menschen Rettung brin-
Nein, nur durch Arbeit wird das Schwerste selbst gelingen.« –
Ein Hirt, der also spricht! – So spricht? Glaubt ihr, es sei'n
Vom Himmel denn mit Geist nur die gekrönten Köpfe
Und mit Verstand begabt allein,
Und alle Hirten, weil ihr Stand so arm und klein,
Gleich ihren Schafen, dumme Tröpfe?
Der Rat des Hirten schien vortrefflich jetzt den drei'n,
Die an Amerikas Küsten mit ihm verschlagen.
»Ich« – meint der Kaufmann – »kann's schon mit Rechnen
Soviel bringt monatlich der Unterricht mir ein.« – [wagen,
»Über Staatskunst will ich vortragen« –
Sagt jetzt der Königssohn. Darauf der Edelmann:
»Mir ist Heraldik wohlbekannt, sie will ich lehren.« –
Als ob in Indien auch nur einer dann und wann
Dran denken möcht, sich um dies Kauderwelsch zu scheren!
Der Hirt sagt: »Wohl habt ihr gesprochen. Aber was!
Vier Wochen hat der Mond; wollt ihr bis dahin leben,
Ohne zu essen? Könnt ihr das?
Die Hoffnung, die ihr mir gegeben,
Ist schön, doch weit in Sicht. Mich hungert ganz fatal;
Wer sorgt auf morgen denn für unser Mittagsmahl?
Noch mehr: wer von euch leistet eben
Uns heute nur Gewähr für unser Abendbrot?
Das tät uns doch vor allem not!
Ich seh, eu'r Wissen all und Streben
Langt dafür nimmer aus; ich biet euch meine Hand.« –
Drauf ging der Hirt zum Wald und band
Reisbesen dort, die bringt er zum Verkauf. So lindert
Für ein paar Tag er doch die Not, und so verhindert
Er, daß die andern drei, vom Hunger übermannt,
Zu üben ihr Talent, gingen ins Schattenland.
Dies Abenteuer lehrt mich denken,
Zum Leben brauche man nicht viel Gelehrsamkeit;
Und daß, dank der Natur Geschenken,
Die Hand uns sichre stets und schnelle Hilfe leiht.

ELFTES BUCH

FABEL I

DER LÖWE

Der Sultan Leopard besaß
Durch Erbschaft, andern wohl zum Neide,
So manchen Hirsch im Wald, manch Schaf im Wiesengras
Und manches Rind auf seiner Weide.
Ein Löwe kam zur Welt auf nahgelegner Heide.
Nachdem Begrüßungen gewechselt dort und hier,
Wie's Brauch ist unter Potentaten,
Berief der Sultan gleich den Fuchs, seinen Wesir,
'nen alten schlauen Diplomaten.
»Du fürchtest« – sagt er ihm – »den jungen Leun so sehr?
Sein Vater starb, was kann er machen?
Beklag die arme Waise eh'r!
Er hat daheim manch schlimme Sachen
Noch zu bestehn und schützt vielmehr
Sein Eigentum, als daß er den Erobrer spiele.« –
Kopfschüttelnd sagt der Fuchs: »Ich fühle

Für solche Waisen, Herr, groß Mitleid eben nicht!
Zum guten Freund ihn uns zu halten, scheint mir Pflicht,
Oder sogleich ihn ohne Gnaden
Vernichten, eh Gebiß und Krall
Ihm wachsen und er dann imstand ist, uns zu schaden.
Entschließ dich schnell in jedem Fall.
Sein Horoskop kenn ich: groß wird durch Krieg er werden;
Der beste Löwe wird er sein
Für alle seine Freund auf Erden.
Such seine Freundschaft drum; wenn nein,
Such ihn zu schwächen.« – Nicht hört man auf diese Worte.
Der Sultan schlief; im Reich, von seines Schlosses Pforte
Bis an die Grenzen, schlief ein jeder; bis zuletzt
Das Löwenjunge sich zum Leun entwickelt. Jetzt
Steht alles gegen ihn, es schallt von Ort zu Orte
Der Lärm des Krieges. Den Wesir
Fragt man um Rat; er seufzt und spricht: »Was reizet ihr
Ihn denn? Nun ist's zu spät und Rettung uns verschlossen!
Umsonst ruft jetzt herbei ihr tausend Bundsgenossen;
Je mehr, je teurer! Nichts hilft euch der ganze Hauf,
Er frißt euch nur die Hammel auf.
Versöhnt den Leun; er schafft allein beim blut'gen Werke
Mehr als die Helfer all, die nur eu'r Gut verzehrt.
Drei Helfer hat er, mehr als all die euren wert,
Und kosten nichts; sie sind: Mut, Wachsamkeit und Stärke.
Werft ihm, so schnell ihr könnt, 'nen Hammel hin zum Schmaus;
Verlangt er mehr, gebt's ihm – es sei euch nicht zu Leide –
Legt noch ein Rind dazu; doch, rat ich, sucht ihm aus
Das fetteste der ganzen Weide,
Und rettet so den Rest!« – Doch es mißfiel der Rat,
Er blieb erfolglos. Mancher Staat,
Des Sultans Nachbar, kam zu Falle;
Keiner gewann, sie büßten alle.
War auch fast alle Welt ihm feind,
Meister blieb, den sie fürchtend hassen.
Sei klug und halte dir den Löwen stets zum Freund,
Hast du erst groß ihn werden lassen.

FABEL II

DIE GÖTTER, DIE EINEN SOHN JUPITERS UNTERRICHTEN WOLLTEN

FÜR DEN HERRN HERZOG VON MAINE

Zeus hatte einen Sohn, der, da ihm wohlbekannt
Sein Ursprung, diesem Ehre machte
Und wie ein Gott empfand und dachte.
Die Kindheit liebt nicht; er, der junge Götterfant,
Strebt nach zwei Dingen nur vor allen:
Er wollte lieben und gefallen.
Es war Verstand ihm und Gemüt
Vorausgeeilt der Zeit, auf deren leichtem Fittich
Zu früh nur jede Stund und jeder Tag entflieht.
Flora, die liebliche, sanft lächelnd, hold und sittig,
Erregte mächtig des Olympiers junges Herz.
Was Leidenschaft nur je imstand ist zu entzünden,
Das zarteste Gefühl, das zärtlichste Empfinden,
Tränen und Seufzer, nichts fehlt seinem Liebesschmerz.

Wohl mußte von Geburt mit andern Himmelsgaben
Schon ausgerüstet sein des Zeus geliebtes Kind,
Als andrer Götter Söhne sind;
Trefflich schien seine Roll er einstudiert zu haben;
Den Liebhaber spielt so vollkommen er, als wär
Er in dem Fach kein Neuling mehr.
Zeus will indes, daß er noch Unterricht erhalte.
Die Götter sammelt er um sich: »Bis heut verwalte« –
Spricht er – »ich ganz allein der Welten All; jedoch
Hab ich verschiedne Ämter noch
Den neuen Göttern zuzuteilen.
Dies teure Kind, gern laß mein Aug auf ihm ich weilen;
Mein Blut ist's, alles ist seiner Altäre voll.
Wenn der Unsterblichkeit er würdig werden soll,
Muß er allwissend sein.« – Kaum hat der Herr der Erde
Geendet, als man ihm Beifall zollt allermeist.
Alles zu wissen, hat das Kind nur zuviel Geist.
Der Gott des Krieges spricht: »Ich werde
Selber ihn lehren jene Kunst,
Durch welche mancher Held die Gunst
Der Götter schon erlangt und des Olympos Ehren.« –
»Ich will des Sanges Kunst ihn lehren« –
Sagt der blondlockige Apoll.
»Von mir« – ruft Herkules im Löwenfelle – »soll
Er lernen, Laster zu besiegen,
Zu bänd'gen wilde Gier, die Herzvergifterin,
Die, einer Hydra gleich, stets neu umstrickt den Sinn.
Feind allem weichlichen Vergnügen,
Weis ich den Pfad ihm, der, von wen'gen nur berührt,
Zu höchsten Ehren auf der Spur der Tugend führt.« –
Allein Kytheras Gott verheißt
Ihm Kunde von den Dingen allen.
Amor hat recht: welch Ziel erreichte nicht der Geist,
Gesellt dem Streben: zu gefallen?

FABEL III

DER PÄCHTER, DER HUND UND DER FUCHS

Es sollen Wolf und Fuchs gar schlimme Nachbarn sein;
In dieser beiden Näh baut' ich ein Haus mir nimmer.
Der letztre lauerte schon immer
Des Pächters Hühnern auf; und ob auch schlau und fein,
Gelang's ihm doch nicht recht, das Federvieh zu fassen.
Für unsern Meister Fuchs das ärgerlichste war
Der Hunger einerseits, andrerseits die Gefahr.
»Soll« – rief er – »ich das sitzen lassen?
Dies Pack lacht ungestraft mich aus!
Ich geh, ich komm, um aufzupassen,
Ersinne List auf List; der Bauer bleibt zu Haus,
Behaglich und bequem, schlägt Geld aus allen Dingen,
Verkauft Geflügel, schmaust auch selbst Kapaun, Fasan
Und was er will; und i c h – krieg ich 'nen alten Hahn,

Dann möcht ich schon vor Freude springen!
Warum hat Vater Zeus zu einem Fuchse doch
Mich ausersehn? Ja, ich beschwöre alle Mächte
Des Styx und des Olymp, zur Sprache bring ich's noch!« –
Nachdenkend, wie er wohl sich rächte,
Wählt' eine Nacht er aus, da Morpheus reichen Saft
Geträufelt; alles lag in tiefen Schlummers Haft:
Verwalter, Diener, Vieh, der Hund selbst lag umfangen
Von festem Schlaf. Es hat der Pächter überdies,
Indem den Stall er offen ließ,
'nen höchst leichsinn'gen Streich begangen.
Leicht dringt der Räuber in den schlecht bewachten Ort,
Entvölkert ihn und füllt ihn an mit Blut und Mord.
Am nächsten Morgen fand man dort
Die Spuren seiner Tat, vergoßnen Blutes Zeichen
Und haufenweis getürmte Leichen.
Fast wär die Sonne, schreckverstört,
Zurückgesunken in des feuchten Bettes Frieden.
So schuf Apoll einst, zornempört
Ob solchen Anblicks auf den prahlenden Atriden,
Ein blutig Leichenfeld; man sah der Griechen Macht
Vernichtet fast – es war das Werk nur einer Nacht.
So zog Ajax, wahnwitz'gen Mutes,
In toller Gier vergoßnen Blutes,
Erschlagner Schafe um sein Zelt 'nen wüsten Kreis;
Den Nebenbuhler wähnt', Ulyss', er mit zu töten
Und sie, die schamlos ohn Erröten
Dem andern zuerkannt den Preis.
Der Fuchs, ein Ajax heut, die Hühner zu bekriegen,
Schleppt fort, so viel er kann, das andre läßt er liegen.
Der Herr tat, was man meist in solchen Fällen tut:
Er schilt die Dienerschaft und zankt mit seinem Hunde:
»Verdammtes Tier, du bist nur zum Ersäufen gut!
Was gabst du von dem Mord nicht augenblicklich Kunde?« –
»Warum ließt Ihr's denn zu? Leicht war der Dieb gestört!
Ihr konntet Euch als Herr, dem alles dies gehört,
Bei unverschloßner Tür ganz ruhig schlafen legen
Und wollt, daß ich, der Hund, dem gar nichts dran gelegen,
Für nichts und wieder nichts den Schlaf Euch opfern soll?« –
Der Hund sprach höchst verständnisvoll;
Fast möcht ich zu behaupten wagen,

Ein Herr könnt's auch nicht besser sagen.
Doch da er nichts war als ein Hund,
Fand man, daß er nichts tauge, und
Der arme Kerl ward sehr gehauen.
Wer du auch seist, Hausherr und Vater (im Vertrauen
Sag ich dir, dieses Glück erregte nie mir Neid),
Auf andre baun, indes du schläfst, ist nie gescheit.
Als letzter geh zu Bett und schließ die Türen richtig.
Bau nicht in Sachen, die dir wichtig,
Auf eines Anwalts Tätigkeit.

FABEL IV

DES MOGULS TRAUM

Ein Mogul schaute einst einen Wesir im Traum,
Der ew'ge Seligkeit in lichtem Himmelsraum
Genoß und Wonnen, die im reinsten Lichte strahlen.
Derselbe Träumer sah an andrem Ort in Qualen
'nen armen Klausner, glutumfacht,
Der selbst der Elenden Erbarmen rege macht.
Das schien ihm sonderbar und gar nicht recht zu passen,
Als hätt Minos in den zwei Toten sich geirrt.
Der Schläfer wachte auf, erstaunt und ganz verwirrt:
Sollt ein Geheimnis nicht der Traum vielleicht umfassen?
Drum wollt er ihn sich deuten lassen.
Der Traumausleger sagt: »Wundre dich nicht; wohl Sinn
Hat dieser Traum, ein Wink der Götter ist's; ich bin

Bereit, die Deutung zu versuchen.
Als ihre Zeit die zwei auf Erden zugebracht,
Da pflegte der Wesir die Einsamkeit zu suchen,
Der Klausner hat den Hof Wesiren oft gemacht.«

Fügt ich ein Wörtchen noch zur Deutung dieses Weisen,
Möcht hier die Einsamkeit vor aller Welt ich preisen:
Sie schafft dem, der sie liebt, ein Glück, das ohne Reu,
Ein Pfand des Himmels, rein und schön und immer neu.
Wo seid ihr Orte, die ich liebte, mit dem leisen
Geheimnisvollen Wehn, wo, fern dem Lärm der Welt,
Nur kühler Schatten mich und Duft umfangen hält,
Und wo's melodisch klingt aus dunkler Bäume Nestern?
Wann darf ich, fern von Hof und Stadt, nur den neun Schwestern
Ganz angehören? Wann lernen am Firmament
Der Sterne Wunderlauf, den unser Aug nicht kennt,
Die unerreichbar fern in Wandelfeuer glimmen
Und unser Handeln wie unser Schicksal bestimmen?
Bin ich geschaffen nicht für so erhabnen Flug,
Beut mir des Bächleins Lauf der Wonnen noch genug;
Sein Ufer schildr' ich, das von Bäumen rings umgeben.
Aus goldnen Fäden spinnt die Parze nicht mein Leben,
Kein üppig Himmelbett ist meinem Schlaf beschert;
Doch ist mein Schlummer drum ein Härchen minder wert?
Und wird er wen'ger fest und wonnig mich umschlingen?
Nein, einsam will ich gern ihm neue Opfer bringen.
Naht dann der Augenblick des Scheidens: ohne Scheu
Und Sorg hab ich gelebt und sterbe ohne Reu.

FABEL V

DER LÖWE, DER AFFE UND DIE BEIDEN ESEL

Um gut zu herrschen, müsse man,
Meinte der Leu, Moral studieren;
Drum wendet' er sich einstmals an
Den Affen, dieser war Doktor unter den Tieren.
Die Lektion beginnt, der Herr Präzeptor spricht:
»Wer weise herrschen will, mein König, dessen Pflicht
Ist Sorge für den Staat und große
Selbstüberwindung, nie sei er ein eitler Wicht,
Und Eigenliebe kenn er nicht;
Sie ist die Mutter, deren Schoße
Die Fehler all entstammen, die
So oft man trifft bei allem Vieh.
Daß gänzlich man von der Empfindung los sich mache,
Ist keine gar so leichte Sache,
So schnell erreicht man nicht dies Ziel;
Sie ein'germaßen nur beherrschen ist schon viel.

Dies Mittel, das erprobt und echt ist,
Erhabner Herr, hält stets Euch fern,
Was lächerlich und ungerecht ist.« –
»Von beiden Arten hätt ich gern
Ein Beispiel« – sprach darauf der König.
Der Doktor sagt: »Im Herzen hält
Jeder Beruf – wir selbst nicht wenig –
Und jeder Stand sich für den ersten in der Welt
Und all die andern nur für Laien,
Die unverschämt anmaßend seien,
Und was dergleichen Zeug man hier und da wohl schwätzt.
Die Eigenliebe zeigt auch oft sich in dem Streben,
Die Unsern zu erhöhn; dies Mittel ist zuletzt
Ganz gut, sich selber zu erheben.
Der Art sah ich schon viel, und daraus schließ ich jetzt:
So manch Talent ist hier nichts als gefälschte Ware,
Die sich zur Geltung nur durch frechen Schwindel bringt.
Einst folgt ich einem Eselpaare;
Ich acht auf sie und seh, bald der, bald jener schwingt
Das Weihrauchfaß, ich hör, wie wechselweis beim Wandern
Einander Lob sie streun, und einer sagt zum andern:
›Kollege, findet Ihr nicht dumm und ungerecht
Den Menschen, jenes so vollkommne Tier? Er schändet
Uns; denn den Namen Esel spendet
Er jedem, der nur blöd an Geist ist und geschwächt.
Andrer Beschimpfung noch erfrecht
Er sich: er nennt Geschrei unser Gespräch und Lachen.
Der lächerliche Mensch meint's uns zuvorzutun!
Er kann es nicht; nein, nein! Ihr, Ihr müßt reden nun
Und seine Redner schweigen machen;
Die sind nur Schreier! Doch nichts mehr von all dem Lug!
Wir kennen uns, das ist genug.
Und wollt Ihr unser Ohr ergetzen
Durch Euren Göttersang, daß wir daran uns setzen,
Erscheint uns Philomel ein Lehrling nur, mehr nicht;
Ihr seid der Sangesfürst!‹ – Das andre Langohr spricht:
›Kollege, gleichen Wert weiß ich an Euch zu schätzen.‹ –
Nachdem das Eselpaar einander so gekraut,
Preisen von Stadt zu Stadt sie laut
Jeder den andern; denn zu fördern seine Sache
Meint jeder, wenn berühmt er den Kollegen mache,

Da doch des andern Ruhm auf ihn zurück auch fällt.
Gar viele kenn ich in der Welt,
Nicht unter Eseln bloß, nein, Leute, welche glänzen
Durch Rang und Stand, und die, wagten sie's, gern vertauscht
Der andern Stellung und manch simple Exzellenzen
Zu Majestäten aufgebauscht.
Ich sagt am Ende schon zuviel; doch hoff ich, schweigen
Werd Euer Majestät davon. Ihr habt's gewollt;
Ihr wißt ja, Ihr befahlt, daß durch Beispiel ich sollt
Die lächerlichen Folgen zeigen
Der Eigenliebe. Von der Ungerechtigkeit
Red ich ein andermal, dazu bedarf's mehr Zeit.« –
So sprach der Aff. Ob er den andern Punkt indessen
Behandelt, weiß ich nicht – vielleicht mocht er ihn scheun;
Denn unser Doktor war kein Narr: er hielt den Leun
Für einen Herrn, mit dem nicht gut ist Kirschen essen.

FABEL VI

DER WOLF UND DER FUCHS

Wie kommt Äsop nur drauf, wenn er vom Fuchse spricht,
Den höchsten Preis der List und Schlauheit ihm zu geben?
Ich suche nach dem Grund, allein ich find ihn nicht.
Ich finde, daß der Wolf, verteidigt er sein Leben
    Oder fällt er 'nen andern an,
    Genauso viel als jener kann.
Ich glaub, er kann noch mehr; fast möcht ich mich erfrechen
Und meinem Meister hier ein wenig widersprechen.
Doch jetzt erzähl ich was, das alle Ehre macht
Dem Fuchs. Des Mondes Bild sah er in einer Nacht
Auf tiefen Brunnens Grund; er hielt für 'nen enormen

Käse der Scheibe runde Formen.
Zwei Eimer schöpften, ab und auf
Wechselnd, das kühle Naß herauf.
Das Füchslein, dem das Herz vor Gier und Hunger bebte,
Setzt' in den Eimer sich, der hoch am Rande schwebte,
Und ließ in ihm sich schnell hinab.
Nun sitzt er da im feuchten Grab,
Merkt seinen Irrtum, und mit Bangen
Sieht er sich schon vom Tod umfangen;
Denn wie wieder hinaus, käm nicht ein andrer her,
Den auch das Bild getäuscht und der,
Sein Unglück teilend, ihm zur Seite,
Ihn auf demselben Weg aus seiner Not befreite?
Zwei Tage waren schon vergangen; keiner kam.
In den zwei Nächten schnitt die Zeit unaufhaltsam
Ein Stück, in altgewohnter Weise,
Dem silberstrahlenden Gestirn aus seinem Kreise.
Verzweifelnd sitzt Herr Reineke und matt.
Gevatter Wolf, der alte Nimmersatt,
Geht jetzt vorbei. Der andre ruft: »Mein Lieber,
Ich schenk dir was: 'nen Käs, herrlich, wie keinen du
Gesehn; Gott Faunus selbst bereitete ihn zu,
Die Milch gab Jo ihm, die Kuh.
Zeus, wär er krank und läg im Fieber,
Genäse, hätt er sich an solcher Kost geletzt.
Den Schnitt hab ich schon aufgegessen,
Der Rest ist immer noch für dich ein fettes Fressen.
Steig in den Eimer, den für dich ich hingesetzt.« –
Er macht, so gut er kann, die Sach ihm noch viel klarer.
Der Wolf, der's glaubt – so töricht war er –
Steigt ein, und sein Gewicht, sinkend in schnellem Lauf,
Zieht Meister Reineke hinauf.
Spotten wir nicht, als ob wir nicht verführbar wären
Durch Dinge, grundlos ganz wie das!
Leicht glauben ja wir alle, was
Wir fürchten und was wir begehren.

FABEL VII

DER MANN VOM LANDE AM DONAUSTRAND

Nicht nach dem äußern Schein soll man die Leute schätzen.
Der Rat ist gut, jedoch nicht neu; schon wies ich's nach
An Mäuschens Irrtum, und ich sprach
Von dem schon, was ich hier will auseinandersetzen.
Heut führ ich euch als Zeugen an
Den guten Sokrates, Äsop und einen Mann
Vom Donaustrand, des Bild, getreulich nach dem Leben
Gezeichnet, Mark Aurel gegeben.
Die ersten sind bekannt, der andre sei euch hier
In Kürze dargestellt von mir.
Er hatt ein Kinn, das voll bedeckt von strupp'gem Bart war;
Der ganze Kerl, der dicht behaart war,
Schien mehr ein Bär zu sein, ein Bär, noch ungeleckt.

Tief unter busch'ger Brau lag ihm das Aug versteckt;
Schieler Blick, schiefe Nas und aufgeworfne Lippe;
Sein Rock ein Ziegenfell, 'ne Strippe
Als Gurt, gedreht aus Schilf und Tang.
Die Mißgestalt kam als Gesandter all der Städte,
Welche die Donau netzt. Dort gab es keine Stätte,
Wohin nicht röm'sche Habgier drang
Und nicht mit Räuberhand die blut'ge Geißel schwang.
Der Mann trat vor und sprach nach einigem Bedenken:
»Römer und du, Senat, die ihr mich hören wollt!
Erst bitt die Götter ich, mir freund zu sein und hold:
Geben die Ewigen, die meine Zunge lenken,
Daß nichts ich sage, was sich tadelnswert erweist!
Ohn ihre Hilfe steht dem Bösen unser Geist
Offen, den Ränken und Kabalen.
Indem man sie umgeht, wird ihr Gebot verletzt.
Seht uns, wie Strafe wir der röm'schen Habgier zahlen!
Mehr unsre Missetat als euer Sieg macht jetzt
Rom, ach! zum Werkzeug unsrer Qualen.
Hütet, ihr Römer, euch, daß nicht einst komm der Tag,
Der unsre Tränen heim euch, der verhängnisvolle,
Und unsre Leiden bring, in rechtem Widerschlag
Sieg unsern Waffen leih und uns Vergeltung zolle,
An dem der Himmel euch im Grolle
Zu unsern Sklaven machen mag!
Warum sind eure wir? Man soll mir Antwort geben:
Worin seid besser ihr als andre Völker? Und
Welch Recht macht euch zu Herrn über das Erdenrund?
Weshalb verstört ihr ein unschuldig harmlos Leben?
In Frieden bauten wir glückliche Felder; wir
Sind fähig für der Kunst und des Landbaus Geschäfte.
Was lehret die Germanen ihr?
Sie haben Mut und Geisteskräfte;
Wären sie gierig, wie ihr's seid,
Und voll Gewalttat, fiel' am Ende,
Statt in die euren, jetzt die Macht in ihre Hände,
Und sie gebrauchten sie gewiß mit Menschlichkeit.
Wie es bei uns zuland eure Prätoren treiben,
Ist in der Tat nicht zu beschreiben.
Selbst eurer Götter heil'ge Macht
Kann unentweiht davon nicht bleiben;

Denn, wißt, die Ew'gen haben acht
Auf unser Tun. Sie schaun – ihr gebt ja die Exempel! –
Was Abscheu nur erregt, wohin ihr Auge späht:
Mißachtet sich und ihre Tempel,
Und eine Habgier, die oft bis zum Wahnsinn geht.
Wen Rom uns sendet, den befriedigt keine Beute;
Besitz und Arbeit unsrer Leute
Martern umsonst sich ab, zu sätt'gen jener Gier.
Ruft sie zurück; nicht wollen wir
Fürder für sie die Felder bauen.
Wir fliehen ins Gebirg, verlassen Städt und Auen,
Scheiden von unsern lieben Frauen;
Wir wollen kein Geschlecht erzeugen, das gebannt
Ans Elend ist, für Rom bevölkern nicht ein Land,
Dem unter seinem Druck die Freiheit ging verloren.
Den Kindern, die vorher uns gab
Der Himmel, wünschen wir ein möglichst frühes Grab;
Dem Unglück paaren so den Frevel die Prätoren.
Ruft sie zurück, sie impfen uns nur ein
Der Üppigkeit, des Lasters Schande!
Bald werden die Germanen sein
Wie sie, 'ne gier'ge Räuberbande.
Das ist's, was meinem Blick sogleich in Rom sich bot:
›Habt Ihr nicht etwas zu verschenken?
Kein Ämtchen zu verleihn?‹ – Vergeblich ist's, zu denken
An Schutz durch das Gesetz: durch tausend Kniffe lenken
Sie stets weit ab vom Ziel. Mein Wort, das unsre Not
Euch schildert, wird euch nicht behagen.
Ich schließe. Strafet mit dem Tod
Mein vielleicht zu aufrichtig Klagen!« –
Er wirft sich hin; erstaunt ist alles und besiegt
Durch die Beredsamkeit, die so hochherzig kühne,
Des Wilden, der am Boden liegt.
Man gibt den Adel ihm: dies sei die einz'ge Sühne,
Die solcher Rede wohl gebührt. Man wählt sofort
Andre Prätoren; Wort für Wort
Schreibt nieder man die Red, auf den Befehl der Alten,
Als Lehr und Muster für die Redner künft'ger Zeit.
Nicht lang hat sich in Rom gehalten
Diese Art von Beredsamkeit.

FABEL VIII

DER GREIS UND DIE DREI JÜNGLINGE

Einst pflanzt' ein achtzigjähr'ger Greis.
»Baun geht noch allenfalls; doch pflanzen in den Jahren?« –
Sagten drei Jünglinge, die Nachbarskinder waren –
»Gewiß, er faselt stellenweis!
Sagt nur, bei aller Götter Gnaden,
Was Ihr von dieser Müh für Frucht zu ernten denkt,
Es sei Methusalems Alter Euch denn geschenkt!
Wozu mit Sorgen Euch beladen
Für eine Zukunft, die Euch weigert die Natur?
Denkt der Verirrungen aus längstvergangnen Tagen;
Weitsicht'gen Hoffnungen und Plänen wollt entsagen,
Das paßt für unsereinen nur!« –
»Ganz sicher dürft's auch euch nicht bleiben!« –
Erwiderte der Greis – »Was man erwählt als Ziel,

Spät kommt's und währt nicht lang. Die bleichen Parzen treiben
Mit euren Tagen und den meinen gleiches Spiel;
Ganz gleich, weil kurz gesteckt, sind unsres Lebens Grenzen.
Wer wird der Sterne, die am blauen Himmel glänzen,
Von uns sich länger freun? Gibt's eine Spanne Zeit,
In der der folgenden ihr völlig sicher seid?
Urenkel werden mich ob dieses Schaltens preisen.
    Wohlan! Wollt wehren ihr dem Weisen,
Für das zu sorgen, was andre noch spät erfreut?
Schon das ist eine Frucht, die heut Genuß mir beut;
Sie wird das Morgen mir und manchen Tag versüßen.
    Vielleicht werd ich die Sonne grüßen
    Mehr als einmal auf eurem Grab.« –
Der Alte hatte recht: der eine fiel hinab
Von Bord und starb, eh er Amerika gesehen.
Der andre, der im Dienst des Mars, bewährt und brav,
Stolz, in der Republik ruhmreichem Heer zu stehen,
Verlor das Leben, da ein Schuß ihn plötzlich traf.
    Der dritte fiel von einem Baume,
    Den selbst zu pfropfen er sich quält'.
Der Greis grub weinend ein auf ihres Denksteins Raume,
    Was ich soeben euch erzählt.

FABEL IX

DIE MÄUSE UND DIE EULE

Nie spreche zu den Leuten man:
»Hört einen Witz, ich will euch Wunderdinge sagen!« –
Kennt ihr die Hörer? Wißt ihr denn,
Ob auch ihrem Geschmack es mag wie euch behagen?
Hier liegt ein Ausnahmsfall uns vor; vor aller Welt
Behaupt ich, daß die Sach, obwohl sie wunderbar ist
Und fabelhaft erscheint, doch ganz gewiß und wahr ist.
Ob ihres Alters ward 'ne Fichte einst gefällt,
Der Eule düstres Schloß, des Vogels, der, verbündet
Der Atropos, von ihr oft schwarze Mär uns kündet.
In ihrem hohlen Stamm, in tief durchwühltem Loch
Wohnten, mit andrem Volke noch,

Viel Mäuse ohne Fuß, vor Fett kaum anzusehen.
Der Vogel nährte sie mit Haufen Korns; doch war
Durch seinen Biß vorher verstümmelt ihre Schar.
Die Eul hat's klug bedacht, das muß man zugestehen.
Denn wenn der Kunde sonst Mäuse gefangennahm,
Waren sie aus dem Loch oft wieder ausgerissen;
Dem abzuhelfen, macht der Schelm sie alle lahm.
Nachdem er ihnen erst die Beine abgebissen,
Konnt er nach Herzenslust, wenn's ihm Vergnügen macht',
    Heut die und morgen jene speisen;
All auf einmal ging nicht, auch war er stets bedacht
Und hatte immer auf seine Gesundheit acht.
Seine Vorsorge dürft sich unsrer gleich erweisen:
    Sie ging so weit, daß oft genug
    Er ihnen selbst das Korn zutrug.
    Nun soll Descartes noch drauf bestehn,
Im Tiere nur ein Trieb- und Räderwerk zu sehn!
    Welch Federchen mahnt' es daran,
Dem flücht'gen Mäusevolk die Beine abzubeißen?
    Wenn das Verstand nicht ist, ja, dann
    Weiß ich nicht, was Verstand soll heißen.
    Die Eule schließt: »Hat man 'ne Maus
    Gefangen, reißt sie wieder aus;
Drum würge man sie gleich, wie man sie hat, vom frischen!
Alle? Das geht nicht an. Soll man für Vorrat dann
Nicht Sorge tragen auch? Darum ernähre man
    Sie, ohne daß sie uns entwischen.
Doch wie? Die Beine beiß ich ab!« – Nun findet ihr,
Daß klüger wohl ein Mensch verfährt in solchem Falle?
Lehrt Aristoteles und seine Jünger alle
    Euch andre Logik? Zeigt sie mir!

Dies ist keine Fabel, und der Vorfall hat sich, obwohl er wie ein Wunder und fast unglaublich erscheint, wirklich ereignet. Vielleicht habe ich die Vorsorge dieser Eule etwas zu weit gehen lassen; denn ich habe nicht die Absicht, den Tieren eine Vernunft, die so hochentwickelt wäre wie die hier vorgeführte, generell zuzusprechen; aber der Poesie sind diese Übertreibungen schon erlaubt, vor allem in der Dichtungsart, derer ich mich bediene.

NACHWORT

So hat die Muse mir, an klarem Bache lauschend,
In Göttersprache übersetzt,
Was so viel Wesen einst und jetzt
Sagen gewollt, mit der Natur die Stimme tauschend.
Dolmetsch verschiedner Völker, stellt
Ich dar in meinem Werk sie redend, all und jede;
Denn alles spricht in dieser Welt,
Und keinem ist versagt die Rede.
Wenn der für klüger sich, als ich ihn schildre, hält,
Mag jener, den ich hier einführt, mich treulos schelten,
Mag meine Dichtung auch nicht grad als Muster gelten:
Den Weg zeigt ich; es komme dann
Ein andrer her und leg die letzte Feile an.
Der Musen Günstlinge, führt aus, was ich begonnen;
Ergänzt, worauf ich mich vielleicht nicht recht besonnen;
Um den Gedanken werft der Dichtung schillernd Kleid.
Doch, ach! ich weiß, daß ihr nur zu beschäftigt seid:
Indes nur sanften Schwungs die Muse mich beflügelt,
Hat Ludwigs Siegerarm Europa jetzt gezügelt;
Und Pläne führt er aus, erhaben, wie sie nie
Eines Monarchen Haupt entsprungen.
Der Musen Günstlinge, vor solcher Poesie
Beugt Zeit und Parze sich bezwungen.

ZWÖLFTES BUCH

FABEL I

DIE GEFÄHRTEN DES ULYSSES

DEM HERRN HERZOG VON BURGUND

Prinz, einz'ger Du, des die Unsterblichen sich freun,
Auf Deinen Altar laß mich meinen Weihrauch streun.
Spät kommt die Muse, Dir in meinem Lied zu huld'gen;
Der Jahr und Arbeit Last mag mich bei Dir entschuld'gen.
Mein Geist nimmt ab, indes den Deinen man gewahrt
Zunehmen stets an Kraft, mit weisem Sinn gepaart;
Er schreitet nicht, er schwingt empor sich wie auf Flügeln.
Der Held, dem sehr er gleicht, mag kaum das Feuer zügeln,
Zu zeigen sich im Dienst des Mars von gleicher Art.
An ihm liegt's nicht, wenn nicht, den Sieg an seine Fahnen
    Fesselnd, in sturmesschneller Fahrt
    Er vordringt auf des Ruhmes Bahnen.
Ein Gott hält ihn zurück: 's ist Ludwigs heil'ge Macht,

Er, den ein einz'ger Mond zum Herrn des Rheins gemacht.
Grad an der Schnelligkeit war damals viel gelegen;
Heut schiene sie vielleicht uns etwas zu verwegen.
Ich schweige; haben doch, wie mir schon längst bewußt
An langen Reden Freud und Liebe wenig Lust.
Von jeher strahlt Dein Hof in solcher Götter Glanze;
Sie lassen nicht von Dir. Nicht als sei nicht bewahrt
Ein Ehrenplatz auch für Gottheiten andrer Art:
Vernunft und edler Sinn beherrschen dort das ganze.
Frag bei den letztern an, ob nicht der Griechen Schar
  Unklug und unvorsichtig war,
  Sich einem Zauber hinzugeben,
Der menschliche Natur wandelt in Tiergestalt.
Ulyssens Freunde, nach zehnjähr'gem Kriegerleben,
Irrten umher, vom Wind getrieben, ohne Halt.
  Da landeten sie an Gestaden,
  Wo Circe, Helios' schönes Kind,
  Haus hielt samt ihrem Hofgesind.
  Sie ließ zu einem Trunk sie laden,
Der köstlich mundet'; doch ein schrecklich Gift war drin,
  Das raubt' ihnen Verstand und Sinn.
Bald fühlten an Gesicht und Körper sie den Schaden
Des Gifts: sie wurden Tier an Antlitz und Gestalt;
Sie waren Bären, Leun und Elefanten, bald
  Geschwellt zu unförmlichen Massen,
  Bald winzig klein, daß kaum zu fassen
Sie waren mit der Hand exemplum, ut talpa.
  Ulyss' nur stand unnahbar da;
Er wies den Trank zurück, ihm stieg er nicht zu Hirne.
  Da er mit seiner Heldenstirne
Der Rede süßen Reiz und klugen Rat verband,
  So flößte er der Zauberdirne
Ein ander Gift ein, das dem ihren nah verwandt.
Stets schwatzt 'ne Göttin aus, was je ihr Herz beschwerte.
  Als dies ihm ihre Lieb erklärte,
Benutzt Ulyss' sogleich die Lag: als schlauer Mann
  Verlangt von ihr er, sie soll eben
Die frühere Gestalt den Freunden wiedergeben.
»Wollen sie's« – fragt die Nymph – »und nehmen sie's denn an?
Geh eilig und versuch der Schar es vorzulegen!« –
Ulysses geht und spricht: »Es gibt ein Mittel gegen

Das Gift; ich kenn's und will euch meinen Beistand leihn.
Wollt, teure Freund, ihr nicht gern wieder Menschen sein?
Ihr sollt die Sprache wiederhaben.« –
Der Leu brüllt ihm ein lautes Nein:
»So toll bin ich nicht! All den Gaben
Sollt ich entsagen, die erst jetzt ich nenne mein?
Fürst bin ich; Krall und Zahn reißt meinen Feind zu Stücken.
Soll mich das Bürgerrecht von Ithaka beglücken?
Du stellst wohl gar mich als gemeinen Söldner hin!
Nein, ich will bleiben, was ich bin.« –
Zum Bären eilt Ulyss': »Gefährte meiner Reise,
O weh, wie siehst du aus! Und warst so nett doch einst!« –
»Ei, sieh doch! Wirklich? Was du meinst!« –
Brummt der ihn an nach Bärenweise –
»Wie ich ausseh? Just wie ein Bär aussehen muß.
Wer sagt, daß Schönheit nur einer Gestalt verliehen?
Ist deine denn der unsern vorzuziehen?
Der Bärin Lieb ist mir ein wonniger Genuß.
Mißfall ich dir? So geh und laß mich! Wohlgeborgen
Leb ich hier, froh und frei, mich drücken keine Sorgen.
Ich sag dir kurz und gradehin:
Nein, ich will bleiben, was ich bin.«
Nun eilt der Griechenfürst zum Wolf, auch den zu fragen;
Er spricht, auf ähnlichen Bescheid von ihm gefaßt:
»Ach, außer mir, Freund, bin ich fast!
'ne junge Hirtin hört ich klagen
Ob deiner nie gestillten Freßbegier,
Du würgtest alle Schafe ihr.
Sonst pflegtest deinen Schutz den Schäfern du zu geben,
Du führtest ein höchst würd'ges Leben.
Komm, laß den Wald und will'ge ein,
Statt Wolf ein guter Mensch zu sein.« –
»Gibt's solche?« – fragt der Wolf – »Kaum einen laß ich gelten!
Du kommst hierher, um mich ein reißend Tier zu schelten;
Du, mich! Was bist denn du? Hättst ohne mich du hier
Die Tiere nicht verspeist, die sich erjagen ließen?
Wär ich ein Mensch, sag's ehrlich mir,
Würd ich dann wen'ger Blut vergießen?
Ihr würgt euch um ein Wort, um eine Kleinigkeit!
Ob ihr, Mensch gegen Mensch, nicht gleichfalls Wölfe seid?
Alles wohl überlegt, stell ich Verbrecher neben

Verbrecher, scheint es mehr Gewinn
Als Wolf mir, denn als Mensch zu leben.
Nein, ich will bleiben, was ich bin.« –
Mit gleicher Bitte wandt Ulysses sich an alle;
Ein jeder gab im gleichen Falle
Ihm gleiche Antwort, groß und klein.
Wald, Freiheit, ihrer Lust Befriedigung allein
Erschien als höchstes Glück den Braven.
Des Ruhms der edlen Tat waren sie längst entwöhnt;
Frei wähnt sich jeder, wenn er seinen Lüsten frönt:
Sie waren ihre eignen Sklaven.
Prinz, einen Stoff, in dem der leichte Scherz sich paart
Mit Nützlichem, war ich bemüht Dir auszulesen;
Die Absicht war wohl guter Art,
Wär leichter nur die Wahl gewesen!
Da endlich fand ich die Gefährten des Ulyss';
Viel' ihresgleichen gibt's in dieser Welt gewiß,
Volk, das zur Straf ich überlasse
Deinem Gericht und Deinem Hasse.

FABEL II

DIE KATZE UND DIE BEIDEN SPERLINGE

DEM HERRN HERZOG VON BURGUND

Ein Kater, noch ganz jung, und ein gleich alter Spatz
Hatten einander nah von jeher ihren Platz,
Ein Zimmer war dem Paar zum Aufenthalt geboten.
Oft neckten spielend sich die beiden, Spatz und Katz,
Der mit dem Schnabel fix und diese mit den Pfoten.
Der Kater schont den Freund, er macht ihm niemals Schmerz,
Nur halb erwidernd seinen Scherz;
Nicht brächt er's über sein Gewissen,
Hätt er gekratzt ihn und gebissen.
Der Spatz, nicht so vorsichtig, schlug
Ihn mit dem Schnabel oft genug.
Als Mann von Welt entschuldigt' immer

Herr Miez das Spiel höchst nachsichtsvoll:
Aufkommen lassen soll man unter Freunden nimmer,
Selbst wenn man recht hat, ernsten Groll.
Da beid einander längst bekannt und wohlgewogen,
So lebten friedlich sie und in Gemütlichkeit;
Bei ihrem losen Spiel kam's nie zu ernstem Streit.
Einst kam ein Nachbarspatz geflogen,
Sie zu besuchen, und alsbald gesellt er sich
Zu unsrem Spätzchen und dem Kätzchen freundschaftlich.
Zwischen den Vögeln war's gar bald zum Zank gekommen;
Der Kater mischt sich drein und spricht:
»Der fremde Herr, fürwahr, hat hier sich schön benommen!
Beleidigt meinen Freund! Der Wicht
Will meinen Spatz wohl gar zu töten sich vermessen?
Bei allen Katzen, nein!« – Er mengt sich in den Strauß
Und würgt den Fremden. »Ei!« – ruft Miez verwundert aus –
»Spatzen sind gut! Fürwahr, ein auserlesner Schmaus!« –
Diese Bemerkung ließ ihn auch den andern fressen.
Welche Moral ich wohl aus diesem Falle zieh?
Denn keine Fabel ist vollständig ohne sie.
Oft glaub ich sie zu sehn, doch leicht trügt falscher Schimmer.
Mein Prinz, ich wette drauf, daß Du sogleich sie weißt;
Dein Scharfsinn trifft das Ziel, doch meine Muse nimmer –
Die Schwestern alle neun haben nicht Deinen Geist.

FABEL III

DER SCHÄTZESAMMLER UND DER AFFE

Ein Mann sammelte stets. Diese Verirrung geht
Oft bis zum Wahnsinn, wie ihr seht.
Der Geizhals träumte nur Dukaten und Pistolen.
Liegt müßig solches Gut, dann mag's der Geier holen!
Den Schatz zu wahren unversehrt,
Bewohnt der Filz ein Haus, zu welchem Amphitrite
Von allen Seiten her Dieben den Zugang wehrt.
Mit einer Seligkeit, für die ich wenig biete,
Die ihn jedoch beglückt, scharrt er zusammen dort,
Bei Tag und Nacht in einem fort
Zählend und rechnend und nachrechnend; und dann spielte
Von vorn das Stück, als ob er Lohn dafür erhielte,
Da neue Fehler er beim Rechnen stets wahrnimmt.
Ein großer Affe warf manch Goldstück – viel gescheiter

Scheint er mir als sein Herr – durchs Fenster fort ganz heiter
Und macht', daß nie die Rechnung stimmt.
Da fest verschlossen stets die Stube,
Lag offen da das Geld auf unsres Geiz'gen Tisch.
Einst wollt ein Opfer gern Bertrand, der lose Bube,
Dem Meere bringen – 's war gar zu verführerisch.
Wenn ich des Affen Torenstreiche
Mit der törichten Lust des Geizigen vergleiche,
Weiß ich nicht, wem den Preis ich zuerkennen soll.
Mancher meint, Bertrand nur verdien ihn ganz und voll;
Die Gründe sind zu lang, drum will ich drauf verzichten.
Einst also nimmt das Tier – nicht Schaden will's anrichten –
Manch Stückchen Gold vom Hauf, eins nach dem andern, fort,
Pistölchen hier, Dukätchen dort,
Auch Briten edelsten Metalles;
Dann prüft es seine Kraft und seines Wurfes Kunst
Am Golde, das in ihrer Gunst
Die Menschen setzen über alles.
Hört' er die Tür nicht gehn und nicht der Tritte Schall
Des Geldmanns, der just heimgekommen,
Der Affe führe fort, und die Dukaten all
Hätten denselben Weg genommen.
Er hätt sie allesamt in jenen weiten Schlund
Geschleudert, der sich nährt von reichen Schiffbruchsspenden.
Gott schütze jeden, der viel Geld aufsammelt und
Nicht weiß, es besser zu verwenden!

FABEL IV

DIE BEIDEN ZIEGEN

Die Ziegen trieb seit ew'ger Zeit
Ein Geist der Unabhängigkeit
Zum Wanderleben stets, und von jeher erlasen
Sie solche Stätten sich zum Grasen,
Die keines Menschen Fuß betrat.
Dort, wo von steiler Höh ohne gebahnten Pfad
Felsen und Berge starr in tiefen Abgrund schauen,
Scheint's diesen Damen gut, sich einsam zu erbauen;
Nichts hemmt das Tier, bis es den Kletterlauf vollbracht.
Zwei Ziegen, die sich losgemacht,
Verließen, nach der Freiheit Glücke

Dürstend, das ebne Land, jede für sich allein;
Sie schlugen auf gut Glück verschiedne Richtung ein.
Sie trafen einen Bach, ein schmales Brett als Brücke;
Zwei Wiesel kämen kaum nebeneinander weg
Auf dem Steg.
Auch macht der schnelle Strom, der tiefe Bach den Weg
Gefahrvoll und das Herz der Amazonen beben.
Trotzdem tritt auf das Brett die eine; nachzugeben
Fiel' nie der andern ein, die auch das Brett betritt.
So, denk ich, war's, als mit dem Großen Ludwig schritt
Spaniens Philipp der Vierte weiland
Nach jenem Konferenzen-Eiland.
So näherten ganz langsam sich
Unsre zwei Abenteurerinnen,
Beide von hochgemuten Sinnen.
Zur Mitte jetzt gelangt, standen sie; keine wich
Der andern. Gleicher Stolz erfüllt sie; hoher Ahnen
Gedächtnis will sie gleich ruhmvoller Abkunft mahnen:
Jene entstammt der Geiß, die zum Geschenk verehrt
Polyphem, der Zyklop, der Nymphe Galatea,
Diese der Ziege Amalthea,
Die einst den Vater Zeus genährt.
So stürzten gleichen Falls infolge gleicher Tücke
Beid in das Wasser unverhofft.
Solch ein Anfall hat sich schon oft
Ereignet auf dem Weg zum Glücke.

AN DEN HERRN HERZOG VON BURGUND

welcher von Herrn de La Fontaine eine Fabel unter dem Titel »Die Katze und die Maus« verlangt hatte.

Dem Prinzen zu Befehl, dem Fama will errichten
In meinem Werk ein Ruhmeshaus,
Wie soll 'ne Fabel ich unter dem Titel dichten:
»Die Katze und die Maus«?

Zeig ich 'ne Schöne ihm, die, kalt und hart von Herzen,
Obwohl von Ansehn mild, in höchst grausamen Scherzen

Mit denen, die ihr Reiz besiegt in leichtem Strauß,
    Spielt wie die Katze mit der Maus?

Nehm ich zum Gegenstand Fortunas Spiel? – Persönlich
Paßt besser nichts auf ihn; auch macht er es gewöhnlich
Mit denen, die man hält für seine Freund im Haus,
    Ganz wie die Katze mit der Maus.

Nenn ich 'nen König, den sie, allen weit voraus,
Allein erwählt, dem sie, ihr in das Rad zu fallen,
Erlaubt, dem eine Welt von Feinden nimmer Graus
Erregt und der nach Lust selbst mit den Mächt'gen allen
    Spielt wie die Katze mit der Maus?

Doch ganz unmerklich führt mich dieser Weg gradaus
Zum Ziel; und irr ich nicht, verdürb ich mit zu vielen
Strophen das Ganze wohl und käm um den Applaus:
Dann möcht der junge Prinz mit meiner Muse spielen,
    Ganz wie die Katze mit der Maus.

FABEL V

DIE ALTE KATZE UND DIE JUNGE MAUS

Ein junges Mäuschen, fast ein Kind noch, wollt es wagen,
'nes alten Katers Herz zu rühren durch ihr Klagen
Und Flehn, und bat also den alten Mäusegraus:
»Laß mich am Leben! Ist 'ne Maus
Von meiner Größ und meinem Magen
Denn eine Last für solch ein Haus?
Meinst du vielleicht, ich hungre aus
Den Wirt samt Wirtin und Gesinde?
Ein Körnchen Weizen ist mein Schmaus,
Fett macht mich eine Käserinde.
Jetzt bin ich mager; drum wart nur noch ein'ge Zeit,
Deiner Nachkommenschaft halt mich zum Mahl bereit.« –
So sprach die Maus, da sie der Kater fing. »Dich halt ich« –
Sagt jener – »und du irrst gewaltig!
Wer bin ich, daß du so mit mir zu reden wagst?

Nicht mehr hilft's dir, als ob du's einem Tauben sagst.
Ein alter Kater und Begnad'gung? Welch Ansinnen!
Nach unsrem Brauch – du kennst ihn doch? –
Stirbst du. Marsch! Gleich ins schwarze Loch!
Klag's den drei Schwestern, die dort spinnen!
Für meine Kinder gibt's genug zu fressen noch.« –
Wort hielt er. Fragt ihr, was an kalter
Und trockener Moral die Fabel bringt zutag?
Die Jugend schmeichelt sich, daß alles sie vermag;
Stets unbarmherzig ist das Alter.

FABEL VI

DER KRANKE HIRSCH

In reichbestandnem Forst erkrankt' ein Hirsch. In Haufen
Sah flugs die Freund herbei man laufen
Zum Kranken als Besuch, als Helfer in der Not,
Als Tröster mindestens höchst lästige Gesellen.
»Gönnt, Freund', in Ruhe mir den Tod!
Laßt in der altgewohnten schnellen
Weise die Parze mich abtun, und weinet nicht!« –
Umsonst! Der Tröstung traur'ge Pflicht
Erfüllten gründlich sie trotz seinem Flehn und Dringen.
Als sie mit Gottes Hilfe gingen,
Taten sie's nicht, ohne vorher
Das vollste Weiderecht im Forst sich anzumaßen,
Indem den grünen Wald ringsum ganz kahl sie fraßen.
Der arme kranke Hirsch fand nun kein Futter mehr;
Und war er übel dran schon immer,
So ward das Übel nur noch schlimmer:

Zur Krankheit kam die Hungersnot,
Er starb zuletzt den Hungertod.
Ja, teuer, daß man's nie verschmerzte,
Seid ihr, ihr Leib- und Seelenärzte.
O Zeit! O Sitten! In der Welt
Ist nichts umsonst, alles fürs Geld.

FABEL VII

DIE FLEDERMAUS, DER BUSCH UND DIE ENTE

Busch, Ent und Fledermaus sahn, daß für alle drei
Daheim nichts zu verdienen sei;
Drum sind ins Ausland sie gegangen,
Dort als Genossenschaft 'nen Handel anzufangen.
Sie hatten manches Haus, Makler, Buchhalter auch,
Die ganz genau nach Kaufmannsbrauch
Ausgab und Einnahme buchten bei einem Haare.
Alles ging gut, bis einst die Ware –
Da zwischen Klipp und Felsenriff
Durch engen Meeresarm das Schiff
Segelt', das all ihr Glück getragen –
Mit Sack und Pack versank in jenes Speichers Grund,
Der nah liegt bei des Hades Schlund.
Brach unser Kleeblatt aus in unfruchtbare Klagen?

Nein, keine Miene, die's verzieht!
Der kleinste Kaufmann weiß: zu wahren den Kredit,
Darf Schaden und Verlust man niemals offenbaren.
Doch der Verlust, von dem die drei betroffen waren,
War unersetzlich, und der Fall bald jedem kund.
Nun sind sie mittellos, kreditlos, Tag' und Nächte
Bereit, ins Loch zu wandern, und
Niemand, der ihnen Hilfe brächte!
Das große Kapital, die schweren Zinsen gar,
Kläger, Gericht, der Häscher Schar
Und bei des Morgens erstem Glimmen
Die Gläub'ger vor der Tür geschwind –
So daß das Kleeblatt nur auf List und Mittel sinnt,
Zur Milde dieses Volk zu stimmen.
Der Busch hält jeden fest, der ihm vorbeigeht: »Ach,
Ihr lieben Herrn, bleibt stehn und weist den Ort uns nach,
Wo wir die Waren können holen,
Die uns der schwarze Schlund gestohlen!« –
Die Ente taucht ins Meer, ob sie sie dort entdeckt.
Weit flieht die Fledermaus, sobald der Morgen weckt
Die Welt zu neuer Lust und Plage;
Verfolgt von Häschern, bleibt bei Tage
In tiefen Löchern sie versteckt.
Manchen Schuldner kenn ich, der weder Fledermaus ist
Noch Ente oder Busch, noch ihnen ähnlich sieht,
Sondern ein großer Herr, der, wie die Nacht nur aus ist,
Über die Hintertreppe flieht.

FABEL VIII

DER STREIT DER HUNDE UND KATZEN UND DER DER KATZEN UND MÄUSE

Zwietracht hat immerdar geherrscht in dieser Welt.
Tausend Beispiele gibt's, aus denen klar erhellt,
Daß dieser Göttin stets viele zu Füßen liegen.
    Denkt an die Elemente, und
Ihr werdet staunend sehn, wie sie zu jeder Stund
    In ew'gem Kampfe sich bekriegen.
    Außer den vier Gewaltigen,
    Seht, wie die vielgestaltigen
    Wesen einander ewig hassen!
Es war von Hunden voll und Katzen einst ein Haus.
Durch manchen Richterspruch, der feierlichst erlassen,
    War streng verboten jeder Strauß.
Geordnet von dem Herrn waren Arbeit und Schmaus;

Die Peitsche kriegte, wen beim Streit man würde fassen.
So lebt in Eintracht all das Vieh, fast brüderlich.
Ob dieser Einigkeit zwei sonst feindlicher Klassen
 Von Tieren freun die Nachbarn sich.
Doch bald war's aus damit. Ein Teller Supp, ein Knochen,
Den einer mehr bekam, versetzt in tolle Wut
Die andere Partei, die sich zusammentut,
 Zu rächen, was an ihr verbrochen.
Des Streites Ursach war – so meldet ein Chronist –
Ein dünnes Süppchen für 'ner Hündin Wochenjammer.
 Wie dem auch sei, der Zwist
Entbrannte lichterloh in Küche, Flur und Kammer.
Ein jeder nahm Partei, es hieß: »Hie Katz! Hie Hund!«
Man faßt Beschlüsse, drob die Katzen sich beklagen
 Und schrein, daß kaum es zu ertragen.
Ihr Anwalt zieht herbei manch alt Erkenntnis und
Manch frühern Urteilsspruch. Man sucht danach in Essen
Und Winkeln, doch umsonst; es hatten unterdessen
 Die Mäuse längst sie aufgefressen.
Nun neuer Streit. Dem Volk der Mäuse ging es schlecht:
Manch alter Kater, fein und schlau, dem dies Geschlecht
Schon von Natur und seit uralter Zeit zuwider,
 Fängt nun sie ab und macht sie nieder.
Der Herr des Hauses war nur um so besser dran.
Ich sag es noch einmal: Auf Erden findet man
Kein Wesen, kein Geschöpf, dem nicht genüberstünde
Sein Widerpart; das ist Naturgesetz. Die Gründe
Zu untersuchen, hab ich nicht besondre Lust.
Gut schuf Gott, was er schuf; mehr ist mir nicht bewußt.
 Dies weiß ich: man möcht oft vor Wut ersticken
Um eine Kleinigkeit, meist um ein Nichts sogar.
Menschen, man müßte euch, und wärt ihr sechzig Jahr,
 Noch einmal in die Schule schicken!

FABEL IX

DER WOLF UND DER FUCHS

Wie kommt's, daß niemand sich bescheidet
Mit seinem Rang und Stand? Es wär
Soldat am liebsten grade der,
Den wieder der Soldat beneidet.

Ein Fuchs möcht sehnlichst gern vom Stamm
Der Wölfe sein. Nun, wer kann sagen,
Ob nicht auch mancher Wolf, ein Lamm
Zu werden, schon Begehr getragen?

Denkt nur: ein Prinz, der kaum acht Jahr,
Macht' eine Fabel draus; indessen
Schmied ich mit meinem grauen Haar
Mühsel'ge Verse, die noch gar
Mit seiner Prosa sich nicht messen.

Viel einzelnes ist ausgeführt
In seiner Fabel und vertreten
Mehr als beim Dichter; drum gebührt
Mehr Lob dem Kind als dem Poeten.

Schalmeien nur und Hirtenflöten
Kann blasen ich; allein ich weiß:
Bald greif zu meines Helden Preis
Ich zu Posaunen und Drommeten.

Nicht zähl ich mich zu den Propheten,
Doch les am Himmel ich: Sein Ruhm
Wird nächstens und sein Heldentum
Homere heischen, mehr als einen;
Und diese Zeit gebiert wohl keinen.
Doch jetzt beiseite das! Es scheinen
Mysterien. Gehn wird grad auf unsre Fabel los!

Zum Wolfe sprach der Fuchs: »Mein Freund, oft hab ich bloß
'nen alten Hahn zum Mahl, ein magres Huhn. Welch Los!
Solch Fleisch, vor dem mir ekeln möchte!
Du nährst dich besser und gegen Gefahr gedeckt:
Ich schleich in Häuser mich, du bleibst im Wald versteckt.
Zeige mir, wie du's machst, mein Freund! Zu gerne brächte
Als Erster von dem Fuchsgeschlechte
'nen fetten Hammel ich für meinen Schnabel auf.
Undankbar wirst du nie mich finden, rechne drauf.« –
»Das will ich« – sagt der Wolf – »ein Bruder starb mir neulich;
Komm, holen wir sein Fell, du hüllst darin dich ein.« –
Er tut's; der Wolf spricht: »So! Nun mach es ganz getreulich
Mir nach! Zu täuschen gilt's zunächst den Schäferhund.« –
Der Fuchs hüllt in das Fell sich und
Macht treulich alles nach, wie's ihn sein Meister lehrte,
Erst etwas ungeschickt, dann besser – so viel tut
Die Übung – und zuletzt so gut,
Daß zur Vollkommenheit er fast nichts mehr entbehrte.
Da kommt 'ne Herde an. Der neue Wolf eilt keck
Herbei und breitet weit ringsum nur Angst und Schreck.
So mocht in Angst Patroklus jagen
Lager und Stadt, als er Achills Rüstung getragen:
Alles lief, Weib und Greis, zur Tempelpforte her.

An fünfzig Wölfe glaubt zu schaun das Blöker-Heer;
Hund, Herd und Hirten konnt ins Dorf man fliehen sehen,
Ein einzig Schaf nur ließ man ihm als Beute stehen.
Der Räuber packt es an. Doch ein'ge Schritt von dort
Hört in der Nachbarschaft er eines Hahnes Krähen.
Da läuft der Schüler hin, dem Hahne nach, sofort,
  Wirft ab die Schülertracht in Schnelle,
Vergißt Schaf, Unterricht und Lehrer gleich und eilt
  Zum neuen Fange unverweilt.
  Was hilft es, daß man sich verstelle?
Man täuscht sich, wenn man glaubt, dies ändre die Natur;
  Der ersten Lockung folgt man schnelle
  Wieder in seine erste Spur.
  Dein Geist, mein Prinz, ob allen hoch erhaben,
Ist es, dem meine Mus' alles verdankt diesmal:
  Thema und Reden und Moral
  In dem Gedicht sind Deine Gaben.

FABEL X

DER KREBS UND SEIN JUNGES

Die Weisen sieht manchmal im Krebsgang man begriffen,
Rückwärts, das Hinterteil dem Hafen zugekehrt.
Die Schiffer tun's; auch ist es einer von den Kniffen
Derer, die, einen Streich verdeckend, listbewehrt
Grade den Gegenpunkt scheinbar ins Auge fassen
Und gegen diesen dann den Feind anlaufen lassen.
Mein Gegenstand ist klein, dies Vorspiel etwas lang;
Auf einen Helden paßt's, der in siegreichem Gang
'nen hundertköpf'gen Bund allein gesprengt, bezwungen.
Was er tut und nicht tut, bleibt ein Geheimnis lang';
Doch wird es offenbar, dann sind's Eroberungen.
Umsonst forscht man nach dem, was er verborgen hält;
Schicksalsbeschlüsse sind's: sie hemmt nicht eine Welt,
Gegen des Stroms Gewalt ist niemand noch geschwommen.

Machtlos ist gegen Zeus der Götter ganzer Schwarm.
Ludwig und das Geschick, sie lenken, Arm in Arm,
Die Welt. Doch laßt uns jetzt auf unsre Fabel kommen!

Zu seinem Jungen sprach ein alter Krebs: »Mein Gott!
Wie gehst du denn? Kannst nicht gradaus du gehn?« – Mit Spott
Fragt der: »Wie gehst denn du? Kann ich wohl anders gehen,
Als ich's in unsrem Haus von Kindheit an gesehen?
Soll grad ich gehn, wenn ihr den Weg stets rückwärts macht?«
        Er hatte recht: die große Macht
        Des Beispiels, das daheim gegeben,
        Sie zeigt sich überall im Leben,
Bald gut, bald schlimm; sie läßt Weise und Narrn erstehn –
Der letztern mehr. Die List, zum Scheine abzusehn
Von seinem Ziele, wird oft gute Dienste leisten,
        Und auf Bellonas Feld am meisten;
        Nur muß man es auch recht verstehn.

FABEL XI

DER ADLER UND DIE ELSTER

Der Aar, der Lüfte Fürst, und eine Elster – beide
Verschieden an Gemüt, an Geist, Beredsamkeit
 Und im Kleid –
 Flogen einst über eine Heide.
Zufällig treffen sie sich an entlegnem Ort.
Die Elster bebt; der Aar, der satt ist, spricht sofort
Ihr gütlich zu und sagt: »Laß uns beisammenbleiben!
Wenn Jupiter, dem sie die Weltherrschaft zuschreiben,
 Der Langeweile Leiden kennt,
Kann ich's wohl auch, da man mich seinen Diener nennt.
Drum komm ganz ohne Zwang, die Zeit mir zu vertreiben.« –
Schwatzmäuschen plappert los von diesem und von dem –
Der Mann Horazens, der in stetem Zungenhetzen
Gutes und Böses schwätzt', wenn über Feld er käm,

Hätt keine Ahnung von der Elster ew'gem Schwätzen.
Von allem wollte sie den Aar in Kenntnis setzen,
    Was nur geschäh auf allen Plätzen,
Ein Hauptspion! Doch schien ihr Vorschlag nicht genehm;
    Der Adler spricht zu ihr im Grimme:
    »Nein, Schätzchen, bleibe, wo du bist!
Leb wohl, Klatschmaul, da kein Gehör für deine Stimme
    An meinem Hof zu finden ist.
    Solche Naturen sind zu schlimme!« –
    Die Elster hatte ganz genug.
Wer Sehnsucht je, in den Olymp zu kommen, trug,
Bedenk: es bringt dies Glück oft auch die schwersten Plagen.
Spione, Schwätzer, die im Herzen voll von Lug,
Ob äußerlich auch fein, hat dort man auf dem Zug;
Und dennoch muß auch dort, der Elster gleich, man klug
    Den Mantel nach dem Winde tragen.

FABEL XII

DER WEIH, DER KÖNIG UND DER JÄGER

SEINER DURCHLAUCHTIGSTEN HOHEIT DEM PRINZEN VON CONTI

Gut sind die Götter, und so heischen sie's als Pflicht
Auch von den Königen: die Milde
Ist ihrer Rechte schönstes, nicht
Der Rache süße Lust, die wilde.
So denkst auch Du, mein Prinz. Der Zorn erlischt im Nu
In Deinem Herzen, kaum daß er in ihm entbrannte;
Achill, der, seines Grimms nicht Meister, ihn nicht bannte,
War darin minder Held als Du.
Nur die, die hundertfach Gutes getan, verdienen,
Ein Bild der goldnen Zeit, den schönen Namen Held.
Unter den Großen gibt's heut wenig solche; ihnen
Dankt für das Böse, das sie nicht getan, die Welt.

Fern, nachzuahmen ihr Exempel,
Sichert manch hehre Tat Dir einen Ruhmestempel.
Apollo, des Olymps erhabener Genoß,
Will Deines Namens Ruhm auf seiner Leier singen.
Ich weiß, Dein harrt man in der Götter hohem Schloß;
Genügt es Dir, dort ein Jahrhundert zuzubringen?
Auf ein Jahrhundert nimmt Hymen bei Euch Quartier;
O möchten seine Wonnen Dir
Ein unaussprechlich Glück bereiten,
Das kaum umschränkt vom Lauf der Zeiten!
Du und die Fürstin, Ihr seid solchen Preises wert;
Zeug' ist der Liebreiz, der beschert
Ihr ward, und all die Wundergaben,
Womit verschwenderisch der Himmel Euch beglückt
Und, da sie in Euch selbst nur ihresgleichen haben,
Euch Eure Jugend hold geschmückt.
Durch Bourbons Geist gewürzt muß all die Anmut scheinen:
Der Himmel wollt in ihm vereinen,
Was immer Ehr und Würden bracht,
Mit dem, was unsre Lieb entfacht.
Mir ziemt es nicht, zur Schau zu legen Eure Wonnen;
Drum schweig ich jetzt. Nun gebet acht,
Was ein Raubvogel einst begonnen.

Ein Jäger fing im Nest einen lebend'gen Weih;
Drauf fand der Biedermann, es sei
Doch gut, wenn zum Geschenk er ihn dem Fürsten mache.
Die Seltenheit des Fangs erhöht den Wert der Sache.
Der Vogel, den huldreichst der König nicht verschmäht –
Wenn wahr ist, was in diesem Falle
Erzählt wird – packt mit scharfer Kralle
Die Nase Seiner Majestät.
– Des Königs Nase? Wie? – Des Königs, zweifelsohne.
– Dann trug er damals wohl nicht Zepter oder Krone?
– Ob er sie trug, ob nicht, ist gleich: der Vogel hackt
Des Königs Nase, wie er jede andre packt.
Der Schranzen Angstgeschrei und Jammer zu beschreiben,
Wär nur verlorne Müh. Des Königs Schmerz verrät
Kein einz'ger Laut; zu schrein ziemt nicht der Majestät,
Ihrer ist's würdig, stumm zu bleiben.
Der Weih wich nicht vom Platz, nicht einen Augenblick

Kann kürzen man das Mißgeschick.
Sein Herr lockt ihn zu sich, erschöpft die Mittel alle,
Zeigt ihm das Federspiel, die Faust – vergebne Müh!
Schon glaubt man, daß bis morgen früh
Das gottverdammte Tier mit seiner frechen Kralle,
Durch all das Lärmen unbeirrt,
Auf der gesalbten Nas über Nacht nisten wird;
Und mit Gewalt ist bei dem Weih nichts auszurichten.
Da läßt er los; es spricht der Fürst: »Nicht weiter grollt
Dem Weih noch auch dem Mann, der mich beschenken wollt!
Die beiden handelten nach ihres Amtes Pflichten,
Jener als Weih und der als Waidmann. Wohl weiß ich,
Was Königen geziemt, und will drum gnädiglich
Auf jede Sühne nun verzichten.« –
Die Schranzen waren voll Bewundrung: jederzeit
Preisen sie Taten, die zu tun sie nie bereit;
Selbst wen'gen Fürsten möcht solch Muster wohl behagen.
Der Jäger konnt von Glück noch sagen!
Des Tiers und seine Schuld war, daß sie ahnungslos
In die Gefahr, dem Herrn zu nah zu kommen, rannten,
Da sie bisher nichts weiter kannten
Als ihren Wald – war denn das Übel gar so groß?

Pilpay verlegt die Mär fern zu des Ganges Strande.
Kein menschlich Wesen dort zulande
Legt Hand an Tiere, wohl niemand vergießt ihr Blut;
Dem König, tät er's selbst, bekäm es nimmer gut.
»Wer weiß, ob dieses Tier« – das hält man uns entgegen –
»Nicht mit vor Troja einst gelegen?
Vielleicht war es ein Fürst, ein weitberühmter Held,
Helmbuschumwogt und hochgestellt!
Was einst es war, ist es vielleicht noch heut. Wir ehren
Ja der Pythagoreer Lehren,
Daß mit dem Tiergeschlecht wir tauschen die Gestalt,
Bald Geier sind und Tauben bald,
Heut Menschen, morgen Vögel wieder
Mit luftdurchrauschendem Gefieder.«

Da in zwei Formen diese Mär
Bekannt ist, will ich auch die andre Lesart geben.
Ein Falkner fing einst auf der Jagd von ungefähr

'nen Weih und bracht ihn, da's doch kaum vorkommt im Leben,
    Dem König zum Geschenke her
    Als große Seltenheit nur eben;
Nur alle hundert Jahr ereignet sich der Fall,
Das Non plus ultra ist's der ganzen Reiherbeize.
Eilend naht er, durchbricht der Schranzen dichten Wall,
Glühend vor Waidmannslust – die Sach hat ihre Reize.
    Dies Wunderstück der Gaben all
    Sollt Glück ihm bringen, meint der Jäger.
    Da packt der wilde Schellenträger,
    Der undressiert noch, auf einmal
    Mit seinen Krallen, scharf wie Stahl,
Des armen Falkners Nas und will sie nimmer lassen.
    Er schreit; der Fürst und all die Massen
Der Schranzen lachen. Wer hätt nicht gelacht? Was mich
Betrifft, nicht um die Welt hätt ich mich können fassen.
    Lacht wohl ein Papst? Das wage ich
Nicht zu behaupten; doch ein Fürst wär sicherlich
    Schlimm dran, sollt er das Lachen hassen;
Ist's doch der Götter Lust! Zeus' heilig ernste Macht
Und das unsterbliche Volk der Olympier lacht.
Im alten Mythus wird erzählt, daß laut er lachte,
Als ihm der hinkende Vulkan zu trinken brachte.
Ob die Unsterblichen klug taten oder nicht:
Mit Absicht wechselte sein Endziel mein Gedicht;
    Denn wenn auf die Moral wir sehen,
Was könnt der Anfall, der dem Jägersmann geschehen,
Uns Neues lehren? Zeigt doch aller Zeiten Bild
Mehr dumme Falkner, als Fürsten, die klug und mild.

FABEL XIII

DER FUCHS, DIE FLIEGEN UND DER IGEL

Ein Füchslein, fein und schlau, ein alter Waldgenoß,
　　Den wund der Pfeil des Jägers schoß,
Fiel in den Kot; bald naht, gelockt von seinem Blute,
　　Jenes schmarotzende Insekt,
　　Die Fliege, die so arg uns neckt.
Die Götter klagt' er an und fand, zu grausam ruhte
Des Schicksals Hand auf ihm, das so ihn heimgesucht,
　　Zum Fliegenfutter ihn verflucht:
»Wie? Mich, den schlausten Gast des Waldes, gibt es schutzlos
　　Nun preis des Elends bitterm Graus!
Seit wann sind Füchse denn ein gar so leckrer Schmaus?
Was hilft mein Schwanz mir? Ist er nur 'ne Last, die nutzlos?
Der Himmel mag dich nicht! Was lebtest, dummes Vieh,
　　Du auch auf andrer Kosten nie?« –
　　Ein Igel – ihn als neuen Helden
　　Auf meiner Bühne anzumelden
Sei mir gestattet – wollt befrein ihn von der Last

Des Völkchens, das voll gier'ger Hast.
»Auf meine Stacheln will ich hundertweis sie spießen« –
Spricht er – »Freund Fuchs, du sollst dann Ruhe bald genießen!« –
»Vorsicht!« – sagt jener drauf – »Freund, tu es lieber nicht;
Laß, bitte, nur ihr Mahl vollenden dies Gezücht!
Die sind nun satt; gehn sie, gleich werden andre kommen,
Von denen werd ich dann noch ärger mitgenommen.«
Mitesser gibt's nur gar zu viel bei uns zuland,
Man findet sie bei Hof, im Rat, im Richterstand.
Ließ Aristoteles doch von den Menschen gelten
Dies Märchen; und ihr alle wißt's,
Daß die Beispiele gar nicht selten.
Je satter dieses Volk, je minder lästig ist's.

FABEL XIV

AMOR UND DIE TORHEIT

An Amor ist höchst rätselhaft
Doch alles: Köcher, Pfeil, Fackel, der Kindheit Sage;
Die Tiefen dieser Wissenschaft
Erschöpft man nicht in einem Tage.
Sie zu ergründen denk ich nicht, das wär ein Spott;
Nur zu erzählen hab ich hier mir vorgenommen,
Wie dieser Blinde – 's ist ein Gott –
Wie dieser Blinde um sein Augenlicht gekommen;
Des Unglücks Folgen dann – oder ist's gar ein Glück?
Das richt ein Liebender, ich trete gern zurück.
Die Torheit und Amor spielten einst guter Dinge
Mitsammen; dieser war dazumal blind noch nicht.
Dabei kam es zum Streit; Amor begehrt: »Man bringe
Es vor der Götter Schiedsgericht!« –
Der andern schien zu lang die Sache,

Und sie schlug ihm so heftig ins Gesicht,
Daß er verlor der Augen Licht.
Venus verlangte Sühn und Rache.
Mutter und Weib – man kann sich denken ihr Geschrei!
Bestürzt eilt jeder Gott herbei,
Zeus, Nemesis und auch die drei
Richter der Unterwelt, zuletzt die ganze Bande.
In voller Gräßlichkeit läßt sie den Frevel sehn:
Ihr Sohn könn ohne Stock nicht einen Schritt mehr gehn;
Zu groß sei keine Straf und hart für solche Schande,
Und auch der Schaden sei schwer wiedergutgemacht!
Nachdem man alles wohl bedacht,
Verurteilt das Gericht – natürlich ließ sich's leiten
Nur vom gemeinen Wohl und jenem der Partein –
Die Torheit, nun für ew'ge Zeiten
Gott Amors Führerin zu sein.

FABEL XV

DER RABE, DIE GAZELLE, DIE SCHILDKRÖTE UND DIE RATTE

AN FRAU DE LA SABLIÈRE

Gern hätt ich Dir ein Denkmal hingestellt
Im Liede, unvergänglich wie die Welt.
Schon hab ich seine Dauer fest gegründet
Auf jene Kunst, die von den Göttern stammt,
Und auf die Gottheit, deren Priesteramt
In diesem Tempel Weihrauchopfer zündet.
Des Tores Inschrift sagte, Dir zum Ruhm:
»Dies ist der Göttin Iris Heiligtum« –
Nicht jener, die zu Junos Dienst erschienen;
Denn Juno samt der Götter hohem Herrn
Huld'gen der meinen, und sie rühmten gern
Der Ehre sich, als Boten ihr zu dienen.
Als Wölbung: der Olymp in voller Pracht,
Iris umkleidend mit göttlicher Macht,

Sie setzend auf 'nen Thron von Lichtesstrahlen;
Und an den Wänden wäre angebracht
Ihr Lebenslauf – ein Stoff, gemacht zum Malen,
Ob arm auch an Begebenheiten und
Handlungen, dran die Staaten gehn zugrund.
Den Hintergrund dann sollt ihr Bildnis schmücken:
Ihr holdes Lächeln, aller Augen Lust,
Die Anmut, siegreich stets, doch unbewußt,
Ihr Reiz, dem alles huldigt voll Entzücken.
Menschen, Hero'n, Halbgötter, ja sogar
Auch Götter ließ' ich sehn zu ihren Füßen;
Kurz, was die Welt verehrt, käm, sie zu grüßen
Und Weihrauch ihr zu streuen am Altar.
Der Seele Schätze ließ' ich leuchtend schauen
In ihrem Blick, zwar unvollkommner Art;
Denn dieses Herz, das stark und doch so zart
All ihren Freunden stets sich offenbart,
Den Geist, vom Himmel stammend, der gepaart
Des Mannes Stärke mit der holden Frauen
Anmut, kann man nicht schildern, wie man will.
O Iris, die Du siegreich aber still
Alles bezauberst, die mit gleicher Liebe
Man liebt wie nur sich selbst – nicht von dem Triebe
Der Leidenschaft red ich; denn, wie bekannt,
Ist dieses Wort von Deinem Hof verbannt –
Laß meine Muse, was mit flücht'gen Händen
Ich hier entwarf, ausführend einst vollenden!
Dir zu Gefallen hab ich meinen Plan
Von einer Fabel hier Dir kundgetan,
Die von der Freundschaft Wert solche Beweise
Uns hinstellt, daß sie, wenn ich nicht geirrt,
Ein wenig Deinen Geist erheitern wird.
Zwar spielt sie nicht in hoher Fürsten Kreise;
Doch was Du schätzest, ist – fest glaub ich dran –
Ein König nicht, der nimmer lieben kann:
Es ist ein Mensch, bereit sich hinzugeben
Für seinen Freund – ach! ihre Zahl ist klein.
Vier Tiere, die in treuer Freundschaft leben,
Mögen den Menschen hier ein Beispiel sein.

Der Rabe, die Gazell, die Ratt und die Schildkröte
Wohnten beisammen einst in treuer Brüderschaft.
Der Ort war unbekannt den Menschen; das erhöhte
Ihr Glück und macht' es dauerhaft.
Doch, ach! der Mensch weiß ins Verborgenste zu dringen:
Birg tief in Meeres feuchter Gruft,
In Wüsten dich, fleuch in die Luft,
Nimmer entgehst du doch seinen geheimen Schlingen.
Gazellchen ging harmlos lustwandeln. Jenes Tier,
Das leid'ge Werkzeug roher Gier,
Das stets dem Jäger seine Beute
Zutreibt, der Hund, hat bald im Gras sie aufgespürt.
Sie flieht. Als nun das Mahl die drei zusammenführt,
Fragte die Ratte: »Sagt, wie kommt es, daß wir heute
Nur unser drei bei Tische sind?
Hat die Gazell uns schon vergessen so geschwind?« –
Mit lautem Wehgeschrei erwidert
Die Schildkröt auf der Ratte Wort:
»Wär, gleich dem Raben, ich gefiedert,
Im Augenblicke flög ich fort,
Um nachzusehn, wo, festgehalten
Durch tück'schen Zufalls feindlich Walten,
Unsre leichtfüß'ge Freundin weilt;
Denn, was das Herz betrifft, urteilst du übereilt.« –
Fort fliegt der Rab in Windesschnelle;
Bald sieht von fern er die leichtsinnige Gazelle,
Gefangen durch der Schlinge Zug.
Zu den Genossen kehrt er heim in eil'gem Flug;
Denn sie zu fragen, wie, warum, mit welchem Fug
Sie käm an diese Unglücksstelle,
Mit Reden zu vertun die Zeit – wie, dumm genug,
Wohl ein Schulmeister brav und bieder
Getan – dazu war er zu klug.
Der Rab also fliegt hin und wider.
Es halten klugen Rat die drei;
Der Rabe spricht: »Eilen wir zwei
Jetzt nach der Stätte zu gelangen,
Wo die Gazelle liegt gefangen!
Die dritte bleibt, daß sie der Wohnung Hüter sei;
Denn langsam, wie sie geht, wann käm sie wohl zur Stelle?
Wann längst verendet die Gazelle!« –

Gesagt, getan: es macht das Paar sich auf in Eil,
Der teuren Freundin beizustehen,
Dem armen Reh der Bergeshöhen.
Schildkrötchen nähme gern dran teil;
Sie sucht den beiden nachzugehen,
Fluchend dem kurzen Fuß, der sie nicht vorwärts brächt,
Und daß sein Haus mit sich müßt schleppen ihr Geschlecht.
Maschenfraß – also heißt die Ratte, und mit Recht –
Nagt schnell die Schling entzwei; denkt nur, wie sie sich freute!
Der Jäger kommt und fragt: »Wer stahl mir meine Beute?« –
Maschenfraß hat sofort sich in ein Loch gedrückt,
Der Rab auf einen Baum, ins Holz flieht die Gazelle.
Da sieht der Jäger, halb verrückt,
Weil neue Beute nicht zur Stelle,
Die Schildkröt, und nun ward sein bittrer Grimm versüßt.
»Weshalb« – spricht er – »soll ich denn wüten?
Die soll zum Abendbrot den Schaden mir vergüten!« –
Er steckt sie in den Sack. Für alle hätt gebüßt
Sie, hätt's der Rabe nicht gemeldet der Gazelle.
Die naht aus dem Versteck in Schnelle,
Stellt hinkend sich und läuft dem Jäger in den Weg.
Der jagt sie und wirft alles weg,
Was er trägt. Maschenfraß hat Zeit nun, mit Behagen
Des Sackes Maschen nacheinander zu zernagen,
Und hilft auch der nun aus der Not,
Auf die der Jäger sich gefreut zum Abendbrot.

Pilpay erzählt es so. Wollt ich Apollos Gnade
Anrufen, machte draus ich einen Heldensang,
Der, wenn es Dir beliebt, so breit wär und so lang
Wie Odyssee und Iliade.
Als ersten Helden stellt ich Maschenfraß hinaus,
Obgleich in Wahrheit wohl jeder gleich wichtig wäre.
So schöne Reden hielt Infantin Buckelhaus,
Daß Junker Rab es sich zur Ehre
Anrechnete, Spion und Bote dann zu sein.
Gazellchen fädelte dann höchst geschickt es ein,
Daß unsrem Maschenfraß der Jäger Zeit müßt geben.
Kurz, jeder sollt, bald da, bald hier,
Handelnd auftreten wie im Leben.
Und wem gebührt der Preis? Dem Herzen, ging's nach mir.

FABEL XVI

DER WALD UND DER HOLZHAUER

Ein Holzhauer zerbrach oder verlor den Stiel
Seiner Axt – ein Verlust, der ihn gar schmerzlich reute;
Ihn zu ersetzen, war nicht allzu leichtes Spiel,
So daß indes der Wald sich ein'ger Schonung freute.
Demütig fleht zuletzt der Mann
Den Wald um einen Zweig nur an;
Er woll ihn brechen ganz bescheiden,
'nen andern Stiel sich draus zu schneiden.
Er woll auch anderwärts sein Brot zu suchen gehn;
Die Eichen laß er und die Tannen ruhig stehn,
Denen ja Alter und Schönheit Achtung verschaffen!
Harmlos gutmütig gab der Wald ihm neue Waffen.
Er hat es bald bereut; der Schurke braucht' in Eil
Nur das neu hergestellte Beil,
Seinen Wohltäter zu entkleiden
Des schönsten Schmuckes, den er trug.

Der Wald, ach! seufzte oft genug:
Die eigne Großmut schafft ihm Leiden.

Das ist der Lauf der Welt: man nimmt Wohltaten an
Und wendet gegen die Wohltäter selbst sie dann.
Ich sprech nicht mehr davon. Wenn milde Schattenhallen
So roher Schmach zum Opfer fallen,
Wer klagte das nicht schwer genug?
Ach! mag zum Überdruß darob ich schrein und schreiben,
Stets werden Undank und Betrug
Doch an der Tagesordnung bleiben.

FABEL XVII

DER FUCHS, DER WOLF UND DAS PFERD

Ein Fuchs, noch jung, doch von den Schlausten einer schier,
Erblickt' zum erstenmal ein Pferd in seinem Leben.
Er sprach zum Wolf, der auch ein Neuling: »Komm mit mir;
Auf unsrer Wiese grast ein Tier,
Schön, groß, noch kann mein Aug sich nicht zufriedengeben.«
»Ist stärker es als wir?« – fragt drauf der Wolf und lacht –
»Bitte, beschreib es mir doch eben!« –
»Wär ich ein Maler« – spricht das Füchslein wohlbedacht –
»Hätt gern ich dir schon jetzt die Freude zugewendet,
Die später dir sein Anblick macht.
Doch komm! Wer weiß? Vielleicht ist es uns zugesendet
Als Beute, die Fortuna spendet.« –
Sie gehn. Das Pferd, das hier zur Äsung hergeschickt,
War just nicht sehr erfreut, als es die zwei erblickt';
Vor solcher Freundschaft wär's am liebsten ausgerissen.

»Durchlaucht« – so sprach der Fuchs – »es möchten gar zu gern
Dero Ergebenste auch Euren Namen wissen.« –
Das Pferd, das grad auch nichts an Klugheit ließ vermissen,
Sagt: »Lest ihn, wenn ihr wollt! Auf meiner Sohl, ihr Herrn,
Hat einzuschreiben ihn mein Schuster sich beflissen.« –
Der Fuchs entschuldigt sich: »Bin ein unwissend Kind
Armer Eltern, ein Loch ist unser Haus gewesen,
Für meine Bildung tat man nichts; dagegen sind
Die Wölfe große Herrn, drum lernt' auch dieser lesen.« –
    Der Wolf, geschmeichelt und erfreut,
    Tritt nah; doch hat er's bald bereut:
Vier Zähne kostet ihn die Eitelkeit; vom Pferde
Erhält er einen Schlag – da liegt er auf der Erde,
    Freund Wolf, im Blut und arg zerbläut.
»Brüderchen« – sagt der Fuchs – »das dient uns zum Beweise
    Dessen, was Kluge mich gelehrt.
Auf die Kinnbacken schrieb die Lehre dir das Pferd:
Einem, den er nicht kennt, traut nimmermehr der Weise.«

FABEL XVIII

DER FUCHS UND DIE TRUTHÄHNE

Vom Fuchs gefährdet, hatten sich
Als Festung einen Baum erwählt der Puter Scharen.
Der Schelm umkreist den Wall und sah höchst ärgerlich,
Daß alle auf dem Posten waren.
Da rief er aus: »Wie? Dies Gesindel spottet mein!
Und sollen dem Gesetz Trotz bieten sie allein?
Nein, bei den Göttern, nein!« – Er tat, wie er beschlossen.
Hell schien der Mond, als wollt, Herrn Reineke zum Possen,
Dem Truthahnvolk er recht beweisen seine Gunst.

Der Fuchs, kein Neuling mehr in der Belagrungskunst,
Hat seinen ganzen Schatz ruchloser List entboten:
Er setzt, als klettre er, sich auf die Hinterpfoten;
Bald stellt er tot sich, bald als ob erwacht er wär –
    Hanswurst könnt besser nicht als er
    So viel verschiedne Rollen spielen:
Er wedelt mit dem Schwanz – kurz, er macht, wie gesagt,
    Späße, wie sie ihm grad einfielen,
Indes kein Puterhahn nur einzuschlummern wagt.
Der Feind ermüdet sie, da sie den unverwandten
    Blick stets auf einen Punkt nur spannten.
Die Ärmsten fielen, ganz geblendet mit der Zeit,
Eins nach dem andern ab; gleich schafft' er sie beiseit,
Und schließlich unterlag die Hälfte fast von allen.
Er birgt im Vorratsschrank sie, bis er sie verspeist.
Zu ängstlich die Gefahr beachten ist zumeist
    Der beste Weg – hineinzufallen.

FABEL XIX

DER AFFE

Es lebt ein Affe zu Paris,
Dem eine Gattin man gegeben.
Als Affe manches Ehmanns wies
Er sich: er schlug sie. Ach! ihr Leben
Verseufzt das arme Weib, bis sie der Tod befreit.
In Klagen hat sich überboten
Ihr Sohn. Umsonst, wie er auch schreit,
Der Vater lacht, da statt der Toten
Er andre schon in Liebe kirrt,
Die er, wie jene, schlagen wird;
Oft soll er trunken sich umher in Kneipen treiben.
Von dem Nachäffervolk kam nimmer Gutes noch,
Mag's Affe sein, mag's Bücher schreiben;
Schriftsteller sind die Schlimmsten doch.

FABEL XX

DER SKYTHISCHE PHILOSOPH

Ein strenger Philosoph, in Skythien geboren,
Der mildre Lebensart auf einmal sich erkoren,
Reiste nach Griechenland, wo er 'nen Weisen sah,
Vergils berühmtem Greis ähnlich, die Torheit meidend,
Den Kön'gen gleichgestellt, den Göttern ziemlich nah
Und, wie die letztern still, nichts in der Welt beneidend,
Der sein Glück in der Pracht 'nes schönen Gartens fand.
Der Skythe sah ihn dort, das Messer in der Hand,
An seinen Obstbäumen unnützen Trieb beschneidend,
Sie stutzend, und wie er der üppigen Natur
　　Bald Einhalt tat und bald sie schonte,
Die seine Müh ihm reich mit Wucherzinsen lohnte.
　　Der Skythe fragt: »Wozu doch nur
All die Zerstörung? Darf der Weise ohne Gnaden
Der armen Kreatur antun so bittres Leid?
Gib mir dein Messer her, das Werkzeug tut nur Schaden;
　　Laß das dem Sensenschnitt der Zeit:

Die wandern bald genug zu Acherons Gestaden!« – [deiht
»Das Schlechte schneid ich fort« – spricht jener – »dann ge-
Der Rest zu größrer Fruchtbarkeit.« –
Der Skythe, heimgekehrt nach seinem Land, dem kalten,
Greift nun zum Messer, stutzt, was nur das Zeug will halten,
Rät seinen Freunden und Nachbarn und ordnet dann
Ein allgemeines Schneiden an.
Die schönsten Zweige haut er ab in seinem Garten,
Verstümmelt jeden Baum ohn allen Sinn und Grund,
Ohne der Jahreszeiten und
Der Monde Wechsel abzuwarten.
Nicht lang, starb alles ab. Der Skythe gleicht genau
Dem Stoiker, der, hart und rauh,
In unsrer Seele sucht zu dämpfen
Sehnsucht und Leidenschaft, ganz gleich, ob gut, ob schlecht;
Der kleinste Wunsch ist ihm nicht recht.
Stets werd ich dieses Volk, soviel ich kann, bekämpfen;
Dem Herzen wird durch sie die beste Kraft zerstört,
Und eh man stirbt, hat man zu leben aufgehört.

FABEL XXI

DER ELEFANT UND DER AFFE JUPITERS

Einst stritten Elefant sich und Rhinozeros
Um den Vortritt im Reich, bis endlich diese Frage
Durch einen offnen Kampf zu schlichten man beschloß.
Schon war der Tag bestimmt, da plötzlich geht die Sage,
    Es schwebe mit dem Heroldsstab
Der Affe Jupiters hoch aus der Luft herab.
Der Affe hieß Hanswurst, so meldet uns die Märe;
    Fest glaubt der Elefant, er wäre
    Als Bote aus der Götter Land
    Zu Seiner Herrlichkeit gesandt.
    Er wartet, stolz auf diese Ehre,
Auf Herrn Hanswurst und meint, daß er recht säumig sei,
    Ihm sein Akkreditiv zu Füßen
    Zu legen. Endlich kommt vorbei
    Hanswurst, ihn flüchtig zu begrüßen.
Auf eine Botschaft harrt des Elefanten Ohr.

Kein Wort davon. Der Götter Chor,
Von dem er wähnt, daß er auf seinen Streit gespannt war,
Denkt gar nicht dran, da er dort nicht einmal bekannt war,
Den Himmlischen ist's einerlei,
Ob Mück, ob Elefant man sei!
Nun fing er selber an: »Auf seinem hohen Throne
Wird sich mein Vetter Zeus in nächster Zeit zerstreun
An einem lustigen Gefecht, und zweifelsohne
Wird dran sein ganzer Hof sich freun.« –
»Welch ein Gefecht?« – fragt drauf der Affe. »Weiß nicht jede
Gottheit, daß mir den Rang« – so spricht der Elefant –
»Das Nashorn streitig macht, und Elefantenland
Mit Rhinozerien drob liegt in blut'ger Fehde?
Du kennst die Staaten doch? Man rühmt sie nah und fern.« –
»Daß ihre Namen ich von dir jetzt kennenlern,
Wahrhaftig, freut mich!« – sagt Hanswurst – »Kaum ist die
Von solchen Dingen je in unsrem hohen Saal.« – [Rede
Erstaunt und höchst beschämt zumal,
Fragt ihn der Elefant: »Was kamst du denn hernieder?« –
»Ein'gen Ameisen bracht ein Hälmchen ich zu Tal;
Für alles sorgen wir. Auf deinen Streit nun wieder
Zu kommen: Niemand kennt ihn in der Götter Reich;
Groß und klein, alles ist in ihren Augen gleich.«

FABEL XXII

EIN NARR UND EIN WEISER

Mit Steinwürfen verfolgt ein Narr einst einen Weisen.
Der Weise kehrt sich um und spricht: »Das war von dir
Sehr gut gemacht, mein Freund; nimm diesen Taler hier.
Du quälst dich wahrlich sehr und zu so niedern Preisen!
Denn jede Müh ist wert des Lohnes sicherlich.
Sieh dort den reichen Mann, der hat viel mehr als ich;
An den halt dich, er wird dir deinen Lohn schon geben!« –
So lockt ihn der Gewinn, daß er den Reichen eben
Mit gleicher Frechheit überfällt.
Er wurde gut bezahlt, doch diesmal nicht mit Geld:
Schnell nahen die Lakain, man kriegt den Kerl beim Kragen,
Und er wird krumm und lahm geschlagen.
Bei Hof gibt's solche Narren; ihren Herrn
Bringen auf eure Kosten sie zum Lachen.
Möchtet ihr für ihr Schwatzen sie nicht gern
Abstrafen gleich? Ihr seid, um das zu machen,
Vielleicht zu schwach. Weist sie an einen Mann,
Der stark genug, daß er sich rächen kann.

FABEL XXIII

DER ENGLISCHE FUCHS

AN MISTRESS HARVEY

In Dir ist gutes Herz und grader Sinn gepaart
Mit hundert Tugenden – hier ihrer zu gedenken,
Zuviel – Adel der Seel und ein Talent, zu lenken
　　Der Dinge wie der Menschen Art;
Ein freud'ger Mut, treu wahrst die Freundschaft Du dem Kreise
Der Freunde trotz des Zeus' und stürm'scher Zeit Ungunst.
All das verdiente wohl ein Lob voll Pomp und Kunst,
Wär nicht am wenigsten just dies nach Deiner Weise:
Pomp magst Du nicht, Lob ist Dir widerliche Speise.
Ich mach es also kurz und schlicht; nur füg ich bei

Ein flüchtig Wörtlein oder zwei
Zu Deines Vaterlandes Preise.
Du liebst es. Englands Volk ist an Gedanken reich
Und tief – darin sind Geist und Herz einander gleich;
Gründlich im Forschen, reif an Urteil und Erfahrung,
Fördert's der Wissenschaft stets neue Offenbarung.
Nicht leere Schmeichelei sprech ich damit Dir aus:
Mehr als ein ander Volk dringt ihr durch bis zum Grunde;
Die Hunde selbst bei euch zu Haus
Sind findiger als unsre Hunde.
Auch eure Füchse sind weit schlauer; als Beweis
Führ ich Dir einen an, der, heiß
Bedrängt, 'ne Kriegslist einst erfunden,
Auf die, so neu als fein, er seine Hoffnung setzt.
Der Schelm, aufs äußerste verfolgt von jenen Hunden
Mit feiner Nas und fast zu Tode schon gehetzt,
Kam nah vorbei am Hochgerichte;
Dort war manch wildes Tier – vermengt
Dachs, Eule, Fuchs und Luchs, kurz, lauter arge Wichte –
Als warnend Beispiel für den Wandrer aufgehängt.
Bei dem Gebell gesellt sich Reineke den Leichen.
Ich sehe Hannibal, umdrängt von Römern, flugs
Sie irreführend, daß von seiner Spur sie weichen
Und ihren Händen er entrinnt, der alte Fuchs!
Als an den Ort gelangt der Meute
Leithunde, wo zum Schein der Schalk den Tod sich gab,
Bellten sie laut; allein bald rief ihr Herr sie ab,
Obwohl zum Himmel auf erschallt ihr hell Geläute;
Auf so scherzhafte List kam nimmer sein Verdacht:
»Ein Loch« – spricht er – »hat ihn in Sicherheit gebracht;
Die Hunde schlagen sonst nicht an vor Säulengängen,
Daran so nette Burschen hängen.
Der kommt mir noch!« – Er kam, nicht gut hat er's gemacht;
Dachshunde hatten seiner acht.
Emporzuklimmen hat Herr Reineke gedacht:
Er meinte, da er hing, es würd ihm so gelingen
Wie damals, als er aus der Schlinge zog den Kopf;
Doch anders kam's, er biß ins Gras, der arme Tropf!
Man muß Abwechslung stets in alle Kriegslist bringen.
Der Jäger selber, gält's auch seine Rettung gleich,
Hätt sicher nimmermehr erfunden solchen Streich;

Nicht weil's an Geist ihm fehlt' – wer möchte wohl bestreiten,
Daß jeder Brite Geist genug hat? Ausgesetzt
Nur ist er manchen Fährlichkeiten,
Weil er gering das Leben schätzt.

Nochmals zu Dir! Doch nicht der Feier
All Deiner Tugend gilt mein Sang;
Für langer Lobeslieder Klang
Gestimmt ist nimmer meine Leier.
Ein kurzer Vers, ein kleines Lied,
Von Weihrauchduft durchweht, erfreut die Welt und zieht
Weit durch die Lande bis zu fernsten Meeres Wogen.
Dein Fürst sagt, lieber jedenfalls
Sei ihm ein Pfeil von Amor als
Ein Loblied von vier ganzen Bogen.
Nimm freundlich dies Geschenk, zu dem noch aufgerafft
Sich meine Mus' in letzten Nöten;
Sie bringt's mit schämigem Erröten,
Weil's so gering und mangelhaft.
Könnt's dieser Huld'gung nicht gelingen,
Auch ihren Beifall zu erringen,
Sie, deren Ruhm erfüllt Dein Vaterland, darin
Die Besten aus Kythera stammen?
Du siehst: Mazarin hab im Sinn
Ich – sie, die Schutzgöttin der keuschen Liebesflammen.

FABEL XXIV

DAPHNIS UND ALCIMADURA

NACH THEOKRIT

AN FRAU DE LA MÉSANGÈRE.

Du holdes Kind der anmutvollen
Mutter, die Tausende von Herzen stets gewinnt –
Die nicht gezählt, die Dir als Freunde gelten wollen,
Und ein'ge, die durch Lieb an Dich gefesselt sind –
Ich muß euch beiden Huldgenossen,
Dir und ihr – wem gebührt der Preis? –
Den Weihrauch teilen, der auf dem Parnaß entsprossen
Und dem gar süßen Duft ich zu entlocken weiß.
So sag ich Dir – – – doch alles sagen,
Zu viel wär's; drum sei ausgewählt,
Was Stimm und Leier noch vertragen,
Denen 's, ach! nur zu bald an Kraft und Muße fehlt.

Mir gilt's hier nur, ein sanft empfindend Herz zu preisen,
Adel der Seel, Anmut und Geist; wem fiel' es ein,
Als Deine Meisterin darin sich auszuweisen,
Außer ihr, deren Lob des Deinen Widerschein?
Schau, daß nicht zu viel Dornen tragen
Die Rosen, tritt einmal heran
Amor, Dir ähnliches zu sagen –
Er sagt es besser als ich's kann;
Auch straft er ganz gewiß, die seinem Rat verschlossen
Ihr Ohr. Gleich sollst Du's sehn, gib acht.

Ein junges Mädchen, reizumflossen,
Verachtete den Gott und seine Wundermacht.
Alcimadura hieß die Stolze,
Ein wildes Wesen, leicht hüpfend durch Wies und Wald,
Auf Rasen tanzend, sich bergend im dichtsten Holze,
Der in der Welt nichts heilig galt
Als ihre Launen; sonst der schönsten Schönen gleichend,
Die Grausamste mehr als erreichend
Und doch liebreizumhüllt trotz ihrer rauhen Art –
Wie erst, wär alles dies mit Mild und Huld gepaart!
Daphnis, ein junger Hirt, schön und von edlem Stamme,
Liebt sie – zum Unglück: nie gewährte seiner Flamme
Nur einen flücht'gen Blick, ein Wörtchen, noch so klein,
Noch die geringste Gunst dies Herz, so hart wie Stein.
Müde, noch länger fort so hoffnungslos zu werben,
Sucht er den Tod; Verzweiflung reibt
Ihn auf, zu der Grausamen treibt
Sie ihn, vor ihrer Tür zu sterben.
Ach! nur den Winden klagt er seinen Schmerz, den herben;
Man öffnet nicht, verschlossen bleibt
Das Unglückshaus, in dem, von Freundinnen umgeben,
Die Arge, zu erhöhn des Wiegenfestes Glanz,
Der eignen Schönheit Blütenkranz
Noch durch den üpp'gen Flor der Gärten sucht zu heben.
»Vor dir zu sterben, war mein letztes Hoffen fast;
Allein ich bin dir zu verhaßt!« –
Rief er – »Nicht staun ich, daß so weit den Haß du steigerst,
Daß, wie die andern, mir auch diesen Wunsch du weigerst.
Nach meinem Tode soll mein Vater – dahin geht
Mein Auftrag – dir zu Füßen legen

Das Erbe, das du stolz verschmäht,
Die Weidetriften und der Wiesen reichen Segen,
All meine Herden, meinen Hund.
Ferner soll man auf meinem Grund
Und Boden einen Tempel bauen,
Darin dein Bildnis ist zu schauen.
Stets schmücke den Altar ein frischer Blumenflor;
Ein einfach Denkmal steh nah bei des Tempels Tor,
Und diese Inschrift trag sein Rahmen:
›Steh, Wanderer, und wein! Hier starb den Liebestod
Daphnis; er unterlag, sich beugend dem Gebot
Alcimaduras, der Grausamen‹.«
Bei diesem Namen schnitt die Parz ihm ab das Wort;
Gern spräch er weiter, doch es rafft der Schmerz ihn fort.
Die Stolze tritt heraus, mit einer Blumenkrone
Geschmückt. Vergebens fleht man sie um einen Blick,
Um eine Träne für des Liebenden Geschick;
Nur ihren Hohn übt sie an Kytheras Sohne:
Zu seiner Säule führt, seinem Gebot zum Spott,
Sie die Gefährtinnen, sich dort im Tanz zu wiegen.
Um stürzt und nieder schlägt im Fallen sie der Gott.
Eilende Wolken sieht man fliegen,
Und eine Stimm erschallt in Lüften weit umher:
»Nun liebe jeder! Die Herzlose ist nicht mehr!« –
Des Daphnis Schatten, der zum Styx hinabgestiegen,
Bebt, wie er sie erschaut. Der ganze Hades sieht
Die schöne Mördrin vor dem Schäfer tief bereuen.
Umsonst! Er flieht sie, wie Ajax Ulyssen flieht,
Wie den Äneas flieht Dido, den Ungetreuen.

FABEL XXV

PHILEMON UND BAUKIS

DER STOFF IST OVIDS METAMORPHOSEN ENTNOMMEN
SEINER HOHEIT DEM HERZOG VON VENDÔME

Nicht Gold noch Größe ist's, was wahrhaft glücklich macht,
Denn sie gewähren unsern Wünschen Güter höchst
Unsichrer Art, unruhige Vergnügungen,
Die letzter Zufluchtsort verzehrnder Sorgen sind;
Grausame Geier wie bei des Japetus' Sohn,
Der angekettet war an öder Felsenwand.
Erspart bleibt solche Fron des Weisen schlichtem Dach,
Der friedlich drunter haust und andres gern verschmäht.
Zufriedenen Gemüts streift er durch Wald und Aun
Und sieht zu seinen Füßen Fürstengünstlinge.
Er liest auf ihrer Stirn, die eitler Prunk umflicht,
Daß, was Fortuna gibt, sie teuer nur verkauft.
Wenn Tod ihm naht und es von hier zu scheiden gilt,
Ist's eines schönen Tages Abendsonnenglanz.
Ein Beispiel sind Philemon hier und Baukis uns.
Zum Tempel wandelte der beiden Hütte sich,
Der Treue Sinnbild blieben ihre Herzen stets
Seit ihrer Liebe Frühling unlösbar vereint.
Nie hatten Zeit und Ehe ihre Glut gelöscht,
Und Klotho selbst spann immer fester dieses Band.
Sie hatten ohne Hilfe vierzig Sommer lang
Rastlos ihr Häuslein und ihr Äckerchen bestellt
Und bildeten für sich allein ein kleines Reich.
Sie waren glücklich, nie im Leben Knecht noch Magd
Dank und Befriedigung zu schulden für ihr Werk.
Es altert alles, Runzeln furchten ihre Stirn;
Wohl hatte Freundschaft ihre Glut gedämpft, doch nicht
Erstickt, und Liebe flackerte stets wieder auf.
Ein Dorf bewohnten sie, zahlreich an Volk, allein
Es waren harte Herzen, liebten Hohn und Spott.
Aus Groll auf dies Gezücht brach Jupiter einst auf
Nebst seinem Sohn, dem Gotte der Beredsamkeit.
Als Pilger zogen sie dorthin, doch öffnete
Von all den Häusern ihnen sich nicht e i n e Tür.
Den schlimmen Ort verlassen wollten sie bereits,

Als in der Nähe sie ein Hüttlein vor sich sahn;
Gastfreundlich, doch bescheiden kam es ihnen vor.
Merkur klopft an, die Tür geht auf, Philemon kommt
Und nötigt sie herein, spricht so zu ihnen dann:
»Mir scheint, daß ihr von eurer Wandrung müde seid;
Ruht aus und nehmt mit unserm wenigen vorlieb;
Der Götter Beistand ließ es gnädig uns gedeihn.
Genießt's, doch grüßt die tönernen Penaten erst.
Nie war der Himmel noch den Sterblichen so hold,
Als da selbst Jupiter aus Holz nur ward geschnitzt.
Taub ist sein Ohr für uns, seit man aus Gold ihn schuf.
Rasch, Baukis, säume nicht, setz laues Wasser auf
Für unsre Gäste, danken werden sie es dir,
Wenn unsern Wünschen auch das Können kaum entspricht.«
Aus Funkenresten, die noch in der Asche glühn,
Entfacht ihr Atem, schnaufend zwar, die Glut erneut;
Alsbald entflammt man trockenes Geäst und wäscht
Mit lauem Wasser unsern zwein die Füße drauf
Und bittet sie, den Schwächen gütigst nachzusehn;
Doch um des Wartens Zeit zu kürzen, unterhält
Philemon sie, zwar von Fortunas Launen nicht
Noch von dem Pomp der Könige noch ihrer Macht,
Vielmehr von dem, was ihm aus Garten, Feld und Wald
An süßen, seltnen Früchten segensreich erwächst.
Inzwischen macht sich Baukis emsig an ihr Werk
Und richtet für ein ländlich schlichtes Mahl den Tisch,
Ein Brett vielmehr, das nie ein Hobel glättete.
Auch wird versichert, Baukis habe einen Fuß
Des Tischs, der brüchig mit der Zeit geworden war
Und wackelte, durch eine Scherbe abgestützt,
Rest einer alten Vase, Opfer auch der Zeit.
Zwei Hocker deckt ein Tischtuch, völlig abgewetzt,
Ein Linnen für das ganze Mahl wird aufgelegt
– Es wurde sonst an Feiertagen nur benützt –,
Obst, etwas Milch und Ackerfrucht, die Ceres schenkt.
Nach langer Wandrung durstig, mischt das Götterpaar
Den herben Wein mit eines Borns kristallner Flut;
Doch was man draus auch trinkt, die Schale bleibt gefüllt.
Als erstem wird Philemon dieses Wunder klar,
Nicht minder Baukis: beide sinken auf die Knie.
Bei diesem Zeichen gehn die Augen ihnen auf;

Mit seinen schwarzen Wimpern sehn sie Jupiter vor sich,
Der selbst die Himmel zittern läßt von Pol zu Pol.
»Erhabner«, spricht Philemon, »sieh uns nach, was wir
Gefehlt; doch wer erwartet je solch hohen Gast?
Zwar wenig Euer würdig war das karge Mahl;
Was aber setzte Göttern selbst ein König vor?
Hier zählt das Herz nur; spenden Meer und Erde auch
Den Herrn des Weltalls feinste Speisen – immerhin
Ziehn sie des Herzens Gaben alldem weitaus vor.«
Versäumtes gutzumachen trachtet Baukis jetzt;
Sie hascht ein zahmes Rebhuhn, das im Garten läuft,
(Herangezogen hatte sie es liebevoll!)
Nun soll's ein leckres Essen für die Fremden sein.
Doch ihrer Hand, die zittert, rasch entwischt das Tier,
Zwischen der Götter Füße flattert es voll Angst;
Und nicht vergeblich sucht es Zuflucht: Jupiter
Gewährt sie diesem Rebhuhn. – Von den Bergen sinkt
Der Abend schon mit seinen Schatten in das Tal;
Die Götter gehn mit ihren Wirten vor das Haus.
»Der Ort«, spricht Jupiter, »büßt mir den Frevel schwer;
Folgt mir! Merkur, ruf Dünste auf! – O hartes Volk,
Du öffnest weder Türen mir noch Herzen!« Sprach's,
Und schon fegt durch die Ebene ein Wirbelsturm.
Die Alten folgen mühevoll den Göttern nach;
Ein Schilfrohr nur erleichtert ihren schwanken Schritt.
Halb mit der Götter Hilfe, halb durch Furcht gespornt,
Erreicht man keuchend endlich einen nahen Berg.
Zu ihren Füßen ballen hundert Wolken sich,
Im Dienst der Gottheit stürmt der Spuk einher und reißt
Jetzt wahllos Bäume, Gärten, Häuser, Tiere, ja
Den ganzen Ort nebst den Bewohnern mit sich fort;
All das verschwindet, keine Spur davon verbleibt.
Das greise Paar beklagt dies harte Schicksal tief.
Die Tiere gleich den Menschen töten! War dies Volk
Des Himmels Waffen längst verfallen zwar, vergießt
Voll Trauer Baukis heimlich manche Tränen doch.
Zum Tempel wird ihr niedres Dach, die Wände, sonst
Voll Risse, wandeln sich zu hartem Marmorstein.
Gewaltig türmen in zwei Augenblicken sich
Bis zu den Wolken Säulen jetzt und Mauern auf.
Das Stroh wird pures Gold, der ganze Raum erglänzt.

All das ist aufgezeichnet in der Täfelung;
Hier bleiben Zeuxis und Apelles weit zurück.
Verwundert und bestürzt glaubt durch ein Wunder sich
In den Olymp das Paar entrückt. – »Ihr überhäuft
Mit zuviel Glanz uns niedre Wesen«, sagen sie;
»Sind unsre Herzen und die Hände rein genug,
Um die Empfänger solcher Göttergunst zu sein,
Als Priester Spenden frommer Pilger dir zu weihn?«
Der Unschuld Bitte schenkt der Götterfürst Gehör.
»Ach«, fährt Philemon fort, »laß deine starke Hand
Auf uns zwei Alten bis ans Ende gnädig ruhn;
In deinen Diensten stürben wir dann am Altar;
Zum Opfer brächte Klotho uns, im Tod vereint;
Von andern Händen wär's für uns ein traurig Amt.
Ich müßt um sie nicht weinen noch auch störte sie
Den Frieden dieses Orts mit ihrer Tränenflut.«
Auch diesen Wunsch zum Schluß erfüllt ihm Jupiter.
Darf ich hier noch berichten, was unglaublich klingt?
Im heil'gen Tempelhofe saßen beide einst
Und kündeten entzückten Pilgern diese Mär,
Gespannt hing jedes Ohr an des Philemon Mund.
»Nicht immer«, hebt er an, »hat dieser Wunderort
Als Tempel den Unsterblichen zum Ruhm gedient;
Rings lag ein großer Flecken, der Altäre Feind,
Bewohnt von rohem, hartem Volk, gottlos gesinnt,
Zur Sühne fiel es drum der Götter Zorn anheim.
Vom Untergange blieben wir allein verschont.
Ihr könnt dies schaun auf dem Getäfel. Jupiter
Hat selber dies gemalt.« Bei diesen Worten lenkt
Philemon wiederholt auf Baukis seinen Blick.
Sie wird zum Baum, streckt ihre Arme nach ihm aus,
Er will ihr seine reichen, er vermag es nicht.
Er sucht zu sprechen – durch die Rinde dringt kein Ton;
Sie sagen in Gedanken beide sich Leb wohl;
Ihr Körper ist nichts andres mehr als Laub und Holz.
Gelähmt versagt die Stimme denen, die es sahn,
Zur gleichen Stunde teilen sie das gleiche Los.
Philemon wird ein Eichbaum, Baukis Linde nun.
Noch jetzt sucht man sie auf, der Wonnen wert zu sein,
Die Amor durch den Ehestand uns Menschen schenkt.
Die Last zahlloser Spenden biegt die Äste schier.

Wenn Eheleute in der Bäume Schatten ruhn,
So lieben sie sich bis ins hohe Alter noch.
Ich freilich bringe dort nicht meine Gaben dar,
Doch die Verwandlung feiern wir trotz alledem;
Glaubwürd'ge Zeugen haben mir dies mitgeteilt.
In Versen dem Gestalt zu leihn riet Klio mir,
Verkünden sollen sie der Nachwelt es dereinst;
Gestützt von einem großen Namen werden sie
Noch künftigen Geschlechtern im Gedächtnis sein.
Vendôme, zum Ruhm, den ich erhoffe, gib Dein Ja,
Daß über Neid und Zeit ich triumphieren mag;
O feßle die Dämonenbrut, die uns bedroht,
Die feind den Helden ist und dem, der sie besingt.
Ausdrücken möcht ich in erhabnem Stil, daß Du
Zwar tausend Tugenden, doch keine Fehler hast;
Sie alle preisen wär ein Werk, das endlos ist.
Dies Unterfangen heischte einen größern Geist,
Denn welch Verdienst wär unsrer Hochachtung nicht wert?
Von dem zu schweigen, das uns dich zu lieben treibt?
Die Liebe zu den Künsten fügst Du dem hinzu,
Ein sichres Urteil, das das unsre überragt.
Als ein Geschenk des Himmels flog Dir spielend zu,
Was harte Arbeit uns nach Jahren erst verschafft.
Durch solche Gunst bezeugt nur eine kleine Schar
Von Hochgebildeten, daß Jupiter sie liebt.
Wofern ein Kind der Götter sie besitzt, bist Du's;
In Versen will ich's hier behaupten vor der Welt;
Auf ihrem Schoße glättet Klio sie zuvor
Wie bei Homer einst, denn Dein Beifall ist ihr Ziel.
Man sagt, sie und die Schwestern hätten auf Apolls
Geheiß nach Schloß Anet das heil'ge Tal versetzt.
Ich glaub's; besingen könnten wir im Schatten dort
Die Bäume, die sich längs des Flusses Ufer ziehn.
Vielleicht erheben sie dann ihre Augenbraun,
Wie man es einst bei Baukis und Philemon sah.

FABEL XXVI

DIE MINYASTÖCHTER

DER STOFF IST OVIDS METAMORPHOSEN ENTNOMMEN

Von Minyas' Töchtern soll mein Sang Bericht erstatten,
Die Pallas' Künsten sich zum Dienst verschworen hatten;
Mit Recht verspürte drob Gott Bacchus Neid und Groll,
Er heischte für sich selbst des Weihrauchs Ehrenzoll.
Ein Gott will, daß sich ihm die Menschen dankbar fügen,
Doch kaum als Dank konnt es dem hohen Herrn genügen,
Sah dieser, wenn erneut der Weihetag erschien,
Sie nicht zu Ceres' Ruhm durch die Gefilde ziehn.
Ganz Hellas huldigte im Spiel Semeles Sohne;
Drei Schwestern immerhin gereichte dies zum Hohne;
Alkithoë – sie war die Älteste – sagte: »Was!
Stets neue Götter? Nein!« Am Spinnrad sprach sie das.
»Schon wimmelt's im Olymp von Göttern – welche Plage!
Für Feste hat das Jahr nicht mehr genug der Tage.
Man preise jenen Gott, der viele Mühn ertrug
Und der zum Heil der Welt die Ungeheuer schlug.
Doch was tut Bacchus denn, als Frieden zu gefährden,
Durch den Gesunde krank und Schöne häßlich werden,
Der sie den trüben Weg zum Hades wandern läßt?
Und feiern sollten wir des Menschenvolkes Pest?
Mag sonst, wer will, die Zeit durch Nichtstun sich vertreiben,
Ich werde jedenfalls bei meiner Arbeit bleiben;
Ob meine Hände auch nicht ruhn, mir ist nicht bang:
Mit Plaudern wird die Zeit uns sicherlich nicht lang;
Erzählen lasset uns reihum dabei Geschichten.
Ich könnte jedenfalls, was ich so weiß, berichten,
Wie sich, verwandelt, oft der Götterkönig zeigt,
Wovon, weil allbekannt, man folglich lieber schweigt;
So laßt die Liebe uns als Gegenstand erwählen,
Und wenn wir uns dabei, was sie vermag, erzählen,
Erinnern wir uns stets, wie Bacchus durch dies Gift
Vielfältig die Vernunft ins Herz verderblich trifft,
Wodurch oft Liebe sich verkehrt zu tiefstem Leide.«
Sie schwieg, ihr stimmten zu auch ihre Schwestern beide. –
Und weiter fuhr sie mit erhöhter Stimme dann:

»In Theben lebten einst – also berichtet man –
Zwei Liebende, beseelt von gleichem Herzenstriebe,
Der Jüngling Pyramus und Thisbe, seine Liebe;
Ein trefflicheres Paar ward niemals wohl erschaut:
Voll höchster Anmut sie und er auch wohlgebaut.
Sie liebten echt und wahr; schwor ihrer Sippen jede
Aufs unversöhnlichste sich beiderseits auch Fehde,
So einigte ihr Haß nur stärker noch dies Paar:
Erst recht bot es die Brust den Pfeilen Amors dar.
Nun tobte Bürgerzwist in ihrer Stadt seit Jahren,
Wo ihre Eltern, wohl durch Fügung, Nachbarn waren.
Ein Vorteil schien's den zwein für ihrer Sehnsucht Ziel,
Denn es begünstigte der Unschuld Liebesspiel.
Zwar hatten glühend sich die Herzen schon entzündet,
Indes den vollen Sinn der Inbrunst nicht ergründet.
Ein jeder förderte der jungen Leute Glut,
Verhehlte freilich dies der argen Eltern Wut.
Verbotnes reizt; man sagt, daß dies die Lust vermehre,
Besonders Wonnen, die die Liebe uns beschere.
Aus beider Wohnungen gab sich das Liebespaar
Durch Zeichen oft Bescheid von drohender Gefahr.
Doch endlich mußte sie solch schwacher Trost verdrießen,
Es galt, zu etwas sich, das mehr versprach, entschließen.
Ein altes Mauerwerk schied beide Häuser nur,
Dran zeigte sich der Zeit zerstörerische Spur.
Oft klagten sie sich dort durch einen Spalt ihr Leiden,
Denn Worte drangen durch, doch was half das den beiden?
›Ach, liebste Thisbe‹, sprach einst Pyramus zu ihr,
›Der Himmel leiht gewiß uns Beistand, glaub es mir!
Zu lange dulden wir schon Plagen ohnegleichen,
Drum laß der Tyrannei der Eltern uns entweichen.
Verwandte hab ich noch und Freunde anderwärts,
Die Zuflucht, dir wie mir, gewähren, liebes Herz,
Sie werden freudig uns in ihre Arme schließen.
Laß ihre Hilfe drum und Freundschaft uns genießen.
Doch deine Ruhe nur hat hier für mich Gewicht,
Von eignen Wünschen, ach! zu sprechen wag ich nicht.
Ich will mich dir zulieb in jedes Opfer schicken,
Um schon in ihrem Keim Gerüchte zu ersticken.
Befiehl! Ich will vollziehn, was immer dein Begehr;
Ich liebe dich, für dich fällt mir kein Opfer schwer.‹

›So fühl auch ich‹, sprach sie, ›daß ich es nicht verhehle,
Mag heiß dein Blut auch sein, ist rein doch deine Seele.
Dir folg ich überall; wenn wir gemeinsam ruhn,
Wird mir kein müßiges Gerede Schaden tun,
Kann meine Tugend ich doch selbst sehr wohl bewachen
Und böser Zungen Neid darum getrost verlachen.
Furchtlos vertrau ich dir, Geliebter, immerhin,
Da meiner Sittsamkeit ich völlig sicher bin.‹ –

Ich will, was er entzückt dabei empfand, nicht schildern
Noch mich verbreiten hier in allzu kühnen Bildern;
Zu schwach ist meine Kunst, ergänzt im Geist, was fehlt,
Wie unsern Liebenden das höchste Glück beseelt.
›Das Morgenrot‹, sprach er, ›muß unterwegs uns sehen,
Such seinem ersten Strahl drum vorher zu entgehen.
Find an den Stufen dich der Ceresstatue ein,
Zum Strand ist's dann nicht weit, nur heißt es pünktlich sein.
Es warten dort auf uns Boot, Rudrer, Wind und Wellen,
Kein Hindernis kann sich dann in den Weg uns stellen.
Zum Guten wendet sich jetzt unsres Schicksals Lauf;
Die Götter sind für uns, ich baue fest darauf.‹
Gern stimmte Thisbe bei und warf ihm, der ihr teuer,
Als Pfand zwei Küsse zu, wenn auch bloß durchs Gemäuer;
Doch ihre Sehnsucht ward hierdurch wohl kaum gestillt,
Die Trennungswand gab nur der Liebe Schattenbild.
– Beim nächsten Frührot schon eilt Thisbe aus der Stadt,
Weil Ungeduld und Lust ihr Herz ergriffen hat.
Vor Pyramus kommt sie zur Statue, atemlos,
Als langsam erst der Tag entsteigt der Dämmrung Schoß.
Da sieht sie einen Leu vor sich zu ihrem Schrecken
Sich knurrend die von Blut gefärbten Lefzen lecken.
Sie wendet sich zur Flucht, ihr Schleier flattert fort
Und fällt zu Boden dann an diesem Unglücksort.
Das Ungeheuer reißt das Schleiertuch in Fetzen,
Beschmiert's und läuft hernach zum Wald in wilden Sätzen.
Nun hatte Thisbe sich in einem Busch versteckt;
Da tritt ihr Freund auf, sieht den Schleier blutbefleckt.
Entsetzt beugt Pyramus sich zu dem Greuel nieder;
Ihr Götter! Kalter Schweiß durchrinnt all seine Glieder.
Auf steht er, und das Gras, ringsum vom Blute rot,
Nimmt jeden Zweifel ihm an Thisbes grausem Tod.

›O Thisbe‹, klagt er laut, ›so wardst du mir entrissen
Und weilst auf ewig nun in Todes Finsternissen.
Ich Unhold, war es, der den schlimmen Rat dir gab,
Durch meine Schuld allein sankst du so früh ins Grab.
Der düstre Orkus zwar wird wieder uns vereinen,
Doch wie soll ich vor dir im Totenreich erscheinen?
Mein Blut nimm wenigstens als Weihegabe an,
Wenngleich nur einen Tod ich dir, ach! bieten kann.‹
Er spricht's und senkt den Dolch ins Herz; kaum ist's geschehen,
Eilt Thisbe her und muß dies Bild des Grauens sehen.
Tot Pyramus! Was wird aus ihr? Sie weiß es nicht;
Die Sinne schwinden ihr, und ihre Stimme bricht. –
Nach einer Weile kehrt ihr das Bewußtsein wieder,
Voll Mitleid öffnet ihm Klotho nochmals die Lider;
Doch richtet sich sein Blick nicht auf zum Himmelszelt,
Auf Thisbes Antlitz nur sein sterbend Auge fällt.
Sein Glück, sie noch zu schaun, möcht er zum Ausdruck bringen,
Der schweren Zunge will's indes nicht mehr gelingen.
Zum Dolch greift Thisbe drauf, entblößt die Brust und spricht:
›Mein Freund, um deinen Plan verklage ich dich nicht
Noch um den Irrtum, der dich in den Tod getrieben;
Dich tadeln hieße dies, mich allzusehr zu lieben.
Nicht minder lieb ich dich; mein Herz leg ich dir bloß,
Und wie das deinige verdient es auch sein Los;
Drum, Pyramus, kann ich auf Sühne nicht verzichten.‹
Und ach! schon sieht man Dolch und Hand ihr Amt verrichten.
Sie fällt und ordnet noch ihr Kleid, wodurch sie zeigt,
Daß auch im Sterben noch ihr Schamgefühl nicht schweigt.
In Tränen brechen aus die Nymphen in der Runde,
Und selbst des Ölbaums Frucht, weiß bis auf diese Stunde,
Verfärbt sich schwärzlich auch von dieses Paares Blut,
Ein ew'ges Monument der reinsten Liebesglut.«
Tief schien der beiden Tod die Schwestern zu betrüben;
Konnt ärgres Unrecht noch das Schicksal wohl verüben?
»Auf! setzen wir dafür«, so sprachen sie, »uns ein,
Von dieser Leidenschaft die Herzen zu befrein,
Denn oft stirbt sie, eh sie Befriedigung kann finden,
Und, kommt sie an ihr Ziel, wird sie meist bald entschwinden.
Zwar ist's die Ehe, die erlaubte Frucht gewährt,
Doch ist's die Ehe auch, die Liebesglück zerstört.«
»Die Eifersucht ist wohl«, spricht weiter jetzt Klymene,

»Das allerschlimmste Gift der Seele, wie ich wähne;
Der Prokris Irrtum nur führ ich als Zeugnis an.
Schwester Alkithoë schlug uns in ihren Bann;
Von ihr erfuhren wir die traurigste Geschichte,
Höchst rührend ist indes auch das, was ich berichte.
Verkürzen will ich euch wie sie die Zeit damit.
Des Phoebos Roßgespann steht fast schon im Zenit;
Laßt seiner Strahlenglut durch Schleier uns entweichen
Und unterdessen uns, was wir gestickt, vergleichen.
Es soll vor Abend noch bei meinen Stickerein
Der Fortgang meines Werks schon deutlich sichtbar sein;
Jedoch vergönnt mir noch zur Sammlung eine Stunde,
Denn spröd und stockend kommt das Wort mir aus dem Munde.
Habt Nachsicht mit mir drum und bei den Mängeln denkt
Nur an der Lehre Frucht, die mein Bericht euch schenkt.

Treu liebten Kephalos und Prokris sich vorzeiten,
Und ihre Ehe galt als Vorbild allen Leuten.
Was immer Amor schenkt an süßer Liebeslust,
Damit erfüllte er des jungen Paares Brust.
Sie schienen beide sich nur allzusehr zu lieben
Und hatten ihre Glut zum höchsten Punkt getrieben,
Daß man selbst im Olymp schon auf sie neidisch war.
In Kephalos verliebt war eine Göttin gar.
Aurora liebte ihn, den Jugendschönheit krönte,
Zumal da sie damit ihr Gatte nicht verwöhnte.
Zwar zeigen unsre Fraun so leicht nicht ihr Gefühl,
Doch eine Gottheit, wenn verliebt, bleibt nicht so kühl.
Sie sprach zu Kephalos von Liebe stets aufs neue,
Er aber nur vom Sinn der ehelichen Treue.
Ein junges Götterweib mit einem alten Mann
Nimmt keineswegs wie wir Moralvorschriften an.
Doch ließ der Held nicht ab, Auroren anzuflehen,
Bei ihm nicht länger mehr auf Liebe zu bestehen.
›Wohlan!‹ sprach sie, ›wenn du mir auch nur Freundschaft
So kehr zurück zu ihr, die du so innig liebst; [gibst,
Auch will ich fürder nicht solch treue Liebe stören
Und euch zum Abschied noch ein Freundschaftspfand gewäh-
(Es war ein Wurfgeschoß, das nie sein Ziel verfehlt.) [ren.‹
›Für dich lebt Prokris nur, die du zum Weib gewählt.
Allein allmählich wird der Argwohn dich erfassen

Und, daß du sie geliebt, dich dann bereuen lassen.‹
Ein Götterspruch birgt meist geheimen Doppelsinn,
Und unser Freund wird auch bedenklich, immerhin.
›Bereuen sollte ich, so innig sie zu lieben?
Wie! Wäre Prokris mir vielleicht nicht treu geblieben?
Ich müßte sterben ja, wenn sie die Pflicht verletzt,
Und deshalb stelle ich sie auf die Probe jetzt.‹
Die Magier sollen ihm für seine Absicht dienen;
Er borgt von ihrer Kunst sich eines Jünglings Mienen,
Sucht Prokris danach auf, hebt ihre Schönheit fast
Zum Himmel, wovor die von Göttinnen verblaßt.
Mit Tränen und Geseufz denkt er sie zu erweichen,
Indes kann er sein Ziel auch damit nicht erreichen.
Zu Mitteln stärkrer Art nimmt er drum Zuflucht nun,
Geschenke sollen hier bewährte Wirkung tun.
Es muß für jedes Ding ja seinen Preis auch geben.
Schwankt Prokris etwa schon? Muß er in Furcht nicht schwe-
Er flieht die Stadt und irrt durch das Gefild umher, [ben?
Klagt seinen Gram dem Wind, den Wäldern und dem Meer.
Verscheuchen soll die Jagd ihm quälende Gefühle,
Erliegt er doch beinah schon so des Sommers Schwüle.
Um ihren milden Hauch fleht er die Zephyrn an;
›Ihr Winde‹, stöhnt er, ›helft, daß ich noch atmen kann!
Aurora, laß auch du der Feldflur Geister kommen;
Sie folgen dir, sobald sie deinen Ruf vernommen.
Ein neues Leben sprießt durch dich an diesem Ort.‹
Man hört ihn und nimmt an, es richte sich sein Wort
An eine andre Frau. – Dies melden ihr die Leute,
Und schon fällt Prokris auch der Eifersucht zur Beute;
So mancher Nachbar schürt von sich aus den Verdacht.
›Ich sehe ihn nicht mehr‹, ruft sie, ›als bei der Nacht.
So liebt er Aura denn, will mir für sie entsagen!‹
›Ja, ständig ruft er sie; ach, wie wir dich beklagen!
Der Stimme Widerhall, der uns aus Wald und Flur
Zu Ohren dringt, ist stets Auroras Name nur.
Kein Name sonst ertönt im Umkreis vieler Meilen.
Erlaube, daß wir dir hier unsern Rat erteilen:
Vertrau uns ganz, sei auch, was immer dein Begehr.‹
Das macht sie sich zunutz, nichts andres denkt sie mehr.
Nun, junge Menschen sind leichtgläubig in der Liebe;
Wofern ein Schimmer nur von Klugheit ihnen bliebe,

(Doch wo kommt Klugheit schon in puncto Liebe vor?)
Verschlössen sie bewußt den Schwätzerein ihr Ohr.
Das tat nun Prokris nicht, zu mächtig war ihr Kummer;
Stand früh vom Lager auf, wenn noch der süße Schlummer
Die Sterblichen umfängt, schlich fort vor Tau und Tag,
Wenn man sonst unterwegs nur Jäger treffen mag.
Da sieht sie Kephalos in eines Waldes Grunde,
Auroras Name stets ertönt aus seinem Munde.
›Ach, teure Göttin, komm, um Beistand mir zu leihn‹,
Ruft er, ›ich kann nicht mehr, dies wird mein Tod noch sein.
Magst in mein wundes Herz du Trostesworte senken!‹
Wie! Muß, was Prokris hört, sie nicht aufs tiefste kränken?
Zu ihren Ohren zwar dringt, was ihr Gatte spricht,
Der Worte wahren Sinn begreift sie aber nicht.
Verwünschter Argwohn, der, von Eifersucht entzündet,
Zumeist auf Selbstbetrug verhängnisvoll sich gründet!
Welch Unheil wirkt gar oft, was unsre Augen sehn,
Die leider allzu leicht dabei nur irregehn. –
Prokris war unterdes an ein Versteck gekommen,
Worin ein junges Reh auch Zuflucht schon genommen;
Es tritt hervor, und gleich erlauscht dies Kephalos,
Greift rasch zum Wurfspeer, dem nie fehlenden Geschoß;
Er schleudert ihn, durchbohrt sein Weib, ohn es zu wissen. –
Unglücklicher, wozu hat es dich hingerissen!
Ein Schrei treibt ihn zum Ort des Schreckens – fürchterlich
Der Anblick! Schon zückt er denselben Speer auf sich;
Ein selbstgewählter Tod soll sein Verbrechen mindern.
Doch seine Absicht kann Aurora noch verhindern.
Zwar scheint mehr grausam ihr dies Amt zu sein als mild,
Denn der Unselige (ein trauervolles Bild!)
Würd alle Brunnen rings mit Tränen überschwemmen,
Brächt auf der Göttin Flehn, um seine Qual zu hemmen,
Das Schicksal nicht zuletzt ihm den erwünschten Tod. –
Und hiermit endet nun des Unglückspaares Not.
Drum ist mein Rat, laßt uns der Ehe Fesseln fliehen:
Es gilt das Bessere dem Schlimmern vorzuziehen.
Ist Liebe nur durch sie erlaubt, bleib ihr Genuß
Uns untersagt.« – Dies ward einstimmiger Beschluß.
Um nicht bei traurigen Gedanken zu verweilen,
Ließ mit der Arbeit sie noch eifriger sich eilen.
Klymene hatte schon recht weit ihr Werk gestickt;

Im Bilde stellte es, in einen Streit verstrickt,
Neptun und Pallas dar; im Hintergrund entstehen
Ließ es auch eine Stadt mit ihren Mauern sehen.
Wer Namensgeber sei, darum ging hier der Streit;
Der Wert der Gabe traf hier einzig den Entscheid.
Es hatte sich Neptun ein Kriegssymbol erkoren:
Mit seinem Dreizack ward von ihm heraufbeschworen
Ein mutvoll schnaubendes und kampfgestähltes Roß,
Ein Bild, das jeder voll Bewunderung genoß.
Allein Athene war vor ihm Erfolg beschieden,
Ihr Ölbaum galt auch hier als Sinnbild für den Frieden.
Sie trug den Sieg davon, Athen hieß nun die Stadt,
Wo man die Göttin stets verehrt vor andern hat.
Bei ihr war eine Schar von Jungfraun zu erblicken,
Züchtig und anmutsvoll, auch sehr gewandt im Sticken.
Geschenke mannigfalt brachte die frohe Schar
Ihr, der blauäugigen Jupitertochter dar.
Mit holdem Lächeln nahm entgegen dies Athene. –
Zusammen faltete die Stickarbeit Klymene;
Darauf als letzte hob die junge Iris an:

»Ihr wißt, daß ich nur schlecht von Tränen sprechen kann;
Indes füg ich mich dem, was wir uns vorgenommen. –
Einst war ein junges Paar in Liebe heiß erglommen;
Der Mann hieß Telamon, sie Chloris, alle zwei
Gleich an Geburt, an Geist und Schönheit auch dabei,
Doch nicht mit dem versehn, wonach sonst Menschen streben,
Wie wir dies auch zumal in unsrer Zeit erleben:
Das Gold ist's, dem die Welt entrichtet den Tribut.
Sie wagten nicht, obzwar verzehrt von Liebesglut,
Dem blonden Ehegott ihr Opfer darzubringen.
War ohne dies Metall das Schicksal zu bezwingen?
Was würde wohl das Los solch einer Ehe sein?
Trotz ihrer Sehnsucht sprach hier die Vernunft ihr Nein.
Schien bisher schon das Glück dem Paar sich zu verweigern,
Begann für Telamon die Not sich noch zu steigern.
Kriegshader ringsumher war wieder neu entbrannt,
Erbittert stritten sich die Völker um ein Land.
Der Jüngling hatte sich dem Kriegshandwerk verpflichtet
Und eine Zeitlang drum auf Liebesdienst verzichtet.
Dem stimmte Chloris zu, obgleich nicht ohne Schmerz;

Um ihre Achtung ging es ihm wie um ihr Herz.
Dieweil er nun im Krieg sich höchsten Ruhm erworben,
War Chloris unterdes ein Oheim jüngst gestorben,
Der sie mit Ländereien und Schätzen reich bedacht;
Der Ort, wo er gewohnt, war Schauplatz mancher Schlacht.
Dorthin brach Chloris auf, und wo sie mochte gehen,
War sie bei jeder der Partein hoch angesehen,
Kam zu dem Schlachtfeld nun, wo Telamon, der Held,
Trophän zu seinem Ruhm sich hatte aufgestellt.
Entzückt eilt er zu ihr, die er so lang entbehrte
Und bringt ihr dar, was er erkämpft hat mit dem Schwerte.
(Sie trafen sich, nicht fern von jenem Element,
Das für Verliebte man als höchst gefährlich kennt.)
Einst hätte wohl ein Paar sich dort alsbald verbunden;
Doch längst war dieser Brauch der goldnen Zeit entschwunden.
Als Krönung ihres Glücks erstrebte Chloris bloß
Der Eltern Segenswort in ihrer Heimat Schoß.
Damit der Heimweg nun nicht allzu lange währe,
Vertraut sich unser Paar der Fahrt auf hohem Meere.
Ein Zephyr treibt das Schiff dahin, und man vermeint,
Das Ziel sei nicht mehr weit, als ein Pirat erscheint. –
Schon entert er das Schiff und bringt's in seine Hände;
Doch Telamon wehrt sich verzweifelt bis ans Ende.
Nach langem Kampf ist's mit dem Widerstand vorbei;
Er selber fällt anheim unwürd'ger Sklaverei
Nebst den Gefährten. – Ließt, ihr Götter! dies geschehen?
Und durfte so sein Ruhm und Adel untergehen?
Wie rasch war doch der Traum des jungen Paars entflohn!
Galeerensträfling war von jetzt an Telamon.

Mit Chloris war so schlimm das Schicksal nicht verfahren:
Ein reicher Handelsherr kauft sie von dem Korsaren.
Er führt sie fort, und bald, in Fesseln noch, gewinnt
Der Seinen Zuneigung für sich das schöne Kind.
Des Kaufherrn Gattin sieht auf sie mit Wohlgefallen,
Ihr Sohn liebt sie sogar, sie wird geschätzt von allen.
Zur Ehe drängt man sie mit ihm, der sie so liebt,
Doch Tränen sind es nur, die sie zur Antwort gibt.
Damon, der Sohn, spricht so zu ihr in sanften Tönen:
›Du seufzest immerfort, dein Antlitz ist von Tränen
Gebadet; zeigt mir dies geheimen Kummer? Sprich!

Was hast du? Quält vielleicht dein schönes Auge sich,
Wenn ich mein Übermaß an Liebe kaum verhehle?
Dich zwingt hier keiner, nur eröffn' uns deine Seele.
Ich bin der Sklave bloß, du, Chloris, bist es nicht.
Zeigt diese Stätte dir kein freundliches Gesicht?
Sprich nur, wir sind bereit, auch anderswo zu leben;
Die Eltern würden selbst von hier sich fortbegeben.
Um das, was du verlorst, sollst du nicht traurig sein;
Bedenk dich nicht, was uns gehört, es ist auch dein.
Manch andre würde wohl nach solchen Schätzen geizen,
Dich kann solch Glück nur, weil du seiner wert bist, reizen.
All unser Hab und Gut, du darfst es nicht verschmähn,
Wirst es, stets wie mich selbst, zu deinen Füßen sehn.‹
So spricht er und glaubt nicht den Eindruck zu verfehlen;
Sie, während Tränen sich aus ihren Augen stehlen,
Erwidert: ›Wackrer Mann, dein hochgemuter Sinn
Risse selbst Göttinnen für dich zur Liebe hin.
Dürft ich Unglückliche mich je wohl unterstehen,
Dein edles Angebot kaltherzig zu verschmähen?
Ich kenne seinen Preis und könnt ich's, nähm ich's an.
Doch wisse, weshalb ich dich nicht erhören kann.
's ist nicht mein Sklavenstand, der dieses mir verböte;
Wenn Herkunft und Geburt je meinen Stolz erhöhte,
Steh ich, den Göttern Dank! in einer Hand, die dies
Gefühl trotz meinem Leid mich stets bewahren ließ.
Laß mich dir denn gestehn, was ich verschweigen möchte:
Dies Herz besitzt mein Freund, er hat weit ältre Rechte.
Sei mein Geliebter tot, schmacht' er im Sklavenjoch,
Selbst in der Unterwelt werd ich ihn lieben noch.
Wie könntest Achtung du der Wandelbaren zeigen,
Ist Schönheit doch sogar ihr länger nicht zu eigen.
Ihr Angesicht wird nicht von Liebreiz mehr verklärt;
Die doppelt Sklavin ist, ist deiner auch nicht wert.‹
Gerührt nimmt Abschied er: ›Ich darf jetzt nicht verziehen;
Vergessen muß ich sie‹, spricht er zu sich, ›und fliehen.
Wie alles andere, geht auch der Schmerz vorbei,
Zeit und Abwesenheit vermögen mancherlei.‹
Er steigt an Bord, muß nun auf immer neuen Meeren
Und an manch fremdem Strand die Heimat herb entbehren.
Als einst an Land er steigt, stößt er auf eine Schar
Von Flüchtigen, die dort mit Jagd beschäftigt war;

Mit ihnen Telamon, dem es aus Sklavenketten
Gleichfalls gelungen war, sich durch die Flucht zu retten.
Er tritt vor Damon hin, der liest aus dessen Blick
Und stolzer Haltung gleich sein seltsames Geschick;
Er führt ihn mit sich fort, sagt ihm auf dessen Klage,
Wie sehr ihn Liebesleid um eine Sklavin plage.
›Ein toter Mann besitzt ihr Herz! Sie liebt nur ihn,
Der nicht mehr lebt! Umsonst ist all mein Liebesmühn!
Du fühlst wohl mit, was ich von Chloris dir berichte.‹
Erstaunt lauscht Telamon der rührenden Geschichte.
Doch er verrät sich nicht und kommt nach längrer Fahrt
Dorthin, wo Chloris ihm die Liebe treu bewahrt.
Da er nun immer noch verharrt in seinem Schweigen,
Scheint beinah treulos er sich Damon zu bezeigen. –
Als man dem Schiff entsteigt, den Fuß ans Ufer setzt,
Stehn beide Liebenden vor Chloris plötzlich jetzt.
Ihn sieht sie, Telamon, den lang Entbehrten, endlich!
Zwar macht erlittne Qual sein Angesicht unkenntlich,
Weil aller Jugendreiz daraus schon längst entschwand;
Ein jeder andre wohl hätt ihn nicht mehr erkannt.
Doch Chloris täuscht dies nicht; mit hastiger Gebärde
Stürzt schier besinnungslos sie nieder auf die Erde;
Aus Liebe oder Scham, sei hier dahingestellt,
Da sich auch Telamon nur mühsam aufrechthält.
Als man drauf Chloris fragt nach ihres Schmerzes Grunde,
Gesteht sie; – ohne Haß vernehmen sie die Kunde.
Verstärktes Mitleid weckt ihr ehrlicher Bericht
In diesem Kreis, wo nur der Freundschaft Stimme spricht.
Damon erklärt, es sei an ihm, hier zu entsagen,
Indessen dürfen wir wohl die Vermutung wagen,
Daß, wenn er ehrenvoll sich noch so hoch erhebt,
In ihm gleichwohl ein Rest von Sehnsucht weiterlebt.
Man glaubt ihm immerhin; so will's das Beste scheinen,
Das Paar durch Hymens Band aufs schnellste zu vereinen.
Von seinen Eltern wird sogar sein Wunsch erhört,
Daß dem Rivalen man noch Heiratsgut gewährt.
Ward solch ein Edelmut wohl jemals schon vernommen?
Und schließlich ist denn auch der Hochzeitstag gekommen;
Im Schatten eines Baums begeht man dieses Fest.
Ein Kind sieht, wie sich dort ein Rabe niederläßt;
Es schnellt nach ihm den Pfeil und will ihn niederstrecken,

Doch der durchbohrt das eng umschlungne Paar – o Schrecken!
Denn Chloris ist schon tot; auf sie wirft Telamon
Noch einen letzten Blick, vor Schmerz gebrochen schon.
›Warum‹, ruft er, ›hat sie solch frühen Tod erlitten?
Warum die Parze ihr den Faden jäh durchschnitten?
Warum ließt ihr mich nicht, ihr Götter‹, fährt er fort,
›Im Tod voraus ihr gehn?‹« Es war sein letztes Wort;
Zwar nur verletzt, mag er nicht mehr auf Erden weilen,
Die Liebe heißt ihn jetzt im Tod ihr nachzueilen.
Ins Schattenreich entflieht die Seele Telamons
Und schwebt mit ihr zum Strand des düstern Acherons.
So hatte gleiches Los das gleiche Grab gefunden
Am gleichen Totenort die Seelen dann verbunden.
Auch heißt es, daß das Paar zur Marmorsäule ward
Und so, im Tod vereint, treu beieinander harrt.
Ob man dies wohl mit Grund als Ausschmückung verdächtigt?
An der Verwandlung selbst sind Zweifel höchst berechtigt.«
Klymene spricht: »Man glaubt's indes, mehr als ihr denkt;
Und wenn ihr euren Blick auf frühre Zeiten lenkt,
Gibt manch ein Beispiel von vollkommner Liebe Kunde.
Erfahren hab ich dies aus eines Weisen Munde.
Des jungen Liebespaars unseliges Geschick
Beklage ich zutiefst, war's doch der Augenblick,
Der ihm das höchste Glück der Erde sollte bringen;
Indes ist die Natur fühllos in solchen Dingen.
Was man erreicht schon wähnt, entweicht uns vor dem Ziel;
Der Himmel treibt mit uns genüßlich nur sein Spiel.«
– »Darüber laßt uns nun des Schweigens Mantel breiten«,
Spricht Iris, »auch sind fast vorbei die Festlichkeiten.
Die Zeit verscheuchten wir mit Sagen, deren Leid
Selbst muntre Geister oft erfüllt mit Traurigkeit.
Laßt in Vergessenheit uns diese Bilder tauchen
Und dieses Tages Rest vernünftiger gebrauchen.
Verwandlung nicht des Leibs, vielmehr der Herzen sei
Der Gegenstand; gewiß hilft Amor uns hierbei.
Auf ganz verschiedne Art pflegt er jedoch zu handeln,
So will ich, wie den Stoff, auch meinen Stil nun wandeln. –
Gut sah auch Zoon aus, doch das wiegt hier nicht schwer,
    Denn seine düstern Launen hatten
    Ihm Ärger stets gebracht bisher.
Er flieht der Städte Lärm und hält sich nur im Schatten

Einsamer Wälder auf, Genoß von Wolf und Bär.
Der Jugend schönste Zeit verbringt er liebeleer.
Ihr sagt wohl: Haben wir auf Liebe nicht verzichtet?
Zwar taugt kein Übermaß, doch tadl' ich's meinerseits,
　　Wenn, unempfindlich gegen ihren Reiz,
　　Man nicht mit Seufzen ihr Tribut entrichtet.
Was ist schon Ruhe wert, wenn nichts sie unterbricht?
Sind Tote glücklich denn? Der Ansicht bin ich nicht.
Zu holder Leidenschaft darf ich mich gern bekennen,
　　Denn öde nur und kalt ist eine Brust zu nennen,
Die nie erwärmt wird von der Liebe Licht.
Hat auch kein Mitgefühl sich Zoon je entrungen,
Wird endlich doch sein starrer Sinn bezwungen:
　　Als er die schlafende Iole einst gewahrt,
　　Fühlt er sein Herz von Liebesglut durchdrungen,
Die sich mit Heldenmut durch Amors Zauber paart.
Das junge Wunderbild wagt er nicht aufzuwecken,
Denn sein Gefühl für sie ist rein und zart.
　　Da wacht sie selbst auf – und voll Schrecken
　　Sucht sie zu fliehn in schnellem Lauf,
　　Doch der verliebte Zoon hält sie auf
　　Und spricht sie an: ›O Schönheit ohnegleichen,
Warum suchst du mir zu entweichen?
Ich bin nicht mehr, den man bisher gekannt, der Wilde,
Bewirkt hat einzig dies dein Angesicht, das milde,
Es gab mir Seele, Geist und die Vernunft zurück.
　　Gewähre mir das unschätzbare Glück,
Daß ich in deinem Dienst mich künftighin verzehre.‹
Iole hört erstaunt die wundersame Märe,
Errötend, ohne Antwort, eilt sie fort,
Bericht hiervon zu tun in ihrem Heimatort.
Erfreut umringt man sie, läßt Jubel laut erschallen;
Zoon folgt im Triumph und schließt sich ihnen an.
Ich schweige, Schwestern, hier, von dem, was er getan,
　　Um seiner Heißgeliebten zu gefallen.
Man schließt den Ehebund; doch weh! Heimtückisch raubt
　　Ihm ein Satrap bei diesem Hochzeitsfeste
　　Die Jungvermählte aus dem Kreis der Gäste;
Wer hätte solchen Plan als möglich wohl geglaubt?
Rasch stürzt ihm Zoon nach, bleibt ihm dicht auf der Fährte,
Stellt ihn und dringt drauf mit dem Schwerte

Auf den Verwegenen unwiderstehlich ein;
Iole soll jetzt Preis zugleich und Richtrin sein.
Zwar den Besiegten mag der edle Zoon schonen,
Doch seine Güte soll sich leider nicht belohnen:
Ihm bricht das Herz, er stirbt vor Wehmut und vor Gram,
Der auf ihn nieder mit der Unglückshochzeit kam.
Glücklosen will das Grab die letzte Zuflucht scheinen.
Als Erbin hatte er Iolen eingesetzt,
Die seinen Ruheplatz mit heißen Tränen netzt.
Doch wenn der Geist entflieht, was hilft schon alles Weinen?
An Zoons Tode schuld blieb der Satrap zuletzt.«
Zum Schluß war Iris nun mit dem Bericht gekommen,
Die Schwestern hatten ihn mit Beifall aufgenommen.
»Die Liebe ist ein Weg, der auch zum Ruhme führt,
Dem hohe Achtung drum in solchem Fall gebührt.
Gibt's Schönres, als wenn von Begeisterung entzündet
Einhellig unser Lob ein jeder Mund verkündet?«
So sprachen sie. Doch horch! Ein Sturmwind plötzlich braust,
Vor dem es ihrer Brust in böser Ahnung graust.
Da tritt Gott Bacchus auf mit seinem Hofgesinde;
»Hier«, spricht er, »ist's, wo ich die Frevlerinnen finde!
Mag Göttin Pallas selbst beistehen dieser Brut,
Auch nicht ihr Ägisschild schützt sie vor meiner Wut.
Nicht ungestraft soll man mich höhnen, mir zum Torte.
Jetzt büßt ihr's mir!« Und kaum verhallen seine Worte,
Sieht in der Ecke man drei schwarze Wesen stehn,
Geflügelt und behaart, abscheulich anzusehn.
Von den drei Schwestern selbst fehlt jede Spur; zerbrochen
Stehn die Webstühle da; Gott Bacchus hat gesprochen,
Dem man fortan den Ort und seinen Nektar weiht.
Beklagt sich Pallas auch darob voll Heftigkeit,
Nichts ändern kann sie mehr am Schicksal der drei Schwestern;
Schon bloßer Undank gilt soviel als Götter lästern.
Zürnt uns ein Gott, gewährt kein andrer mehr uns Schutz,
Denn so wird im Olymp der Friede nur erhalten.
Deshalb macht klüglich nun dies Beispiel euch zunutz.
In ihren Tempeln ehrt die himmlischen Gewalten;
Tragt eure Spenden hin, von Frömmigkeit beschwingt;
Verloren ist kein Tag, der Göttern Opfer bringt.

FABEL XXVII

DER RICHTER, DER KRANKENPFLEGER UND DER EINSIEDLER

Drei Heil'ge, gleich besorgt für ihrer Seele Ruh,
Strebten im selben Geist demselben Ziele zu,
Doch nicht auf gleichem Pfad. Es führen, wie wir wissen,
Alle Wege nach Rom; drum schien es unsern drei'n,
Am besten schlüge man verschiedne Straßen ein.
Der eine, stets im Kampf mit Sorg und Hindernissen,
Wie bei Prozessen sie nicht zu vermeiden sind,
Erbot sich, ohn Entgelt zu richten alle Sachen;
Er dachte nicht daran, hienieden Geld zu machen.
Als Mann des Rechtes ist ein jedes Menschenkind
Zu Zank und Streit verdammt die Hälfte seines Lebens.
Die Hälfte? Mehr und oft sein ganzes Leben lang.

Der Heiland hoffte noch zuletzt den tollen Drang,
Die schlimme Leidenschaft zu heilen, doch vergebens.
Der Krankenpflege hat der andre sich geweiht.
Ich lob ihn; diese Form der Menschenfreundlichkeit
Scheint die vorzüglichste mir ohne jede Frage.
Die Kranken, damals ganz genau wie heutzutage,
Machten das Leben oft dem armen Pfleger schwer
Durch Mißmut, Ungeduld, Klagen, die nimmer schwiegen:
»Um den und jenen dort kümmert er sich weit mehr!
Die hat er gern, uns läßt er liegen!« –
Viel schlimmer noch als dies war die Verlegenheit
Für den, der eingesetzt als Richter in dem Streit:
Er macht' es keinem recht; was auch sein Spruch besage,
Ihn lobte keine der Partein;
Der Richter hielt, nach allen zwein,
Doch ungleich stets des Rechtes Waage.
Dergleichen Zank verdroß den Richter, und er eilt
Zum Krankenhause, wo sein Freund als Vorstand weilt.
Da beide nichts zum Lohn als Klag und Murren hatten,
Legen betrübt ihr Amt sie nieder, Trost im Leid
Und Lindrung suchend in des Waldes Einsamkeit.
Dort, unter rauhem Fels, an klarem Quell, im Schatten
Der Stille, der nicht Sturm noch Sonne jemals naht,
Finden den dritten sie und fragen ihn um Rat.
»Den kann« – versetzt ihr Freund – »sich jeder selbst nur geben.
Wer außer euch weiß, was euch not?
Sich selbst erkennen ist das wichtigste Gebot,
Das allen Sterblichen der Ewige gegeben.
Habt in der bunten Welt ihr je euch selbst erkannt?
Man kann's nur, wo man Ruh und traute Stille fand;
Sucht einer anderswo dies Gut – vergebnes Streben!
Trübt Wasser: schaut eu'r Bild heraus?
Rührt dies hier auf: wie sehn darin wir alle aus?
Ihr sehet Schlamm nur, schmutzig grauen,
Der jedem Spiegelbild sich grade widersetzt.
Nun, Brüder, wartet ab, bis er sich wieder setzt,
Dann werdet euer Bild ihr schauen.
Sucht Selbstbetrachtung ihr, so wählt die Wüstenei.« –
So sprach der Eremit; es taten
Gläubig die zwei, wie er zu ihrem Heil geraten.
Nicht als ob jedes Amt gleich abzuschaffen sei.

Solang es Streit und Tod und Krankheit gibt im Leben,
Stellen von selbst sich Ärzt und Advokaten ein –
An beiden, Gott sei Dank, wird nimmer Mangel sein;
Dafür mag Ehr und Geld uns sichre Bürgschaft geben.
Doch wer fürs Ganze lebt, verliert sich selber fast.
Ihr, die fürs Volk ihr tragt all jener Sorgen Last,
    Fürsten, Minister und Beamte,
Die zu rastloser Hast das Schicksal oft verdammte,
Gebeugt vom Unglück und vom Glücke leicht betört,
Vom eignen Herzen nicht, von keinem habt ihr Kunde;
Ruft zum Nachdenken mal euch eine günst'ge Stunde,
    Gleich kommt ein Schmeichler, der euch hört.
Mit dieser Lehre find auch dieses Buch sein Ende;
Brächt künft'gen Zeiten sie nur Vorteil und Genuß!
Den Fürsten leg ich sie, den Weisen in die Hände.
    Wo fänd ich einen bessern Schluß?

VON LA FONTAINE NICHT IN DIE ZWÖLF BÜCHER AUFGENOMMENE FABELN

DIE SONNE UND DIE FRÖSCHE

Des Schlammes Kindern hat die Königin der Sterne
  Beistand und Schutz von je verliehn:
Krieg, Armut, Ungemach und Not sah nur von ferne
Dies neidenswerte Volk an sich vorüberziehn;
Wohl hundert Orte zählt' es schon zu seinem Reiche.
Das Volk der Frösch – ich nenn's die Könige der Teiche,
  Für kleine Ding ein großes Wort,
  Ist das nicht wohlfeil und alltäglich? –
Lehnt gegen die sich auf, die immer Schirm und Hort
  Ihm war und ward schier unerträglich.
Hochmut und Unverstand, schnöder Undank dazu,
  Des Glücks mißratne Kinder, machten,
Daß diese Lästigen ein groß Geschrei vollbrachten –
  Kein Viertelstündchen hatt man Ruh.

Wollt man auf ihr Murren hören,
Müßten alle ringsumher,
Groß und Kleine, gegen der
Schöpfung Auge sich empören.
Die Sonne, meinten sie, richt alles noch zugrund;
Jetzt gält's, sich schnell zu wappnen und
'nen starken Heerbann auszuheben.
Ging' sie noch weiter, schicke gleich
Quakende Botschaften eben
Man an jeden Staat im Reich!
Hätt man ihnen glauben sollen,
Müßte sich des Erdballs Rollen
Und die Welt, ohn stillzustehn,
Um vier sumpf'ge Pfützen drehn.
Diese unverschämten Klagen
Dauern fort; doch sollten die
Frösche nicht zu murren wagen,
Und am klügsten schwiegen sie.
Sollt's der Sonn einmal nicht passen,
Tränkt sie's ihnen gründlich ein;
Und das dürfte wohl der nassen
Republik empfindlich sein!

DER BUND DER RATTEN

Ein Mäuslein fürchtet eine Katz,
Die ihr auflauert längst auf allen Wegen.
Was tun? Vorsichtig, doch um guten Rat verlegen,
Eilt es zum Nachbar hin; dies war ein Meister Ratz,
Der als durchlaucht'ge Ober-Ratte
In gutem Wirtshaus seine Wohnung hatte
Und hundertmal sich rühmte, wie man sagt,
Er fürchte Kater nicht noch Katzen,
Weder ihr Beißen noch ihr Kratzen.
»Frau Maus« – spricht der Prahlhans, als sie ihn fragt –
»Bei Gott! wollt ich's auch wagen,
Den Kater, der dir droht, kann ich allein nicht jagen;
Doch rufen rings die Ratten wir sogleich
Zusammen, und ich spiel ihm einen Streich!« –
Die Maus macht einen tiefen Knicks; entschlossen
Eilt schnell der Ratz hinab die Sprossen
Zum Vorratskeller, wo als lustige Genossen

Der Ratten ganze Schar
Er traf in Saus und Braus beim Schmaus, dem Wirt zum Possen.
An kommt er, hoch gesträubt das Haar
Und außer Atem ganz und gar.
»Was hast du denn?« – so fragt ihn eine – »Leg's uns dar!« –
»Was ich will« – spricht er – »ist gesagt in wenig Worten:
Zu helfen gilt's der Maus, und zwar in höchster Eil;
Denn Kater Heuchelgeil
Mordet jetzt furchtbar aller Orten.
Der Teufel unterm Katzenhauf,
Hat keine Maus er mehr, frißt er uns Ratzen auf!« –
Alles ruft: »Das ist wahr! Auf, laßt uns Waffen holen!« –
Zwar ein'ge Ratten, sagt man, weinten ganz verstohlen;
Doch edel ist das Ziel, und nichts hemmt ihren Mut:
Ein jeder rüstet sich geschwinde,
Tut schnell in seinen Sack ein Stückchen Käserinde
Und schwört dann einzustehn im Kampf mit Gut und Blut.
Mit heitrem Herzen, freiem Kopfe
Ziehn sie hinaus, als ging's zum Fest;
Doch auch die Katz ist schlau und läßt
Das Mäuslein nicht, das sie schon hat beim Schopfe.
Im Sturmschritt rücken kühn sie vor,
Die gute Freundin zu befreien;
Die Katz, die 's Mäuslein nicht verlor,
Geht knurrend los jetzt auf die feindlichen Parteien.
Doch kaum traf dieser Schall ihr Ohr,
Als schon, das Unheil, das verruchte,
Fürchtend, ohn allen Kampf der kluge Ratten-Chor
Sein Heil in schnellstem Rückzug suchte.
Schleunigst flieht jede Ratt ins Loch;
Guckt eins heraus: »Paßt auf! Die Katz!« – heißt's heute noch.

VON LA FONTAINE
NICHT VERÖFFENTLICHTE
FABELN

DER FUCHS UND DAS EICHHÖRNCHEN

Verspottet solche nie, die in Bedrängnis schweben,
Denn wer weiß schon, ob er stets glücklich werde sein?
Ein Beispiel kann Äsop, vielleicht auch zwei uns geben
In seinem Fabelbuch. Allein,
Äsop verdank ich nicht, was ich euch heut berichte,
Aus einer Chronik stammt die folgende Geschichte.
Der Fuchs verhöhnte einst das Eichhorn, denn es schien,
Es könne die Gewalt des Sturms dies Tier zerschmettern.
»Du wirst«, sprach Reineke, »dem Schicksal nicht entfliehn;
Dein Sarg erwartet dich, so hoch du auch magst klettern.
Das Haupt bedeckst du dir umsonst auch mit dem Schweif,
Am Wipfel angelangt, bist du zum Sterben reif.
Wo bleibst du nun mit deinem Witze?
Du rühmtest dich doch sonst, Nachbar zu sein dem Blitze!
Mich schützt mein Bau vor ihm, der dich zermalmt zu Staub.«
So höhnt der Fuchs, begibt sich dann auf Raub
Und beißt mit tierischem Behagen
Entzwei manch armem Huhn den Kragen.
Doch nun legt sich der Zorn des Himmels offenbar;
Des Donners Grollen schweigt, kein Blitz zuckt mehr hernieder,
Der Sturm erstirbt, der Sonnenschein kehrt wieder. –
Ein Jäger, der auf einer Streife war,
Erkannte, was die Spur am Fuchsbau wohl bedeute;
»Mein Hühnervolk«, ruft er, »bezahlst du meiner Meute!«
Er läßt die Hunde los; der Fuchs, gejagt, versucht,
Vor ihnen einen Vorsprung zu gewinnen.
Das Eichhorn, dem's gelang, dem Unheil zu entrinnen,
Sieht ihn vor den Verfolgern auf der Flucht.
So froh es ist ob seiner eignen Rettung,
Kann es nicht lachen bei des andern Tod;
War doch zuvor sein Leben selbst bedroht.
Daraus ersieht es des Geschicks Verkettung.

DAS HUHN UND DER FUCHS

Ein junges Huhn mit feinen Sitten,
Das alle zur Bewundrung reizt
Und sich auch gern vor Hähnen spreizt,
Stolziert mit selbstbewußten Schritten
Einher vor der Verehrer Schar
Und pflegt, zu steigern ihr Entzücken,
Mit einem Tüchlein sich zu schmücken,
Das reich mit Gold durchflochten war.
Nun glaubt dies Huhn, mit Reizen so versehen,
Ihm könne keine Nebenbuhlrin drohn,
In Liebesgunst wähnt es beim Herrn Gemahl zu stehen,
So wie's ihn selber liebt. Allein, bald muß es schon
Das Gegenteil mit eignen Augen schauen;
Führt der gefiederte Großherr doch täglich auch
Durch das Gelände seine Haremsfrauen
Und wählt stets andere dabei nach Sultansbrauch
Zur Königin! – Muß das der Henne Gram nicht schärfen,
Der er sein Tuch im Jahr nur einmal pflegt zu werfen?
Verzweiflung nimmt Besitz von ihrer Seele jetzt;
In ihrem Groll, der sie in glühnde Flammen setzt,
Sinnt sie darauf, sich nun Genugtuung zu schaffen.
Jedoch wo findet sie dazu die Waffen?
Sie selbst ist ja nur ein von Furcht erfülltes Huhn.
So mag das Rachewerk ein andrer für sie tun!
Indes wie töricht! Ohne Zaudern
Rennt sie zum Fuchs hin und erzählt,
Wenn freilich auch mit leisem Schaudern,
Dem Feind vom Kummer, der sie quält.
Besänftige er ihres Herzens Leiden,
So habe sie bereits, dies könne sie beeiden,
Ein nah gelegenes Gebüsch für ihn erwählt;
Dort werde heimlich sie, um gleichfalls ihm zu dienen,
Ausliefern ihm den Hahn samt seinen Konkubinen.
Der Fuchs verspricht ihr seinerseits dafür,
Er wolle Beistand leisten ihrer Schwäche,
Daß sie sich für die Unbill räche,
Ja, Recht verschaffen werd er ihr.
Mit solchen Schmeichelein umgarnt er sie voll Schläue;

Wer kennt nicht den verschlagnen Fuchs?
Vertrauen schenkt ihm blind die Ungetreue.
Er selber eilt indessen flugs
Auf einem Schlängelpfad nach den verborgnen Hecken,
Die nach dem Wald hin sich erstrecken,
Und lauert dort, wo ihn kein Späher kann entdecken,
Dem Hühnerharem auf. Nachdem daselbst er nun
Geraume Zeit gewartet, doch vergeblich,
Kehrt zum Gehölz verstört zurück das Huhn
Und meldet ihm (schluchzt dabei ganz erheblich!),
Es habe, völlig unvorhergesehn,
Ein Pländrertrupp heißhungriger Soldaten,
Wie solches leider oft im Krieg schon sei geschehn,
Die ganze Hühnerschar geschlachtet und gebraten.
»Nein, nein«, ruft daraufhin das wutentbrannte Tier,
»Ich habe nicht so lang umsonst gewartet hier;
Für die verlorne Zeit dienst du mir jetzt als Speise!«
Er stürzt sich auf das Huhn voll Gier,
Und dann erwürgt er's auf gewohnte Weise.

Wenn man im Sinn hat, sich für einen Schimpf zu rächen,
Die Rache aber nur zur Hälfte möglich scheint,
So ist's als unvorsichtig anzusprechen,
Benützt man dazu seinen Feind.

DER ESEL ALS RICHTER

Zum Staatsanwalt ward einst ein Esel ausersehen
Vom Volk der Tiere. »Ja, so wahrlich soll's geschehen,
Denn ihn just brauchen wir!« rief seine Freundesschar,
Die eigens hergeeilt zur Wahlversammlung war.
»Er ist genügsam, still, bedächtig – offenbar
Wird er auch Themis stets die beste Stütze geben.
Manch trefflich Urteil wohl wird man von ihm erleben.
Ein langes Ohrenpaar verleiht ihm eignen Reiz,
So daß er, was uns drückt, verstehn wird zu beheben.«
Der Esel übt sein Amt schon aus mit viel Gespreiz,
Vor ihm erscheint das Bienlein mit der Klage,
Daß frech die Wespe zu behaupten wage,
Es sei der Goldseim von Hymettas Flur
Nichts als ein rötlicher und bittrer Honig nur,
Den höchstens doch ein Schwein als Fraß ertrage.
»Erlaubt mir, Hoheit, hier auf Knien Euch anzuflehn,
Gegen die schändliche Verleumdrin vorzugehn!«
Zu dem großschnäuzigen Gerichtsherrn spricht dies bebend
Die Biene. Jetzt ergreift, vom Sessel sich erhebend,
Der Esel seinerseits das Wort und setzt hierauf
Zuvor höchst würdevoll sein Amtsgesicht noch auf,
Wie's üblich ist bei hochgestellten Leuten.
Vor einem großen Faß heißt er den Büttel dann
Von beider Honigseim die Muster auszubreiten;
Das Grautier kostet gleich mit seiner Zunge dran,
Nicht einmal, sondern zwei, denn hier bestehn die Robe
Und sein Gerichtsbarett zum erstenmal die Probe.
»Hiermit wird folgendes von Uns zu Recht erklärt:
Besagter Klägrin Honigmarmelade
Und Kochkunst dünkt sehr mäßig Uns und fade;
Der Wespe Seim indes ist höchsten Preises wert.
Dem Gaumen schmeichelt er auf sanfte Weise,
Weswegen er Uns auch so köstlich schmeckt.
Mit ihm würzt Hebe jede Himmelsspeise,
Wenn sie des Göttervaters Tafel deckt.«
Den herbsten Tadel hat sein Urteilsspruch erweckt;
Doch Meister Fuchs, der sich hierzu Gedanken machte,

Spricht: »Das ist euer Lohn, denn diese Wahl traft ihr!
Des Distelknabbrers Spruch fiel aus, wie ich mir's dachte;
Nur eigenem Geschmack folgt jedes Tier.«

Zauberspiegel, Zaubervogel, Zauberblume – Sabine Prilop hat drei mal sieben Märchen gesammelt. Sie erzählen die schönsten Geschichten um Feen, Hexen und Dämonen.

ALBATROS

200 Seiten
ISBN 978-3-538-07600-6

Irland – die Heimat von Elfen, Zwergen, Trollen und Dämonen. Die vielfältigsten Elementargeister treffen hier auf den bitteren Alltag, dem nur sie einen unverwechselbaren magischen Glanz schenken können. Keine Geringeren als die Brüder Grimm öffnen den Weg zur Grünen Insel, ihnen ist die meisterhafte Übertragung der volkstümlichen Geschichtensammlung Thomas Crafton Crokers zu verdanken.

ALBATROS

192 Seiten
ISBN 978-3-411-14517-1

Die Märchensammlung der Brüder Grimm gehört zu den meistgelesenen Büchern der Welt. Kinder und Erwachsene begeistern sich bis heute für Aschenputtel, Dornröschen und Schneewittchen. Illustriert wurden die Klassiker von bekannten Künstlern des 19. Jahrhunderts.

ALBATROS

832 Seiten
ISBN 978-3-538-07618-1